이원수와 한국 아동문학

이원수와 한국 아동문학

초판 1쇄 발행 2011년 10월 25일

엮은이 이원수 탄생 백주년 기념논문집 준비위원회
펴낸이 고세현
책임편집 유병록
디자인 이재희
펴낸곳 (주)창비
등록 1986. 8. 5. 제85호
주소 413-756 경기도 파주시 문발동 513-11
전화 031-955-3333
팩스 031-955-3399(영업) 031-955-3400(편집)
홈페이지 www.changbikids.com
전자우편 enfant@changbi.com

ISBN 978-89-364-6337-3 03810

이원수와 한국 아동문학

이원수 탄생 백주년 기념논문집 준비위원회 엮음

Changbi Publishers

1976년 서재에서

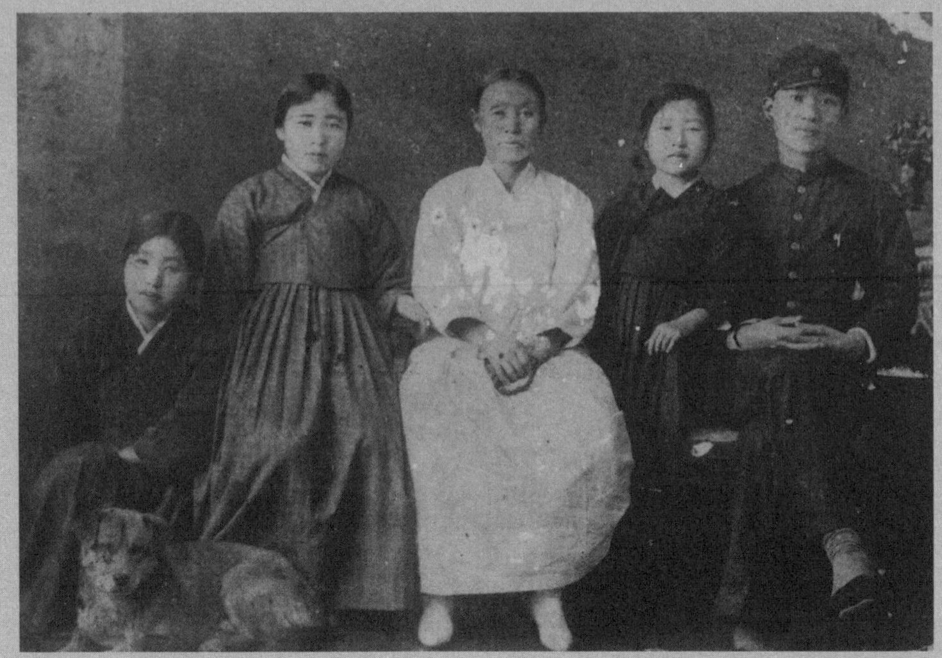

1927년 어머니 진순남 여사와 누이들과

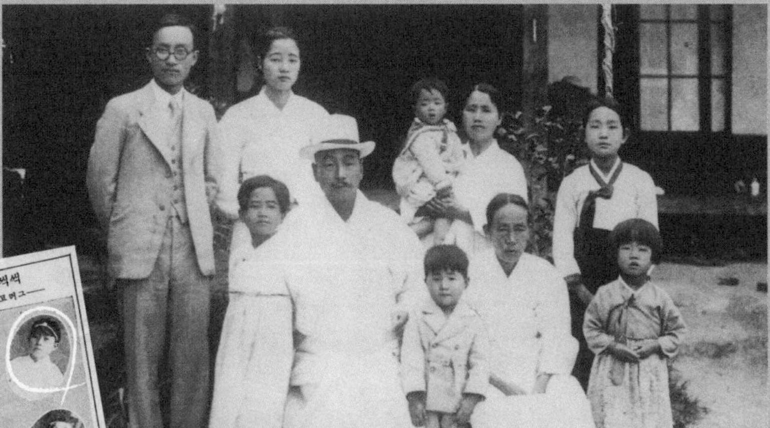

1936년 결혼식 후 수원 처가에서

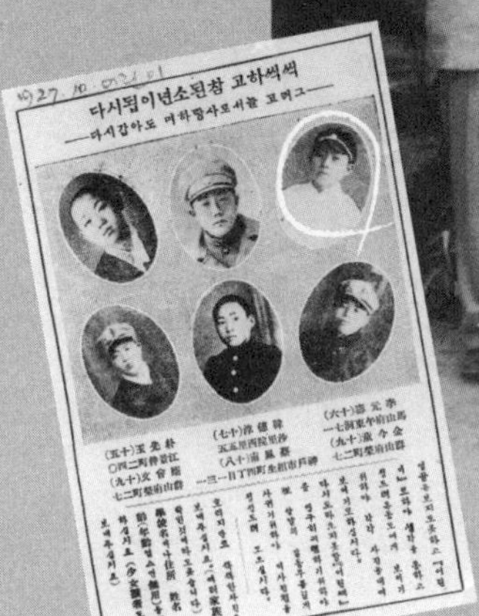

씩씩하고 참된소년이 됩시다

1927년 『어린이』에 실린 사진

1941년 가족사진

1952년 『소년세계』 주간 시절 대구에서

1954년 한국아동문학회 창립기념식에서

1956년 『어린이세계』 편집실에서

1960년 한국아동문학회 합동출판기념회에서

1962년 부인 최순애 여사와

1969년 수원 홍난파 노래비 앞에서

1970년 경희초급대학 출강시 학생들과

1975년 KBS-TV 「명작의 고향」 촬영 중 창원 소답동에서

1977년 세종아동문학상 시상식 모습

1975년 창원 소답동에서 어린이들과

1978년 예술원상 수상식

1980년 대한민국 문학상 아동문학부분 본상 수상

1980년 수술 후 초등학교 일일교사 때 모습

1980년 12월 투병 중 마지막 모습

사진 이원수문학관 제공

:: 이원수의 저서들 ::

장편동화 『숲 속 나라』
신구문화사 1954

소년소설 『오월의 노래』
신구문화사 1955

동화집 『파란 구슬』
인문각 1960

소년소설 『민들레의 노래』
학원사 1961

동시집 『빨간 열매』
아인각 1964

장편소설 『산의 합창』
구미서관 1964

소년소설 『메아리 소년』
대한기독교서회 1968

작품집 『시가 있는 산책길』
경학사 1969

소년소설 『꽃바람 속에』
경학사 1972

장편동화 『잔디숲 속의 이쁜이』
계몽사 1973

소년소설 『눈보라 꽃보라』
대광출판사 1974

소년소설 『바람아 불어라』
대광출판사 1974

동화집 『불꽃의 깃발』
교학사 1974

동화집 『호수 속의 오두막집』
세종문화사 1975

수필집 『영광스런 고독』
범우사 1976

소년소설 『지혜의 언덕』
분도출판사 1979

소년소설 『해와 같이 달과 같이』
창작과비평사 1979

동화집 『꽃불과 별』
예림당 1979

『이원수와 한국 아동문학』을 펴내면서

천안에서 서울로 가는 기차 안에서 『이원수와 한국 아동문학』의 여는 글을 쓰고 있다. 창밖으로 누렇게 익어가는 벼가 보인다. 밖에서 바라보는 자연은 따스하고 고즈넉하고 평화롭고 풍요로워 보인다. 풍경은 밖에서 바라볼 때는 이렇게 아름답고 평온한 모습으로 비칠 수가 있는 것이다. 그러나 저 풍경의 내면으로 들어가보면 결코 평화롭고 따스하지만은 않을 것이다. 매사 존재의 본질은 내면으로 들어가 겪을 때 빛에 숨겨진 그림자가 드러나고, 이 음과 양의 경계를 넘나들 때 감동적인 이야기도 태어날 것이다.

『이원수와 한국 아동문학』도 이렇게 책으로 내놓고 나니, 하나의 풍경으로 볼 때는 대견해 보이기도 하고 그럴듯해 보이기도 하는데, 이 책이 나오기까지 기획을 하고, 준비를 하고, 글을 쓰고, 편집을 하고 한 일꾼들의 고통은 결코 가볍지가 않았다. 나름대로 여러 차례 힘든 고비를 넘겼다.

우리 아동문학을 사랑하는, 이원수 문학을 사랑하는 사람들이라면 올해가 이원수 탄생 백주년이라는 걸 다 알고, 속으로 그냥 넘길 수만은 없는데, 무슨 조촐한 행사라도 하면 좋겠는데, 하는 마음을 다 갖고 있었을 것이다. 나도 이런 생각을 하던 차에 이원수 선생의 유족인 이정옥 선생과 이야기를 하다가, 탄생 백주년이 되는 해이니 이원수 선생의 작품을 돌아보는 논문집을 한번 내보자고 의견을 나누었다. 이정옥 선생은 아버님의 문학을 우상화하고 좋은 얘기만 해달라는 게 아니라고, 몇 번을 강조하였다. 나는 빛과 그림자를 한자리에서 살피는, 치열한 쟁점 토론이 되는 논문집이라면 더 좋겠다는 말도 하였다. 이렇게 해서 탄생 백주년이 되는 2011년에 기념논문집을 내기로 하고 젊은 연구자들로 준비위원회를 꾸렸다.

준비위원들과 논문집을 기획하는 과정에서 아동문학 연구자와 독서운동가 가운데 이원수 문학 연구에 뜻이 있는 분들을 모아 공부 모임을 열어보고자 하였다. 이래서 각 단체에서 활동하는 분들이 자유롭게 모여 1년 넘게 한 달에 한 번씩 '이원수 공부 모임'을 진행하였다.

『이원수아동문학전집』에 실린 작품을 장르별로 나누어 읽으며 각자의 생각을 나누는 과정에서 많은 생각의 씨앗을 얻고, 새롭게 공부할 거리나 영감을 얻을 수 있었다.

이원수의 문학은 워낙 다양한 장르에 걸쳐 발자취를 남기고 있기에 앞으로 어느 시기에서든 우리 아동문학을 공부하기 위해서는 이원수 문학을 통과하지 않고는 가능하지 않을 것이다. 달리 말하면 여러 분야에 걸쳐 중요한 저작이 있어 이 한 편의 논문집에 장르별로 연구논문을 배분하기도 힘들 정도였다.

미세하고 섬세한 부분으로까지 들어가는 더 치열한 토론은 앞으로 숙제로 남겨두고 일단 큰 틀에서 시기별·장르별 연구 주제를 잡고 이원수 작가의 생애, 중심 작품의 깊이라도 알아볼 수 있게 시기와 장르, 연보 등을 가능한 꼼꼼하게 챙겨 실어보려 하였다. 역시 아직도 이 작업을 한 사람들이 젊기 때문에 공부의 부족함이 없다고는 말할 수 없겠지만 준비 기간이 충분치 않았다는 한계도 있었다. 이런 어려움은 있다손 치더라도 역시 가장 신경이 쓰이는 분은 이원수 선생이다.

이원수 선생의 영혼은 지금 이 글 속에도, 논문집에도, 기념행사장에도, 우리 마음속에도 찾아와 계실 것이다. 탄생 백주년을 맞이해서 차려본 이 기념논문집이라는 제단에 올려지는 우리의 글이 얼마나 정성이 담기고 솜씨 있게 만든 것인지는, 노력은 하였지만 자신은 못하겠다. 이원수 선생의 높은 안목과 글솜씨의 자리에서 볼 때는 비록 부족한 점이 보일지 모르겠으나, 우리 나름은 최선을 다해서 써본 글들이니 너그럽게 봐주시리라 믿는다. 부족한 점이 있다면 앞으로 더욱 노력해보겠다는 말씀 또한 덧붙이고 싶다.

논문집이 나오기까지 물심양면으로 도와주신 많은 분들께 준비위원들을 대신해서 감사드린다.

2011년 10월

준비위원회를 대표하여 이재복 씀

차례

부록

• 일러두기

1. 인용문은 뜻을 해치지 않는 범위에서 현대어로 표기하였다. 원문의 한자는 한글로 바꾸고 필요한 경우 괄호로 밝혔다.
2. 『이원수아동문학전집』(전 30권, 웅진 1984)을 인용할 경우 『고향의 봄(전집 1권)』과 같이 각 권의 제목과 전집의 연번을 붙였다.

1부

이원수 문학이 우리에게 남긴 과제

별 왕자가 겪은 삶의 이야기

이재복

1

이원수는 1911년 11월 17일(음력) 경남 양산읍 북정리에서 태어났다. 몸은 비록 1981년에 세상을 떠나, 영혼의 고향으로 돌아갔지만, 작품은 몸보다 훨씬 오래 남아 지금도 살아 있는 사람들의 영혼에 영향을 미치고 있다. 이게 작가의 힘이다. 그렇기 때문에 이원수는 죽었지만 살아 있는 엄연한 목숨인 것이다. 이게 작가의 생명력이다.

이원수 탄생 백년의 순간 순간이 다 이야깃거리겠지만, 먼저 이원수가 스무 살을 맞이하던 때의 시공간으로 들어가보자. 이원수는 이때 『어린이』 잡지에 글을 한 편 썼다. 어릴 때 『어린이』를 읽으며 느꼈던 감상을 적은 짤막한 글이다. 이 글에서 이원수는 이런 말을 한다. 이원수 자신이 어릴 때 읽고 써본 동요들은 모두가 "장차 기쁨을 빚어낼 거룩한 설움의 노래"(『어린이』 1930년 3월호 59면)였다는 것이다. 스무 살 청년의 이 말은 무언가 가슴을 탕하고 울리는 맛이 있다. 이 청년은 지금 빛과 그림자가 함께 숨어 있는 삶의 양면을 한 자리에서 내려보고 있는 것이다. 슬픔과 기쁨이 공존하는 삶의 모순, 두 대극을 한 자리에서 내려다볼 때, 이때 유머가 발생한다. 스무 살을 맞이할 때, 이원수란 한 청년의 몸은 유머러스하다는 걸 알 수가 있다.

슬픔과 기쁨이 공존하는 삶의 현실에 직면해 있는데, 그래도 이 청년의 영혼은 어둠보다는 빛을 향해 서 있다. 빛을 향해 달려가고 있다. 그래서 또 더욱 유머러스하다는 느낌이 든다. 비록 지금 내가 불렀고, 또 부르고 있는 노래들이 슬픈 가락을 품고 있지만, 그러나 그 설움은 장차 빛을 가져오기 위해 직면하고 거쳐야만 하는 어둠의 시기라는 것이다. 슬픔의 시기라는 것이다. 설움으로만 닫혀 있지 않고, 대책 없이 기쁨으로만 열려 있지도 않다. 슬픔과 기쁨을 한 자리에서, 한 몸으로 느끼면서도 몸은 그래도 기쁨으로 달려가는 이 젊은 영혼의 삶은 그럼 어떠했길래, 저 두 삶의 대극을 한 몸으로 느끼면서도, 빛에 대한 희망을 잃지 않고 있는 걸까.

2

스무 살 청년이 자기 삶에 직면해서 느끼고 있는 저 설움의 뿌리, 기쁨의 뿌리는 무엇인가. 이원수 탄생 백주년이 되는 지금 시점에서, 백년 동안을 산 이원수란 한 작가의 영혼이 늘 움켜쥐고 있던, 벗어날 수 없었던 삶의 주제가 있었다. 존재마다, 그 개인에게는 나름대로 절실한 삶의 주제가 있다. 그게 바로 그 사람에게 이 우주의 주인이 부여한 어떤 운명의 삶이고, 오히려 그 운명이 그 사람으로 하여금 개성 있는 삶을 살게 하는 계기가 되기도 한다. 평생 이원수의 삶을 지배했던 화두는 그럼 무엇이었던가. 그것은 죽음과 재탄생(부활)의 이미지였다. 이원수가 이미 스무 살 때 간파했듯이, 이원수는 자신의 삶 전체에 작동하는 이 두 대극의 어울림인 죽음(슬픔)과 재탄생(기쁨)의 리듬, 자신의 삶 전체에 드리워진, 피해갈래야 피해갈 수 없이 자꾸만 자신에게 밀려오는 이 죽음과 부활의 에너지, 빛과 어둠 양면의 얼굴을 하고 덤벼드는 야누스적인 삶의 조건들을 내면화하는 과정에서 자신의 마음속 우주에 들려오는 노래와 이야기들을 글로 옮겨냈다. 이원수 작품 전체에 흐르는 일관된 주제가 있는데, 그게 바로 죽음과 부활의 정신이다. 물론 한 사람의 인생, 한 사람의 작가가 창조해낸 작품은 다층의 의미를 띤다. 그렇기 때문에 한마디로 모든 문제를 포괄하는 열쇳말을 찾기는 힘들다. 그래도 크게 강물처럼 흐르는 하나의 중심 물결은 있는 것이다.

3

한 사람의 인생은 죽음을 경험하면서 전환점을 맞는다. 이원수가 처음으로 경험한 죽음은, 열다섯 살 때 맞이한 아버지의 죽음(음력 1925년 1월 6일)이었다. 그럼, 이번에는 1925년의 시공간으로 들어가보자. 이 죽음을 전후로 이원수의 삶은 어떻게 변하였나. 이원수의 내면에는 어떤 노래들이 찾아오고, 어떤 이야기들이 생겨났는가. 이원수 탄생 백주년을 맞이해서 많은 연구자들이 나름의 자리에서 이원수의 삶과 문학을 보고 사유한 글들을 써서 한 권의 논문집을 낼 준비를 하고 있다. 이 준비 과정에서 나도 지금 이 글을 쓰고 있다.

이원수가 자신의 이름으로 처음 작품을 발표한 지면은 『신소년』으로, 「봄이 오면」이란 작품이었다.[1]

1 「봄이 오면」은 이원수 자신이 「남의 글을 훔친 죄」(『여성동아』 1971년 1월호)에서 말하

나는 나는 봄이 오면
버들가지 꺾어다가
피리 내어 입에 물고
라라라라 재미있어

나는 나는 봄이 오면
진달래와 개나리로
금강산을 꾸며놓고
소꿉장난 재미있어

나는 나는 봄이 오면
수양버들 밑에 앉아

는 그 동요다. 아래 부분을 옮겨본다.

> 보통학교(지금의 국민학교) 3학년인 소년은 어느 잡지에서 본 4·4조(調) 짧은 동요가 맘에 들어 좋아했는데 무슨 생각으로서인지 그것을 다른 잡지에 투고했고, 그것은 소년의 이름으로 발표되었던 것이다. 그리고 이내 어떤 고등학교 학생인듯한 사람의 충고의 편지를 받았던 것이다. 이 3학년짜리 소년이 나였다. (『솔바람도 그 날 그 소리(전집 27권)』〔웅진 1984〕103면)

이원수가 1923년에 마산공립보통학교 2학년에 편입학을 하였으니까, 물리적인 시간을 고려할 때 3학년 때가 아니라 2학년 때의 기억으로 이해를 하는 게 옳지 않을까 싶다. 이 일로 인해 이원수는 부끄러운 마음에 소풍날인 줄 알면서도 사흘째 학교에 결석을 하였다고 한다. 이 일이 있은 후 3년이 지난 뒤에 「고향의 봄」을 발표하였다고 회상하고 있다. 「고향의 봄」이 『어린이』 1926년 4월호에 발표되었으니까, 1923년 2학년 때의 기억이 맞는 것 같다. 「봄이 오면」은 『어린이』 창간호(1923. 3)에 버들쇠 작품으로 되어 있다. 이원수란 어린 독자의 마음에 이 작품이 감동을 주었다는 이유에서, 무언가 이 작품이 이원수의 내면 무의식을 반영하는 점이 있지 않았을까 싶어 예를 들어보았다.

꾀꼴꾀꼴 우는 새의
소리 듣기 재미있어

—「봄이 오면」 전문

이 작품을 발표하고 나서, 이원수가 두 번째로 발표한 작품이 이제는 겨레의 노래가 된 「고향의 봄」이다.

「고향의 봄」을 함께 적어놓고 두 작품을 비교하면서 읊어보면 매우 흥미로운 차이를 느낄 수가 있다.

나의 살던 고향은 꽃 피는 산골
복숭아꽃 살구꽃 아기 진달래
울긋불긋 꽃대궐 차린 동네
그 속에서 놀던 때가 그립습니다.

꽃 동네 새 동네 나의 옛고향
파란 들 남쪽에서 바람이 불면
냇가의 수양버들 춤추는 동네
그 속에서 살던 때가 그립습니다

—「고향의 봄」(1926) 전문

이 두 작품이 발표된 시점은 약 2년의 시차가 난다. 우리가 궁금한 건, 이런 물리적인 시간의 차이가 아니라, 무언가 저 두 작품이 한 소년의 내면을 울렸는데, 저 두 작품에는 미묘한 가락의 차이가 있다. 언어 리듬의 차이가 있다. 사유의 차이가 있다.

저 두 작품을 한 자리에 놓고 볼 때, 한 소년의 내면에 불어닥친 아주 큰 변화가 느껴진다. 하나의 큰 사유의 변화, 세계관의 변화가 느껴지는

데 그건 '고향의 상실감'이다. 고향은 이제 그리움의 대상으로만 존재하게 된 것이다.

이제 열여섯의 소년에게 무슨 일이 일어났길래 고향을 상실한 존재가 된 것일까. 고향의 상실감은 한 소년에게는 사유와 언어의 변화를 가져오는 상징적 의미가 있다.

상징은 마음속 우주에 심리 에너지의 영향을 미치는 대단한 실체이다. 절대 관념이 아니다. 이 상징의 개념을 분명하게 알고, 그것에 주목할 필요가 있다. 이원수는 어린 시절부터 고향을 상실하고, 고향 밖에 존재하며, 고향을 잃은 주변에서 한 사람의 타자로 살아갔다. 저 '고향의 상실'이란 상징의 개념은 이원수의 작품에서 끊임없이 다양한 모습으로 변주되어 나타난다.

4

이원수의 삶과 문학을 이해하는 아주 중요한 열쇳말이라 할 수 있는 이 '고향의 상실'이란 상징 개념과 관련해서 많은 생각의 씨앗을 전해주는 수필이 있다. 「나의 향수」란 제목의 수필이 있는데, 『이 아름다운 산하에(전집 26권)』(웅진 1984)에 보면 이원수가 1955년에 발표한 걸로 되어 있다. 이 '고향 상실'의 주제와 관련해서 이원수 작품을 읽을 때마다 나는 이 수필을 쓸 때의 이원수의 내면, 마음속 우주의 풍경을 떠올려본다. 그러면 무언가 하나의 상징, 그림, 풍경, 인물, 정령들이 그려진다.

그럼 이번에는 잠시 시간을 돌려 1955년의 시공간으로 들어가보자. 1955년은 이원수의 삶에서 어떤 의미가 있는 해인가. 이원수는 한국전쟁을 거치면서 엄청난 삶의 변화를 겪었다. 어린 두 아이를 전쟁 통에 잃고, 이원수 자신도 몇 번의 죽을 고비를 넘겨야만 하였다. 남과 북이 갈등하는 분단 모순, 민족 모순에서 일어날 수 있는 이념의 갈등을 이원수만큼 뼈저리게 겪은 사람도 드물 것이다. 우리는 이 점에 주목해야 한다. 그러니까 이원수는 전쟁을 겪으면서 죽음의 경험과, 다시 목숨을 부지하고 살아나는 부활의 경험, 이 삶의 극을 오가는 고난 극복의 리듬 속에 빠져 있다가 이제 1955년 즈음에 겨우 남쪽에서 다시 한 사람의 시민으로 자리 잡고 살게 되었다. 이제야 자신의 내면을 한 사람의 '타자'로 돌아볼 수 있는 마음의 여유를 찾기 시작한 것이다.

한 사람이 더 이상 바닥이 보이지 않을 정도로 깊은 어둠의 심연으로 떨어져 내리는 경험을 하고 나서 다시 생명을 건져 밝은 대지의 공간으로 살아 나왔을 때, 그때 자신의 내면 풍경을 바라보며 느낀 이 고백의 글이야말로, 이원수가 발견한 자신의 가장 깊은 내면 무의식의 풍경이 아닐까 싶다.

죽음의 고비를 넘기는 과정에서 자신의 삶에서 가장 소중한 존재들을 잃어버리고 이원수는 「나의 향수」란 글의 첫머리를 이렇게 시작하고 있다.

> "내게는 그리워할 고향이 없습니다. 어린 시절에 내가 자라던 바닷가의 마을은 나를 잊은 지 오래일 뿐더러 나 역시 그곳이 고향이라 생각되지 않기 때문에 나의 고향은 어느 한 지방을 가리켜 말할 수 없이 되었습니다."(『이 아름다운 산하에』 109면)

1955년을 기점으로 할 때, 나이 마흔 중반의 시점에서, 이원수는 남쪽 땅에서는 찾아갈 고향이 존재하지 않는 일종의 실향민이 되었다. 분단으로 인해 남쪽, 북쪽 그 어느 쪽에서도 안주할 고향으로 인식되는 시공간을 발견할 수 없었던 것이다. 결국 이원수에게 고향은 마음속 우주 그 어디인가에 하나의 상징으로만 존재할 수밖에 없게 되었다.

이래서 앞서 상징의 개념을 매우 중요하게 말한 것이다. 이원수에게 고향은 분단 모순으로 인해 남북 어디에도 존재할 수 없게 되었고, 이제 그 고향은 이원수란 한 작가의 마음속 우주로 잠재된 형태, 상징의 형태로 존재하게 되었는데, 그러나 이 마음속 우주에 존재하게 된 향수로서의 고향은 이원수 삶과 작품, 사유 전체에 엄청난 영향을 미치는 하나의 실체였다고 우리는 인식해야 하는 것이다.

이원수의 마음속 고향에는 그럼 어떤 인물들이, 어떤 존재들이, 어떤 상징들이 존재하고 있었던가. 이것이 아주 중요한 의미가 있다.

이원수의 마음속 우주(내면)에서 살고 있는 존재들—정령이라고 해도 좋고, 그 사람의 세계관이 의존하고 있는 이념의 대상이라 해도 좋다.—이 바로 해방 이후 이원수 삶 전체를 좌우할 것이고 작품에도 엄청난 영향을 미치는 실체가 될 것이다.

실제 분단된 외부 현실에서는 실향민이 된 이원수는 결국 자신 내면의 고향, 상징의 고향으로 퇴행을 하여 그곳에 칩거하게 되었는데 그 마음속 고향에는 매우 흥미로운 두 사람이 있었다. 이원수 작품을 바라보는 흥미로운 관점을 제시해주는 두 사람을 우리는 발견할 수가 있다.

그럼 이원수의 수필을 좀더 살펴보자.

5

「나의 향수」에서 한 부분을 옮겨본다.

> 먼 옛날의 이야깁니다.
> 다사로운 별살에 이마엔 송송 땀이라도 솟을 듯한 날씨.
> 층층이 진 언덕 마을의 길을 걸어가면 갑자기 코를 찌르는 새콤하고도

감미한 냄새, 그 향기에 놀란 소년이 사방을 휘돌아봅니다. 오오! 거기 울타리 너머 가득히 핀 히아신스 꽃들!

향기 높은 그 꽃들이 그 마을에 저녁이 되면 푸른 보리밭에 석양이 아름답고 동리 뒤 절간에서 종소리가 긴 여음을 끌며 울렸습니다.

그러면 소년은 한 번도 말을 건네어 보지 못한 어느 소녀를 골똘히 생각하며 언덕길에서 버들피리를 불었습니다.

붉은 노을. 서산으로 날아가는 까마귀 소리. 내려 깔리는 저녁 어둠. 애기 달래는 자장가 소리.

거기 그 저녁은 나의 마음의 고향입니다.

거센 세월의 흐름 속에서 욕되고 괴로운 청춘을 보냈습니다. 그러나 내게는 나의 '소년'이 그대로 살아남았습니다. (앞의 책 109~10면)

오직 자신의 내면에만 존재하는 이 마음의 고향 풍경에서 우리는 한 사람의 살아 있는 존재를 발견할 수가 있다. '소년'이다. 저 이원수의 마음속 우주에 존재하는 '소년'은 어떤 존재인가. 이원수는 '욕되고 괴로운 청춘을 보낸 거센 세월의 흐름' 속에서도 훼손되지 않고 존재하는 한 사람의 정령이라 할 수 있는, 자신 내면을 지키고 있는 순수한 한 영혼이라 할 수 있는 '소년'을 잊지 않고 있다.

그런데 이 수필에서 우리의 주목을 끄는 한 존재가 더 있다. 위 인용글에서도 알 수 있는 것처럼 소년이 골똘히 생각하며 언덕길에서 버들피리를 불고 있는 대상인 '소녀'이다. 저 소녀는 그럼 어떤 존재인가.

아래 글을 더 읽어보자.

이른 봄 바람이 아직도 차가운 산골짜기에는 버들강아지가 피어났습니다.

나이 많아져서 어른이 된 내 마음속에서, 걸핏하면 울려고 드는 소년은 버들강아지를 따서 손바닥 위에 올려놓고 나의 귀여운 소녀와 함께 들여다보았습니다. 그림자처럼 나를 따라주던 소녀는 과년한 처녀였기에 현실이 주는 슬픔에 젖어 있었습니다.

울음이 터질 듯 터질 듯 하는 그 애의 손을 잡고, 어른이 된 소년이 산길을 내려옵니다. 기쁨과 슬픔의 봄, 지금은 그 산도 나의 고향입니다.

진달래를 노래한 소월의 시. 진달래 가득 핀 시골 산에서 소월의 시를 좋아하던 소녀는 봄을 온통 울며 지냈다는 소식.

그러고는 나의 사랑스러운 그 소녀는 영원히 가버렸습니다. 나는 미친 사람처럼 소리쳐 울었습니다. 그 소녀의 이름을 허공에다 대고 불렀습니다. 진달래 핀 산, 그 산도 이제는 나의 그리운 고향이 되었습니다.

일생을 애련한 마음으로 살 수 있는 사람. 영원의 소녀. 그것은 무지개 같은 내 마음속의 애인이 아닐 수 없습니다. (앞의 책 110~11면)

이원수 내면의 영원한 고향에 존재하는 저 소녀는 여러 가지 모습으로 변신하며 다양하게 드러나고 있다. 모습은 소녀이지만, 내면은 과년한 처녀이기에 현실이 주는 슬픔에 젖어 있는 존재이다. 이원수는 이 글에서도 기쁨과 슬픔이 공존하는 봄 풍경을 고향을 지배하는 상징으로 묘사하고 있다. 그런데 그 소녀는 결국은 영원히 가버렸다.

융(Carl Gustav Jung)이 말하는 심리학의 용어를 빌려 표현한다면, 이원수의 내면에 존재하는 저 소년은 어떤 남성성의 상징이라 볼 수도 있을 것이다. 거기에 비해 소녀는 여성성의 상징이라 볼 수 있을 것이다. 이렇게 본다면 이원수의 내면에는 소녀가 부재하다. 일종의 상처 입은 아니마가 존재하고 있는 것이다. 상처 입은 아니마, 이원수의 내면에 존재하는 저런 여성의 상징은 어떻게 해서 이원수의 내면에 들어오게 되었을까. 한 사람의 내면에 존재하는 상징은 어떤 형태로든 이원수가 겪은 삶의 한 단면을 투영하고 있을 것이다.

이 '고향 상실'을 하나의 주제로 놓고 이원수의 삶과 작품 전체를 살펴볼 때, 우리는 하나의 분기점을 발견할 수 있다. 「고향의 봄」을 쓸 당시, 이원수는 창원 소답리에서 살다가 마산으로 이사를 하면서 자신을 고향을 벗어난 존재로 느끼고 있었을 것이다. 이때부터 그야말로 거센 세월의 흐름을 거치는 과정에서 고향에 대한 상실감은 더욱 깊어져, 해방이 되고나서 다시 한국전쟁을 거치는 시점까지 고향을 상실한 사람의 내면으로 살았다고 할 수 있을 것이다. 이러다가 이원수는 남쪽에서 다시 자리를 잡아가면서 반공 이데올로기와 개발독재와 맞서는 삶의 진실을 발견하면서, 잃어버린 고향을 회복하는 시기를 살았다고도 할 수 있다.

고향을 주제로 할 때, 이원수의 삶은 고향을 상실한 슬픔의 시기에서, 고향을 회복해가는 기쁨의 시기를 살았다. 마치 이원수 자신이 스무 살에 어릴 때 읽었던 동요의 세계를 "장차 기쁨을 빚어낼 설움의 노래"라고 정의했듯이 이 말은 이원수 삶 전체를 드러내는 하나의 상징적 예언 같은 말이 되었다. 고향을 상실해가는 슬픔의 시기에서 그래도 이원수의 삶은 고향을 회복하는 기쁨의 삶을 향해 달려간 것이다. 그림자의 삶을 산 시기에서 빛이 되는 삶을 산 시기로 달려간 것이다.

한 사람의 삶을 볼 때, 우리는 빛과 그림자를 같은 자리에서 보아야 한다. 이래야 한 인간의 전체성을 볼 수가 있다.

6

위에서 이원수가 처음 발표한 동요 「봄이 오면」에 관한 이야기를 하였다. 각주에서 밝혔듯이 이 동요는 방정환이 창간한 잡지 『어린이』의 창간호에 실렸던 버들쇠의 동요였다. 이 동요를 읽고 이원수는 그걸 베껴 잡지 『신소년』에 보낸 것이다. 이원수는 이 사실을 「남의 글을 훔친 죄」란 글에서 밝히고 있다. 물리적인 시간의 흐름으로 볼 때 이원수는 1923년, 그러니까 보통학교 2학년으로 편입을 한 때 『어린이』를 본 것이고, 그 잡지에서 4 · 4조 동요가 마음에 들어, 자기 작품인 것처럼 독자투고란에 작품을 보낸 것이다. 이원수도 자신이 한 이 어릴 때의 당돌한 행동에 대해 무슨 생각으로 그런 짓을 했는지 모르겠다고 말하고 있다.

그러나 사실 이 문제는 단순한 문제는 아니다. 우리는 이원수의 삶과 문학을 연구하면서 이 문제를 놓고 흥미로운 토론을 해볼 수 있을 것이다. 어린 시절 이원수란 한 아이의 도덕적인 인격의 문제를 거론하자는 게 아니다. 어린 이원수가 처한 어떤 삶의 환경이, 저러한 심리를 불러일으켰을까를 알아보자는 것이다. 이원수의 내면에 저러한 그림자 행동을 불러오게 한 원인은 무엇이었을까. 이 문제가 궁금하다. 대개 아이들이 보이는 그림자 행동의 원인에는 부모가 존재한다. 그러니까 부모는 아이의 마음속 우주를 지배하는 하나의 가장 강한 원형 상징이라 할 수 있다. 부모와의 관계에서 어린 이원수는 어떤 콤플렉스 관계를 형성하고 있었던 것일까. 이 문제는 이원수에게만 적용되는 문제가 아니라, 보통 사람들이 자신 인생의 문제를 돌아볼 때, 누구나 갖게 되는 질문이다.

이 문제와 관련해서 어릴 적 이원수의 무의식 세계를 짐작하게 하는 매우 중요한 한 편의 글이 있다.

이원수는 「비몽사몽」(『신동아』 1977년 6월호)이란 글에서 자신이 아홉 살 때, 3 · 1운동이 일어나던 무렵에 꾼 꿈 이야기를 하고 있다. 먼저 이 꿈 이야기를 들어보자.

> 내 유년 시절의 꿈에서 가장 인상 깊고 잊혀지지 않는 건 별의 꿈이었다. 대낮인데도 하늘 멀리 한 개의 별이 나를 향해 오고 있었다. 그 별은

노래를 부르며 오는 것이었다.

청산 속의 푸른 옥도
갈아야만 광채 나네
낙락장송 저 나무도
깎아야만 동량(棟樑) 되네……

그 시절 사람들이 부르던 노래다. 나는 그 별이 무서워 떨고 있는데도 옆에 계신 아버지는 태연히 앉아 나를 안아 감춰주려고도 하지 않았다. 별은 점점 가까워 오고, 나는 다리가 떨어지지 않아 어디로 숨지도 못하고 애를 쓰다 깬 꿈. 3·1운동을 겪던 그 해의 꿈이었던 것 같다. (『솔바람도 그 날 그 소리(전집 27권)』 176~77면)

보통 사람의 마음을 연구하는 사람들이 이런 질문을 흔히 한다. 당신이 기억할 수 있는 가장 최초의 기억은 무엇이냐고. 어린 시절로 내려갈 수 있는 데까지 내려가 기억나는 걸 말해보라고. 왜 그러는가. 여기에는 아마도 많은 이유가 있을 것이다. 한 사람이 가장 어릴 때 꾼 꿈이나 삶의 기억은, 어떤 형태로든 그 사람의 마음속 우주에 엄청난 영향을 미치는 하나의 정령(상징의 대상)으로 자리매김하고 있기 때문일 것이다.

이원수는 아홉 살 때의 별 꿈 이야기를 하고 있다. 「봄이 오면」이라는 남의 동요를 몰래 훔쳐서 독자투고를 하던 1924년보다도 몇 년 전에 꾼 꿈이었다. 아마도 저 별에 관한 꿈에는 이원수 삶 전체의 어떤 운명이 예견되어 있는지도 모르겠다. 그럼 저 별 꿈의 상징을 어떻게 봐야 할까.

7

나는 요즘 이원수의 저 어릴 적 별 꿈을 내 몸에 가져와 명상을 많이 해보고 있다. 저 꿈을 내 꿈으로 받아들여, 내 몸에서 저 꿈이 일으키는 심리 에너지의 변화를 느껴보고, 적어보고 있다.

저 꿈이 내 꿈이라면, 내가 어릴 적 아홉 살 때 이원수의 마음으로 들어가 명상을 해보고 있다. 나는 지금 아버지와 함께 있다. 저 시공간에 어머니는 없다. 아버지와 나만의 어떤 친밀감, 어떤 심리적인 교감 같은 것이 느껴진다. 나는 아홉 살의 어린 아이이다. 무언가 안전기지가 되고, 아직도 엄마로부터의 분리 불안 같은 것이 마음속 구석에는 남아 있을지도 모른다. 그런데 아이는 지금 엄마가 아닌 아버지와 있는데, 하늘에서 그것도 낮인데 별이 나에게 달려오고 있다. 별은 언제 뜨는가. 별은 보통 밤에 뜬다. 깜깜한 밤의 풍경과는 전혀 다른 낮의 풍경이 펼쳐지고 있다. 무언가 우주가 뒤집혀 있다. 자연스러운 순환의 질서를 벗어나 있다. 혼란의 상태를 드러내고 있다.

만약에 밤에 저 별을 보았다면 어땠을까. 내 몸은 밤의 어둠에 잠겨 있지만, 하늘에서 밝은 별이 나에게 달려오고 있다. 이때의 별은 어떤 희망 같은 것, 어떤 구원 같은 이미지가 느껴진다. 그런 에너지가 느껴진다.

그런데 낮에 별이 나에게 달려오고 있는 것이다.

보통 꿈을 연구하는 사람들, 신화를 연구하는 사람들은 이런 말을 한다. 변화의 때가 무르익은 영혼에게는 전령관이 찾아온다고. 지금의 현실에서 다른 현실로 내모는, 존재로 하여금 새로운 영적 여행을 떠나게 만드는 어떤 존재들, 변장한 모습의 스승들이 찾아오는 것이다. 이들은 무서운 모습을 할 수도 있고, 따뜻한 모습을 할 수도 있을 것이다. 대개는 많은 아이들이 이때 쫓기는 꿈을 꾸고, 악몽도 꾼다.

아홉 살의 어린 아이 내면에 어떤 변화를 강요하는 전령관과 같은 존재가 달려오고 있다. 또 저 별이 내 몸에 일으키는 이미지, 심리 에너지의 변화를 느끼고 있자니 이런 말도 떠오른다.

문학하는 사람들은 흔히 '별' 하면 루카치가 한 말을 떠올리지 않는가. "우리가 가야 하고 갈 수 있는 길에 대해 하늘의 별이 지도의 구실을 하던 시대, 별빛이 환히 길을 비쳐주는 시대는 복되도다."라고 하지 않았던가. 저 별은 그러니까 어떤 하나의 이상을 상징하고 있다고 볼 수도 있겠다.

그런데 이 어린 소년에게 저 별이 다가올 때 그 옆에는 아버지가 있었다. 아버지는 소년에게 어떤 의미가 있는 것일까. 아마도 크게 두 가지의 의미가 있을 것이다. 어떤 동물적인 본능의 영역과, 영적인 탄생의 의미를 함께 지니고 있을 것이다. 이원수는 어머니보다는 아버지를 더 따랐다고 한다. 아버지는 어머니보다 자상하고 따뜻한 친밀감을 느끼게 하는 어떤 생물학적인 피를 나눈, 동물적인 영역에서는 긍정적인 대상으로 작용을 한 듯하다. 그러나 영적인 탄생, 지적인 정신을 탐구해가는 의미에서 아버지는 저 별이 달려올 때, 옆에는 있었지만 자신을 숨겨주지 못하였다.

이런 꿈 장면을 보면, 이원수가 왜 남의 동요를 그렇게 무언가에 끌리듯 자기 이름으로 투고를 하였을까 생각할 때, 어떤 상징의 의미를 발견할 수 있을 것도 같다.

이원수가 열네 살 때 남의 동요를 자신의 이름으로 투고한 그 하나의 사실, 그리고 그러한 소년이 탄생 백주년이 되는 지금까지도 뒤에 오는 사람들의 영혼에 엄청난 영향을 미치는 작가의 삶을 살았다고 할 때, 어린 영혼이 보여주었던 한 순간의 그림자 삶을 통해서 우리는 삶의 지혜를 가져오는 다양한 토론을 벌일 수 있는 것이다.

예를 들어서 아래 문장을 보자.

부모와의 충돌에서 부모들은 때로 청소년들이 아직 보지 못했던 또 다른 자아상을 드러낸다. 청소년들은 부모의 자아상과 대결하면서 그들 자신의 자아상을 결정한다. 이때 아이들은 부모의 실현되지 못한 자아상을 감지하고, 보통 그것을 자신들이 장차 실현하고자 하는 가치로 끌어올린다. 부모들은 자신들이 스스로에게 금지한 것을 실현하는 아이들을 보면서 때로 질투심을 느끼기도 한다. 원래는 실현되었어야 하지만 실현되지 못한 것, 즉 그림자는 여기서 특별한 의미를 갖는다. (베레나 카스트 「나를 창조하는 콤플렉스」, 이수영 역, 푸르메 2007, 18면)

나는 위 부분에서 이원수의 별 꿈과 관련해서 아하 하는 한 가지 생각의 씨앗을 얻었다. 별 꿈을 꿀 때, 이원수에게 아버지는 어떤 존재였던가.

이원수가 아버지에 대해 추억한 글을 종합해보면, 일단 어릴 때 이런 기억을 말한다. 창원 소답리에서 살 때 아주 잘사는 지주 집에 가서 아버지가 목수 일을 하면 자기도 따라가서 주인집에서 차려주는 밥상에 끼어 밥을 같이 먹었다는 것이다. 그리고 아버지는 마음이 자상하고 친절하고 그렇지만, 생활력에서는 가족에게 큰 힘이 되지 못하였다는 말을 하고 있다. 아마도 이런 점에서 이원수는 아버지에게서 무언가 영적인 의미에서 어떤 '부모의 실현되지 못한 자아상을 감지하고 그것을 자신이 장차 실현해야 할 가치로 끌어올리는' 나름의 자아상을 갖게 되었는지도 모른다.

그러니까 저 별은 이원수 자신이 아버지에게서 부족한 그림자 영역을 보면서, 자신이 아버지를 대신해서 실현해야만 하는 어떤 영적인 가치를 상징하는 것은 아닐까. 그런데 아버지는 자신에게 주어진 영적인 가치를 같이 감당해줄 친구가 되어주지 못하고 있다. 아버지는 이원수의 고민을 모르고 있는 것이다. 아홉 살 이원수의 무의식이 말해주는 자아 정체성은 지금 혼자서 무언가 감당해야만 하는 어떤 절대 고독감, 삶의 두려움 같은 것을 느끼고 있다.

이원수는 어쩌면 자신에게는 친절하고 자상한 아버지에게, 아버지가 미처 갖지 못한 정신적인 세계를 자신이 갖고 있다는 걸 보여주고 싶었는지도 모른다. 어떤 방법으로든지 자신이 아버지와의 대결에서 이기고 싶었는지도 모른다. 상을 타서 아버지를 기쁘게 해드리고 싶은 마음 자체가, 달리 말하면 아버지보다 자신이 훨씬 더 나은 존재라는 사실을 보여주고 싶은, 일종의 아버지를 이기고 싶은 그런 내면의 감정을 드러내는 행위가 아닐까.

이원수는 「봄이 오면」이란 동요를 발견하였을 때 감동을 느끼고 아, 이 시다 하고 자신의 이름으로 독자투고를 하였다. 이때의 이원수 마음을 우리는 물론 단정해서 말할 수는 없지만, 이런저런 다양한 자리에서 이야기를 해볼 필요가 있다. 이원수의 어릴 적 삶을 재료로 해서, 우리들은 지금 우리 아이들의 내면을 살펴보는 지혜를 얻을 수 있을 것이다.

다시 정리하면 저 별은 부모가 실현하지 못한 자아상을 감지하고, 그것을 자신이 실현해야 할 가치로 발견하였을 때 찾아온, 일종의 이원수 삶의 길을 예견한 운명과도 같은 존재라 할 수도 있을 것이다.

8

이원수는 자신의 이름을 학생들에게 소개하는 시를 한 편 쓴 적이 있다. 그 시 가운데 이런 구절이 있다. 다음은 이원수가 1980년, 그러니까 세상을 떠나기 일 년 전 일흔의 나이가 되어 「내 이름에 얽힌 에피쏘드」(『솔바람도 그 날 그 소리』 246면)라는 제목으로 쓴 글 가운데 일부이다.

나는 별 왕자
도원수(都元帥)
이름표에는 '이원수(李元壽)'라고 썼지

이원수는 자신을 별 왕자로 비유하고 있다.

죽어 이제는 우리 모두에게 아버지가 된 저 별 왕자는 끊임없이 별빛처럼 살아 있는 사람들의 영혼에 다가와 말을 걸고 있다. 이게 문학 유산이 갖고 있는 힘이다. 저 별의 정령, 상징, 시공간은 일제강점기를 거치고, 해방 이후 분단 모순과 개발독재의 삶을 거치는 시기 고비 고비마다 이원수의 삶에 어떤 형태로든 말을 걸어왔을 것이다. 그때 저 별은 다양한 모습으로 변신하며 이원수 삶의 지도를 그려냈을 것이다. 이원수의 삶과 문학은 한마디로 저 별이 이원수의 내면에서 다양한 모습으로 변신하면서 살아간 역사와 동일시할 수 있을 것이다. 우리는 이원수의 삶과 작품을 놓고 토론하다 쟁점을 만나게 될 때마다 저 별의 상징 의미를 되묻게 될 것이다.

9

『친일인명사전』(민연 2009)에 이원수가 올랐다는 얘기를 듣고도 나는 이 사전을 찾아보지 않았다. 이 글을 쓰면서 이제야 살펴보게 되었다. 사전에 실린 내용들을 살펴보면서, 앞으로 이원수의 삶과 문학을 어떻게 공부해나가야 하는가 하는 문제를 놓고 몇 가지 생각의 씨앗을 얻을 수 있었다.

『친일인명사전』의 「발간사」를 읽으면서 아, 하고 공감한 부분이 있었다. 당위적인 이야기라고 할 수 있겠지만, 이원수의 삶과 문학을 오늘의 대중들이 공유하는 과정에서 생기는 문제에 대한 어떤 문제 제기를 해주는 부분이 있어 이 부분을 옮겨본다.

"민족사의 굴절과 왜곡의 원인을 외세에서 찾는 피해자 관점의 역사 인식이 지배적으로 자리 잡게 되었습니다. 그러나 이 같은 시각에는 안타깝게도 민족 내부의 자성이라는 성숙한 모습이 결여되어 있다는 문제점을 지적하지 않을 수 없습니다. 외적 원인의 해명에만 치중한 나머지 역사 윤리와 정의 실현의 측면에서 고백적 자기 성찰에는 소홀하였다는 비판에도 귀 기울여야 할 것입니다." (편찬위원장 윤경로 「발간사」, 『친일인명사전』 4면)

위 글에서 "고백적 자기 성찰"이란 말이 가슴에 와 닿았다. 편찬위원들도 말을 하듯이 일제강점기를 산 사람들은 "윤리적으로 냉혹하게 말한다면 나라 잃은 시대에 생존했다는 그 자체가 나라를 지키지 못한 원죄로부터 자유로울 수 없는 숙명"(민족문제연구소 소장 임헌영, 같은 책 11면)을 타고난, 어찌보면 가슴 아픈 운명의 존재들이라 할 수도 있을 것이다. 결국 이 원죄로부터 자유로울 수 없는 한 시대적 운명의 시기를 타고난 사람들에게 요구되는 역사를 보는 인식의 방향은 크게 두 가지가 있겠다. 앞에서도 지적하듯이 일단 문제의 원인을 외세에서 찾는 피해자의 관점도 있을 수 있겠고, 또 하나는 성숙하지 못했던 민족 내부의 반성적 관점, 즉 고백적 자기 성찰의 관점도 필요할 것이다.

역시 이 두 가지 사유의 관점을 놓고 볼 때, 우리가 이원수에게 묻지 않을 수 없는 질문이 있다. 이원수는 자신이 원죄로부터 자유로울 수 없는 일제강점기를 살아갈 때, 과연 얼마나 자기 고백적인 성찰을 보여주었는가. 일제로부터 해방된 이후에 자신이 남긴 친일 글 문제에 대해서 과연 얼마나 자기 고백적 성찰을 보여주었는가 하는 문제이다.

이원수 문학을 연구하는 사람의 입장에서는 이 문제에 대해 어떤 식으로든 이원수의 삶과 문학을 세밀히 살펴보고, 이원수가 이 문제에 대해 어떻게 답을 해보려 하였는지 그 실제 삶의 자취와 작품의 내용을 찾아봐야 한다. 이 부분이 바로 이원수가 남긴 친일 글 문제를 논할 때 꼭 거쳐야 할 하나의 토론 지점이 되어야 할 것이다.

10

해방 이후에 이원수는 그럼 이 친일 글을 남긴 자신의 그림자 삶을 어떻게 인식하고 있었을까. 이원수가 친일 글을 남긴 사실이 밝혀졌을 때, 이원수의 작품을 사랑하던 사람들은 그렇다면, 이원수가 혹시라도 친일 글을 남기고나서 자신의 과거 삶을 참회하는 기록을 어디에라도 남긴 건 없는가, 그것을 좀 찾아보면 좋겠다는 말들을 하였다. 그러나 명시적으로 이원수가 분명하게 사실을 고백하고 참회하는 글을 남긴 기록은 아직까지 찾을 수가 없다.

그렇기 때문에, 이원수의 작품이나 해방 이후 삶의 과정을 통해서 이 문제에 대한 답을 찾아볼 수박에 없다.

이원수가 자신이 일제강점기 친일 글을 남기던 당시의 그림자 삶을 의식하고 자신의 괴로운 무의식을 드러낸 글들을 굳이 찾아본다면 우선 다음 세 편을 일단 들어볼 수가 있다.

「별」(『현대문학』, 1973), 「군가를 부르는 아이들에게」(『문학사상』, 1973), 「아이와 별」(『어린이 새농민』, 1974)을 들 수가 있겠다. 이 세 편의 글에서는 이원수 자신이 일제강점기 그림자의 삶을 살아갈 때 감당해야 했던 고통스러웠던 내면을 드러내는 문장들이 곳곳에 보인다.

위 세 글을 살펴보면 흥미로운 사실 몇 가지를 알 수가 있다.

하나는 이원수가 자신의 과거 어두웠던 삶의 내면을 드러내는 글에 붙인 제목이다. 제목에는 모두가 별이 들어 있다. 이원수의 내면에는 저 별이 하나의 정령이 되어 들어와, 자신 삶의 어떤 운명을 예고하고 있었던 것이다. 그러니까 앞에서도 상당히 길게 말하였지만, 이원수의 삶은 곧 별과 함께한 운명이라고도 할 수 있을 것이다. 저 별은 각 시기 고난 극복의 삶을 살아갈 때마다 하나의 운명을 예고하는 다양한 얼굴로 등장하고 있다.

그리고 또 하나 궁금한 점은 이원수가 친일 글을 발표하던 시기에 대한 것이다. 자신의 무의식을 드러내는 글들이 왜 하필이면 1973~74년쯤의 것일까. 이때 이원수는 어떤 삶의 조건 속에 있었길래 자신의 어두웠던 시절 내면 무의식을 드러내는 글을 쓰게 된 것이었을까 하는 의문이 든다.

여기에 대한 답을 찾아가다 보면 이원수가 남긴 친일 글에 대해 이원수가 어떤 고백적 성찰을 스스로 하고 있었는지 그 실마리를 찾아볼 수도 있지 않을까. 나도 이런 의문을 갖고 이원수가 남긴 글과 당시의 삶을 살펴보았다.

그럼 먼저 「아이와 별」이란 작품을 한번 살펴보자.

앞에서 이원수는 아홉 살 때 별 꿈을 꾸었다고 하였다. 이원수는 이 별 꿈을 자신의 운명을 예고하고 상징하는 꿈으로 기억하고 있다. 자신의 삶을 고백하는 동화를 쓸 때는 꼭 이 별을 하나의 상징 대상, 상징 공간으로 해서 내면 고백을 하고 있는 것이다.

먼저 이 작품에는 몇 개의 소제목이 달려 있다.

첫 소제목은 「무서운 별」이다. 이원수가 꿈 속에서 본 그 별이다.

그런데 이 작품에서 무서운 별 꿈을 꾼 아이는 다섯 살로 나온다. 아홉 살보다도 더 아래로 내려가 있다. 그러니까 이 별은 이원수의 내면에 다섯 살 때부터 운명처럼 찾아온 것이다. 이렇게 시작된다.

아이는 다섯 살 때 무서운 별을 보았다. 그건 정말 무서운 별이었다.

별은 서쪽 하늘 낮게 떠 있었다. 가물가물 멀리 보이던 그 별은 아이를 향해 다가오고 있었다. 바늘 끝같이 조그맣던 별이 좁쌀알만 해지고 팥알만 해지면서 점점 아이를 향해 오고 있었다.

그 별은 노래를 부르며 오는 군인처럼 보였다. 별의 노랫소리가 들렸다.

청산 속에 묻힌 옥도
갈아야만 광채 나네……

무심히 보고 있던 아이는 그 노래를 따라 부르다가 왈칵 겁이 났다. 별이 아이를 잡으러 오는 것이라 생각되었던 것이다. (「아이와 별」, 『날아다니는 사람(전집 8권)』(웅진 1984) 32~33면)

어린 이원수에게 별은 아이를 잡으러 오는 군인의 상징으로 작용을 하고 있다. 이원수의 내면에는 저런 별이 들어와 살고 있었다. 이원수의 삶은 저 별과 마주하고, 별에 직면하면서 이루어지는 한 편의 드라마라고도 할 수 있겠다.

다음 「가엾은 별」이란 소제목에서 별은 이렇게 묘사되어 있다.

소년이 된 아이는 별을 보면 그것들이 이 땅 위의 살아 있는 아이들처럼 생각되었다.

별 중에서도 먼 곳에서 반짝이는 별을 지켜보다가는 다섯 살 때 듣던

'청산 속에 묻힌 옥도……'의 노래와는 달리 새 노래를 지어 불렀다.

> 별은, 가엾은 별은/춥고 먼 하늘에서/밤마다 반짝반짝.//너희는 엄마 품에/안기지도 못해보고/애들처럼 누나 등에/업히지도 못해보고/자라서 달각달각/란도셀 등에 메고/학교에도 못 가보고./바람 부는 하늘에서/떨고만 있던 별은/아기 재우는 우리 누나/자장 노래 듣고 있다가/구름 이불 집어 쓰고/그만 눈을 감았다.//별아, 잘 자거라/별아, 잘 자거라. (같은 책 34~36면)

다시 이원수에게 별은 이 땅 위에 살아 있는 가엾은 아이로 상징되고 있다.

그런데 이원수는 이후에 고향을 떠나 도시에서 살고 있는 어른이 된 뒤에는 "다섯 살 때의 그 별보다 더 무서운 것이 있다는 걸 알았고, 소년적의 그 별보다 더 아름다운 것이 있음을 알았다. 그리고 별보다 더 불쌍하고 가엾은 것들이 얼마든지 있음을 알았다."(같은 책 37면)고 말한다.

그럼 이원수의 삶에 어릴 때의 별보다 더 무섭고, 아름답고, 가엾은 것들은 무엇이었을까. 이 글을 쓸 당시가 1974년이라 가정할 때, 이원수는 분명 자신이 거쳐온 삶의 리듬 속에서 무언가 경험한 내용을 이 글에 투사하고 있는 것이다.

어릴 때 보았던 별의 상징보다 더 무서운 현실에 대해서 이원수는 바로 다음 소제목 「별보다 무서운 것」에서 이렇게 말하고 있다.

"그 무서운 것들은 호랑이처럼, 혹은 악어처럼 나타나서 이 세상이 저희 세상인 듯이 뽐내며 덤비고, 더 무서운 노래를 부르며 날뛰었다."(같은 책 38면) 이 실체는 무엇인가. 아마도 일제를 말한다고 볼 수 있을 것이다. 바로 이어서 이런 문장이 나온다.

"다섯 살 때의 그 무서운 별에 대해서는 아버지 품으로 숨으려 했지만, 어른이 된 아이에게 덤비는 무서운 것에 대해서는, 아무데도 피할 곳이 없었다. 아버지는 이미 옛날에 돌아가셨으니 그 품을 찾을 수도 없거니와 그럴 생각도 없었다. 그보다는 자기의 어린 아들딸을 품속에 숨겨야 하고 보호해야 할 형편이었다."(같은 책 38면) 이렇게 말하고 있다.

이때의 상황을 이원수는 「별」이란 작품에서 좀더 상세하게 연도까지 거론하며 이야기를 하고 있다. 별을 무서워하던 소년이 그로부터 25년이 지난 후의 얘기를 하고 있다.

「아이와 별」에서는 다섯 살 때 별을 보았다고 했는데, 이때의 별을 기점으로 하면 1916년으로부터 25년이 지난 시점이니 1941년쯤이 된다. 이원수가 『반도의 빛』에 친일 글을 남긴 때가 1942년이니까, 한 해 전이 된다. 또 「별」이란 작품에서는 소년이 처음 무서운 별을 본 때를 아홉 살 때 3·1운동이 일어나던 때로 상정하고 있다. 이때부터 계산을 하면 1919년에서 25년이 지난 시점이니까, 1944년이 된다. 이때의 상황에서 이원수는 자신에게 가장 두려웠던 사실을 이렇게 고백하고 있다.

"어른이 된 이제엔 별을 무서워하는 일은 없었지만 그보다 더 큰 무서움이 있었다. 아무래도 사랑하는 아내와 자식을 두고 어딘지도 모른 먼 곳으로 끌려가게 될 것 같아서였다."(「별」, 『별 아기의 여행(전집 6권)』(웅진 1984) 206면) 1942년을 기점으로 한다고 해도 이때 이미 이원수는 세 아이의 아버지였다.

이원수는 당시 무기력한 자신의 모습을 이렇게도 말하고 있다.

이 세상의 아름다운 것들, 가엾은 것들에 대해서도 이 세상의 그 무서운 것들이 항상 주먹질을 하고 짓밟으려 하는 것을 보았다. 어른이 된 아이는 분통이 터질 것 같았다. 이런 생각을 하는, 어른이 된 아이의 눈에 이따금 별이 보이기는 했다. 그러나 그 별의 수효는 얼마 되지도 않았다. 그 얼마 안 되는 별조차 병들어 희미하기만 했다. 독가스 속에서 시름시름

앓고 있는 별들이었다.

"아, 별도 앓는구나. 이 세상에도 앓는 아이들이 많은데……." (「아이와 별」, 『날아다니는 사람』 38면)

이원수는 당시 일제 권력에 의해 가족과 이별하고 강제 동원되는 걸 매우 두려워했다고 작품 속에서 고백을 하고 있다. 안으로는 분통이 터졌지만, 그 분통이 터지는 대상을 향해서 이원수의 내면에 있는 별은 빛을 잃어버리는 존재로 퇴행을 하고 있는 것이다.

11

다시 이원수는 동화 형식이 아닌 수필 형식으로 자신이 친일 글을 남길 시점의 삶을 이야기하고 있다. 「군가를 부르는 아이들에게」(『문학사상』, 1973)라는 제목으로 쓴 글이다. 이 글에서 이원수는 1943년 경남 함안 가야 금융조합에 근무할 때의 일을 이야기하고 있다. 그때 같이 근무하던 사자(使者) 안상이란 젊은이 이야기를 하고 있다. 이 글 가운데 한 부분을 길지만 인용해보겠다.

"형님은 (그는 나를 형님이라고 부르기도 했다) 어째서 이런 생활에 만족해하지요? 부끄러운 일 아닝기요?"

"누가 만족해하는가. 허는 수 없어서 이러고 사는 거지."

"말 마이소. 농민들의 피를 빨아먹는 거요. 부끄러운 일이란 말요."

사자는 자못 냉소의 얼굴로 나를 흘겨보았다.

"태석인 내게라도 그런 말 할 수 있어서 좋아."

하고 나는 그를 달래야 했다.

"선배들은 노회(老獪)해요. 교활한 게 선배라면 존경할 게 아무것도 없단 말요."

"그래, 그래. 그렇긴 하다."

이 청년의 분노를 내가 도맡아주어야 하는 건 좀 괴롭긴 했지만 이런 청년이 내 곁에 있다는 것은 얼마나 반가운 일인가 하고 나는 마음 든든함을 느끼기도 했다.

"형님의 시는 뭡니까? 센티멘탈한 그런 시로 아이들을 속이는 거 아닙니까? 노회하단 말요."

"야, 너 그렇게 공박을 하면 뭐라고 대답을 하란 말이냐? 아이들을 속이려는 시는 쓰지 않았다."

"형님 작품 내가 모르는 줄 아시오? 하나 외워볼까요?"

내가 아무 말 않고 그의 얼굴을 바라보고 있는데,

"이런 것 있었지요.

개나리꽃 들여다보면 눈이 부시네.
노란 빛이 햇볕처럼 눈이 부시네
잔등이 후끈후끈 땀이 베인다
아가, 아가, 내려라, 꽃 따 줄게.

그러고 뭐더라.

아빠가 가실 적엔 눈이 왔는데
보국대 보국대, 언제 마치나?
오늘은 오시는가 기다리면서
정거장 울타리의 꽃만 꺾었다.

이런 시로 노무대에 끌려간 아버지를 기다린다는 것, 이건 쓸데없는 미화란 말요. 농민의 자식들을 좀더 똑바로 봐야 해요. 시를 가지고 형님 심정이나 위로하려는 건 노회하단 말요."

나는 안 사자의 평의 지나친 점도 알고 있었지마는, 일제의 압정 아래 허덕이고 있는 농민들과 그들의 자제들을 위하는 마음에서라면 애상조의 동시나 써서 스스로 만족해서는 안 된다는 큰 원칙적인 것에 생각이 미쳤다.

그렇다고 낙천적인 유쾌한 노래를 쓸 생각은 아예 없었다. 세상 어디를 보아도 남의 피를 빨아먹지 않고 사는 사람들 중에는 깡충거리고 즐기는 내용의 시를 보여줄 만한 상대는 없었기 때문이다.

문학과는 먼 문외한적인 젊은 안 군의 투정을 듣고 나는 크게 깨닫는 바가 있었다.

그것은 나의 소위 아동문학이란 것이 어떤 자세로 씌어져야 할 것인가를 진지하게 생각하는 계기가 되어주었기 때문이다.

군가를 부르며 자라는 아이들에게 동시를 줄 기회도, 길도 막혀 있긴 했지만 그래도 나는 시를 썼다. 오늘까지도 그때의 나의 회의는 완전히 풀리지 못했지만 안 청년의 노회 공격은 늘 나에게 경종이 되어 온다. (『솔바람도 그 날 그 소리』 131~33면)

이원수가 이 글을 쓰던 1973년이란 상황으로 돌아가보면, 개발독재에 저항하는 작품들을 왕성하게 남길 때였다. 한 가지 예를 든다면 「불새의 춤」(1970)과 같은 작품을 들 수 있겠다. 『잔디숲 속의 이쁜이』(1973) 같은 작품도 이때 나왔다. 저 사자 안상이 제기하는 노회하단 말에는 어쩌면 친일시를 쓴 그 사실을 말하지 않았을까도 싶다. 금융조합 기관지인 『반도의 빛』에 그러한 친일시 작품을 썼다는 걸 다 안다는 말이 아니었을까도 싶다.

여기에서 그럼 이원수는 왜 갑자기 1973년 즈음에 이런 친일 글을 쓸 당시의 자신의 무의식을 드러내는 글을 발표하였던 것일까. 여기서 1970년을 즈음한 당시의 문단 배경을 한번 살펴보면 좋겠다.

12

지금 이 글을 쓰면서 당시에 나온 두 권의 다른 경향의 잡지를 살펴보고 있다. 하나는 『아동문학의 전통성과 서민성』(한국아동문학가협회, 1974)이란 제목으로, 단행본 형식으로 나오긴 했지만 잡지의 형태를 띠고 있다. 한국아동문학가협회는 해마다 협회 잡지를 내고 있었는데, 3호까지 나오고 이 해에는 단행본 형태로 낸 것이었다.

한국아동문학가협회에서 나온 잡지들을 보면 맨 앞에 '우리들의 선언'이란 꼭지가 있다. 이 부분은 바로 잡지를 내는 시점에서 협회가 추구하는 문학의 방향을 나타내는 귀중한 자료라 할 수도 있을 것이다. 한국아동문학가협회의 회장으로 있던 이원수가 지향하던 아동문학관을 이 선언을 통해서도 어느 정도 알아볼 수 있을 것이다.

이 단행본에 실린 '우리들의 선언' 꼭지의 제목은 「서민아동과 문학」으로 되어 있다.

우선 이 글에서 눈에 띄는 한 부분을 인용해본다.

> 아동문학이 유년—소년에게 주어지는 문학이라 하여, '꿈의 세계, 아름다운 공상의 세계의 이야기를 줄 수 있다'는 한 특성을 그릇 생각하여 서민아동의 현실 세계를 외면하고, 부질없는 안일과 사치의 별세계를 보여주며, 게으른 자의 정신적 유희에 빠지는 경향이 아직도 없지 않을 뿐 아니라, 이러한 부끄러운 작업을 가장 온당한 예술 작업인 듯이 오해하고

작품에 서민성의 부재를 도리어 순수한 아동문학의 특성에서 있을 수 있다는 듯이 말하는 사람들이 있다.(『아동문학의 전통성과 서민성』 8면)

이원수는 이미 해방 이후부터 분단체제를 기반으로 반공 이데올로기를 앞세우며 개발독재를 추구하던 시대에 지배권력의 반대편에 서서 아동문학이 어떻게 역사 현실을 담아내야 할 것인가를 두고 실제 작품화시키는 일에 매진하고 있었다. 가장 대표적인 예로, 전태일의 분신 사건이 있을 때 그해(1970년) 바로 발표한 「불새의 춤」을 들 수 있을 것이다.

이원수의 친일 글이 발견되었을 때도 아동문학을 하는 많은 사람들이 이원수의 삶과 문학을 어떻게 볼 것인가를 두고 고민하는 지점이 여기에 있는 것이다.

이원수의 삶은 일제강점기 친일 글을 남기는 그림자가 되는 삶에서 해방 이후 다시 일제강점기 버금가는 개발독재 시대에는 분명히 지배권력이 내포하고 있는 모순을 드러내어 민족문학으로서의 아동문학이 가야 할 본질을 나름대로 깊이있게 탐구하고 있었던 것이다. 지배권력에 눌려 신음하고 있는, 낮은 자리에 서 있는 사람들의 편에서 노래를 불러주고 이야기를 들려준 분명한 빛이 되는 삶을 살았던 것이다.

1970년 초에 들어서면서 한국의 아동문학은 더욱 첨예하게 반공 이데올로기와 개발독재에 기반한 지배권력의 담론을 옹호하는 아동문학의 한 경향이 존재하고 있었다. '우리들의 선언'은 분명히 이러한 아동문단의 한 경향을 향해 비판의 화살을 날리고 있는 것이다.

'우리들의 선언'에 실린 내용을 한 번 더 보자.

'달콤한 꿈의 세계'란 아동의 자유분방한 공상의 세계나, 아동다운 발전의 세계와는 다르다. 그것은 흔히 아동 대중이 처해 있는 현실과는 너무나 다른 안일의 세계요, 그러한 세계는 현실적으로는 일부 특수층 부모의 가정이거나 아니면 외국에서 장원, 전원으로 불리우는 유한 인사의 구미에 맞는 곳의 생활이 그 지반이 된다.

그러한 지반은 근로와는 관계없는 곳이며, 도시의 근로대중과 농촌의 농민들과도 인연을 갖지 않는다. 유한의 문학이요 현실도피의 소비성 문학이다.

한국의 실정을 알고 한국의 아동을 위하는 마음이 있는 작가라면 그러한 유타아동(遊惰兒童)의 세계를 조장하거나 긍정하는 작품을 쓸 수 없을 것이며, 그것이 아동을 즐겁게 하는 것이 아니라, 병신으로 타락시키거나, 국민의 일원이 될 앞날의 한 인간을 누추한 정신으로 삼게 만드는 일이 될 수도 있음을 느끼게 될 것이다. (앞의 책 9면)

상당히 강한 어조로 서민문학, 달리 말하면 리얼리즘 문학을 지향하는 사람들의 입장을 대변하고 있다. 여기서 비판의 대상이 되는 문학의 경향을 알아볼 수 있는 한 잡지를 들라면 김요섭이 발행하던 『아동문학사상』을 들 수 있겠다. 이 잡지의 성격과 여기에 실린 글이 갖고 있는 한계와 가능성의 여지에 대해서는 글의 성격상 이 글에서는 생략하기로 하겠다.

위 『아동문학의 전통성과 서민성』이란 책에 실린 이오덕의 비평은 당시 이원수가 지향하던 아동문학의 방향을 작가론 형식의 글을 통해 분명하게 보여주고 있다.

예를 들어서 이오덕은 '동화에 나타난 동요적 발상'이란 소제목을 걸고 주로 강소천과 김요섭을 비판하고 있다. 이 글에서 김요섭의 장편동화 『물새 발자국』에 대해 비판하는 내용을 참고삼아 옮겨본다. 서민문학과 대극을 이루는 지점에 있는 작품의 경향을 짐작할 수 있는 대목이라 할 수 있겠다.

장편동화 『물새 발자국』의 주인공 혜경이는 시골 아이들이 '감히 신어 보지도 못하는' 구두를 신고 쓸데없이 심술과 투정을 부리고 걸핏하면 입을 삐쭉거리고 뾰루퉁해지는 아이다. (…)

은순은 학교 가면 커다란 자랑거리가 생기었다. 자기는 서울 아이의 친구가 되었다는 자랑, 그리고 서울 아이와 함께 피아노를 배운다는 자랑, 그리고 가끔 그 피아노와 같이 한방에서 잔다는 이야기였다.

학교 친구들은 모두 부러워하였다. 자기네도 그 서울 아이의 친구로 한몫 끼게 해달라 하였다.

"안 돼, 안 돼!"

은순은 막 빼기며 싹 잡아떼었다.

이런 아이로 되어 있다. 어찌면 시골 아이를 꼭 이렇게 만들어야 하는가? 이것은 이 세상이 모두 제것인 양 놀아나는 도시의 그 정체를 알기 힘든 아이들의 세계에 대해 그 화려한 세계를 부러워하여 제 정신을 잃고 가난한 이웃을 멸시하도록 시골 아이를 그려놓은 것이니, 참으로 아연하지 않을 수 없다. (「아동문학과 서민성」, 앞의 책 46~47면)

이와 달리 위 글에서 '서민정신의 작가와 작품'이란 소제목을 붙인 대목에서는 마해송, 이주홍, 이원수, 이현주, 권정생의 작품을 예로 들고 있다. 1974년 저 시점에서 이오덕이 서민정신을 담아낸 작품으로 이원수의 『잔디숲 속의 이쁜이』『숲 속 나라』『민들레의 노래』『메아리 소년』, 「명월산의 너구리」「아기 붕어와 해나라」「별」「파란 구슬」을 들고 있다. 이현주는 「바보 온달」「서글픈 크리스마스」, 권정생은 「무명 저고리와 어머니」「강아지똥」「똘배가 보고 온 달나라」 같은 작품을 들고 있다.

지금 한국의 아동문학사에서 리얼리즘 문학의 정신은 이원수를 정점으로 하여 이오덕, 권정생, 이현주와 같은 당시 한국아동문학가협회 내에서도 서민문학의 지향점을 특히 더 추구하는 작가들로 점차 하나의 흐름을 이어가기 시작하였다.

친일 글을 남긴 이원수 삶의 오점과, 그 이후 삶에서 보이는 이원수가 개발독재 시대에 저항하며 분단 모순을 해체하려고 들었던 삶을 한 자리에 놓고 볼 때 우리는 어떤 관점에서 이원수 문학의 전체를 바라봐야 하는가. 아주 어려운 문제이다. 단순히 친일 글을 남긴 작가로만 매도할 수도 없으며, 또한 해방 이후의 삶과 작품을 내세워 단순히 영웅의 자리로 내세울 수도 없는 이원수는 자신의 몸에 빛과 그림자 둘 다를 품고 지금 우리에게 아주 어려운 탐구 문제를 제기하고 있다고도 볼 수 있다.

이원수 탄생 백주년을 맞이해서 연구자들이 나름의 관점으로 위 질문에 대한 답을 해보았고, 그 다양한 답을 한 권의 책으로 만드는 작업을 지금 하고 있다. 나에게 맡겨진 글의 제목은 이원수의 삶과 문학 전체를 바라보는 총론의 이야기였다. 그러나 워낙 각론에서 많은 다양한 이야기들이 실리는 터라 자칫하면 중복될 것 같아, 어린 시절의 삶에 주로 초점을 맞추어 글을 써보았다.

총론으로 걸맞지 않는 내용의 흐름이지만, 이어지는 연구자들의 각 시기, 각 장르, 독자론의 자리에서 쓰여진 다양한 글들을 읽다보면 이원수의 삶과 문학이 한 흐름으로 읽힐 수 있으리라 생각된다.

어두운 기억의 소환

이원수의 친일 아동문학과 작가론 구성 논리에 대한 재검토

조은숙

1. 서론—친일문학과 작가론

일제 말 이른바 신체제기에, 이원수는 동시 「지원병을 보내며」를 비롯한 5편의 친일 글을 발표했다.[1] 이로 인해 이원수의 이름이 2009년 민족문제연구소가 편찬한 『친일인명사전』에 등재되었다. 이원수 외에도 아동문학가 중에 고한승, 김영일, 송영, 신고송, 정인섭, 최영주 등의 이름이 『친일인명사전』에 수록되었으며,[2] 김상덕, 윤극영, 이주홍 등도 친일

1 이원수가 쓴 친일 글은 동시(소년시) 「낙하산」(1942. 8)과 「지원병을 보내며」(1942. 8), 시(농민시) 「보리밭에서—젊은 농부의 노래」(1943. 5), 수필 「농촌 아동과 아동문화」(1943. 1)과 「고도감회(古都感懷)」(1943. 11) 등 5편이며, 모두 조선금융조합연합회 기관지인 『반도의 빛(半島の光)』에 발표되었다.

2 그러나 이들 중 아동문학 작품 활동 때문에 『친일인명사전』에 등재된 작가는 이원수와 김영일 두 사람뿐이다. 고한승은 비행기 헌납, 송영·신고송 등은 전쟁 찬양 친일 연극 공연, 정인섭은 조선문인보국회 활동 및 국민문학론 관련 글 발표, 최영주는 대동아공영권을 찬양하는 잡지 『신시대』 편집 등으로 인해 친일 인사로 지목되었다. 친일인명사전편찬위원회 『친일인명사전』, 민연 2009 참조.

관련 행적을 의심받은 바 있다.[3] 그러나 이원수의 친일 행적은 유독 사회적 파문을 크게 일으켰다. 이는 이원수가 한국 아동문학사에서 매우 큰 비중을 차지하는 작가일 뿐만 아니라, 현실주의 아동문학가로서 사회 비판적인 작가정신이 높게 평가되어온 인물이며 생전에는 친일 행적이 전혀 알려지지 않았던 탓일 것이다.

이원수의 친일 행적이 알려지자 아동문학계는 크게 동요되었다. 일단 허탈감이나 배신감을 드러내는 감정적 반응부터 불거져 나왔다. 동시작가 권오삼은 숱한 친일문학인이 거론되더라도 이원수만큼은 "털끝만큼도" 의심해본 적이 없었기 때문에 더욱 충격적이고 허탈하다고 토로했다. 그는 이원수의 친일 작품 때문에 "그동안 이원수가 보여줬던 삶이나 작품이 마치 허구처럼 느껴지는 참담함"을 맛보지 않을 수 없게 되었고, 그의 작품과 글에 나타났던 "민족정신, 문학정신에 의심이 가고, 속았다는 느낌"마저 갖게 되었다고 했다.[4]

아동문학계의 한편에서는 친일 작품만으로 이원수의 작가로서의 삶과 문학 전체를 평가해서는 안 된다는 주장도 제기되었다. 이오덕, 원종찬 등은 이원수의 전체 삶에서 친일 작품이 차지하는 부분은 극히 일부분이며 해방 이후 억압적 정치 상황에서도 민족주의·현실주의 아동문학의 중심에서 추호의 흔들림 없이 자리를 지켰다는 점을 생각해 볼 때

---

3 임종국의 『친일문학론』(평화출판사 1966)의 부록 친일 「관계 작품 연표」에는 김상덕이 아동문학 항목에, 이주홍은 문학 항목에 이름이 들어 있다. 이재철은 「일제식민지잔재 아동문학의 청산을 위한 각서」(『아동문학평론』 1992년 봄호), 「친일아동문학의 청산과 새로운 아동문학의 건설」(『민족문제연구』 1996년 겨울호)에서 윤극영, 정인섭, 김영일, 김상덕, 송창일 등의 친일 행적을 소개한 바 있다. 김화선은 「일제 말 전시기의 아동문학 및 아동담론 연구」, 『친일문학의 내적 논리』, 역락 2003에서 이원수의 작품 외에도 박태원, 계용묵 등의 방송소설을 일제에 협력하는 태도를 보인 아동문학 작품의 사례로 언급하였다.

4 권오삼 「1943년의 이원수와 안태석 청년」, 『아동문학평론』 2004년 봄호.

그의 전체 삶과 문학을 친일로 규정짓고 매도하는 것은 가혹하고 부당하다고 주장했다. 친일의 행적이 훨씬 노골적이었던 다른 아동문학가들에 비한다면 의도적이거나 적극적이지 않았는데도 불구하고, 생전에 밝혀지지 않고 최근에야 알려져 충격을 주었다는 이유로 마치 대표적인 친일 인사인 것처럼 매도되는 것은 불공평한 평가라는 지적도 있었다.[5] 아울러 일제 말 이원수의 처지에서 외부의 압력에 의해 어쩔 수 없이 친일 작품을 발표한 것이 아니겠느냐는 추정도 제기되었다. 독서회 사건[6]으로 1년이나 감옥에 수감되었다 나온 뒤 집행유예 상태에서 함안금융조합에 복직했던 당시 이원수의 상황을 미루어볼 때, 거부하기 어려운 모종의 압력을 받았을 가능성이 크다는 것이다.[7]

이원수의 친일 아동문학 작품이 발굴됨으로써 그가 장기간 견고하게 유지해온 현실주의 아동문학가로서의 표상은 크게 균열되었다. 자연히 이원수의 작가론도 전체적으로 재구성되어야 할 필요가 생겨났다. 그런

5 대표적인 글을 소개하면 다음과 같다. 이오덕「이원수 선생의 일제 말기 친일시, 어떻게 볼 것인가」,『우리 말과 삶을 가꾸는 글쓰기』, 2002년 11월호; 원종찬「이원수 친일시를 둘러싼 논쟁」, 동화아카데미(www.dongwhaac.org) 동화칼럼, 2002년 12월 9일; 이재철「이원수 선생의 일제 말기 문필활동—남쪽에서 들려온 소식」,『아동문학평론』 2003년 봄호.

6 1935년 2월에 이원수, 라영철, 한갑수, 제상목, 김문주 등 마산·함안 지역 문인들이 프롤레타리아 문예조직을 결성하여 "프로문학의 결사 재건"을 꾀했다는 혐의로 검거되었던 사건이다. 이원수는 이로 인해 징역 10개월, 집행유예 5년을 언도받았으며, 1936년 1월 30일에 출옥하게 된다. 이원수의 혐의는 불온서적 소지와 프롤레타리아 문예 비밀결사 조직 등이었지만,『이원수아동문학전집』의 연보에도 "반일(反日) 문학 그룹" 사건으로 기록되었을 만큼 계급주의적 활동의 의미보다는 항일 민족주의의 이력으로 인식되어왔다.「좌일 문학청년 오명을 송국(送國)」,『매일신보』 1935년 11월 17일자;「이원수 연보」,『아동과 문학(전집 30권)』, 웅진 1984 참조.

7 이원수의 친일 작품 활동을 이른바 '생계형 친일'로 분류하고자 하는 태도라고 볼 수 있다. 그러나 이원수의 친일 글들은 일제의 압력에 대해 회피하거나 타협하는 태도를 보여주기보다는 오히려 적극적인 협력의 양상을 띠고 있어 친일 글들이 이원수의 자발적 의지를 담고 있다는 주장을 반박하기는 어려워 보인다.

데 현실주의 아동문학가와 친일 아동문학가의 표상은 지극히 배타적인 것이어서, 친일의 문제를 이원수의 작가론에 수용하는 것은 난처한 문제가 될 수밖에 없다.[8] 이는 임종국의 『친일문학론』 이후 1970~80년대에 걸쳐 본격화되었던 친일문학에 대한 비판이 대체로 "식민지 협력과 무관하다고 스스로를 규정한 세대와 계급(민중)"에서 나왔으며, 문단의 주류를 차지해온 민족 부르주아의 정당성에 대한 강한 의문과 비판의 성격을 띠고 전개되었다는 점과도 관련이 있다.[9] 즉 "민족 민주주의 사상"[10]을 중핵으로 해서 구성된 이원수의 현실주의 작가상은 친일문학에 비판적으로 맞서면서 자신의 정체성을 구성해나간 민족문학 진영의 가치가 응집된 하나의 이념적 모델이었다는 점에서도, 친일의 행적이 현실주의 작가론에 수용되기 어려운 측면이 발생하는 것이다.

이원수의 친일 행적과 관련하여 작가론 재편의 방향은 크게 양분되어 나타났다. 먼저, 이원수의 친일 작품을 발굴하거나 분석한 연구자들은

---

8 하나의 예를 들어 본다. 류덕제는 교과서 수록 제재에 좌파 성향의 작가와 현실주의 동화가 배제되어온 양상에 대해 비판하였는데, 전태일분신사건을 다룬 이원수의 동화 「불새의 춤」을 현실주의 아동문학의 대표적인 사례로 제시하였다. 그는 이 논문에서 좌파 작가들의 이론적 기반이 현실주의에 있으며, 해방 이후 이들이 대부분 월북하게 되었다는 점 등이 현실주의 문학을 반교육적인 것으로 생각하게 만든 요인이라고 꼽았다. 한편 교과서 수록 제재의 주류가 되어온 순수문학, 형식주의 작품의 기원은 조선문인협회(朝鮮文人協會), 친일 단체인 조선문인보국회(朝鮮文人報國會), 한국문인협회(韓國文人協會) 계열에 있다고 보았다. 그러나 이원수는 이와 같은 주장의 일관성을 흔드는 요인이 될 수도 있다. 이원수는 대표적인 좌파 현실주의 작가이기도 하지만, 동시에 친일 아동문학 작가로도 지목되는 인물이기 때문이다. 류덕제 「현실주의 아동문학과 교육성」, 『초등국어교육연구』 6호(2006) 참조.

9 윤대석 「친일문학과 문학교육」, 『문학교육에서 바라본 일제강점의 기억과 체험』, 한국문학교육학회 제56회 학술대회 발표문집(2010) 참조.

10 이주영은 이원수의 동화 『숲 속 나라』가 김구가 꿈꾸었던 '민족국가, 민주국가, 문화국가'와 같은 사상적 바탕을 가지고 있다고 보았다. 이주영 「이원수의 문학과 사상」, 『동화읽는어른』 2000년 12월호 참조.

친일 작가로서의 면목을 이원수의 전체 삶과 작품에까지 확대 적용하여 해석하려는 모습을 보였다. 반면 이원수의 현실주의 작가로서의 측면을 강조해온 아동문학 비평가나 연구자들은 대개 친일 행적 자체는 사실로 인정하되 그것을 작가의 전 생애에서의 순간적인 일탈이나 오점으로 처리하여 기존 이원수 작가론이 갖는 의미 구조는 그대로 보존하는 방식을 지향해왔다. 양편 모두 '친일 작가' 혹은 '현실주의 작가' 중 한쪽을 선택하여 논리를 강화하는 방식을 선호했던 것이다. 이에 따라 이원수의 친일 사실이 알려진 지 약 10년이 된 현재에 이르기까지도, 이원수의 작가론은 통합적으로 재구성되기보다는 '친일 작가'와 '현실주의 작가'로 양분된 채 대립된 상태라고 할 수 있다.

물론 최근의 친일문학 연구가 이처럼 단순한 양상을 띠는 것은 아니다. 2000년대 이후의 친일 관련 연구는 그간 우리 학계가 친일 문제를 정치적 윤리적 책임을 물어 고발하고 처벌하는 대상으로 삼는 대신 '사유의 대상'으로 다루는 것은 포기해왔다는 점을 비판하면서,[11] '협력과 저항' '파시즘' '반복과 차이' 등의 새로운 인식 틀을 제안하고 있다. 구체적인 문제 설정에는 차이가 있지만 최근의 연구자들은 대개 '친일문학'은 강력한 "제국/제국주의의 헤게모니 아래서 '식민지 근대'를 살아온 지식인 작가들의 역사철학적 인식이 가닿은 하나의 필연적 귀결"이라는 점, 그 속에서의 "식민지 지식인 작가들 내면의 근대 지향과 탈근대 지향 사이의 혼돈과 착종"을 읽어야 한다는 문제의식을 공유하고 있다고 볼 수 있다.[12] 그럼에도 불구하고 이원수의 친일 아동문학을 둘러싼

11 윤대석, 앞의 글 50면 참조.

12 2000년대의 대표적인 친일문학 연구자로는 김재용, 김양선, 박수연, 한수영, 류보선, 강상희, 하정일, 윤대석 등을 꼽을 수 있다. 친일문학 연구의 전개와 주요 내용에 대해서는 김명인의 「친일문학 재론—두 개의 강박을 넘어서」(『한국근대문학연구』 2008년 상반기호) 258면 참조.

논쟁은 여전히 '친일:항일'의 이분법적 틀을 크게 벗어나지 못하고 있는 듯하다. 특히 2011년 이원수 탄생 100주년을 맞이하여 지역사회의 공론장에서는 이원수를 일제에 협력한 친일 작가로 볼 것인가, 잠시의 과오는 있었지만 한평생 민주·민족주의를 지향한 작가로 평가할 것인가를 두고 차이가 좁혀지지 않는 언쟁을 벌인 바 있다.[13]

콜린 맥케이브(Collin McCabe)가 적절히 요약한 것처럼 바르트는, 작가(혹은 저자)란 '인간'의 존엄성을 찾아내고자 하는 사회적 욕망의 산물이라고 보았다. 작가란 "의미를 사회적으로 구현하는 특권을 갖는 자"로서, 저자에 쏟는 막대한 열정과 관심은 곧 "정체성이 조각조각 분열되는 것을 막아 고정시키려는 시도, 말하자면 의미에 대한 투자에 다름 아닌 것"이다.[14] 이러한 논리에 기대보자면, 친일과 현실주의로 분열된 이원수 작가론은 우리가 가지고 있는 의미 생산의 방식을 되비춰주는 것이라고 할 수 있으며, 그것은 '민족주의'라는 공통의 심급에서 파생된 대립짝으로서 결과를 '판정'하는 데는 유용하지만 내적인 논리나 문학적 실천의 동기와 과정을 '사유'하는 데는 무력한 것이라고 할 수 있다. 따라서 본고는 작가론에 대한 검토를 통해 이원수의 훼손된 작가상을 복구하거나 안정적으로 결정(結晶)하는 것 자체를 목적으로 삼지는 않으려 한다. 작가란 "자기 자신의 삶 전체를 탐구 대상으로 내어

13 창원시는 2011년 이원수의 탄생 100주년을 맞이하여 기념사업을 지원하고 이원수를 창원시 브랜드화 계획에 포함시키고자 했으나, 시민단체연합은 친일 작가를 기념하는 사업에 혈세를 낭비할 수 없다는 논리로 거세게 항의했다. 창원시는 이원수에 대해 민족의 노래 「고향의 봄」을 노래한 작가로, 시민단체는 일제에 협력한 친일 작가로 규정하는 등 확연하게 분열된 인식을 보여주었다. 그런데 이러한 대립은 2002년 '채만식 탄생 100주년 행사'에서도 이미 똑같이 연출되었던 것이어서 기시감을 느끼게 할 정도다. 당시 '참여자치 전북시민연대'가 발표한 결의문 「채만식 100주년 기념행사를 규탄한다」의 내용은 류보선의 「친일문학의 역사철학적 맥락」(『한국근대문학연구』 2003년 상반기호) 11면에 요약되어 있다.

14 콜린 맥케이브 「저자의 보복」, 박인기 편역 『작가란 무엇인가』, 지식산업사 1997, 306면.

놓"[15]은 자이며, 문학 연구에서 문제 삼아야 하는 것은 하나의 실체로서의 인간이 아니라 "작품의 가치와 관련된 일종의 개념체로 드러나는 작가(자)"[16]라고 할 때, 오히려 작가의 삶과 문학은 매번 새롭게 읽고 해석해야 하는 텍스트가 될 것이기 때문이다.

본고는 작가론이란 인간의 삶과 문학에 대한 통합적 이해를 지향하는 담론의 구성체라고 전제하고 기존 작가론 구성이 갖는 한계를 짚어봄으로써 이원수라는 한 작가의 다층적 의미 공간을 통과해서 아동문학의 문학적 실천을 근본적으로 성찰해야 함을 제언하고자 한다. 이원수의 친일 작품이 발굴되는 것을 계기로 그동안 통념으로 자리 잡고 있던 이원수의 현실주의 작가상은 크게 균열되었다. 그러나 이후의 연구가 민족주의나 현실주의로 억압되어 있던 작가의 전체적인 면모에 대한 다각적 검토로 이어지기보다는, '친일 작가'와 '현실주의 작가'의 배타적인 정체성을 강화하는 방향으로만 진행되고 있는 현상은 문제가 아닐 수 없다. 이를 극복하기 위해서는 우선 기존 작가론의 논리 구성 방식을 비판적으로 검토하지 않을 수 없을 것이다. 특히 최근 10년간 축적되어온 친일 작가론은 광범위한 자료를 수집 · 분석하고 친일에 대한 새로운 관점을 도입함으로써 작가 연구의 새로운 전환을 마련한 의의가 있음에도 불구하고, 자료의 실증과 해석의 과정에서 과장되거나 비약된 부분이 있으며 이러한 논의가 아동문학계뿐 아니라 사회 공론의 장에서도 강력한 영향력을 행사하고 있으므로 집중적으로 재검토될 필요가 있다. 본고는 이와 같은 작업을 통해, 이원수 작가론을 재구성할 수 있는 기초적인 발판을 마련하고 향후 친일 아동문학 연구가 지향해나가야 할 방향

15 이재복 「이원수 문학이 우리에게 남긴 과제—별 왕자가 찾아와 나눈 이야기」, 『동원 이원수의 삶과 문학』, 사단법인 고향의봄기념사업회 이원수탄생100주년기념학술세미나 발표문집(2011) 17~18면.

16 우한용 「문학교육과 작가론」, 『국어교육』 55·56호(1986) 158면.

을 탐색하는 것을 목적으로 삼고자 한다.

2. 이원수의 친일 작가론 구성과 실증 자료 검토의 문제

이원수는 동화, 소년소설, 동요, 동시, 동극, 방송극, 수필, 비평 등 다양한 장르에서 왕성한 집필 활동을 했으며, 다채로운 경향의 작품 세계를 보여주었다. 그러나 그의 작가론에서 가장 핵심적인 것은 현실 비판의 정신을 강하게 보여주었다는 평가였다고 할 수 있다. 이재철은 이원수의 아동문학사적 의의를 첫째, 저항적 현실주의 동요 동시를 창작하고 아동문학의 기초 이론을 확립하는 데 이바지하였으며 둘째, 동화와 아동소설 부분에서도 본격적인 소설 수법 도입으로 고발적인 현실주의 문학을 확립하는 데 기여하였고 셋째, 약자의 편에 서서 비판적 리얼리즘 아동문학의 방향을 제시하였으며 넷째, 비문학적, 통속적, 상업주의적 아동문학에 맞서 현실주의 아동문학을 정착시키는 데 기여했다고 요약했다.[17] 이원수의 작품에 사회 역사적 현실이 어떻게 수용되었는가는 여러 논자에 의해 꾸준히 논의되어왔다.[18] 최근의 연구에서 이원수의 작가정신의 핵심을 '현실주의'라는 용어로 정리한 대표적인 연구자로는 원종찬, 박종순 등을 들 수 있다.[19]

그러나 '현실주의'로 대표되던 이원수의 작가 표상은 그의 친일문학 작품으로 인해 커다란 균열을 갖게 되었다. 이원수의 친일문학은 2002

17 이재철 「이원수의 문학세계」, 『아동문학평론』 1981년 봄호.

18 채찬식 「이원수 동화의 현실대응 양상」, 『아동문학평론』 1987년 봄호; 이균상 「이원수 소년소설의 현실 수용양상 연구」, 『청람어문학』 18호(1997).

19 원종찬 「이원수의 현실주의 아동문학」, 『인하어문연구』 창간호(1994); 박종순 「이원수 문학의 리얼리즘 연구」, 창원대 박사학위논문, 2009.

년 박태일의 발굴 보고로 처음 세상에 알려졌다.[20] 박태일은 「이원수의 부왜문학 연구」 「나라잃은시대 후기 경남·부산지역 아동문학—이원수와 남대우를 중심으로」 「나라잃은시대 후기 이원수의 아동문학」 등의 후속 논문을 통해 이원수의 친일문학에 관한 연구를 심화 확장하였다.[21] 그는 친일문학 연구의 과제를 몇 가지로 제시한 바 있다. 첫째 광범위한 1차 사료 확보를 통해 친일 사실에 대해 실증적으로 고찰할 것, 둘째 작가의 사회적 명성이나 고정 관념으로부터 벗어나 역사적 맥락에서 작품의 의미를 재해석할 것, 셋째 작가에 대한 가치판단을 재구성하고 문학 행정 등 사회적 실천 방향을 잡는 데 이바지할 것 등이다.[22] 박태일이 진행한 일련의 이원수 친일문학 연구는 이러한 세 가지 과제를 충실하게 수행한 사례이다.

특히 방대한 분량의 1차 자료를 수집·검토하여 친일 작품을 비롯한 다수의 작품을 발굴한 것은 이원수 작가론의 실증적 토대를 확충한 중요한 성과라고 할 수 있다. 우선 박태일은 「경남 지역문학과 부왜활동」에서 이원수가 1942~43년에 조선금융조합연합회의 기관지인 『반도의 빛』에 발표한 5편의 친일 글을 발굴하여 소개하였다. 또한 이후의 논문에서는 이원수의 동시집 『종달새』(새동무사 1947), 『빨간 열매』(아인각 1964), 『고향의 봄(전집 1권)』(웅진 1984) 등을 대상으로 일제 말과 해방 이후의 문학 활동을 고찰해나갔다. 그 결과, 일제 말에 이원수는 생전에 자신이 진술했던 것과는 달리 친일 작품을 비롯하여 많은 양의 작품을 발

20 박태일은 2002년 3월 5일 언론을 통해 이원수의 「지원병을 보내며」 창작 사실을 발표했고, 같은 해 4월에 열린 경상대 인문과학연구소 쟁점학술 토론회에서 「경남 지역문학과 부왜활동」을 통해 좀더 자세한 내용을 소개했다.

21 박태일 「이원수의 부왜문학 연구」, 『배달말』 32호(2003); 「나라잃은시대 후기 경남·부산지역 아동문학—이원수와 남대우를 중심으로」, 『한국문학논총』 40호(2005); 「나라잃은시대 후기 이원수의 아동문학」, 『어문논총』 47호(2007).

22 박태일 「경남지역 부왜문학 연구의 과제」, 『인문논총』 19호(2005) 참조.

표했다는 것을 확인할 수 있으며, 해방 직후에는 일제 말에 이미 발표했던 여러 편의 작품들을 다른 지면에 재발표했고, 이후 단행본 시집을 묶을 때에는 작품의 발표 연도나 매체명을 부정확하게 기록하였음을 알 수 있는데, 이 모든 것은 친일 행적은 은폐하고 현실주의 작가로서의 면모는 강조하고자 한 의식적, 무의식적 행위였다고 주장했다. 이러한 연구를 바탕으로 박태일은, 이원수가 일제강점기 때 독서회 사건으로 투옥되었던 경력이 있기 때문에 저항 작가로 알려져 있고, 현실주의 아동문학가, 정의로운 문학인 등의 이미지를 가지고 있어 "민족 아동문학의 표상"으로 신화화되어 온 측면이 있으나, 이처럼 "이원수 아동문학에 대해 잘못된 고정관념이나 부풀려진 자리"로 인한 명성은 친일 행적에 비추어 다시 생각해보아야 할 문제라고 주장했다. 아울러 지역 사회에서 이원수를 기념하는 각종 사업을 추진하는 것도 마땅히 재고해야 한다고 역설하였다.[23]

박태일의 연구는 이원수의 친일문학을 가장 상세하게 다루고 있을 뿐 아니라, 현재 이원수의 친일 작가론이나 이와 관련한 사회적 담론을 구성하는 데 가장 강력한 영향력을 미치고 있다. 박태일의 연구는 작가 이원수를 근본적으로 "개량성과 기회주의"를 보여준 인물로 재현했으며, 해방 직후 좌파 계열 문인 단체에 적극 가담한 것이나 동시를 주로 써오다가 동화나 소년소설을 창작하는 변신을 꾀한 것조차도 자신의 부끄러운 과거를 은폐하기 위한 반동적인 행동으로 해석했다. 이원수는 자신

23 박태일은 창원과 양산에서 이원수 문학동산이나 '고향의 봄' 거리 조성과 같은 "손쉬운 현양 사업"을 구상하고 있지만, 한 작가를 기리는 공간은 사회 가치 내면화 효과를 발생시킬 수 있으므로 심각하게 생각할 문제라고 주장하였다. "특정 작가를 부풀리고 신화화하여 문학적 사실이나 가치를 날조하는 것은 두고두고 뒷세대에 죄를 짓는 일"이라는 것이다. 이러한 그의 주장은 창원의 시민단체들이 이원수 기념사업을 반대하는 데 논리적 근거가 되고 있다. 같은 글 참조.

이 해방 직후 산문에 관심을 갖게 된 동기에 대해 "압제자는 갔으나 감시자가 더 많아진 조국의, 자리 잡혀지지 않은 질서 위에 이욕에 눈이 시뻘게진 사람들"을 보면서 울분과 탄식에 젖지 않을 수 없었으며, 탄식조의 동시로는 만족할 수 없어 『숲 속 나라』나 『오월의 노래』와 같은 동화와 소설을 쓰게 되었다고 밝힌 바 있다.[24] 작가의 이러한 회고담은 그간 이원수의 현실주의 작가론을 뒷받침하는 유력한 자료로 사용되어왔다. 그런데 박태일은 같은 사안을 전혀 다른 관점에서 해석함으로써 현실주의 작가로서의 의미는 해체하고, 친일 작가로서의 서사를 강화하고 있는 것이다.

이처럼 박태일의 실증 작업은 단순히 기초 자료를 엄밀하게 확정하고 보완하는 차원을 넘어서, 작가 이원수의 기본 성향과 문학적 실천의 동기에 대한 해석의 근거가 되어 친일 작가론 구성의 밑바탕이 되고 있으므로 좀더 면밀하게 재검토해볼 필요가 있다. 박태일이 일제 말과 해방기의 이원수 문학 활동에 대한 실증적 검토 과정에서 문제 삼은 것은 크게 보아 작품의 발표 연도와 매체 등의 '표기 오류', '재발표'의 동기, '미발굴' 작품의 성격 등 세 가지였다.

1) 발표 연도 및 매체명 '표기 오류'의 문제 재검토

먼저 이원수의 일제강점기 작품에 대한 연도 및 발표 매체의 표기가 친일 행적을 은폐할 목적으로 부정확하게 기재되었다는 주장의 근거를 살펴보자.

> 『종달새』에는 33편을 담았다. 그러면서 작품 끝에 부차 텍스트로서 실린 지면은 뺀 채, 게재 연월 또는 연을 밝혔다. 「가시는 누나」 한 편만 예

24 이원수 「나의 문학 나의 청춘」(1974), 『아동과 문학(전집 30권)』(웅진 1989)에서 재인용.

외다. 그런데 나머지 32편의 게재 연월 기록에 대한 사실 여부를 알아본 결과, 바르게 적힌 것을 눈으로 확인할 수 있었던 작품은 「염소」 한 편 뿐이다. 너무 뜻밖의 결과다. (박태일 「나라잃은시대 후기 경남·부산지역 아동문학 — 이원수와 남대우를 중심으로」, 앞의 책 241면.)

박태일이 지적한 것처럼, 일제강점기 이원수 작품의 발표 매체나 연도는 생전에 발간한 동시집 『종달새』나 『빨간 열매』, 사후에 간행된 『고향의 봄(전집 1권)』 등에 상당수가 부정확하게 기재되어 있다. 이에 대해 이원수는 "책을 잃어서 기억에 의해 적은 것도 있어서 정확하지 못한 점도 있"을 것이니, "부정확한 점을 발견하신 분은 정정을 위해 알려"달라고 밝힌 적도 있다.[25] 그러나 박태일이 관심을 두는 것은 표기가 부정확하다는 사실 자체가 아니다. 연도나 매체명 표기를 부정확하게 한 이원수의 의식적, 무의식적 동기가 그의 친일 행적과 긴밀하게 연관되어 있다고 판단했기 때문에 문제 삼은 것이다. 이원수는 생전에 친일 작품이나 『반도의 빛』이라는 잡지명을 언급한 적이 전혀 없다. 박태일의 추정처럼, 이원수 작품의 연도나 발표 매체 표기가 부정확하게 된 것에는 작가의 은폐 동기가 적지 않게 작용했을 것으로 판단된다.

그러나 잘못된 표기의 근원지로 지목된 『종달새』의 시기 표기 문제에 대해서는 좀더 생각해보아야 할 다른 가능성이 있다. 『종달새』와 이후 『빨간 열매』에서 밝힌 발표 매체명과 연도 표기, 박태일이 확인한 발표 지면과 시기를 정리해보면 다음과 같다.

25 이원수 「동시집을 내면서」, 『빨간 열매』, 아인각 144면.

〈표1〉 동시집 『종달새』 수록 작품의 발표 연도 표기 비교[26]

	작품	종달새 (1947)	빨간 열매(1964)	발표 시기 및 매체
1	기차	1928. 5	미수록	
2	헌 모자	1929. 10	1929(『동아일보』)	1930. 2. 20(『조선일보』)
3	잘 가거라	1929. 7	미수록	1930. 8. 20(『어린이』)
4	설날	1930. 1	미수록	
5	정월 대보름	1930. 2	미수록	
6	찔레꽃	1930. 5	1930(『어린이계』)	1930. 11. 1(『신소년』) 1947. 5. 1(『어린이세계』)
7	눈 오는 밤에	1931. 12	미수록	1934. 2(『신소년』, 원제:눈 오는 저녁)
8	이삿길	1932. 2	1932(『신소년』)	
9	포플러	1932. 10	미수록	
10	부엉이	1935. 10	1935(『조선일보』)	1939. 12. 17(『소년조선일보』, 원제: 부헝이)
11	새봄맞이	1936. 1	미수록	1947. 3(『주간 소학생』)
12	첫 나들이	1938. 4	미수록	
13	보오야 넨네요	1938. 8	1938(『소년』)	1938. 10. 1(『소년』)
14	밤눈	1938. 11	미수록	1940. 1. 28(『소년조선일보』, 원제: 눈오는 밤)
15	보고 싶던 바다	1939. 7	미수록	
16	양말 사러 가는 길	1939. 11	1939(『조선일보』)	
17	앉은뱅이꽃	1939. 12	미수록	1940. 3. 31(『소년조선일보』, 원제: 안즌뱅이 꽃)
18	빨간 열매	1940. 1	1940(발표지 미상)	
19	염소	1940. 1	1940(발표지 미상)	1940. 1. 20(『소년조선일보』)
20	가엾은 별	1941. 11	1941(발표지 미상)	
21	꽃불	1942. 6	1942(『새동무』)	
22	자장 노래	1942. 10	1942(발표지 미상)	1940. 7. 1(『소년』)
23	군밤	1942. 11	미수록	
24	개나리 꽃	1945. 3	1945(발표지 미상)	

26 박태일 「나라잃은시대 후기 경남·부산지역 아동문학」, 앞의 책 241~43면에 실린 『종달새』 수록 작품 연표를 간략하게 정리한 것으로, 발표 시기, 재발표 여부 등 약간의 사항만 보완하였다.

25	버들피리	1946. 3	미수록	
26	저녁	1946. 9	1946(『새동무』)	
27	병원에서	1946. 9	1946(『새동무』)	
28	달밤	1946. 9	1949(『소학생』)	1947. 10(『소학생』)
29	첫눈	1946. 9	미수록	
30	가을밤	1946. 10	미수록	
31	가시는 누나	연대 표기 없음	1929(『별나라』)	
32	종달새	유실, 확인 불가[27]	1940(발표지 미상)	1942. 6(『반도의 빛』)
33	종달새 노래하면	유실, 확인 불가	1943(발표지 미상)	

〈표1〉에서 볼 수 있듯 『종달새』에 표기된 연월 기록은 실제로 잡지나 신문에 발표되었던 시기와 일치하는 것이 거의 없다. 이 때문에 박태일은 게재 연월 표기가 애초부터 누락되어 있는 「가시는 누나」를 제외한 32편의 작품 중에서 정확하게 표기된 것을 확인할 수 있는 것은 「염소」 단 한 편뿐이며, 이는 이원수의 의도적 망각이나 착종의 상태를 보여주는 것이라고 주장했다. 그런데 〈표1〉을 살피다 보면 과연 『종달새』에 표기된 연월을 신문이나 잡지에 발표한 시기를 기준으로 정확성을 따지는 것이 타당한가 하는 의문이 든다. 예컨대 매체에 발표된 시기를 정확성의 판정 기준으로 삼을 경우, 「달밤」처럼 『종달새』의 발행 시기[28]보다도 더 뒤의 날짜를 기준 삼게 되는 비논리적 상황도 발생하기 때문이다.

27 연구자가 구한 『종달새』는 이원수문학관 소장본이다. 그런데 일부분(목차부터 13면까지)이 유실된 상태여서 『종달새』에 실렸다고 알려진 「종달새」 「종달새 노래하면」 전문과 「자장노래」의 앞부분은 확인할 수 없었다. 귀한 자료의 사본을 보내준 박종순 선생과 창원 이원수문학관에 감사드린다.

28 『종달새』의 판권지에는 정확한 발행 날짜가 나타나 있지 않다. 그러나 책의 마지막에 들어 있는 「꼬리말」에는 발행인 김원룡이 이원수로부터 여러 달 전 원고를 받고도 출판 사정상 늦게 출판하게 되었다면서 '1947년 5월 10일'이라고 날짜를 밝히고 있어 발행 시기를 추산해볼 수 있다.

이와 같은 점을 염두에 두면서 〈표1〉을 다시 살펴보면, 『종달새』에 실린 작품 중 실제로 잡지나 신문에 실린 것으로 확인된 13편의 날짜는 「자장 노래」 한 편을 빼고는 모두 『종달새』에 표기된 날짜보다 뒤인 것을 알 수 있다. 그렇다면 『종달새』에 표기된 연월은 잡지나 신문과 같은 매체에 공식적으로 '발표한 날짜'보다 더 이른 날짜, 즉 작가가 '창작한 날짜'를 기록한 것이라고 생각해볼 수 있지 않을까. 아울러 『종달새』에 수록된 작품들이 모두 잡지나 신문에 발표된 것은 아닐 수 있다는 점도 생각해볼 필요가 있다. 만약 그런 가정이 가능하다면, 『종달새』에 수록된 33편 중 날짜가 정확하게 표기된 것이 「염소」 한 편밖에 없는 것이 아니라, 반대로 부정확하게 표기된 것이 「자장 노래」 한 편에 불과하다고 판단할 수도 있는 것이다.[29]

2) '재발표' 동기에 대한 재검토

이원수가 일제 말의 왕성한 문학 활동을 감추고 현실주의 작가로서의 입지를 강화하기 위해, 일제 말에 이미 발표했던 작품 중에 주로 '생활동시'에 해당하는 것을 가려 뽑아 해방기에 의도적으로 '재발표'했다는 추정에 대해서도 좀더 생각해볼 필요가 있다.[30] 이원수가 1945년 해

---

29 또한 〈표1〉에서도 볼 수 있듯이 적어도 『종달새』의 연월 표기를 가지고는 이원수가 일제 말의 문학 활동을 의도적으로 축소하고자 한 정황을 증명하기가 어렵다. 일제 말(1938~40)에 해당하는 작품이 13편이나 있어 많은 비중을 차지하고 있기 때문이다. 또한 『종달새』 표기 날짜와 매체에 공식 발표한 날짜 사이의 차이도 1~2년에 불과한 것이 대부분이어서 모든 작품의 날짜 표기를 일부러 잘못 기재함으로써 작품 활동의 이력을 바꾸고자 했다는 주장은 무리가 있어 보인다. 즉 이원수 자신이 친일 작품을 발표한 『반도의 빛』과 같은 매체명을 언급하지 않고 숨겼던 것은 사실이지만, 그렇다고 일제 말의 왕성한 작품 활동을 감추기 위해 의도적으로 작품 연월 표기를 잘못했으리라고 판단하는 것은 무리이며, 이것은 이원수를 친일 작가로만 규정하고 그의 문학적 삶 전체를 그러한 관점에서 조망한 데서 비롯된 것으로 보인다.

30 물론 박태일 또한 이미 발표한 작품을 재발표한 것이 이원수의 자의에 의한 것이 아닐

방 이후부터 1948년까지 이른바 해방기에 재발표한 작품은 8편 정도로 확인되며,[31] 그중 윤석중이 편집을 주관했던 『주간 소학생』이나 『소학생』에 재발표한 것이 6편으로 압도적인 비중을 차지한다. 당시 이들 잡지에는 재발표작 이외에도 이원수의 작품이 많이 발표되고 있었다. 특히 1946년도 『주간 소학생』에는 재발표작 5편을 포함하여 8편이나 실렸으므로 주목을 요한다.

『주간 소학생』은 1946년 2월부터 발간한 주간지였는데, 1947년 5월부터는 『소학생』으로 제목과 체제를 바꾸어 발간하게 된다. 그런데 이원수는 윤석중이 『주간 소학생』을 발간하던 당시에 자신의 시 원고를 윤석중에게 맡긴 적이 있다고 회고한 바 있다. 즉 이원수는 『빨간 열매』 후기에서 "내 동시집으로 맨 처음 엮은 것은 『고향 바다』라는 이름으로, 해방 후 2년 때 그즈음 을유문화사에서 『주간 소학생』을 내고 있던 윤석중 형이 맡아가지고 내주겠다고 했는데, 그냥 묵혀 있다가 6·25가 나고 그 뒤

가능성, 재발표 문제에 이원수 스스로 큰 의미를 두지 않았을 가능성, 처음 발표된 지면이 『소년조선일보』와 같이 확산력이 약한 매체였기 때문에 다시 발표하고자 했을 가능성 등을 검토하였다. 그러나 결국 해방기에서 얼마 떨어지지 않은 1940년대 전반의 작품을 주로 재발표했다는 것은 작가의 고의적인 자의성을 느끼게 하는 '기형적인 매체활동'이며, 현실주의 작가로서의 "명성 생산과 확대를 위해 의도된 선택의 결과"로 볼 수밖에 없다고 결론지었다. 박태일 「나라잃은시대 후기 경남·부산지역 아동문학—이원수와 남대우를 중심으로」, 앞의 책 235~55면 참조.

31 박태일은 같은 글에서 이원수의 일제강점기의 작품 7편이 해방기에 재발표되었다고 하였다. 즉 「빨래」(『반도의 빛』, 1942. 6)가 『주간 소학생』(1946. 3)에, 「이 닦는 노래」(『매일신보』 1941. 10. 26)가 『주간 소학생』(1946. 3)에, 「돌다리 놓자」(『소년조선일보』 1940. 4. 28)가 「돌다리」로 제목이 바뀌어 『주간 소학생』(1946. 3)에, 「어머니」(『아이생활』 1943. 9)가 「밤중에」라는 제목으로 바뀌어 『주간 소학생』(1946. 6)에, 「애기와 바람」(『소년조선일보』 1940. 3. 17)이 『주간 소학생』(1946. 11)에, 「밤시내」(『소년조선일보』 1940. 2. 25)가 『소년』(1948. 7)에, 「전기대」(『소년조선일보』 1940. 2. 25)가 『소학생』(1948. 12)에 재발표되었다는 것이다. 여기에 연구자도 「찔레꽃」(『신소년』 1930. 11. 1)이 『어린이세계』(1947. 5. 1)에 재발표된 것을 새로 확인하였으므로 이를 추가하면 모두 8편이 된다.

로 원고는 없어졌습니다."라고 밝힌 적이 있는 것이다.[32] 이러한 진술에 기대 본다면, 1946년경 윤석중은 이원수의 시 원고 뭉치를 가지고 있었다는 얘기가 되고, 주간으로 발행되던 『주간 소학생』의 원고를 채우기가 어려웠던 윤석중이 가지고 있던 이원수의 시에서 몇 편을 골라 실었을 가능성까지도 생각해볼 수 있는 것이다.

〈표2〉 이원수의 『주간 소학생』 『소학생』 수록 작품 목록

발표 매체	작품	발표 시기	비고
주간 소학생	오끼나와의 어린이들	1946. 2. 25	소년시로 소개
	빨래	1946. 3. 4	재발표, '아기차지'란에 소개
	돌다리	1946. 3	재발표(원제 '돌다리 놓자')
	이 닦는 노래	1946. 3. 25	재발표, '아기차지'란에 소개
	밤중에	1946. 6	재발표(원제 「어머니」)
	이 골목 저 골목	1946. 7. 5	동요로 소개
	애기와 바람	1946. 11. 18	재발표, 소년시로 소개
	연	1946. 12. 2	동요로 소개
	새봄맞이	1947. 3. 3	동요로 소개
	민들레	1947. 3. 10	동요로 소개
소학생	달밤	1947. 10. 1	동요로 소개
	저녁	1948. 9. 1	동요로 소개
	전기대	1948. 12. 1	재발표, 동요로 소개

그런데 실제로 이와 같은 가능성을 뒷받침할 만한 단서를 찾을 수 있어 흥미를 끈다. 『주간 소학생』 1947년 3월 10일자에는 "37호에 난 이원수 선생의 동요 「이 골목 저 골목」은 인쇄할 때 잘못 돼서 딴 것이 섞여 들어 갔습니다. 다음 치가 맞습니다."라는 정정 광고가 실렸다. 「이 골목 저 골목」에 다른 내용이 섞였음을 알리고 이를 바로잡는 광고인데, 잘못

32 이원수 「동시집을 내면서」, 앞의 책 144면.

인쇄되었다는 1946년 7월 5일자(37호)에 실린 「이 골목 저 골목」의 전문은 다음과 같다.

> 부지런히 배우고 어서 자라서/우리는 꼭/좋은 나라 세워 가는/일군이 되자.//이 골목 저 골목/이 골목 저 골목에/좋은 것도 많구나./연필도 많구나./공책도 많구나.//과자도 빵도/신발도 많구나./우린 아직 못 샀는데/누가 누가 사 가나.

이 시에서 섞여 들어간 "딴 것"이란 "부지런히 배우고 어서 자라서"로 시작하는 첫 연으로, 이는 「오끼나와의 어린이들」 마지막 연의 일부이다. 「오끼나와의 어린이들」은 『주간 소학생』 1946년 2월 25일자에 이미 발표되었던 작품이다. 그런데 4개월 후에 발표된 「이 골목 저 골목」에 일부가 섞여 들어갈 수 있었다는 것은 이들 시 원고가 함께 있었다는 것을 의미할 것이다. 이때, 그 함께 묶여 있던 원고 뭉치가 이원수가 언급했던 첫 시집을 묶기 위한 시편들이었으리라는 것은 쉽게 짐작할 수 있는 일이다. 이원수가 일제강점기 때 이미 발표한 시들이 특별히 1946년 윤석중이 주관하던 『주간 소학생』에 다량으로 재발표되었던 사정도 여기에서 짐작된다. 따라서 해방기의 재발표 행위나 재발표 작품 선별의 동기를 이원수에게 돌려 의도를 분석하는 것 또한 이원수의 모든 문학 활동들을 친일과 연관 지어 생각한 데서 비롯된 무리한 해석일 수 있는 것이다.

재발표된 작품들을 『주간 소학생』의 주간으로서 이원수의 원고를 맡아 가지고 있었던 윤석중이 선별했으리라 추정하게 되면, 이원수가 친일 행적을 가리거나 현실주의자 면모를 강조하기 위해 고의적으로 재발표를 시도했다는 것과는 다른 새로운 맥락을 고려해야 하며 이에 따라 재발표된 작품의 성격에 대한 해석도 크게 달라질 수 있다. 즉 박태일은 재발표 행위를 이원수가 자신의 현실주의자로서의 이미지와 명성을 강화하기 위해 채택한 전략으로 보고 재발표된 작품도 대부분 '생활 동시'였다고 파악했다. 그러나 재발표된 「빨래」 「이 닦는 노래」 「돌다리 놓자」와 같은 동시들은 현실주의자로서의 이원수의 면모를 뒷받침하는 '생활 동시'라는 설명보다는, 윤석중이 즐겨 창작했던 '유년 동시' 계열과 연관 지을 때 그 발랄하고 밝고 긍정적인 시상 전개를 이해하는 데 좀 더 설득력을 얻게 되는 측면이 있는 작품들로 판단된다.[33]

3) '발굴 작품의 성격'에 대한 재검토

이와 관련하여 최근 새롭게 확인된 '발굴 작품'의 성격에 대해서도 다시 생각해볼 여지가 있다. 박태일은 특히 일제 말 1938년부터 1945년까지 발표되었던 「야옹이」 「공」 「저녁노을」 「기차」 「언니 주머니」 「밤」 「봄바람」 등 7편의 동시를 새로 발굴하여 소개하고, 이들 동시 중 「저녁노

33 재발표된 작품 중에 「밤중에」나 「전기대」처럼 이원수의 현실주의자로서의 면모가 돋보이는 작품이 있는 것은 사실이지만, 「빨래」를 비롯한 다음 시들까지 그렇게 해석하는 것은 무리라고 본다. 이해를 돕기 위해 시의 일부를 예로 들어 보이면 다음과 같다.

"바람 불면 빨래들이 춤을 춘다/어머니 파랑 치마 팔랑팔랑/조꼬만 내 치마도 팔랑팔랑"(「빨래」 부분); "싸악 싹 닦는다./웃ㅅ이, 아래ㅅ이,/싸악 싹 닦는다./앞ㅅ이, 어금ㅅ이.//이 잘 닦는 아이는/하얀ㅅ이, 이쁜ㅅ이,/웃을 때 빤작빤작/보기 좋아요."(「이 닦는 노래」 전문); "일학년 귀남이도 울지 않고 건너고/꼬부랑 할머니도 발 안 떼고 건너고/밤이면 깡충깡충 산토끼도 건너게/돌다리 놓자 놓자 꼬마돌다리."(「돌다리 놓자」 부분)

유년동시는 아니지만 『주간 소학생』에 재발표된 「애기와 바람」도 귀엽고 사랑스러운 아기의 모습이 그려져 있어 이 또한 현실주의 작가로서의 면모를 드러내기 위해 재발표했다는 논리에 들어맞지 않는 예가 된다.

"찬 바람이 제 아무리 많이 불어도/애기는 꼭, 밖에 나가 노올지.//"감기 들라 가지 마라" 할머니가 붙들면/고개를 잘래 잘래 도래질 하고/"아냐, 아냐, 감기 없쩌"//문 열고 내다보면 바람마지 발길에/아, 우리 애기는 뛰어다니네.//떼지어 몰려가는 겨울바람 속으로/저기 우리 애기는 뛰어다니네."(「애기와 바람」 전문)

을」과 「밤」 2편은 '미학 동시'로, 나머지는 모두 '유희 동시'로 분류하였다. '유희 동시' '미학 동시'라고 이름 붙인 것에서 엿볼 수 있듯, 박태일은 이러한 동시의 성격이 "가난한 아동의 현실과 맞닿아 있으려 했다는 본인(이원수—인용자)의 진술"과 어긋난다는 점을 비판하고 "암울했을 어린이들에 대한 사랑과 공감을 지닌 작가라는 이름 앞에 내려놓기 어려울 작품"이라는 점을 강조하고자 했다.[34] 일제 말의 상황과는 어울리지 않는 '몰현실'적인 모습을 담고 있어서, 현실주의·민족주의 작가로서의 이미지를 강화하는 데 도움이 되지 않으므로 작가가 의도적으로 자신의 작품 목록에서 누락시켰다고 본 것이다.

그간 많은 이원수 연구자들은 이원수가 1930년대 후반에 들어서는 이전의 작품 경향과 달리 밝고 천진한 동심을 보여주는 작품들을 창작했다고 지적해왔다.[35] 공교롭게도 이원수 시의 변화는 중일전쟁이 일어난 1938년경을 전후로 하여, 일제가 전쟁을 수행하기 위해 대동아공영권을 내세우며 내선일체의 황국신민화를 강제했던 이른바 '신체제기'와 맞물려 나타났다. 이 시기에 발표된 작품들이 이전의 이원수 작품에서는 볼 수 없었던 밝고 가벼운 분위기로 전환되었던 것도 총후봉공의 총력

34 박태일은 일제 말의 이원수 동시를 소위 동심천사주의의 '유희 동시'라고 비판했다. 이른바 '짝짜꿍 동시'라고 폄하되기도 하는 이런 동시들은 1970년대 이오덕 등이 가장 맹렬하게 공격했던 유형으로, 현실을 살아가는 아동 독자를 실제보다도 어리게만 보려고 하는 동심주의를 반영한 것들이다. 당시 이오덕은 아동문학의 실제 독자는 대략 초등학생 이상이라고 파악하고 있었다. 그런데 만약 초등학생 정도의 독자를 대상으로 하는 것이 아니라 유아를 위한 동시라면 그 경향이 밝고 천진하다고 해서 이를 '몰현실'의 놀이 동시라고 매도할 수는 없을 것이다.

35 나까무라 오사무(仲村修)는 일제강점기 이원수의 시세계를 'A군: 가난 속에 사는 사람들이나 아이들을 다룬 작품들' 'B군: 바다, 별, 새, 초목 등 자연을 찬미하는 작품들' 'C군: 설, 자장가, 가축을 소재로 한 작품들'로 나누었는데, 1935년 이후 이원수의 작품 세계가 A군에서 B, C군으로 변환되었다고 보았다. 특히 이때 나타난 C군에는 "이상하게 밝은" 작품들도 눈에 띈다고 하였다. 나까무라 오사무 「이원수 동화·소년소설 연구」, 인하대 석사학위논문, 1993, 19면.

체제에서 건전하고 명랑한 문학 창작을 요구하던 일제의 정책과 무관하지 않을 것이다. 이 때문에 이원수의 현실주의 작가론을 구성하고 있는 연구자조차 이 시기 이원수 작품의 경향에 대해서는 “당시 역사적 현실을 외면한 것으로서 작가정신을 잃어버린 작품임이 분명”하고, “고난받는 민족적 현실, 그 현실에 깊이 침잠하여 쓴 시가 아니라 일제 강점의 합리화를 드러내는 국어 공부의 독려와 귀여운 아동의 부지런한 생활상을 보여줌으로써 황국신민화에 가까운 아동 기르기에 일조”했다고 평가하기도 했다.[36] 친일 작가론의 맥락에서만이 아니라, 현실주의 작가론의 관점에서도 이 시기의 밝고 활력에 찬 작품은 비판적으로 평가되는 것이다.

그런데 일제 말의 이원수의 시편들을 아동문학 독자의 문제를 참작하여 ‘유년 동시’라는 관점에서 보게 된다면 시에 대한 평가 기준을 다른 방식으로 적용할 수도 있다. 이원수는 1935년 2월 독서회 사건으로 투옥되었다가 1936년 1월 30일 출옥하여 같은 해 6월 동시 작가인 최순애와 결혼한다. 결혼한 이듬해인 1937년에 장남 경화를, 1939년에는 차남 창화, 1941년 장녀 영옥, 1945년 차녀 정옥을 잇달아 얻었다. 일제 말기는 이원수의 개인사에서 이제 막 가정을 꾸려 아이들을 낳아 양육하던 때이기도 했다는 점을 고려해본다면, 이원수 시 작풍이 변화하게 된 중요한 요인을 시대적 배경만이 아니라 개인적인 상황과 연관 지어 생각해볼 필요도 있을 것이다. 이전에는 나타나지 않았던 ‘자장가’ 풍의 동요가 이 시기에 처음 등장하는 것도, 시에 담겨 있는 생활 경험의 내용이나 시적 화자가 이전 시들보다 현저하게 어리게 나타나는 것도 이러한 맥락에서 재고해볼 수 있다. 이원수의 다양한 창작 세계를 작가의 말이나 작가에 대한 통념에 의지하여 현실주의 혹은 민족주의로 단일하게 규

36 박종순, 앞의 글 48면.

정해버리는 것, 시대적 배경을 지나치게 강조하여 은연중에 일제강점기 작품은 민족 수난의 어두운 현실을 그린 것만이 올바르다고 생각하는 것, 시의 성취를 작가의 현실인식을 얼마나 담고 있는가 하는 것만을 기준으로 판단하는 것, 독자층에 따라 나타날 수 있는 양식적 차이를 무시하는 것 등은 (아동)문학을 이해하는 데 있어 단순하고 편협한 태도라고 할 수 있을 것이다.[37]

좀더 균형 잡힌 판단을 위해서는 일제강점기 이원수의 작품 중 지금까지 잘 알려지지 않았던 미발굴 작품들이 단지 1938년 이후의 '신체제기'에만 몰려 있는 것이 아니라는 점을 함께 짚어보아야 할 필요가 있다. 이재복, 원종찬 등이 발굴한 작품과 최근 한일 아동문학 연구자 나까무라 오사무가 발굴한 작품 목록을 참조할 때,[38] 일제강점기 동안 발표된 이원수의 시 중에서 미발굴되었던 작품의 수는 무려 37편에 달한다. 그 중 1930년에 발표된 작품이 8편으로 가장 많은 양을 차지하며, 1926년과 1940년의 작품이 각 6편으로 그다음에 해당한다. 1930년은 현재 정확한 서지가 확인된 작품만 모두 18편으로 일제강점기에 가장 많은 편수의 작품을 발표한 해가 되는데,[39] 미발굴되었던 작품의 수도 가장 많았다. 1930년은 「헌 모자」「찔레꽃」「교문 밖에서」와 같이 이원수가 현실주의 아동문학의 경향성을 가장 적극적으로 노출했던 때다. 만약 단순히 현

37 이원수의 일제 말 작품들에는 유년 동시로서 뛰어난 성취를 이룬 작품도 적지 않아서 그를 현실주의자라는 틀로만 바라보았을 때는 발견되지 않았던 새로운 면모를 확인할 수 있게 한다. 여을환 또한 일제 말 이원수의 "천진무구한 유아의 세계에서 나온 작품"들은 우리가 그를 현실주의 동시인으로 기억하는 맥락 안에서는 제 위치를 차지할 수 없었던 작품들이라고 적실하게 지적하였다. 여을환 「이원수의 친일 행위가 던진 물음들」, 『동화읽는어른』 2008년 12월호 참조.

38 이재복 「발굴 조명: 이원수의 시—잃어버린 오빠 외 4편」, 『아침햇살』 1996년 가을호; 원종찬 「이원수와 마산의 소년운동」, 『인하어문연구』 3호(1996); 나까무라 오사무, 본 책의 「발굴 보고」 참조.

39 전체 작품 편수는 『이원수아동문학전집』(전 30권, 웅진 1984)의 연도를 기준으로 하였다.

실주의 작가상을 효과적으로 부각시키고자 하는 동기만이 단일하게 작용했다면, 1930년에 발표했던 「화부(火夫)인 아버지」[40]와 같은 계급주의 성향의 작품도 묻어둘 이유가 없었을 것이다.

따라서 일제강점기에 이미 발표했으나 이후의 시집에 묶지 않은 작품들이 많았던 이유에 대해서는, 친일 작품과 같이 명백한 은폐의 의도가 감지되는 경우가 아니라면 다양한 각도에서 생각해볼 여지를 두어야 할 것이다. 일제강점기에 미발굴 작품이 많았던 것은 이원수가 작품을 선별하여 시집에 실었던 탓이 크며, 이러한 편집 과정에서 친일 작품의 은폐가 이루어지고 작가의 이상에 부합되는 것이 가려 뽑아졌을 것은 분명하다.[41] 그러나 그 뿐만 아니라 작가의 의도와는 무관하게 첫 시집의 원고 『고향 바다』를 유실하고 찾지 못했던 상황도 고려해보아야 하고, 1930년경의 계급주의 경향의 작품이 빠져 있었던 것에 대해서는 해방기에 좌파 계열에서 활동했던 점이나 1950년 한국전쟁 시에 월북을 시도했던 경력으로 인해 곤욕을 치렀기 때문에 밝히는 것을 꺼렸을 가능성에 대해서도 생각해보아야 한다. 또한 습작기의 시나 유년 동시들은 작가 스스로 완성도가 떨어지거나 중요하지 않은 작품으로 판단해서 누

40 이 작품은 『조선일보』(1930. 8. 22)에 실렸던 것으로 나까무라 오사무에 의해 발굴되었다.(나까무라 오사무, 본 책의 「발굴 보고」) 일부를 소개하면 다음과 같다. "팔월 태양은 거리와 지붕을 쪼여/땅덩이는 이글이글 타오르는데/발전소 쇠가마에 석탄을 때고 있는/아버지여! 오죽이나 더웁습니까//(…)//아버지! 당신은 분해하실 터입니다./화기에 숨 막히면서 일을 할 때/아버지의 그 노력 그 고생의 결정이/한가이 낮잠 자는 자의 전차가 되고/거룩한 아버지에겐 주림만 온다는/이 불공평한 대조에 얼마나 분해하십니까/아—아—버—지!"

41 이원수가 스스로 자신의 '전집'으로 불러도 무방하다고 했던 『너를 부른다』(창작과비평사 1979)의 편집 방식을 살펴보면, 자신의 문학과 삶을 민족주의자·현실주의자로 규정하고 싶어 하는 작가의 욕망을 읽을 수 있다. 또한 『너를 부른다』에 수록된 작품의 배열과 개작 양상에는 동요의 정형률로부터 내재율을 선도적으로 찾아가는 작가상도 투사되어 나타난다. 그가 정형률의 동요인 「고향의 봄」이 자신의 대표작으로 인식되는 것을 그다지 달가워하지 않았던 것도 이 때문일 것으로 판단된다.

락시킨 것일 수도 있다. 친일 작품의 은폐를 제외한다면, 나머지 가능성에 대해서는 비윤리적인 행위라고 할 수 없다. 그러나 친일 작가론의 관점에서 본다면 반민족적 작품을 쓴 이원수가 민족주의자나 현실주의 작가의 정체성을 부여받거나 스스로 욕망하는 것이야말로 가장 위선적인 행태로 비춰질 수 있다. 친일 작가론이 이원수 스스로가 현실주의자로서의 작가의식을 드러내었던 진술에 대해 강한 반감을 표현해왔던 것은 이 때문일 것이다.

3. 이원수의 친일 작품에 나타난 자발성과 내적 논리의 해석 문제

이원수의 친일 동시나 글들은 일제의 전쟁 동원 정책이나 황국신민화에 동조하는 적극적이고 분명한 태도를 보여주고 있다. 김재용은 친일문학의 기준을 엄밀히 정하고자 했던 대표적인 연구자다. 그에 따르자면, 친일문학이란 1938년 중일전쟁 이후에 '대동아공영권의 전쟁 동원'이나 '내선일체의 황국신민화의 주장'을 담아 선전한 작품으로 단순히 시대적 분위기를 반영한 작품과는 구분되는 것이다. 1942년부터 1943년경 이원수가 『반도의 빛』에 발표한 5편의 글, 파시즘적 신체제기에 '지원병'에 대한 찬양을 직접적으로 드러낸 동시 「지원병을 보내며」와 병역봉공의 태도를 엿볼 수 있는 「낙하산」, 태평양 전쟁을 '성전(聖戰)'으로 표현하고 총후봉공의 자세를 역설했던 시 「보리밭에서—젊은 농부의 노래」, 내선일체의 황국신민화의 내용을 담은 수필 「농촌 아동과 아동문화」 「고도감회(古都感懷)」 등의 작품은 이러한 기준에 정확하게 부합된다. 그런데 김재용은 친일문학이 작가의 '자발성'에 기초해 쓰였으며, 이에 따라 '내적 논리'를 갖게 된다는 점을 강조했다. 외부의 강요에 의해 억지로 썼거나 생계의 문제 때문에 어쩔 수 없이 쓴 작품에는 내적인 논리라는 것이 있을 수 없으며, 지속성을 갖고 나타나기 어렵다고 본 것이다. 이처럼 한 작가의 주체적인 판단과 선택, 친일에 이르게 된 논리적 과정을 문제 삼기 때문에 친일문학론은 작품론을 넘어 작가론의 형식을 띠게 된다.[42]

이원수를 친일 작가로 규정할 때도 먼저 강조된 점이 바로 '자발성'의 문제였다. 박태일은 이원수의 친일 동시들은 "전시동원과 전시조직을 위한 병역봉공의 선전 선동이 힘차게 요구되었던 그 무렵 왜로의 요구를 적확하고도 감동적으로 잘 드러냈"으며, "부왜 빛깔과 강도가 너무 완연"하여 "뚜렷한 문학적 자의식을 거친 것"으로 판단된다고 하였다.[43] 김화선 또한 친일 아동문학을 지속적으로 연구해온 대표적인 연구자이다.[44] 특히 「이원수 문학의 양가성—『반도의 빛』에 수록된 친일 작품을 중심으로」에서 이원수의 친일 문제를 집중적으로 다루었는데 박태일과 마찬가지로 이원수가 외적 강압에 의해서라기보다는 자발적으로, 진지한 열정으로 완성도 있는 친일 작품을 썼다고 보았다.[45]

이원수의 친일 작품이 매우 노골적이며 적극적인 협력의 내용을 담고 있다는 사실 자체는 자명해 보인다. 그러므로 주된 과제는 작가의 자발성과 친일에 이르게 되는 내적 논리를 짚어나가는 과정이 될 것이다. 특히 작품을 통해 친일의 내적 논리를 찾는 것은 이원수의 작가적 삶과 문

42 김재용 『협력과 저항』, 소명출판 2004 참조.

43 박태일 「이원수의 부왜문학 연구」, 앞의 책 68면.

44 김화선 「일제 말 전시기의 아동문학 및 아동담론 연구」, 김재용 외 『친일문학의 내적 논리』, 역락 2003; 「대동아공영권의 전쟁동원론과 병사의 탄생—일제 말기 친일 아동문학 작품을 중심으로」, 『인문학연구』 2004년 하반기호; 「식민지 어린이의 꿈, '병사 되기'의 비극」, 『창비어린이』 2006년 여름호.

45 김화선 「이원수 문학의 양가성—『반도의 빛』에 수록된 친일 작품을 중심으로」, 김재용 외 『친일문학의 내적 논리』, 역락 2003 참조.

학을 어떻게 이해하는가와 직결되기 때문에 작가론의 재구성에 있어 중요한 문제가 된다. 현실주의 아동문학가로서 어려운 처지의 아이들을 보듬는 작품들을 썼던 그가 왜 친일 동시를 쓰게 되었고, 그것이 어떤 지적 모색 혹은 도착의 결과였는가를 확인하는 것은 단순히 이원수를 친일 작가로 규정하고 단죄하는 것을 넘어서 역사의 교훈을 얻는 데 유효할 것이다.

1) '자발성' 문제에 대한 재검토

문제는 이원수의 친일 작품 자체는 너무나 뚜렷한 근거로 남아 있는 것에 비해, 작가가 친일문학에 경도되기까지의 과정이나 동기를 설명해 줄 수 있는 관련 자료들을 찾기 어렵다는 데에서 발생한다. 이원수의 친일 글들은 그가 근무하던 함안금융조합의 중앙기관인 조선금융조합연합회의 기관지 『반도의 빛』에 1942년부터 1943년까지 약 1년 남짓한 기간에만 집중적으로 실렸다. 이 시기를 전후한 작품이나 기타 글 등에서 친일과 관련한 작가의 심경이나 사상의 변화 등을 추적할 수 있는 자료들은 거의 눈에 띄지 않으며, 해방 이후의 글에도 구체적인 술회는 찾아보기 힘들다. 그렇기 때문에 친일 작가론은 주로 친일 작품 자체의 분석에 집중하여, 표현이 곡진하다거나 완성도가 높다는 점 등을 자발성의 근거로 삼을 수밖에 없었다.

김화선은 당시의 아동 관련 교육 담론들은 일제의 제국주의 내셔널리즘을 충실하게 반복 재생산하면서 조선의 어린이들을 황국의 신민으로 호출해내고 있었지만 이에 비한다면 실제 친일 아동문학 작품은 양적으로 그리 많지 않았다는 점을 생각해볼 때, 친일 아동문학 작품은 대체적인 경향이었다기보다는 작가들의 자발적인 참여에 의해 나타난 결과로 볼 수 있다고 주장했다. 또한 이원수 작품의 경우, 완성도가 높으며 진지하고 열정적인 어조가 나타난다는 점에서 작품 창작 행위를 외적인 강제에 의한 것이 아닌 자발적인 것으로 볼 수 있게 한다고 하였다.[46] 박태일 또한 이원수의 친일 동시들은 "자신의 다른 동시에 견주어 그 부왜 빛깔과 강도가 너무 완연"하며, "『반도의 빛』에 실은 다른 이들의 동시와도 구별"된다는 점에서 그의 친일 동시가 "뚜렷한 문학적 자의식을 거친 것"임을 알 수 있다고 하였다.[47] 두 연구자 모두 이원수의 친일 동시들이 작가의 열정이 느껴진다는 것뿐만 아니라, 작품의 문학적 독자성의 측면에서 자발성의 근거를 찾고 있다는 점을 엿볼 수 있다.

그러나 이원수 친일 동시는 개인의 열정이나 개별적 표현의 완성도 유무를 보여주기보다는, 오히려 제국주의 파시즘에 포획된 아동문학의 정형성을 보여주는 사례로 이해하는 것이 더 적합할 것 같다. 그의 친일 동시들은 국내의 아동문학 작품들 내에서는 개성적인 것으로 보일 수 있지만, 일본의 전쟁 찬양 동시들과 비교한다면 너무나 흔한 발상과 상투적 수사의 반복을 보여주는 텍스트라고 할 수 있기 때문이다.

> 푸른 하늘 날르는 비행기에서/뛰어나와 떨어지는 사람을 보고/「앗차」하고 놀래면 꽃송이처럼/활짝 피어 훨—훨, 하얀 낙하산,/오오, 하늘 공중으로 사람이 가네./새들아 보아라/해도 보아라/우리나라 용감한 낙하산 병정,/푸른 하늘 날아서 살풋 내리는/낙하산 병정은 용맹도 하다,/낙하산 병정은 참말 좋구나./—방공비행대회에서—
>
> —이원수 「낙하산」 전문(『반도의 빛』 1942년 8월호)

> 쪽빛보다도 파란 드넓은 하늘에 드넓은 하늘에/순식간에 열리는 수천 수백의/새하얀 장미 모양/보아라 낙하산 하늘에 내려/보아라 낙하산 하

46 같은 글 237면 참조.

47 박태일 「이원수의 부왜문학 연구」, 앞의 책 68면 참조.

늘을 간다/보아라 낙하산 하늘을 간다//(…)//상찬하자 하늘의 신병, 신병을/육탄 가루로 부서져도/공격해가는 일본혼/우리 대장부 창공 내려간다/우리 황군은 창공 내려간다/우리 황군은 창공 내려간다

—우메끼 사부로오(梅木三郎) 작사 「하늘의 신병(空の神兵)」 전문(1942)[48]

당시 일제는 '항공기'에 대한 관심을 촉발시켜 총후에서의 전쟁에 대한 열기를 북돋우려 했고, 이를 반영하여 비행기와 관련한 시들이 대거 창작되었다. 「하늘의 신병」은 1942년 육군 낙하산 부대를 다룬 동명 영화의 주제가로, 1942년 1월 11일 일본 해군 낙하산 부대가 인도네시아의 섬에, 2월 14일에 육군 낙하산 부대가 수마트라 섬에 투하한 모습을 그렸다고 한다.[49] 낙하산이 한꺼번에 창공에서 펼쳐지는 장관을 활짝 핀 하얀 꽃에 비유한 것이나,[50] "보아라" 등으로 대상에 초점을 환기시키는 표현 등은 당시 낙하산을 소재로 한 시들에서 흔하게 볼 수 있는 것이다. 이원수의 시와 우메끼 사부로오의 시 모두 1942년에 창작되었으므로 둘의 영향 관계는 추정하기 어렵다. 설혹 영향 관계가 있더라도 그보다 더

48 본고에서 인용한 일본의 전쟁 찬양 동시들은 모두 한일 아동문학 연구자인 김영순 선생이 제공해준 것이다. 김영순 선생이 일본인 아동문학 전문가 7명의 자문을 얻어 이원수와 상호텍스트성을 갖는 자료들을 수집해주고 손수 번역까지 해준 덕분에 이원수의 동시와 일본의 전쟁 찬양 문학을 비교하는 것이 가능할 수 있었다. 따뜻한 배려에 감사드린다.

49 「하늘의 신병」은 오오사까(大阪) 국제아동문학관 전문연구원인 도이 야스꼬(土居安子) 선생의 자문을 얻어 실었다. 지면을 빌려 감사드린다. 이 군가의 원문과 해설은 'http://homepage3.nifty.com/oume-hotaru/sinnpei/sinnpei.htm'을 참조 바람.

50 박태일은 낙하산이 "활짝 피어"난다고 한 부분에서 "은유 표현에서 뛰어난 솜씨"가 잘 드러났다고 평가했지만(「이원수의 부왜문학 연구」, 앞의 책 67면) 이와 같은 표현은 낙하산 관련 노래들에서 쉽게 찾아볼 수 있는 것들이다. 예컨대 문부성 창가였던 「낙하산 부대」에서도 "너도나도 이어서 날면/활짝 펼쳐지는 낙하산/피운다 하늘로 흰 꽃/뭉쳐서 내려가는 낙하산 부대"(「군가 전시가요대전집9」, 콜롬비아 레코드사 1995)와 같은 비유를 다시 확인할 수 있다.

중요한 점은 이원수의 친일시들이 이처럼 시대의 지배적인 상상력에 단단하게 고착되어 있었음을 엿보게 한다는 사실일 것이다.

지원병 형님들이 떠나는 날은/거리마다 국기가 펄럭거리고/소리 높이 군가가 울렸습니다.//정거장, 밀리는 사람 틈에서/손 붙여 경례하며 차에 오르는/씩씩한 그 얼굴, 웃는 그 얼굴./움직이는 기차에 기를 흔들어/허리 굽은 할머니도 기를 흔들어/「반—자이」 소리는 하늘에 찼네.//나라를 위하여 목숨 내놓고/전장으로 가시려는 형님들이여/부디부디 큰 공을 세워주시오./우리도 자라서, 어서 자라서/소원의 군인이 되겠습니다./굳센 일본 병정이 되겠습니다.

—이원수 「지원병을 보내며」 전문(『반도의 빛』 1942년 8월호)

(1)/발차를 알리는 사이렌 소리에/우렁차게 울려 퍼지는 만세의/환호 속에서 형은/"다녀오겠습니다"란 단 한마디//(2)/형 집 걱정은 하지 마/내가 있으니까 괜찮아/맘 속으로 그렇게 말하며/아무 말없이 흔들던 종이 국기//(3)/기차가 보이지 않게 됐을 때/나도 모르게 만세하고/혼자서 외쳤던 내 목소리/아아 형은 갔다//(4)/나도 자라면/형처럼 늠름한/일본 남아가 되어야지/일본 남아가 되어야지

—아오끼 히로시(青木浩) 작사 「형의 출정(兄さんの出征)」 전문[51] (번역 김영순)

이원수의 친일 동시 「지원병을 보내며」와 일본 작가 아오끼 히로시가 쓴 「형의 출정」이다. 「형의 출정」은 중일전쟁 특집호로 꾸며진 월간 『코

51 『講談社の繪本 支那事變美談』, 講談社 1937. 이 작품은 월간 『어린이와 문학』 창간 3주년 기념 세미나 '친일 아동문학의 재조명'에서 발표한 김영순의 토론문에서도 인용된 바 있다. 김영순 「아동의 '국민' 편입과 식민주의의 내면화」, 『어린이와 문학』 2008년 8월호 참조.

오단샤의 그림책(講談社の繪本)』 43호에 수록된 노래이다. 일본 『호치신문(報知新聞)』의 현상모집에서 뽑힌 작품으로, 타까기 히데꼬(高城日出子)가 불러 레코드(キングレコード)로 취입되었다고 한다. 언뜻 보아 두 작품은 시적 화자, 배경, 시상의 전개가 매우 흡사해 보인다. 전쟁터에 나가는 군인을 환송하는 기차역을 배경으로, 기차에 오르는 병사의 모습과 이를 바라보며 '일본 병정/남아'가 되겠다는 다짐을 하는 어린 화자가 등장하고 있다.

그러나 대체적인 유사성에도 불구하고, 자세히 살피면 이원수의 「지원병을 보내며」와 아오끼 히로시의 「형의 출정」 사이의 미묘한 차이가 감지된다. 전자 「지원병을 보내며」의 경우, 막연한 보통명사로서의 "지원병 형님들"의 승리를 기원하며 자신들도 빨리 자라 소망스런 일본 "병정"이 되겠노라는 "우리"들의 다짐이 입을 모은 합창처럼 들려온다. 이별의 장면임에도 모두 한결같이 씩씩하게 웃으면서, 우렁찬 만세를 부르는 달뜬 정경이 작위적이고 과장된 흥겨움을 느끼게 한다. 이에 비해 후자 「형의 출정」의 경우에는 전쟁터에 나가는 자신의 형을 전송하는 상황이 구체적으로 그려졌으며 화자의 내적 감정의 흐름이 섬세하게 표현되었다. 기차역은 사이렌 소리와 만세 환호로 소란스럽지만 이별하는 두 형제는 오히려 과묵하고 절제된 행동으로 상대의 마음을 배려하며 말을 삼키고 있다. 형의 기차가 떠난 후에야 시적 화자가 혼자 독백처럼 외치는 "만세" 소리나 "아아 형은 갔다"고 되뇌는 탄식은 떠나는 형 앞에서 차마 다 쏟아내지 못한 걱정, 안타까움, 미더움 등의 복잡한 감정을 절실하게 느끼게 한다. 이 때문에 이원수의 「지원병을 보내며」 마지막 구절이 당시의 정형화된 생각을 담고 있는 의례적인 표현으로 느껴지는 반면, 아오끼 히로시의 「형의 출정」 마지막 구절은 단지 일본의 병정이 되겠다는 것이 아니라 형과 같은 늠름한 일본 남자가 되겠다는 내면의 굳은 다짐으로 느껴지는 것이다.

단적인 비교지만, 이원수의 친일 동시는 상황의 구체성, 다시 말해 식민지인으로서 제국의 전쟁에 참여하는 현실 상황에 대한 구체적인 사유의 흔적이 절박하게 느껴지지 않으며, 과도한 열기와 과장된 기쁨의 감정이 표현되고 있다고 할 수 있다. 이러한 문제는 단지 이원수가 시적 표현 능력이 부족해서 발생한 것이라기보다는 아동의 성장을 제국의 발전과 이익에 수렴시키는 파시즘적 담론에 강력한 힘으로 포섭되고 있기 때문에 나타난 것으로 생각된다.

즉 이원수의 친일 관련 글들이 자발적으로 쓰인 것은 인정되더라도, 그 근거를 개성 있는 표현이나 문학적 완성도, 곡진한 표현 등에서 찾는 것은 재고해볼 필요가 있다. 아울러 이원수의 친일문학과 일본의 전쟁 찬양시들이 갖는 유사성과 차이점을 상호 텍스트적 관점에서 살피고, 이를 통해 아동문학의 계몽성이 파시즘적 담론에 포섭될 수 있는 위험성과 저항 가능성을 근본적으로 살피는 것을 향후 이원수의 친일문학을 계기로 아동문학의 연구를 확장 심화시킬 수 있는 방향 중 하나로 제안할 수 있을 것이다.[52]

2) '내적 논리' 문제에 대한 재검토

앞서 살폈듯 친일문학 연구에서 자발성 문제가 중시되는 것은, 친일에 이르는 내적 논리를 확인하고자 하기 때문이다. 그러나 때로 친일 작가론에서 자발성을 묻는 것이 친일문학의 창작이 작가의 고의적 기만적

52 김화선의 연구 또한 전체적인 방향에서는 이러한 문제의식을 공유하는 것으로 보인다. 「일제 말 전시기의 아동문학 및 아동담론 연구」(앞의 책)에서 아동담론과 아동문학을 식민주의 내면화의 호출 기제로 파악하고, 식민담론이 아동담론과 아동문학에 어떠한 영향을 미쳤는가를 분석했던 것도 이러한 문제의식에서 출발한 것으로 이해된다. 그러나 이원수의 작가론 분석에 있어서는 본문에서 검토한 것처럼 자발성이나 내적 동기의 개념을 단순화하게 설정하여 문제의식을 충분히 관철시키지 못한 한계가 있다.

과오라는 것을 확인하고 윤리적으로 단죄하기 위한 절차적 과정처럼 이해되어버리는 경우가 많으며, 친일에 이르는 '내적 논리'를 찾는 것 또한 개인적인 동기를 확인하는 차원으로 단순화될 때도 있다.

김화선은 이원수의 친일문학이 자발적 의지에 의해 이루어졌다고 보고, 작품에서 '내적 논리'를 추출하는 작업을 진행한 바 있다. 그 결과 그는 이원수가 친일 작품을 창작하게 된 계기 중 하나를 민족이 처한 현실에 대한 인식과 개인적인 취향이 서로 어긋났던 점에서 찾았다. 즉 "의식적으로는 일제에 저항하고 있었지만 감성적으로는 일본인과 일본문학을 가깝게 여겼던 이원수의 양가적인 감정"이 그를 친일문학으로 이끌었다는 것이다.

> 그 선생(일본인 여선생—인용자)이 빌려준 일본의 유명한 작가들의 작품이 문학 생활의 밑거름이 되었다는 당당한 고백은 학창 시절에 보여준 강한 반일적인 행동과 그에 관한 진술과 모순된다. 일제에 대한 강한 저항의식을 가지고 반일적인 내용의 글을 쓰기까지 한 이원수가 별다른 거부감 없이 일본인 선생을 "정서 생활의 인도자"로까지 받아들이고 있다는 사실을 어떻게 이해해야 할 것인가. 물론 일본인 교사를 거부할 수는 없지만 일본인에 대한 순수한 마음은 저항적인 그의 삶의 궤적과 어울리지 않는다. (김화선 「이원수 문학의 양가성—『반도의 빛』에 수록된 친일 아동문학 작품을 중심으로」, 앞의 책 217~18면)

그러나 위의 분석처럼 현실주의나 민족주의 작가는 일상의 개별적이고 구체적인 모든 만남에서도 민족적 관념을 가지고 배타적으로 대응해야 한다고 생각하는 것은 지나친 강박일 수 있다. 또한 친일문학의 내적 논리를 찾는다는 애초의 문제의식이 개인의 성격이나 취향을 찾는 것으로 단순하게 수렴되는 것은 문제라고 할 수 있다. 물론 이는 앞서 언급한 것처럼 이원수가 친일에 이르기까지의 내적 논리의 변화를 추적하기에는 주변 자료가 충분하지 않다는 점에서도 기인할 것이다. 그러나 이원수 친일문학의 동기를 개인의 성격이나 취향으로 한정하는 것은 친일문학의 내적 논리를 분석함으로써 이를 사유의 대상으로 이끌어내고자 하는 시도로서는 한계가 있는 것이다.

한편 이러한 점에서 이원수가 친일 아동문학의 파시즘적 담론에 포획된 글쓰기를 함으로써, 아동과 국가의 관계를 적극적으로 연관 짓기 시작했다는 점은 주시해볼 필요가 있다. 아이러니하게도 이원수의 아동문학에서 아동과 국가는 친일문학을 경유하면서 본격적이고 적극적으로 관계 맺는 양상을 보인다.[53] 이원수는 1911년에 태어났다. 태어나자마자 식민지인이었던 그는 '민족'과 '국가'가 같은 것으로 주어지지 않았던 세대에 속한다. 일제 말, 우리 민족 스스로 독립된 민족국가를 건설할 수 있으리라는 확신이 부재했을 때, 일제가 제기한 대동아공영권은 이원수에게도 식민지 지식인의 무의식적 열등감을 단번에 극복할 수 있는 대안처럼 다가왔을 수 있다.[54] 그러한 전도된 욕망은 "나라를 위하여 목숨

53 물론 일제강점기 이원수의 작품에 '나라' 표상이 전혀 없었던 것은 아니다. 특히 1930년경 이원수가 계급주의에 강하게 경도되었을 무렵의 작품에 자주 나타난 바 있다. 1930년 『학생』 4·5월호에 실렸던 「꽃씨 뿌립시다」와 「나도 용사」 등은 광주학생항일운동에 자극받으며 창작된 것으로 알려져 있으며, 이원수의 '나라' 표상의 첫 모습을 살필 수 있는 예다. 이러한 시에 나타난 '나라' 표상과 친일 작품에 나타난 '나라' 표상의 유사점과 차이에 대해서는 추후에 좀더 세밀하게 검토해야 할 것이다.

54 류보선은 식민지 근대로 인해 지식인들이 민족과 국가의 불일치라는 상황에 처하게 되었으며, 그러한 상황이 초래한 민족 허무주의가 친일문학의 한 동기가 될 수 있다고 보았다. 류보선은 민족이 곧 국가가 아니라는 상황은 그것에 대한 강한 열망을 낳을 수도 있지만, 무관심과 허무주의를 파생시킬 수도 있다고 보았다. 류보선의 관심은 주로 식민지 지식인들의 열등감과 같은 심리 기제에 있어, 하위 주체의 문제는 다루지 못하고 있으며 지배 내러티브의 일방적인 장악력을 강조함으로써 식민지의 주체가 가질 수 있는 저항 가능성을 차단한다는 한계가 있다. 그럼에도 불구하고 계급주의 지식인이나 모더니즘 지식인들이 모두 친일 파시즘에 휩쓸렸던 내적 상황을 민족이나 국가의 문제

내놓고" 전쟁터로 나서는 지원병들을 축복할 뿐 아니라, 아직 어린 아동들의 성장마저도 "자라서, 어서 자라서" "소원의 군인" "굳센 일본 병정"이 되어 또다시 나라를 위해 목숨을 내놓는 헌신으로 이어지도록 부추기는 소년시로 나타났다고 할 수 있을 것이다. 일제 말 친일 아동문학의 절대적인 선(善)처럼 자리 잡고 있던 이러한 '나라' 이데올로기는 사실 근대국가의 출현 이후에는 자명한 것이 되어왔다는 점에서 근대주의에 뿌리가 닿아 있는 문제이다. 친일 아동문학은 나라 이데올로기와 소년담론[55]이 가장 폭력적인 형태로 결합된 예라고 할 수 있을 것이다. 이와 같은 나라 이데올로기가 아동의 존재와 함께 성찰의 대상이 되기 시작한 것은 파시즘적 열정에 휩쓸림으로써 돌이킬 수 없는 정신적 파탄을 겪고 난 이후였다고 할 수 있다. 돌이켜보건대, 이원수 문학의 빛나는 성취는 아동의 시간을 국가나 민족에 일방적으로 수렴시키지 않는 찰나의 순간들에서 이루어졌다. 예컨대 해방 직후에 발표된 「오끼나와의 어린이들」은 「지원병을 보내며」에 깊게 침윤되어 있던 파시즘적 논리를 작가 스스로 해체하는 과정에서, 그렇다면 과연 '나라'란 어떤 것이어야 하는가[56]를 묻기 시작한 징후적 작품이라고 할 수 있다. 즉 '나라'와 '정부'를 구별하고, 파시즘의 논리에 가려져 있던 타자로서의 아동의 존재를 발견하기 시작한 것이다. 「오끼나와의 어린이들」은 다소 관념적이라는 한계가 있기는 하지만 아동의 성장을 현존하는 국가권력에 직접 접

와 함께 환기시켜주는 묘사는 설득력 있게 느껴진다. 류보선 「민족≠국가라는 상황과 한국문학의 민족 로망스들」, 『문학과 사회』 2008년 여름호 참조.

55 소년담론과 근대적 아동관의 형성 과정에 대해서는 다음의 글에서 살핀 바 있다. 조은숙 『한국 아동문학의 형성』, 소명출판 2009, 36~87면.

56 류보선은 해방기에 필요했던 것은 "1930년대 후반기의 그 다양한 편폭과 스펙트럼을 통해서 나라를 찾지 못한 것에 대한 총체적이고 전방위적인 반성을 하는 한편, 무조건적인 나라 만들기보다는 어떤 나라를 만드는 것이 의미 있는 것인지에 대한 치밀한 반성"이라고 하였다. 류보선, 앞의 글 350면.

속시키지 않고, 만들어가야 할 잠재적 가능성 속의 '좋은 나라'와 연결시킴으로써 근대 국가주의에 깊이 침윤되어 있던 아동문학 담론의 탈근대적 가능성의 실마리를 미약하나마 보여줄 수 있었다. 이원수 아동문학에서 '나라 세우기' 모티프는 『숲 속 나라』(1949)에서 엿볼 수 있듯 평생의 과업으로 계속 변주되어나갔으며, 이후 산업화와 독재 정권을 경험하면서는 개인(아동)과 국가의 관계가 근본적으로 회의되기도 했다. 새로운 공동체 규범과 윤리를 창안하고자 시도했던 『잔디숲 속의 이쁜이』(1971)는 그 대표적인 예가 될 것이다. 이는 친일 아동문학 연구가 탈식민·탈근대 연구로 확산될 수 있는 발전 가능성을 시사해주는 것이며, 이원수 친일문학 연구의 작가론적 수용은 이러한 지점에서도 모색될 수 있을 것이다.

4. 결론—남은 과제

문학 연구에서 작가론은 가장 대표적인 연구 형태 중 하나이다. 작가론은 작가의 전기적 삶에 대한 가치 판단과 다양한 문학작품에 대한 해석을 유기적 구조로 통합시킴으로써 작가의 삶과 문학에 대한 총체적 인식을 표방하는 연구 방법으로서, 문학적 실천의 주체인 작가에 대해 특정한 정체성을 부여하는 역할을 한다고 볼 수 있다. 이와 같은 점에서, 한 작가의 문학적 실천에 정치적·윤리적 책임을 묻는 것을 지향하는 친일문학 연구는 대개 작가론의 형태를 취해왔다.

최근 이원수의 친일 작품이 발굴된 이후 그가 오랫동안 가지고 있던 현실주의 작가상은 크게 균열되었으며, 작가론 재구성의 작업이 필연적으로 요청되었다. 그러나 새롭게 축적된 친일 작가론은 기존 현실주의 작가론의 반동 현상으로 실증적 검토와 내적 논리 추출의 과정에서 또 다른 한편으로 편향되는 양상을 보였다. 최근의 친일 관련 연구가 친일의 내적 논리에 대한 탐구를 통해 근대문학사 혹은 사상사의 전개 과정을 이해하는 의미 있는 전환을 보여주고 있음에도 불구하고, 아동문학 작가론에서 친일의 문제는 여전히 '항일:친일'의 배타적인 담론을 완강하게 고수함으로써 다양한 인식의 가능성을 차단하고 있는 형편인 것이다.

이에 본고는 기존 연구의 작가론 구성의 근거와 논리를 재검토하여 추후 새로운 연구의 방향을 모색해보고자 하였으며, 기초 자료를 실증하고 분석하는 과정에서 나타난 문제점과 친일의 내적 논리를 추출하는 과정에서 나타난 한계에 대해 점검하였다. 본고는 본래 기존 작가론 구성의 문제점을 짚어보고, 친일 아동문학이 작가의 삶과 문학에서 어떻게 배치될 수 있는지를 탈근대적 시각에서 재구성하고자 하는 의도로 구상되었다. 그러나 선행 작가론이 워낙 방대한 자료를 새로 발굴하고 기초 자료를 면밀하게 해석하였기 때문에, 이것을 재검토하는 것만으로도 소논문이 감당할 수 있는 한계를 초과해버렸다. 따라서 후자의 문제는 별도의 후속 연구를 기약하고자 한다.

작가론을 재구성하는 것은 단지 기원으로서의 작가에 대한 향수를 만족시키기 위한 것은 아니다. 물론 일차적으로는 한 작가의 삶과 문학에 대한 통합적인 의미를 제공하는 의무를 감당해야 하겠지만, 친일 아동문학의 작가론적 수용 작업을 통해 우리가 수행해야 할 것은 아동이라는 타자를 대상으로 한 문학적 실천으로서의 아동문학이 어떠한 정치적 윤리적 책무를 감당해야 하는가 하는 점을 근본적으로 성찰하는 일이 될 것이다.

이원수와 1970년대 아동문학의 전환

한국아동문학가협회의 창립과 아동문단의 재편 과정

원종찬

1. 이원수와 한국아동문학가협회

이원수가 일제 말에 친일작품을 남긴 사실이 새롭게 알려지면서[1] 그의 문학은 급속히 빛을 잃어가고 있다. 그의 문학에 대해 '역사를 살아가는 동심'[2]이라고 지칭했던 이오덕(李五德)의 평가는 이제 폐기되어야 하는 것일까? 이원수의 친일 과오를 은폐하거나 변호하는 것은 역사를 두 번 속이는 일이다. 비록 한순간에 지나지 않을지라도 친일작품을 쓴 경력은 그의 문학에 끝까지 따라붙을 수밖에 없다. 그러나 부분적인 얼룩이 전체를 훼손하도록 방치하는 것도 부당한 일이다. 사람의 삶에는 설명하기 힘든 모순이 끼어들게 마련이거니와, 그렇다고 해서 그 사람의 사회적 지향과 실천이 모두 베일에 가려지는 것은 아니다. 전체로 보아 이원수 문학은 '역사를 살아가는 동심'이었음이 틀림없다. 일제 말에

1 박태일 「이원수의 부왜문학 연구」, 『경남·부산 지역문학 연구 1』, 청동거울 2004.
2 이오덕 「역사를 살아가는 동심」, 『어린이를 지키는 문학』, 백산서당 1984.

잠시 파행을 보여 안타까움을 주고 있지만, 이원수 문학과 민족현실은 분리되지 않는다.[3] 본고는 그가 특히 분단시대 리얼리즘 아동문학의 굳건한 기초자요 출발점이었음을 밝히고자 한다. 이오덕의 비평과 권정생(權正生)의 창작도 이원수 문학을 기반으로 해서 솟구쳐 오른 것이다. 일제시대의 친일문학을 평가할 때와 동일한 역사적 잣대로 분단시대의 이원수 문학을 평가한다면 이 점이 한결 분명해지리라고 믿는다.

한국문학사에서 1970년대는 각별한 의미를 지닌다. 이는 아동문학사에서도 마찬가지다. 잘 알려져 있듯이 해방 직후 문단은 조선문학가동맹(1946)과 전조선문필가협회(1946)로 양립되었다. 1948년 남한에서 정부가 수립된 이후 전자는 불법화되고 후자는 청년문학가협회(1946)와 함께 한국문학가협회(1949)를 출범시킨다. 1954년 대한민국예술원을 둘러싼 갈등을 계기로 한국자유문학자협회(1955)가 발족한다. 한국문학가협회와 한국자유문학자협회는 5·16 직후 사회단체의 통폐합조치에 따라 한국문인협회(1961)로 통합되어 지금에 이르고 있다. 50년대에는 6·25 동란의 여파로 진보사상이 숨어들고 문단은 보수 일색으로 통일되었다. 이 시기에 '자유'는 '반공'의 의미와 다를 바 없었다. 60년대에는 4·19와 더불어 진보의 가치가 고개를 들었으나 5·16으로 다시 좌절되었다. 이 시기에 문단 일각에서는 '순수참여문학 논쟁'이 터져 나왔다. '전태일(全泰壹)의 죽음'으로 상징되는 70년대에는 문학이 운동성을 띠면서 새로운 단계로 들어섰다. 리얼리즘론·농민문학론·민족문학론·민중문학론·제3세계문학론 등이 간단없이 제출되었으며, 이것들은 서로 관련을 맺으면서 '민족문학론'으로 정립되었다.[4] 한국문인협회의 맞은편에 자유실천문인협의회(1974)라는 새로운 구심체가 떠올랐다. 자유실천문인

3 원종찬 『아동문학과 비평정신』, 창작과비평사 2001 참조.

4 김영민 『한국현대문학비평사』, 소명출판 2000 참조.

협의회는 1987년에 민족문학작가회의로, 2007년에 다시 한국작가회의로 개칭되었다.

정부 수립 후 아동문인들은 한국문학가협회 아동문학분과에 소속되어 있었다. 1954년 1월 한국아동문학회가 발족했으나 이는 분명한 조직체계를 갖추지 않은 동인·친목 모임에 가까웠다. 1961년 각종 단체가 정리 통폐합되면서 아동문인들은 다시 한국문인협회 아동문학분과에 소속하게 되었다. 그런데 1971년 2월 이원수 주도로 독자적인 조직체계를 갖춘 한국아동문학가협회가 발족했다. 한국아동문학가협회는 한국문인협회로부터의 분리 독립을 의미했다. 그러자 같은 해 5월 김영일(金英一) 주도로 한국아동문학회가 다시 이름을 내걸었다. 70년대의 한국아동문학회는 한국문인협회 임원진이 깊숙이 관여하고 있었다. 이때부터 아동문단은 지향을 달리하는 두 단체가 양립하는 모양새가 되었다. 하지만 아동문단의 분열은 거듭되었다. 1978년 이재철(李在徹) 주도로 한국현대아동문학가협회가 발족했고, 1989년 이오덕 주도로 한국어린이문학협의회가 발족했다. 1991년 한국아동문학가협회와 한국현대아동문학가협회가 통합하여 한국아동문학인협회가 발족했다. 이렇게 해서 현재는 한국아동문학회, 한국아동문학인협회, 한국어린이문학협의회가 분립하고 있다. 한국문인협회와 한국작가회의라는 두 구도에 입각해서 본다면, 한국아동문학회와 한국아동문학인협회는 한국문인협회 계열이고, 한국어린이문학협의회는 한국작가회의 계열이라고 할 수 있다. 다만 90년대 중반 이후에 활동을 시작한 작가들은 이 구도와 무관한 경우가 더 많다.

여기서 주목해야 할 것은 70년대 초반에 두 단체로 양분된 아동문단이 처음에는 인맥에 따른 분화 요인을 어느 정도 안고 있었는데 점차 문학관의 차이가 분명해지면서 본격적인 문학논쟁 시대를 이끌었다는 사실이다. 70년대의 아동문학 논쟁은 시대상황과 긴밀히 연계되어 있었고, 아동문학의 여러 문제들에 대한 심도 있는 탐구로 이어져서 어느 때보다 높은 수준의 이론비평을 낳았다. 이원수에서 이오덕으로 이어지는 접점이 이 시기에 놓여 있는바, 이는 분단시대 아동문학의 역사적 전환에 해당하는 의의를 지닌다. 요컨대 이원수를 꼭지로 하는 70년대 아동문단의 재편은 시대적 요청과 더불어 민족문학으로서의 아동문학이라는 새로운 물줄기를 만들어낸 것이다.

이 글의 주된 관심은 1971년 한국아동문학가협회의 창립을 전후로 해서 1977년 '창비아동문고'의 첫 권을 장식한 이원수 동화집 『꼬마 옥이』와 이오덕 평론집 『시정신과 유희정신』이 발행되기까지의 문단사적 궤적이다. 이 시기의 아동문학과 문단 상황에 대해서는 이상현(李相鉉), 이재철, 최지훈(崔志勳), 송명호(宋明鎬), 이영호(李榮浩) 등에 의해서 부분적으로 언급된 바 있다.[5] 그런데 이들은 자신이 몸담았던 단체에 따라 시각의 차이를 드러내고 있음에도 모두 한국문인협회를 대변하는 입장에 있기 때문에, 분단시대 이원수의 활동과 70년대 아동문학의 분화 과정에서 도드라진 리얼리즘 아동문학에 대해서는 거의 주목하지 않거나 부정적으로 평가했다. 이에 본고는 이원수와 한국아동문학가협회의 창립으로 본격화된 리얼리즘 아동문학의 흐름을 역사적으로 재평가하고자 한다. 이는 기존 연구에서 무시된 한국작가회의의 계보를 아동문학사에서 복원시키는 일이기도 하다.

5 이상현 『아동문학강의』, 일지사 1987; 이재철 『한국아동문학연구』, 개문사 1988; 최지훈 『한국현대아동문학론』, 아동문예사 1991; 송명호 「아동문학 단체 세미나에서 일어난 일들」, 한국문인협회 편 『문단유사』, 월간문학출판부 2002; 이영호 「갈등 끝에 탄생한 한국아동문학가협회」, 같은 책.

2. 한국아동문학가협회 이전의 아동문단

남북으로 문단이 재편된 이후 단체와 잡지 등에 관여하면서 두각을 드러낸 아동문학가는 윤석중(尹石重), 이원수, 강소천(姜小泉)이었다. 윤석중은 동요 방면에서 이룬 명성에 힘입어 1949년 한국문학가협회 아동문학 분과위원장을 역임했지만, 해방 직후 『소학생』을 펴낼 때나 또 6·25동란 이후 '새싹회'를 주관할 때나 거의 단독으로 일하는 체질이었다. 좌익활동에 깊이 연루된 부친이 6·25동란 중에 희생당한 개인적인 상처도 크게 작용했을 것이라 짐작되는데[6], 그는 문단에서는 늘 비껴나 있는 태도를 취했다. 반면에 이원수는 『소년세계』(1952. 9~56. 9)를, 강소천은 『어린이 다이제스트』(1952. 9~54. 1)와 『새벗』(1952. 1~71년에 휴간되었다가 78년에 복간됨)을 주재하면서 전후 아동문단의 형성에 나름대로 영향력을 행사했다. 그런데 이원수와 강소천은 문학사상과 아동문학을 보는 관점이 매우 대조적이었다.

많은 연구자들이 지적해왔듯이 이원수는 분단현실과 독재정권에 맞

6 노경수 「윤석중 연구」, 단국대 박사학위논문, 2008, 51~52면. 윤석중의 생모가 윤석중 나이 만 두 살에 세상을 뜨자 부친은 재혼을 했다. 그런데 재혼한 윤석중의 부모는 좌익혐의로 6·25동란 중에 충남 서산에서 피살된다. 한편, 윤석중의 이복동생 윤이중은 한국전쟁이 발발하자 의용군으로 가서 행방불명되었고 그 밑의 동생 윤시중은 국군에 징집되어 갔다가 전사했다. 윤석중은 6·25동란을 겪은 뒤로 부모형제를 모두 잃은 셈인데, 그의 집안이 좌우익 갈등으로 풍비박산했다는 사실은 노경수의 논문으로 새로 밝혀졌다. 노경수는 윤석중의 부친 윤덕병(尹德炳)이 둘째부인 노경자의 좌익활동 때문에 좌파로 오인되어 피살되었을 것이라고 추정했는데, 최근에 윤석중 연구를 새로 하고 있는 김제곤에 따르면, 윤덕병은 20년대부터 줄곧 맹렬한 사회주의자로 활동했음이 확인된다고 한다. 노경자의 활동은 찾아지지 않지만, 윤덕병은 1924년 4월 조선노농총동맹 중앙상무위원, 1925년 4월 조선공산당 중앙검사위원을 역임한 바 있다. 강만길·성대경 엮음 『한국사회주의인명사전』, 창작과비평사 1996, 305면.

서는 확고한 작가의식을 가지고 작품 활동을 전개했다.[7] 그는 장편 『숲 속 나라』에서 자신이 지향하는 사회의 모습을 비교적 상세하게 그려 보인 바 있다. 한마디로 우리 민족의 역사적 현실에 뿌리내린 호혜평등한 노동자의 나라였다.[8] 판타지와 알레고리로 그려낸 것이지만 이런 사회주의 지향의 작품을 좌익에 대한 탄압이 법제화된 상황에서 잡지(1949)에 연재하고 동란 직후 다시 단행본(1954)으로 출판하는 데에는 남다른 용기가 필요했을 것이다. 반공·승공의 통치이념에 반하는 작품은 가차없이 이적(利敵) 표현물로 단죄되던 때였다.

이원수는 6·25 동란 중에 좌익부역자 혐의로 목숨이 위태로운 상황까지 경험했으면서도 50년대에 『소년세계』를 주재하면서 「정이와 딸래」(1952), 「달나라의 어머니」(1953), 「꼬마 옥이」(1953~55), 「구름과 소녀」(1955) 등 민족분단과 전쟁비극을 다룬 작품을 계속해서 발표했다. 이러한 작품 경향은 60년대에도 장편 『민들레의 노래』(1960~61), 『메아리 소년』(1965~66), 단편 「장난감과 토끼 삼 형제」(1967), 「미미와 희수의 사랑」(1968), 「호수 속의 오두막집」(1969) 등으로 이어졌다. 그는 베트남전쟁과 파병 문제를 다루는 데에서도 당대의 통념을 벗어난 반전평화주의 시각을 견지했다. 「별 아기의 여행」(1969)과 「별」(1973)이 그러한 작품들이다. 「땅 속의 귀」(1960), 「어느 마산 소녀의 이야기」(1960), 「벚꽃과 돌멩이」

7 분단시대 이원수 문학의 리얼리즘 특성을 살핀 학위논문 가운데 대표적인 것들은 다음과 같다. 권영순 「한국아동문학의 양면성 연구—강소천과 이원수의 소년소설을 중심으로」, 이화여대 석사학위논문, 1985; 최찬석 「이원수 동화 연구」, 숭전대 석사학위논문, 1986; 나까무라 오사무(仲村修) 「이원수 동화·소년소설 연구」, 인하대 석사학위논문, 1993; 조은숙 「이원수 동화 『숲 속 나라』 연구」, 고려대 석사학위논문, 1995; 이균상 「이원수 소년소설의 현실수용양상 연구」, 한국교원대 석사학위논문, 1997; 박종순 「이원수 동화 연구」, 창원대 석사학위논문, 2002; 송지현 「이원수 동화 연구」, 단국대 석사학위논문, 2005.

8 자세한 내용은 원종찬, 앞의 책을 참고 바람.

(1961) 등은 4·19 정신을 담아낸 것이고, 「토끼 대통령」(1963), 「명월산의 너구리」(1969) 등은 5·16 이후 군사정권의 집권연장 기도와 강압적인 통치논리를 비판한 작품이다. 전태일분신사건(1970. 11. 13)이 터졌을 때는 노동자의 의로운 죽음을 의인동화로 그린 「불새의 춤」(1970. 12)을 즉각 발표했다. 장편 『잔디숲 속의 이쁜이』(1971~73)는 전체주의를 비판하고 자유를 찾아 떠나는 개미의 모험이야기를 그린 것이다.

아동문학을 유치하게 보는 사회적 통념이 벌써 말해주는 것이지만, 대부분의 아동문학 작가들은 동심의 이름으로 현실 문제를 외면하거나 교훈의 이름으로 상식적이고 지배적인 고정관념을 재생산하고 있었다. 그러나 이원수는 앞의 작품들에서 보듯이 추상적 덕목이 아니라 '지금, 여기'의 삶에 근거한 사회적 정의와 자유의 정신을 그의 작품에 새겨 넣었다. 5, 60년대 문단에서 그만큼 진보적 색채를 드러낸 작가를 찾아보기는 쉽지 않다. 어떻게 이원수는 그런 작품을 쓰면서 정권의 탄압을 피해갈 수 있었을까? 아동문학은 정치성과 거리가 멀다는 일반의 통념이 감시망을 느슨하게 했을 수 있겠고, 동요 「고향의 봄」이 국민애창곡으로 불리면서 따라붙은 명성도 보호막으로 작용했을 터였다. 게다가 그는 방정환(方定煥)시대부터 활동한 아동문학사의 산증인이었고 문단 교유도 폭넓은 편이었다. 문학에 대한 소신은 분명했지만, 격의 없고 포용심 많은 인간미의 소유자로 통했다.

1·4 후퇴 때 단신으로 월남한 강소천은 반공주의 인맥을 통해 전쟁 직후 아동문학 분과위원장으로 피선되었고 단숨에 아동문단의 실세로 떠올랐다. 그가 주재한 『어린이 다이제스트』와 『새벗』이 기독교 계열의 잡지라는 점, 그리고 이들 잡지의 주요 필자인 강소천, 김영일, 박화목(朴和穆), 김요섭(金耀燮) 등이 모두 월남한 기독교인이라는 점을 주목할 필요가 있다. 이남 출신의 주요 필자 가운데 박목월(朴木月), 김동리(金東里), 최태호(崔台鎬), 홍웅선(洪雄善) 등은 강소천이 제도권으로 진입하고 그

힘을 행사할 수 있게 해준 든든한 배경이었다. 강소천은 피난지 부산에서 문교부 교과서 편수관이던 최태호·홍웅선과 함께 편수위 활동을 했다. 정부 수립 후 월북문인의 작품을 남김없이 교과서에서 추방하는 등 정권의 통치기반을 다지는 데 앞장서온 편수위는 전쟁이 나자 부산에서 전시 교과서를 발행했다. 이때 강소천과 최태호가 연결되었다.[9] 이후로 강소천은 교과서 수록작품 선정이나 문교부 우량아동도서 선정 같은 일에 깊이 관여했다. 강소천은 아직 등단하지 않은 최태호와 홍웅선을 그가 주재하는 아동 잡지의 작가로서 활동할 수 있도록 힘써주기도 했다.

해방 직후 좌익문인들과 첨예하게 부딪치며 청년문학가협회를 주도한 김동리와 박목월은 문단의 소장파 실세였다. 이들은 보수적이고 관변적인 아동문단을 형성하는 데에서도 기둥 역할을 했다. 일찍이 박영종(朴泳鍾)이란 이름으로 활약한 박목월은 『박영종 동시집』(1946), 『초록별』(1946) 같은 동시집 외에도 『동시 교실』(1957), 『동시의 세계』(1963) 같은 동시창작 이론서를 펴냈으며 동시 방면에서의 영향력이 매우 컸다. 김동리는 60년대 들어서 쏟아져 나온 '아동문학독본' 씨리즈와 각종 '아동문학전집'의 편집에 빠짐없이 관여했다. 그는 1963년 강소천이 작고한 뒤에 박목월, 최태호 등과 함께 소천문학상을 제정하고 심사위원으로 활동했다. 1965년 제1회 소천문학상은 김요섭에게 주어졌다. 1962년부터 69년까지 총19집을 펴내면서 아동문학 담론을 주도한 『아동문

9 최태호 「나의 편수국 시절」, 한국교육과정·교과서연구회 편 『편수의 뒤안길』 제2집, 대한교과서주식회사 1995 참조. "장관 비서실의 박창해(朴昌海)씨"가 강소천을 편수국 부산 임시사무실에 데리고 와서 최태호에게 소개했다고 한다. 박창해는 영생고보 때부터의 동향 친구다. 최태호는 자신의 직무수행에서 도움을 받기 위해 서울 환도 후 박목월, 강소천 등과 함께 글짓기연구회를 만들어 강소천을 회장으로 앉혔는데, 자신의 전임교인 인천 창영국민학교에서 박목월과 강소천이 약 3~4개월 동안 매주 글짓기 지도를 하도록 주선했으며, 그 수확이 박목월의 『동시 교실』(아테네사 1957)이라고 회고했다.

학』의 편집위원은 강소천, 김동리, 박목월, 조지훈(趙芝薰), 최태호였다. 김요섭은 1970년부터 74년까지 『아동문학사상』 총10집을 발행했다.

이원수는 윤석중·박영종으로 대표되는 동심주의·기교주의 동시 경향, 그리고 강소천으로 대표되는 교훈주의·반공주의 동화 경향의 반대편에 있었다. 그는 동요시인으로서의 명성에 힘입어 한국자유문학자협회 아동문학 분과위원장을 역임하고 한국문인협회 결성대회 준비위원으로도 참여했지만 어디까지나 비주류에 해당했다.[10] 문학에서 그는 비판적 리얼리즘의 관점을 견지했다. 「동시작법」(1960), 「아동문학 입문」(1965), 「동화작법」(1969) 등에서 이 점은 확연한데, 그가 한국문인협회 아동문학 분과위원장을 맡았던 시기에 나온 『해방문학 20년』(1966)의 아동문학 부문에 관한 글에서도 그의 관점은 분명하게 나타나 있다.

> 6·25 전란과 그 영향 하의 생활에서의 취재가 많았던 것. 그 중에는 반공사상의 작품과 비참한 생활상태를 그린 것이 많았으며, 그러나 전쟁에 대한 것보다는 지엽적인 사태와 수난 후의 생활이 더 많았다. 그것은 민족상잔의 비극의 부당성보다 승공(勝共)의 의욕을 불어 넣는 일, 증적(憎敵)정신의 발휘에 중점을 두고 있었다.
>
> (…)
>
> 아동들의 생활을 현실 그대로 그리면서, 부정적인 것을 부정하고 긍정적인 것을 긍정하려는 리얼리티에 입각한 작품들이 있었다. 그러나 이러한 작품들은 때로 사회의 그늘진 곳을 과장되게 밝혀내는 것이라는 비난

10 5·16 직후의 포고령에 따른 통합적인 문화예술 단체 창립을 위한 각계의 준비위원으로 문학계는 마해송이 선출되었다. 문학 분야의 단일단체로서 한국문인협회의 창립을 앞두고 기존 각 문학단체의 지도급 문인을 포함하는 폭넓은 준비위원회가 구성되었는데, 아동문인은 강소천, 윤석중, 김영일, 이원수, 마해송 5명이었다. 정규웅 『글동네에서 생긴 일』, 문학세계사 1999, 94~96면.

을 받기도 했다.[11]

> 60년 4월 학생데모로써 끝장을 보게 된 자유당 독재정권이 쓰러짐을 한 분계선으로 하여, 오랫동안 억압되어온 국민의 정신에 자유·민주 사상이 비로소 숨길이 트이게 되자, 아동문학도 어용주의, 교훈주의 문학이 무언의 기세로 꺾이어진 감이 있었고, 문단에 청신기풍이 돌기 시작했다. 그만치 정치에 관계없는 아동문학에까지 독재정치 하의 영향은 침투해 들어와 있었던 것이다.[12]

첫 번째 인용은 '6·25에서 10년간'의 흐름을 말한 대목이고, 두 번째 인용은 '4·19 이후'의 흐름을 말한 대목이다. 객관적인 어투로 썼지만 강소천으로 대표되는 보수적이고 관변적인 아동문학 경향을 비판하려는 의도를 읽어내기 어렵지 않다.

하지만 분단 상황은 반공과 승공을 내세우는 문인들이 주도권을 행사하도록 작용했다. 문인단체에 정부보조금이 주어지고 각종 행사에 혜택이 뒤따르면서 문단 내 잡음이 끊이질 않았는데, 한국문인협회 집행부는 온갖 이권을 대가로 독재정권과 밀월관계를 유지했다. 문단의 대립은 보수 대 진보가 아니라 한국문인협회의 주도권을 놓고 파벌 다툼을 벌이는 양상이었다. 한국문인협회 이사장은 문단의 원로인 박종화(朴鍾和)가 오랫동안 연임하고 있었으나, 차기 이사장 자리를 두고 똑같은 청년문학가협회 출신의 김동리와 조연현(趙演鉉)이 치열하게 대립하고 있었다.[13]

11 이원수 「아동문학」, 한국문인협회 편 『해방문학 20년』, 정음사 1966, 64면.

12 같은 글 65면.

13 정규웅, 앞의 책 참조. 박종화 이사장 체제에서 부이사장을 지냈던 김동리가 9~10대(1970~72), 조연현이 11~12대(1973~76), 서정주가 13대(1977~78), 다시 조연현이 14~15대

50년대의 한국문학가협회와 60년대의 한국문인협회 아동문학 분과위원장은 거의 강소천과 그 계열에 속한 문인들이 차지했다. 여기에서 강소천 계열이라 함은 월남한 이북 출신에다 기독교적 배경을 가진 김영일, 박화목, 김요섭, 장수철(張壽哲) 등을 가리킨다. 한국문인협회로 통폐합되고 나서의 첫 번째 아동문학 분과위원장은 김영일이었다. 60년대에는 감각적인 동시와 환상적인 동화의 흐름이 새로 나타나서 기존 유아취향의 동시와 교훈주의 동화의 흐름과도 경합했다. 하지만 이것들 모두 순수주의와 보수적 색채에 뿌리를 둔 것이었다. 어느 면으로 보더라도 아동문단 내에서 이원수의 입지는 매우 비좁을 수밖에 없었다.

성인문단 쪽에서는 순수파의 비순수성을 논박하는 참여파의 목소리가 터져 나왔고, 1966년 계간 『창작과비평』이 발행되면서 새로운 바람이 불고 있었다. 1969년 3선개헌과 더불어 긴박한 사회정치적 상황이 조성되었다. 1970년 5월 『사상계』에 발표한 담시 「오적(伍賊)」으로 김지하(金芝河) 시인이 구속되었다. 1970년 11월 전태일분신사건이 일어났으며, 1971년 4월 민주수호국민협의회 시국선언문이 발표되었다. 1972년 '10월 유신'을 단행하면서 군부독재정권은 영구집권의 길로 들어섰다. 모든 부문을 망라해서 '민주화운동'이 시대의 과제로 떠올랐다. 그리하여 역대 독재정권을 비호하는 데 앞장서온 한국문인협회 맞은편에 자유실천문인협의회(1974.11)가 탄생하기에 이른 것이다.

(1979~82), 다시 김동리가 16~17대(1983~88) 등 청년문학가협회의 주도세력은 군사정권 시절 한국문인협회 이사장직을 지속적으로 이어갔다.

3. 한국아동문학가협회 이후의 아동문단

5·16 이후 모든 문인단체는 한국문인협회로 통합되었지만 60년대 중반 이후 한국시인협회, 한국여류문학인회, 한국문학번역협회, 한국시나리오작가협회 등 여러 문학단체들이 잇달아 등장했다. 군사정권이 문화예술단체를 강제 해산시킨 것은 아무런 법적 근거를 지닐 수 없었다.[14] 한국문인협회 아동문학분과는 김동리 체제와 밀착관계에 있는 극소수만의 무대였기에 아동문인들의 독자적인 활동은 기대하기 힘들었다. 그런데 1971년 1월 아동문학 분과위원장 선거를 둘러싸고 아동문단에 심각한 대립 국면이 조성되었다. 당시 아동문학 분과위원장을 맡고 있던 김요섭이 3선을 이어가려고 하자 신진 박경용(朴敬用)이 도전장을 낸 것이다. 이때 이원수는 박경용을 지지하는 쪽에 나섰다. 종속적이고 미온적인 기존 아동문학 분과체제를 바꾸는 것이 필요하다고 보았기 때문이다.

그때까지 한국문인협회 이사장이나 분과위원장 선출에 관심을 가진 아동문인은 많지 않았다. 아동문학 분과위원장은 으레 이사장단과 가깝고 한국문인협회 운영에 참여해본 경력이 있는 사람이 맡는 것이라고 생각할 따름이었다. 하지만 새로운 분과위원장으로 박경용이 선출되면 성인문학가들이 장악한 한국문인협회에서 소외당하고 있는 아동문인들의 입지가 조금은 달라질 것이라는 기대가 생겨났다.[15] 그리하여 1971년의 아동문학 분과위원장 선거는 순식간에 문단의 이목을 끌어당겼다. 선거를 앞두고 김요섭 대 박경용의 대결구도는 뜨겁게 달아올랐다. 김

14 정규웅 『글동네에서 생긴 일』 164면.
15 이영호, 앞의 글 참조.

요섭은 김영일, 박화목, 장수철, 송명원, 이상현 등의 지지를 업고 있었고, 박경용은 이원수, 박홍근(朴洪根), 박경종(朴京鍾), 이재철, 이영호 등의 지지를 업고 있었다.

선거 결과는 한국문인협회의 조직력을 동원한 김요섭의 승리로 돌아갔다. 하지만 워낙 근소한 차이인데다 김요섭 쪽에 이중투표가 포함되었다는 비판이 제기되면서 아동문단의 갈등은 쉽게 가라앉지 않았다.[16] 선거 실패를 계기로 한국문인협회 아동문학분과에 연연할 것이 아니라 독자적인 아동문학단체를 만들어야 한다는 생각이 급속히 번져나갔다. 마침내 1971년 2월 한국아동문학가협회가 결성되고 회장에 이원수가 추대되었다. 창립대회에는 한국문인협회 쪽과 가까운 소수를 제외한 대다수 아동문인이 참여했다. 한국아동문학가협회는 나름대로 조직체계를 갖추고 동극작가 주평(朱萍)이 운영하는 극단 '새들' 건물에 사무실을 두었다.

그로부터 석 달 후인 1971년 5월 한국문인협회 쪽 아동문인들은 한국아동문학회라는 이름을 다시 들고 나왔다. 원래 이 단체는 1954년 한정동(韓晶東)을 회장으로 하고, 이원수와 김영일을 부회장으로 해서 만들어진 것이니만큼[17] 한정동이 고문이고 이원수가 회장으로 있는 한국아동문학가협회 쪽에 지분이 많아도 더 많을 것이었다. 그런데 한국문인협회 아동문학 분과위원장 김영일을 회장으로 하는 한국아동문학회가 한국아동문학가협회를 무력화하고자 재창립을 공표한 것이다. 이렇게 해서 아동문단은 한국문인협회의 친위대 격인 한국아동문학회와 독자성을 중시하는 한국아동문학가협회로 양분되었다. 두 단체는 자기입장을 내세운 기관지 발행과 쎄미나 개최 등 경쟁적인 활동을 벌여 나갔

16 박경용 시인과의 전화인터뷰, 2008년 11월 20일.

17 「소년문화소식」, 『소년세계』 1954년 2월호.

다.[18]

한국아동문학회는 1971년부터 기관지 『아동문학』을 발행했다. 계간으로 나온 『아동문학』은 제호가 『아동문단』으로 바뀌어 10여 호 발행되었다.[19] 이미 이 단체의 핵심인 김요섭은 부정기간행물 『아동문학사상』을 펴내고 있었거니와, 1973년부터는 송명호가 주간이 되어 월간 『현대아동문학』과 『아동문학』을 발행하여 준기관지로 삼기도 했다.[20] 한국아동문학가협회는 1972년부터 기관지 『한국아동문학』을 발행했다. 처음엔 정기간행물로 내려 했으나 당국의 불허조치에다 비용도 만만치 않았기 때문에, 이원수가 발행인으로 되어 있는 『한국아동문학』은 부정기간행물로 1975년까지 총5집을 내고 중단되었다. 그조차 4집은 『아동문학의 전통성과 서민성』, 5집은 『동시, 그 시론과 문제성』이라는 제목을 가진 단행본으로 발행되었다.[21]

한국아동문학가협회가 결성된 초기에는 이원수 단독으로 리얼리즘 아동문학의 이론을 감당해야 하는 처지였다. 한국아동문학가협회와 한국아동문학회는 구심을 달리했을 뿐이지 인적 구성이나 발표 지면상으

18 한국문인협회의 수장인 김동리는 한국아동문학회 연간 쎄미나에서 무려 5회나 주제발표를 할 정도로 친밀감을 과시했는데, 이 숫자는 2003년 현재 상임고문 박화목(8회) 다음으로 많은 주제발표 회수에 해당하는 것이다. 김선태 「한국아동문학회 세미나 33년의 발자취」, 제33회 한국아동문학회 세미나 자료집, 2003, 33면.

19 이상현 「한국아동문학회 창립 50주년의 역사적 의의와 나아갈 방향」, 제33회 한국아동문학회 세미나 자료집, 26면.

20 『현대아동문학』과 『아동문학』은 표지, 목차, 간기 등 책의 꼴이 거의 비슷하다. 『현대아동문학』 창간호(1973. 9)의 연재물 서너 편은 『아동문학』 창간호(1973. 12)로 이어지고 있다. 그런데도 두 달을 건너뛰고 제호를 바꾼 것에 대한 아무런 해명이 없이 내용상 『현대아동문학』 '제2호'에 해당하는 1973년 12월호 『아동문학』을 '창간호'라고 하면서 발행했다.

21 이것들은 모두 이주홍의 그림을 표지로 삼았고 목차와 간기를 비롯한 책의 꼴이 거의 비슷하다. 하지만 『아동문학의 전통성과 서민성』 『동시, 그 시론과 문제성』은 단행본이기에 권호를 밝히지 않았다.

로 명확하게 선이 그어진 것도 아니었다. 그러하기에 이원수는 자신의 지향을 분명하게 드러내면서 기존 아동문학의 여러 문제점들을 비판했고, 한국아동문학가협회 안에서 자정과 갱신의 노력을 경주했다. 『한국아동문학』의 서두에는 간행사 격으로 '우리의 선언'이나 '우리들의 발언'을 넣어 운동성을 부여하려고 했으며, 특집 평론과 쎄미나 기획을 통해 그때까지와는 다른 새로운 길을 모색해갔다.

이원수의 행적을 살필 수 있는 당시의 자료들은 짧은 것이든 긴 것이든 반드시 그만의 지향점이 드러나 있다. 이원수는 후배문인 어효선(魚孝善)·박경용·권용철(權容徹)과 함께 1972년 상반기 아동문학을 돌아보는 『조선일보』의 좌담에 참석한 적이 있다. 이 자리에서 다른 참석자들이 아동문학이 무시되고 있다며 불만을 토로하자 이원수는 '판타지의 부자연성'과 '동화의 어용적 색채' 때문이라며 비판의 화살을 아동문학 안으로 돌렸다. 동시를 두고는 '난해성'의 문제를 들어 "힘도 뼈도 없는 애매모호한 말"에 신경 쓰지 말고 내용을 풍부하게 해주어야 한다고 지적했다. 좌담 내용을 요약해서 실었지만, 기자가 뽑은 제목이 '환상 아닌 생활적 소재를'이고, 큰 활자로 뽑아낸 말이 '동시는 서정 외면, 시대감각 잃은 어른의 넋두리 여전'인 것만 봐도 이 좌담을 이원수가 어떻게 이끌었는지 짐작할 수 있다.[22]

『한국아동문학』 제1집에는 '지상(誌上) 오분대담'이란 꼭지를 두고 흥미로운 읽을거리로 끼워 넣은 이영호와 이원수의 짧은 글이 보인다. 이영호는 아동문단에 부끄러운 일이 너무도 많이 일어나고 있는 것을 개탄했는데, 자세히 밝히지 않았지만 당시 문단의 갈등상황을 짐작할 수 있게 해준다. 이원수는 아동문학에서 '밝은 문학'을 강조하는 이들이 실

22 이원수·어효선·박경용·권용철 좌담 「환상 아닌 생활적 소재를」, 『조선일보』 1972년 7월 11일자.

은 "서민생활의 멸시와 현실 외면의 낙원주의"를 제창하는 꼴이라고 비판했다. "진실한 민족문학으로서의 아동문학은 그 지대가 어둡거나 누추하다 해서 도피할 수는 없는 것"이라면서 "거짓스런 밝음의 죄악"을 꼬집은 것이다.[23]

1973년에 이원수는 제10회 한국문학상 수상자로 결정되었다. 이와 관련해서 신문 인터뷰가 이루어졌는데, 여기에도 그의 생각이 잘 드러나 있다.

> 현재 아동문학이 당면하고 있는 가장 중요한 문제는 작품의 민족성과 서민성이라고 봐요. 작품 속의 인물이 아무리 의인화되었다고 해도, 또 꽃과 나무와 돌이라 해도 이야기 속에는 언제나 국적 있는 사상과 정서가 깃들어져야 합니다. 작품 소재가 환상적·공상적이라 해서 세계의 어린이 모두가 동일하게 받아들인다는 것은 아닙니다. 다시 말해서 국적이 불분명한 작품이 많다는 것이지요. 또 문제는 작품이 현실을 전혀 무시하고 있다는 점입니다. 예를 들면 부유층에서만 있을 수 있는 소재는 가난에 쪼들린 아이들에게는 잘 이해되지 않아요.[24]

민족과 서민 현실에 뿌리를 두고 그릇된 지배 풍조를 비판하려는 태도가 뚜렷하다. 국적이 불분명한 "환상적·공상적" 작품은 김요섭 풍조를 겨냥한 것이고, 현실을 무시한 "부유층에서만 있을 수 있는 소재"의 작품은 강소천 풍조를 겨냥한 것이라고 할 수 있다.

그는 『한국아동문학』 제1집에 「동화의 판타지와 리얼리티」, 3집에 「주제의식과 사실성」, 4집(『아동문학의 전통성과 서민성』)에 「민족문학과 아

23 이원수 「낙원과 현실」, 『한국아동문학』 1집, 1972. 9, 152면.
24 「예순 넘어 첫 상」, 『조선일보』 1973년 11월 15일자.

동문학」, 5집(『동시, 그 시론과 문제성』)에 「동시와 유아성」을 각각 발표했다. 2집에는 회원들의 작품만을 싣기로 해서 평론이 빠져 있는 것이니, 그가 이론비평에 얼마나 힘을 기울였는지 알 수 있다.[25] 「동화의 판타지와 리얼리티」는 그 당시 김요섭에서 비롯된 '동화의 판타지' 논의에서 그가 '리얼리티'를 강조하는 입장이었음을 보여준다. 그는 현대동화를 옛날 얘기와 구별짓게 하는 가장 중요한 요소로 리얼리티를 꼽았다.

> 대체 동화가 소설적인 묘사를 하게 된 것, 즉 작중인물의 성격묘사, 정경묘사가 있게 된 이상, 그것은 지극히 사실적인 이야기가 되어야 한다. 현실적인 이야기 속에 나오는 초현실적인 이야기는 어떻게 결합되어야 하겠는가. 그 결합이 원만스럽게 긍정되는 상태에서 이뤄지지 못하면, 결국 황당무계한 조작 얘기란 감을 줄 뿐이다.[26]

그는 동화에서 "무생물의 의인화"가 많이 쓰이지만 의인화 정도에 따라 행동의 제약이 가해질 수밖에 없는데도 제멋대로 쓰는 경우가 많다면서 자신의 작품을 보기로 하여 판타지와 리얼리티의 관계에 대해 논하려 했다. 하지만 이론상으로는 "과학적 계산과 합리성" "치밀한 계산"이 필요하다는 원론적인 지적을 넘어서지 못한 한계를 그 자신도 인정하고 있다. 그럼에도 "요즈음 동화에서 판타지의 남용이 눈에 띄고, 판타지의 도입에 대해서 너무 무성의한 것 같은 느낌을 받게 되기에 이 문제를 가지고 이야기해보고 싶었던 것"이라고 밝혔다. 현실의 기초가 없는 환상동화 풍조가 무분별하게 확산되는 것을 경계하려는 의도로 읽힌다.

25 「동화의 판타지와 리얼리티」「민족문학과 아동문학」은 『이원수아동문학전집』(전 30권, 웅진 1984)에 누락된 주요 자료이다.

26 이원수 「동화의 판타지와 리얼리티」, 『한국아동문학』 1집, 1972. 9, 14면.

‘아동문학의 당면문제’라는 부제가 달린 「주제의식과 사실성」은 “주제의 빈약”과 “사실성의 결여”를 비판하는 내용으로 아동문학 방면의 리얼리즘론이라고 할 만한 문제의식을 담고 있다.

> 소위 행복에 젖어 있는 아이들을 즐겨 그리고, 불행한 자를 그리는 경우에도 그 불행이 사회생활에서 온 것으로서보다는 개인의 운명이나 스스로가 만든 불행으로 그리려 들며, 그러한 불행자가 착한 친구나 이웃의 도움으로 행복하게 된다는 해피엔딩의 이야기로 만들려 든다.[27]

> 리얼리즘이란 것 자체도 여러 가지 방향에서 그 뜻을 말할 수 있지만, 소박하게 해석한다 하더라도 그것은 작품 방법으로서 리얼리티를 갖게 하는 면뿐 아니라 사회를 보는 눈 자체의 문제가 되어야 한다.[28]

> 그런데 우스운 것은, 현실을 회피하고 아동에게는 무지개 같은 꿈만 주는 것이 옳다고 생각하는 아동작가, 혹은 교육관계자들이 자기네들이 불안한 문학관을 쓰러지지 않게 하기 위해 이상주의를 악용해온 사실을 모르는 체할 수 없다.
> (…) 우리는 이상이라는 것이 모든 사람이 바라고 동경하는 것으로서 존재하는 것이 아니라 현실을 파악하는 하나의 방법으로서 존재한다고 보는 것이다. 이상주의란 그저 안이하게 관념적으로 파악할 것이 아니요, 부정적인 것과 싸워서 비로소 얻을 수 있는 것이다.[29]

---

27 이원수 「주제의식과 사실성」, 『한국아동문학』 3집, 1973. 9, 11~12면.
28 같은 글 13면.
29 같은 글 14면.

여기에서 보듯 이원수는 개인의 삶과 사회현실의 관련을 중시하는 가운데 리얼리즘을 단순히 리얼리티만이 아니라 관점의 문제로 해석했다. 이상주의에 대해서도 한낱 동경의 관념이 아니라 현실의 문제와 고투하는 과정에서 획득되는 전망으로서 바라보았다. 그렇기 때문에 사회의 불행한 일을 아동문학이 수용하는 문제를 두고 이원수는 늘 강소천 계열과 대립했다. 강소천 동화처럼 교육적인 배려를 앞세워 좋은 것만을 보여주려는 태도는 현실도피에 지나지 않는다는 관점이었다. 이 글에서 이원수는 관변단체가 아동우량도서를 선정하는 경우에 작품이 가져야 할 현실성을 부정하는 문제점이 곧잘 드러난다면서 주제의식과 사실성을 확보하려면 리얼리즘의 중요성을 인식해야 한다고 덧붙였다.

「민족문학과 아동문학」은 한국아동문학가협회 쎄미나(1973. 10. 14)의 발표문들을 수록한 4집 『아동문학의 전통성과 서민성』(1974)에 실린 것이다. 4집의 기획특집은 한국아동문학회 쎄미나(1972. 8. 21~22)의 발표문이 실린 『현대아동문학』의 기획특집과 비교된다. 그때까지 문단은 보수와 진보를 가리지 않고 '민족문학'을 화두로 삼고 있었는데, 보수 쪽이 주로 초역사적 향토성을 내세우고 있었다면 진보 쪽은 역사적 현실성을 내세우면서 뚜렷하게 입장이 갈렸다. 아동문단에서도 이 점은 예외가 아니었다.

먼저 한국아동문학회는 '전원문학과 아동문학의 과제'라는 주제의 쎄미나를 개최하면서 김요섭의 「민족문학으로서의 어린이와 전원」을 앞세웠다. 김요섭은 '민족적'인 것을 '향토애' '민족애'와 연결시키고 '농촌'을 '전원'이라는 말로 바꾼 뒤, 우리의 "전원 농민을 다룬 작품과 문학논의"에 "자연과 전원이 전개해주는 초일상의 세계인 환상성이 없"었음을 미흡함으로 지적하고 나섰다.[30] 이 발제문은 어린이의 자연친화

30 김요섭 「민족문학으로서의 어린이와 전원」, 『현대아동문학』 1집, 1973. 9.

적인 특성을 매개로 해서 '전원'을 끌어들였으나 결과적으로는 농촌현실의 문제를 등진 '순수주의' 문학관을 피력한 것이었다.

이와는 대조적으로 한국아동문학가협회가 개최한 '아동문학의 전통성과 서민성'이라는 주제의 쎄미나 발제를 맡은 이영호는 우리 문학의 생성 조건이 "끊임없이 외세의 침략과 압제 속에서 시달려온 역사"로 되어 있기 때문에 타협하고 굴복한 지배계급보다는 민중의 손에 의해 독특한 성격이 이어져왔다면서 아동문학에서도 '서민의식'과 '역사의식'이 요구된다고 주장했다. 그는 우리 아동문학이 빠져든 오류를 다음 세 가지로 요약했다.

> 그 첫째는 우리의 전통적인 사상·감정을 완전히 무시하고 신문학 초창기에서와 같이 새것 콤플렉스에 걸려 있는 듯한 징후를 보여주는 것입니다.
>
> 둘째, 아동문학이 마치 교육의 한 수단인 것처럼 오인하고 있는 듯한 작가들에 의해 권선징악적·인과응보적·사필귀정인 낡은 방법이 되풀이되고 있는 현상입니다.
>
> 셋째, 서민의식과 서민의 생활감정을 완전히 외면하고 특수층과 그 어린이들의 생활을 부지런히 작품화하고 있는 경향의 그것입니다.[31]

이영호는 첫 번째 경향의 대표적인 작품으로 제1회 소천문학상을 받은 김요섭의 「날아다니는 코끼리」를 비롯해서 권용철의 「별성」, 박화목의 「한국에 온 한스 할아버지」 등을 들었다. 두 번째 경향의 대표적인 작품은 굳이 예시할 필요성이 없을 만큼 대부분의 아동문학가가 그런 경

31 이영호 「아동문학의 전통성과 서민성」, 한국아동문학가협회 편 『아동문학의 전통성과 서민성』 1974, 21면.

향에 빠져 있다고 했다. 세 번째 경향의 대표적인 작품으로는 강소천의 「인형의 꿈」을 비롯해서 황영애(黃英愛)의 「하늘이 담긴 눈」, 신지식(申智植)의 「향기」 등을 들었다. 비판적으로 거론한 작가들이 한국아동문학회의 주요 구성원인 데서 알 수 있듯이, 한국아동문학가협회 쎄미나는 민족문학으로서의 아동문학을 둘러싼 단체 간 지향의 차이를 첨예하게 드러낸 행사였다. 아동문학에서의 이념대립이 집단적으로 표출되기 시작한 것이다.[32]

바로 이 시점에 이오덕이 「아동문학과 서민성」이라는 장문의 평론을 가지고 나왔다. 이오덕은 초등학교 교사의 경험을 바탕으로 1965년 『글짓기교육의 이론과 실제』를, 1973년에는 박목월의 동시창작 이론서와 관점을 달리하는 『아동시론』을 펴냈다.[33] 하지만 이오덕이 아동문학 평론가로서 본격적으로 활동하기 시작한 것은 한국아동문학가협회 쎄미나와 그 기관지를 통해서였다. 4집의 기획특집에 실린 그의 평론은 윤석중·박목월·강소천·김요섭을 조목조목 비판하는 한편으로, 마해송(馬海松)·이주홍(李周洪)·이원수·이현주(李賢周)·권정생(權正生)을 높이 평가함으로써 리얼리즘 아동문학의 계보를 명확하게 드러낸 것이었다.[34]

이와 같은 기획특집호에 이원수의 「민족문학과 아동문학」이 나란히 실렸는데, 이 글은 쎄미나 전에 발표했던 것을 다시 정리해서 실은 것이

32 한국문인협회를 대표하는 김동리는 1974, 75, 76년 한국아동문학회 세미나에 잇달아 참석하여 주제발표를 했다.(송명호, 앞의 글 100~101면) 이 또한 한국아동문학가협회와 대조적인 장면이라 하겠다.

33 이오덕은 50년대 초 교육현장에서 작문지도의 어려움을 겪고 있을 때 이원수로부터 큰 영향을 받았다고 밝혔다. 즉 이원수가 잡지 『소년세계』에 아이들의 시를 싣고 그 선평(選評)을 썼는데, 이것은 윤석중류의 동요와는 아주 판이한 것으로 이를 통해 다른 어떤 시문학 강의보다 더 많은 것을 배웠으며, 잡지에 실린 이원수의 시에서도 큰 감명을 받았다는 것이다. 이오덕의 시가 처음 발표된 곳도 『소년세계』였다. 이오덕 『삶과 믿음의 교실』, 한길사 1978, 160~61면.

34 자세한 것은 원종찬, 앞의 책을 참고하기 바람.

니만큼 일종의 총론이자 사전 안내의 구실을 했다고 볼 수 있다.[35] 이원수는 "서민성 없는 민족문학은 이미 하나의 속품(俗品)이다. 그것은 아부자의 문학이요, 권위에의 맹종의 문학"이라면서 다음과 같이 민족문학으로서의 아동문학에 대한 소신을 밝혔다.

> 문학이 생명을 갖기 위해서는 그 민족의 현실적 이상 - 그것이 미(美)이거나 의(義)이거나를 투철히 나타내지 않고서는 소위 순진무구의 아동에게 주어져서 옳은 문학은 못된다.
>
> 더구나 민족문학이라는 의미에서 특히 이 점은 강조되어야 할 것이다. 부당한 세력에 신음하는 대중의 고통도 슬픔도 모른 체하고, 외세에 시들어가는 민족의 생활도 덮어두고, 천진난만하게 즐거운 얘기만 하는 아동문학은, 인간의 성장에 이로운 것이 없을 뿐 아니라 해독이 되고 만다. 평화와 발전을 희구하며 그러한 마음으로 성장하는 데 있어서 불의를 미워할 줄 알며, 의를 높이 생각할 줄 아는 아동을 기르는 것은 문학 이전에도 이미 긴요한 일이다.
>
> 짧은 역사밖에 못 가진 우리나라의 아동문학에서 흔히 보아온 동심주의 천사주의 문학은 자본주의 사회의 지배세력이 영도한 문화의 사생아(私生兒)이다. 우리는 그것을 일제에 예속되어 있던 시대에 그들에게서 받아왔으며, 우리의 것이 될 수 없는 그것들을, 표면상의 미와, 아동을 인형으로 보는 그릇된 편애에서 수입했던 것이다.[36]

이영호, 이오덕, 이원수의 '민중적(서민적) 민족문학론'이 실린 『아동

35 이원수의 「민족문학과 아동문학」은 "74년 5월 1일 YMCA강당에서 열린 한국문인협회 주최의 '민족문학의 제문제'의 강연 원고"라는 주석이 붙어 있다. 한국아동문학가협회 편, 앞의 책 60면.

36 이원수 「민족문학과 아동문학」, 같은 책 62~63면.

문학의 전통성과 서민성』은 문단에 큰 반향을 불러일으켰다. 주로 한국아동문학회 쪽 아동문인들이 비판의 표적이 되었으니 그쪽에서 반발이 나오는 것은 충분히 예상할 수 있는 일이었다. 그런데 두 단체가 격심한 충돌을 빚으면서 논쟁 당사자들 간에 화해할 수 없는 선이 그어진 것은 5집 『동시, 그 시론과 문제성』(1975)이 나오고 난 뒤부터였다. 이원수의 문제의식을 이어받은 이오덕의 「부정의 동시」와 「표절동시론」이 문단에서 핵폭탄으로 작용한 것이다.

이 중에서 이오덕의 「표절동시론」은 특집 앞부분에 「부정의 동시」를 실었기 때문에 부득이 이현주의 이름으로 발표한 것인데, 책이 나오자마자 주요 일간신문의 문화면을 채울 만큼 폭발력을 지닌 내용이었다. 한국아동문학가협회의 여러 사람이 제공한 자료를 토대로 해서 쓴 것이고, 해당 작품을 원작과 함께 제시하며 실명으로 비판한 것이기에 거론된 이들에겐 치명적일 수밖에 없었다. 그런데 이오덕의 「표절동시론」은 명백한 표절작을 적발해서 다룬 것임에도 꼭 하나 모방작의 예로 송명호의 「시골 정거장」을 끼워 넣은 것이 문제가 되었다.[37] 움직일 수 없는 원작의 증거를 지닌 표절작과는 달리 비슷한 분위기의 모방작은 보기에 따라 반론의 여지가 있었다. 표절동시로 거론된 시인들은 대부분 한국아동문학회 소속 회원이었고, 송명호는 거기 주요 간부이자 한국문인협회 이사였다. 1975년 8월 송명호는 자신의 작품이 '표절'이 아니라면서 책의 발행자 이원수를 비롯해서 필자와 자료제공자 모두를 명예훼손죄로 고소했다. 이오덕이 「시골 정거장」을 '표절' 동시로 거론한 것은 아니었던 만큼 비평적으로 해결할 수 있는 문제인데 한국아동문학회 쪽에서

37 이오덕 평론집 『시정신과 유희정신』(창작과비평사 1977)에 실린 「표절동시론」은 이현주 이름으로 『동시, 그 시론과 문제성』(한국아동문학가협회 편, 1975)에 발표한 것에서 송명호 부분을 뺀 것이다.

는 기어이 법정으로 끌고 갔던 것이다. 일간신문들은 이 문제를 계속해서 다뤘다.[38] 이 사건은 결국 지방에서 교사로 재직하는 이들이 법정에 수시로 불려 다니는 어려움도 있고 해서 부득이 한발 물러선 한국아동문학가협회 쪽이 이원수 대표의 이름으로 공개사과문을 발표함으로써 해결되었다.

하지만 두 단체의 골은 깊이 패었고, 시대상황을 쫓아 아동문단의 이념적인 분화도 가속화되었다. 이오덕은 70년대 민족문학론의 산실이었던 계간 『창작과비평』에 잇달아 비평을 발표했다. 1977년 창작과비평사에서 나온 평론집 『시정신과 유희정신』은 1974년부터 약 2년간 발표한 것들을 모아서 펴낸 것이었으니, 그가 이 시기에 얼마나 집중적으로 비평활동을 전개했는지 짐작할 수 있다. 이오덕 비평에 대한 반론도 적지 않아서 상호 반박문이 뜨겁게 오고갔다. 이상현과의 논쟁은 그 대표적인 것이다.[39] 한국아동문학회와 한국아동문학가협회의 대립은 일부 감정적인 상처를 남기기도 했지만, 한국문인협회와 자유실천문인협의회의 대립에 상응하는 '순수파' 대 '사회파'의 논리를 아동문학에 새겨 넣으면서 비평의 활력과 이론의 진전을 가져오기도 했다.

이오덕의 비평은 상대 단체만을 겨냥한 파벌의식에 근거한 것이 아니었고 매우 날카로운 직설화법으로 되어 있어서 한국아동문학가협회 안에서도 불편해하는 사람들이 생겨났다. 그 즈음 아동문학 단체 사이의 대립보다도 문학의 지향점을 사이에 두고 아동문단의 계보가 형성되고 있었다. 이원수·이오덕·이현주·권정생으로 이어지는 줄기가 만들어졌다. 권정생은 1975년 한국아동문학가협회가 제정한 제1회 한국아동문학

38 한국일보는 특히 한국아동문학회 쪽에 유리하게 기사를 썼는데, 당시 이 신문의 문화부장은 김요섭의 부인이요 80년대 민정당 소속 11대 전국구 국회의원을 지낸 이영희(李寧熙)였다.

39 원종찬 『아동문학과 비평정신』 참조.

상을 받았고, 이오덕은 1976년 제2회 한국아동문학상을 받았다. 반면에 한국아동문학가협회 상임이사였던 이재철은 1978년 "반협회적·비문학적인 일련의 행동에 대한 책임"을 묻는 이원수의 발의로 제명되었다.[40] 이재철은 곧바로 한국아동문학가협회 부회장 김성도(金聖道)를 한국현대아동문학가협회 회장으로 내세워서 분리되어 나갔다.

이원수를 출발점으로 하는 70년대 리얼리즘 아동문학의 계보는 자유실천문인협의회와 맥이 닿아 있었다.[41] 1977년 창작과비평사의 대표였던 백낙청(白樂晴)은 이원수·이오덕의 자문으로 '창비아동문고'를 씨리즈로 기획했는데, 그 첫 권은 이오덕이 해설을 붙인 이원수 동화집 『꼬마 옥이』였다. 또 그 해에 이원수가 추천사를 쓴 이오덕 평론집 『시정신과 유희정신』이 발행되었다. 리얼리즘 아동문학은 명예로운 가시밭길을 걸었다. 1981년 이원수가 작고한 뒤로 한국아동문학가협회의 많은 회원들이 한국문인협회 쪽으로 돌아섰다. 전두환 정권은 민족문학에 대한 탄압의 일환으로 창작과비평사의 등록을 취소했고, 이오덕은 『몽실 언니』(1984)를 쓴 권정생과 함께 좌경·용공이라는 이념공세에 시달렸다. 한국아동문학가협회에서조차 이단아 취급을 받게 된 이오덕은 문학의 지향을 같이하는 이들과 함께 1989년 한국어린이문학협의회를 결성했다. 이후 한국어린이문학협의회는 민족문학작가회의에 소속되었다.

40 이영호 「파벌 대립과 갈등의 긴 여정—한국아동문학가협회의 어제와 오늘」, 한국아동문학가협회 자료집, 2008.

41 한국아동문학가협회는 한국문인협회에 소속한 한국아동문학회와 다르게 자유실천문인협의회가 출범하고서도 거기에 소속하지는 않았다. 그 이유는 한국아동문학가협회를 결성할 때 성인문단으로부터의 독자성을 내세웠기 때문이 아닐까 판단된다. 또한 당시의 아동문인 대다수가 회원으로 참여했기 때문에 자유실천문인협의회만큼 이념성을 내세우기 어려웠다는 점도 작용했을 것이다.

4. 맺음말

이원수는 아동문학의 모든 장르에 걸쳐 작품을 남겼는데, 그 요체는 분명했다. 그의 문학은 분단현실에 안주하며 독재정권을 비호했던 한국문인협회의 맞은편에서 이룩되었다. 그는 동심천사주의·교훈주의·유아취향·기교주의·무국적성 풍조와 대립했고, 민족·민주·민중의 이념과 리얼리즘의 방법에 기초한 리얼리즘 아동문학의 흐름을 일으켜 세웠다. 그의 창작은 권정생으로, 비평은 이오덕으로 이어졌다. 이렇게 볼 때, 분단시대 리얼리즘 아동문학의 계보는 이원수에서 비롯되었으며, 1971년에 만들어진 한국아동문학가협회는 문단사적으로 중요한 전환점이었다는 사실이 드러난다.

이원수가 주도한 한국아동문학가협회의 공적은 세 가지로 요약할 수 있다. 첫째, 당시까지 한국문인협회에 소속된 소수 아동문인을 제외하고 지역의 장르별 동인 모임 정도로 흩어져 있던 아동문인들을 독립적인 전국단체로 불러 모음으로써 활동력을 대폭 높였으며 사회적 영향력을 증대시켰다. 둘째, 이에 위기를 느낀 한국문인협회 쪽 아동문인들은 한국아동문학회를 재출범시키고 한국아동문학가협회와 경쟁했는데, 그 결과 두 단체는 기관지 발행과 쎄미나 개최 등을 통해 아동문인들의 창작의욕을 고취하고 비평의 활력과 이론의 발전을 도모했다. 셋째, 해방직후 진보적인 민족문학론을 내세운 조선문학가동맹의 활동은 정부수립과 6·25동란을 거치며 맥이 끊겼는바, 한국아동문학가협회는 서민의식과 현실의식을 중시하는 리얼리즘 아동문학운동을 펼침으로써 진보적인 민족문학론의 흐름을 아동문학 내에 다시 살려냈다.

이원수 이후 리얼리즘 아동문학의 전개에 대해서는 차후의 과제로 남겨둔다. 한 가지 덧붙이자면, 오늘의 관점에서는 70년대 아동문학과 마찬가지로 80년대 아동문학에 대해서도 역사적으로 바라봐야 할 필요가 있다는 점이다. 『숲 속 나라』와 「불새의 춤」이 그러한 것처럼, 「강아지똥」과 『몽실 언니』를 낳은 시대상황은 오늘날과 크게 다르다. 역사적 시각의 결여는 형식주의와 교조주의를 낳는다. 당대적 요청의 산물인 비평의 논리와 상대적으로 보편성을 지닌 이론을 분별해서 살피지 않는다면, 리얼리즘 아동문학론도 하나의 도그마로 전락할 수 있다. 아동현실을 외면한 유아취향에 대해서는 이원수와 이오덕이 똑같이 비판했는데, 유년문학과 판타지에도 관심을 기울인 이원수의 논리가 소년문학과 생활동화에 치중한 이오덕의 논리보다는 오늘날 좀더 타당해 보인다. 하지만 이는 원론상의 문제일 것이다. 리얼리즘 문학정신에 관한 한, 이원수와 이오덕 사이에 순서를 정할 수는 없다. 덧붙여 일제말의 친일작품 몇 편으로 이원수 문학의 전반적 의의를 부정하는 것은 민족문학론의 역사적 정당성을 희석시키거나 역사허무주의에 빠질 위험성이 크다.

_『한국 아동문학의 쟁점』(창비 2010)

해방 이전 지역에서의 삶과 문학

박종순

1. 시작하며

작가에게 문학 창작과 그의 직접적인 체험은 중요한 함수관계에 있다. 중국 명나라 말기의 문인이자 화가이며 서예가인 동기창의 저서 『화선실수필(畵禪室隨筆)』에 실린 문장 "만 권의 책을 읽고 만 리의 길을 걸으라(讀萬卷書, 行萬里路)"도 그러한 뜻으로 읽힌다. 작가의 유년은 그의 문학세계 저변을 흐르고 있으며, 그 체험이 문학으로 형상화될 때 독자에게 감동을 준다.

이원수는 경술국치 이듬해인 1911년에 가난한 목수의 아들로 태어나 누이들 사이에서 자랐으며, 그 누이들의 도움을 입고 학교를 다녔다. 당시 많은 작가들이 서울과 일본 등지에서 유학을 하였으나 그는 지역의 상업학교를 나온 뒤 해방이 되기 전까지 시골인 경남에서 취직을 하여 일하며 글을 썼다. 그러다보니 자연히 일제 치하에서 일하는 사람들의 힘겨운 삶의 모습을 작품의 주요 모티프로 삼았으며, 이를 통해 그들을 보듬어 안으려 할 수밖에 없었을 것이다.

이 글의 목적은 해방 이전까지 지역에서 유년과 어린이·청소년기를 보내고 직장 생활을 하는 동안의 이원수 삶의 흔적을 찾아 살피는 가운데 그의 문학세계에 흐르는 정서를 이해하는 데 있다. 『이원수아동문학전집』(전 30권, 웅진 1984)에 실린 수필을 1차적인 자료로 활용하였으며, 호적과 학적부 기록, 당시의 신문 기사와 지역사 속에서 그의 활동 영역을 이해하려 하였다. 유가족, 그리고 당시 함께 일했던 사람이나 문단 활동을 했던 작가들의 증언도 녹취하여 참고하였음을 밝혀둔다.

2. 해방 이전, 지역에서의 삶의 흔적

1) 유년의 기억, 고향의 봄

대부분의 사람은 자신이 태어나고 자라난 땅과 조상이 물려준 문화를 공유하는 공동체 속에서 고향에 대한 애착을 가진다. 그래서 고향은 흔히 그 사람과 동질성을 가진 것으로 인식되기도 하고 공동체의 정체성을 형성하기도 한다. 근대사회에서 고향은 공동체로부터 소외된 개인이 좀 더 편하고 아름다운 장소를 바라는 곳으로, 어머니의 품이나 어린 시절을 기억해내는 편안한 장소, 혹은 그 자연경관으로 표상된다. 이원수에게 있어서 고향이 그러하다. 가족과 함께 보낸 유년의 기억과 학생 시절의 체험이 고향 의식으로 작용하고 있기 때문이다.

『어린이』 1926년 4월호에 발표한 동요 「고향의 봄」[1]은 당시 유행처럼 불리던 대부분의 동요들과 마찬가지로 전형적인 7·5조의 율격을 지니

1 "나는 그 동요를 애독하던 방정환 선생의 잡지 『어린이』에 투고해서 1926년 4월호에 발표되어 은메달을 상으로 받았다."(이원수 「흘러가는 세월 속에」(1980), 『얘들아 내 얘기를(전집 20권)』(웅진 1984) 255면에서 재인용)

고 있다. 『어린이』에 실린 그다음 해에 마산창신학교의 음악 교사였던 이일래[2]에 의해 작곡되어 창신학교를 비롯하여 마산 지역에서 노래로 불리게 되었다. 그리고 당시 서울의 중앙보육학교 교수이던 홍난파가 다시 곡을 붙여 『조선동요백곡집』(1929)을 통해 발표하면서 널리 불리게 되었다.[3] 그 동요의 "나의 살던 고향" "그 속에서 놀던 때"가 일제강점기 창원면의 소답리이다. 정신적 지주였던 아버지가 한 해 전에 돌아가시고[4] 그 상실감과 그리움을 안고 살아야만 했던 소년, 그가 그때 지은 동요가 바로 「고향의 봄」이다.

「고향의 봄」의 배경이 되는 무대는 창원의 소답리는 지금의 의창동이다. 당시의 소답리는 창원읍성[5]이 있던 마을과 읍성의 동문 쪽으로 조금

---

2 이일래(1903~79)는 민족운동의 중심역할을 했던 마산창신학교를 다녔고 그 학교의 교사로도 재직했다. 1928년 경남 창녕군의 이방보통학교에 재직할 당시에는 뒷동산에 마음껏 뛰노는 토끼를 보며 동요 「산토끼」를 지었다. 이원수의 「고향의 봄」을 「고향」이라는 제목으로 작곡하는 것을 시작으로 여러 곡의 동요를 작곡하여 『이일래 조선동요작곡집』(1938)을 출간하였다.

3 「고향의 봄」이 지어졌던 그 즈음 조선은 스스로 태어난 땅마저도 자기 땅이 아닌 실향의 식민지 공간이었다. 그랬기에 당시에는 식민지라는 타향에 사는 사람들의 마음을 위로하는 한탄의 노래들이 유행했는데, 1925년에 일본축음기상회에서 발매한 「이 풍진 세상」이 「희망가」 혹은 「절망가」라는 이름으로 3·1운동 좌절 뒤의 메마른 심상을 그려주었다. 그리고 1926년에 나운규 감독·주연의 영화 「아리랑」이 나왔으며 뒤이어 「아리랑 후편」과 박승희의 연극 「아리랑 고개」(1929)로 이어지면서 고향 상실의 대중문화를 꽃피웠다. 1932년에는 「황성옛터」가 대중들의 열렬한 반응을 얻어 총독부에 의해 발매 금지를 당했고, 「타향살이」가 나와 식민지 조선인의 한숨을 달래주었다. 이러한 시대에 이원수의 「고향의 봄」이 조선의 대중들에게 불리면서 「아리랑」과 같이 다함께 부르는 애창곡의 자리를 굳히게 되었다. 김태준 「고향, 근대의 심상공간」, 동국대학교 문화학술원 한국문학연구소 엮음 『'고향'의 창조와 재발견』, 역락 2007, 16~17면 참조.

4 1925년 1월, 이원수가 보통학교 3학년일 때 아버지가 돌아가셨다. 아버지의 무덤은 바다가 바라다 보이는 마산 무학산 중턱에 있었으나, 1990년대 아파트 단지가 들어서고 도시 정비가 이루어진 탓에 지금은 정확한 위치를 알 수 없다고 한다.

5 「고향의 봄」 배경지인 의창동은 창원읍성이 있던 곳이다. 일제강점기에 객사 자리에 시장을 세우고 성벽을 대부분 헐어버려서 지금은 일부 석벽이 남아 있을 뿐이다.

떨어진 곳에 새로 생긴 마을을 가리킨다. 『영남읍지』 등의 기록에 의하면 소답리는 '동쪽에 있는 논 부근에 붙은 마을'을 뜻하는 이름으로, 창원도호부의 동쪽에 위치하기 때문에 붙은 지명이다.[6] 당시 사람들은 읍성 동쪽에 새로 생긴 마을을 '새터' '새동네'라고도 불렀다고 한다. 「고향의 봄」에 나오는 "꽃동네 새 동네"의 새 동네는 바로 이원수가 창원으로 이사 와서 살았던 '새터'이다. 그러니까 1911년 11월 17일(음력) 경남 양산읍 북정리에서 부(父) 월성(月城) 이씨(李氏) 문술(文術)과 모(母) 여양(驪陽) 진씨(陳氏) 순남(順南) 사이에서 외아들로 태어나 1912년 돌이 채 되기 전인 9월에 이사를 와서 살던 곳이다. 처음 이사 온 곳의 주소는 창원군 창원면 중동리 100번지이다.[7] 지금 그 근처에는 한국 근대조각가인 우성 김종영(金鍾瑛)의 생가[8]가 남아 있으며 그 앞에는 당시에도 서 있었던 수령 280여 년의 아름드리 느티나무가 '고향의 봄 풍경'을 쉽게 떠올리게 한다.

이원수의 가족은 소답리 안에서도 두 번의 이사를 더 했다. 1915년 창원군 창원면 북동리 207번지로 이사를 하였으며[9] 1918년에 다시 창원면 중동리 559번지로 이사한 기록이 있다. 중동리는 읍성의 동문 밖에 형성된 마을이며 북동리가 읍성 안에 있던 주소지다. 이렇게 보면 북동리에 살던 때에 서당을 다닌 것으로 보인다. "창원읍에서 자라며 나는 동문 밖에서 좀 떨어져 있는 소답리라는 마을의 서당엘 다녔다."[10]라고 하였는데, 읍성 안에 있던 북동리에서 5세부터 7세까지 살았으니 여섯 살에

6 남재우 「창원 600년과 의창동」, 『600년 창원의 역사와 세시풍속』, 제11회 창원남산상봉제 학술세미나 자료집 2008, 11면 참조.

7 주소 이전과 관련된 자료는 2001년에 창원시에서 '고향의봄기념사업'과 관련하여 호적부 이동 경로를 확인한 자료에 기대서 쓴 것임을 밝혀둔다.

8 이 집은 2005년 9월 등록문화재 제200호로 지정됐다.

9 2004년 창원시에서 이 주소지에 이원수 성장지 표지석을 세웠다.

10 이원수, 앞의 책 253~54면.

서당에 다녔다는 말이 맞다.

그가 고향에 대한 추억을 떠올리며 쓴 수필과 소답리의 옛 지도와 지금의 지형들을 견주어보면 「고향의 봄」 노랫말이 그대로 한 폭의 그림으로 그려진다. 그리고 마을 뒤로 높이 솟은 천주산은 이 지역의 많은 시인들이 노래했던 창원의 진산(鎭山)으로, 봄이면 진달래가 붉게 피어 해마다 진달래 축제가 열리는 곳이기도 하다. 그리고 그 산은 동시 「어디만큼 오시나」를 비롯하여 동화 「꼬마 옥이」의 배경이 되고 있다.

창원읍성과 천주산, 남산으로 이루어져 있는 소답리는 예부터 많은 사람이 모여 살았던 곳이다. 창원읍성지는 창원의 진산인 천주산과 구룡산이 급경사를 이루다 나팔상을 이루면서 넓어지며 평탄해지는 평지에 조성된 읍성으로 남쪽으로 낮은 구릉성의 산지를 마주하고 있다. 이는 창원분지의 가장 북쪽에 위치하면서 창원을 조망할 수 있을 뿐만 아니라 마산만으로 진출하는 요지를 점하고 있는 위치이다. 그러나 일제강점기에 경전선 철로 개설로 북벽이 훼손되고 마산-부산 간 신작로 개설 때 남벽이, 창원초등학교 신축으로 객사가 훼손되었으며 이후에도 도시 형성 과정에서 대부분 사라졌다.

2) 마산, 민족문학의 뿌리

① 문학의 꿈을 키우며 민족혼을 품던 마산, 마음의 고향

이원수는 11세가 되던 1921년에 경상남도 김해군 하계면 진영리 240번지에 이사 가서 살다가 이듬해인 1922년에 마산부 오동동 80-1번지로 이사를 했다. 그리고 그 이듬해인 1923년[11]에 마산공립보통학교(지금

11 『아동과 문학(전집 30권)』(웅진 1984)에 이원수 연보가 실려 있는데(342~56면) 여기에는 몇 가지 오류가 있다. 먼저 연도의 오류인데, 그가 마산공립보통학교 2학년에 편입학하는 연도를 한 해 앞인 1922년으로 잘못 잡아 보통학교 졸업 연도(1928), 마산상업학교 졸업 연도와 함안금융조합에 취직하는 연도(1931)가 모두 잘못되었다.

의 마산성호초등학교)[12] 2학년에 편입학을 하여 1928년 18세의 나이로 졸업을 했다(20회). 그는 후에 마산이라는 도시를 마음의 고향이라고 추억하였다. 그 마산이라는 곳에서 보통학교와 상업학교를 다니며 문학 활동을 하였고 소년회 활동을 하며 민족혼을 다졌기 때문에 당시의 삶이 그의 문학에 끼친 영향은 클 수밖에 없었다.

그는 1923년 보통학교를 다니면서부터 『어린이』와 『신소년』을 애독하게 되었다. 집안이 가난했던 그에게 어린이 잡지를 보며 방정환과 관계를 맺은 것은 문학을 하게 된 중요한 계기가 되었다.[13] 당시 그가 방정환에게 보낸 편지를 보면 그 사정을 충분히 짐작할 수 있다. "어린이와 저와는 아무런 일이 있어도 떨어지지 못할 매듭이 얽혀졌습니다. 어린이와 떨어져 가는 것은 따뜻하고 미더운 선생님의 품을 버리고 가는 거와 다름이 없으니까요! 나는 영원히 영원히 선생님의 품을 떠나지 않겠습니다. 청년이 되고 또 더 오래되어 노년이 되더라도 나의 혼의 한 가닥은 오래 오래 어린이 나라에 깃들어 있을 터입니다(마산 이원수)."[14]라고 쓴 글에서 그가 방정환에게 얼마나 많이 기대고 있었는지를 알 수 있다. 실로 그는 방정환의 아동문화운동의 일환으로 당시 전국적으로 성행한 소년회 활동 또한 열심히 했던 것으로 보인다. 소년회는 방정환이 전국 각지의 소년소녀대회에 초대되어 강연을 갈 때 그 곳에 『어린이』 독자가 모였는데, 그들이 중심이 되어 결성한 소년소녀운동단체였다. 마산에도

12 "이 학교는 마산 최초의 근대적 교육기관으로서 1901년 4월에 '공립소학교'라는 이름으로 개설되었고 1908년에 지금 위치에 터를 잡았다."(현재 마산성호초등학교 교문 앞 표지석에 기록된 글)

13 방정환의 『어린이』는 1923년 3월에 창간되었다. 1929년에 「독자담화실」에 보낸 이원수의 글을 보면 『어린이』가 창간되었을 때 보통학교 2학년이라고 하여 『어린이』를 읽기 시작한 지 6~7년이 된다고 하였다. 그렇게 보면 1922년에 마산으로 이사 간 이듬해인 1923년에 마산공립보통학교 2학년에 편입학한 것이 맞다.

14 이원수 '독자 담화실', 『어린이』 1929년 3월호.

그렇게 결성된 '신화소년회'가 있었는데 이원수도 그 창립 회원 중의 한 사람이었다. 방정환의 글[15]에 의하면 소파가 마산에 초대되어 간 것을 계기로 『어린이』 독자들이 모여 신화소년회가 조직되었다고 한다.

그런데 당시 신문 기사를 찾아보면 『동아일보』 1925년 3월 22일자에 이미 신화소년회 창립대회를 열었다는 기사가 있다. 마산의 현용택, 박노태 두 소년의 발기로 3월 14일 오후 8시에 『동아일보』 마산지국 내에서 신화소년회 창립총회를 가졌다는 것이다. 이원수도 창립위원 가운데 한 명으로 이름이 올라 있다. 그리고 신화소년회 창립 축하회의 하나로 열흘 뒤에 방정환을 초대하였다. 즉 3월 23일과 24일 이틀 동안 축하회가 열렸는데 그 장소는 마산노동야학교였다.(『동아일보』 1925년 3월 23일자 부록) 마산에는 신화소년회 외에 씩씩소년회, 불교소년회, 마산소녀회 등이 활동하고 있었는데 이들 소년회의 활동 소식은 신문에 종종 실리고 있었다.

이원수는 소년회를 통해 우리 민족, 동무에 대해 '우리'라는 생각을 굳혀갔으며 가난한 사람들이 거의 전부인 우리 민족을 사랑할 줄 알아야 한다는 생각도 키워나갔다. 당시 조선인 아이들 중에는 가난한 아이들이 많았는데, 학교에서는 '부지런하고 아끼는 생활을 하면 잘살 수 있다. 못사는 것은 게으르기 때문이요, 저축할 줄 모르기 때문이다.'라고 가르쳤다. 그러나 소년회를 통해 그들이 우리 겨레를 억누르고 빼앗았기 때문에 가난하게 산다는 걸 알아가기 시작했다.[16]

이원수는 보통학교 5, 6학년 학생으로서 마산 산호, 양덕의 야학에 교사로도 나갔다. 그것도 소년회 활동의 하나였다. 열성적인 선생님이 소

15 "이 소년들은 모두 『어린이』 독자인데 내가 마산 오는 것을 기회 삼아 순 『어린이』 독자만 40여 명이 모여서 소년회를 조직하고 이름을 신화소년회라 지은 것인데"(방정환 「나그네 잡기장」, 『어린이』 1925년 5월호.)

16 이원수 「가난 속에서도 즐겁던 시절」, 『얘들아 내 얘기를』, 293면 참조.

년회 회원들과 같이 다니며 가르치는 곳이라 회고하는 것으로 보아 소년회에 도움을 주는 청년들이 있었음을 짐작할 수 있다. 그곳에 회원들이 이틀에 한 번씩 교대해가며 나가 학교에 다니지 못하는 사람들을 가르치며 함께했던 것이다.

1920년대 일제강점기 야학은 지역 유지, 행정가, 교사, 학생 등 지식인들이 설립했는데, 문화적·계몽적 차원의 교육을 하려는 의도도 있었지만 민중의 요구에 의해 만들어지기도 했다. 지식인과 민중의 이해관계가 맞물리면서 다양한 교육이 이루어진 곳이 야학인데, 그것을 후원하는 농민 단체가 생겨나면서 전국적으로 운영이 되었던 것이다. 당시 야학의 역할은 성인과 무산 자녀를 위한 초등교육기관으로 성인들에게 문해 교육, 교양 교육, 보통학교 과정의 교육을 했다. 무산 아동은 학교에 입학하지 못하는 경우가 많아 야학은 학령난(學齡難)을 해결하는 데도 중요한 역할을 했다. 특히 마산에서는 야학 교사들이 민족의식을 일깨우는 교육을 한다는 이유로 일경의 주시를 받았다.

창신학교와 의신여학교, 마산노동야학교에 관계했던 많은 사람들은 어려운 여건 속에서도 독립에의 꿈을 포기하지 않았다. 1911년에 일어난 창신학교 학생들의 항거 사건, 마산의 만세시위 운동, 마산구락부 활동, 청년회의 활발한 활동, 문창교회를 비롯한 종교 집단의 역할, 그리고 사회주의 사상으로 무장한 사람들이 조직한 사상단체[17] '신인회'의 적극적인 활동 등으로 미루어 볼 때 마산의 항일투쟁 분위기는 강했다고 할 수 있겠다.[18] 국내 최초의 노동제 행사를 시행한 곳도 마산이며,[19] 기존의 상권을 일제에 빼앗기지 않으려는 대일투쟁을 했던 곳으로 유명한

17 사상단체란 1920년대 전반기 사회주의 사상을 중심으로 한 진보적 사상을 연구하며 노동운동과 농민운동 등 대중운동을 지도했던 단체로, 우리나라의 독립운동과 사회주의 운동에서는 특별한 의미를 가지고 있다.

곳도 마산이다.

마산의 소년 단체는 위에서 서술한 여러 사회운동의 분위기와 연관하여 있었으며 그 속에서 다양한 활동을 전개하였다. 이원수는 공립보통학교 4학년 때인 1925년에 신화소년회 회원이 되어 활동을 하였다. 그리고 1926년 5학년 때부터[20] 6학년 졸업 때까지 학급신문을 편집·등사하

18 신춘식 「일제하 치열했던 민족해방운동」, 마산 창원지역사연구회 『마산 창원 역사읽기』, 불휘 2003 참조.

19 1923년 1월 당시 동경서 유학한 청년 김동두를 필두로 손문기, 이주만 등이 신인회를 조직하였는데 이들에 의해 제37회 메이데이 행사가 마산에서도 열렸다. 마산노농동우회 주최로 노농회 회원 외 당시 초기 사회주의 운동자들과 합세하여 시가시위 행렬과 더불어 최초의 행사를 벌였다. 김형윤 『마산야화(馬山野話)』, 도서출판 경남 1996, 228~29 참조.

20 1927년 3월 5일자로 발표된 마산공립보통학교 문집인 『문우(文友)』 제8호에 이원수가 일본어로 발표한 글 「눈 내리는 저녁(雪降ル晚)」이 있다. 당시 4월이 신학기였던 학제로 보면 1927년 3월 이원수는 5학년이다. 6학년을 20여 일 남겨두고 공부에 대해 무척 걱정할 만큼 소심한 성격이었던 것이 나타나지만, 정서는 사뭇 진지하고 섬세하다.

「雪降ル晚」 5年松 李元壽

〔風モナイ冬ノ晚。サラサラト靜カニ音モナク降リ積ム雪ハ雨戸ノ外ニ眞白ク積ンダ「靜カナ夜ダナ！」ト獨言ヲイヒナガラフトンノ下デ頭ダケ出シテオ伽噺ヲ讀ンデイタ私ノ目ニモ眠ガ迫ツテ來タ。「情深イ御爺サンハカワイソウナ親ノナイコジキニオ土産ヲヤツタ。ソウシテソノ子ニキツスヲアタヘタ子ハ餘リノウレシサニオ爺樣ニダカレタママ泣イタ」此ノ樣ナ面白イ童話モネムリニハマケテ私ハ本ヲ持ツタママ夢ノ國ニ入ツタノデアツタ。學校デハ卒業式ガ開カレタ、私ドモハ六年ニ上ガルノカ？ト思ツテヨロコンデイタガ通信簿ヲモラツテ見ルトヨウヤク落第ヲ免レタ終リノ順位、私ハオドロイタソシテ腹ガ立ツテ仕樣ガナイ、コレデハドウシテ家ニカエル面目ガアロウカ「ヨシ！コレカラハ學校ニ通ハナイ」ト決心シテ眞赤ナ顔ヲシテ校門ヲ出タ、コノ時後ノ方カラ私ノ肩ヲトルモノガアツタ。フリカヘツテ見ルト先生ダツタ「ドコニ行クノダ」先生ノ高イ聲ニハツト目ガサメルト夢ダ、外ニハマダ雪ガヒキキリナシニ降ツテ井ル。夢ダツタノダナ—實ハ卒業式マデハ二十日ダ゛シカシヨク考ヘルト私ハ強ク決心シナケレバナラナイコトヲサトツタ。「マ—休マズ努メヨウ」ト心ノ中ニ「熱心」ノ的ヲ高クカカゲタソトデハ休マズ降リ續クノカ何も皆ナ白ク冬ノ長イ夜ハソレカラソレヘト靜カニ更ケテ行クノデアツタ。〕

여 학급 동무들에게 돌리기도 하였는데 일본인을 욕하는 글을 써서 호된 꾸중을 듣기도 했다.

여기서 신문에 난 일본인의 만행을 보고 그것을 욕하는 글을 썼다고 했는데 김형윤의 『마산야화』에 의하면 마산에서도 그와 비슷한 일이 있었다. 이원수가 훗날 회고한 글에는 일본인이 자기 과수원에 들어온 조선인의 이마에 도둑이라는 글을 새긴 기사를 썼다고 했는데 그 기사 내용은 일본인이 아닌 영국인 헤스마의 린치 사건으로 보인다. 1925년 평북 순안에 와 있던 영국인 선교사 헤스마란 자가 자기 과수원에 조선인 아동이 침입하여 사과를 따 먹었다고 그 얼굴에 '콜탈'로 도둑이라고 썼던 사건을 『동아일보』 『조선일보』는 물론, 일본 『아사히신문』까지 대대적으로 보도하여 전국적으로 의분이 격앙되었다. 이때 마산 서성동에서는 일본인 주택 벽에 낙서를 했다는 이유로 조선인 아동에게 카또오(加藤)라는 일본인 간수장이 폭력을 가한 사건이 있었다. 실은 이 소년이 낙서를 한 것이 아니고 누군가 낙서해놓은 것을 지우고 있었던 것인데, 카또오는 이를 오인하고 퇴근길이라 정복에 칼을 찬 그대로 소년을 발길로 차고 때리고 하였으니 겁에 질린 소년은 오줌까지 싸면서 넘어졌다고 한다.[21] 이 사건이 『조선일보』에 보도가 되었는데, 그 사건이 일어난 서성동은 이원수가 다닌 공립보통학교 주변의 동네이다. 이렇게 정리하고 보면 이원수가 학급신문에 일본인을 비난하는 글을 쓴 것은 마산 서성동에서 일어난 이 사건이었을 것으로 짐작된다.

일제하 마산 지역에서는 일제에 대한 저항을 멈추지 않았다. 1929년 조선 전역을 강타한 광주학생항일운동의 여진 속에서 발생한 '친일교사 배척운동' 시위 사건이 있었으며, 1937년 신사참배 거부를 주도했던 마산창신학교의 학생들은 폐교가 될 때까지 일제에 대한 저항을 계속하였

21 김형윤, 앞의 책 195면 참조.

다. 이외에도 수없이 많은 노동자, 농민 등 생산 대중의 일제에 대한 투쟁도 일제하 마산 지역의 민족해방운동에서 당당히 그 역할을 다했다고 할 것이다. 이러한 분위기는 1960년 3·15의거로 이어지게 되는데, 이원수도 「어느 마산 소녀의 이야기」라는 동화로 그 상황을 그렸으며, 그것이 4·19혁명으로 이어져 「벚꽃과 돌멩이」 「땅 속의 귀」라는 동화로 형상화되고 있다. 동시 「아우의 노래」나 「4월이 오면」, 그리고 소년소설 『민들레의 노래』로도 나타나고 있다. 이렇게 이원수는 마음의 고향으로 여겼던 마산과 함께 문학의 꿈을 키웠고 서민문학, 민족문학으로서의 정신을 키웠던 것이다.

② 누이 모티프를 풀어줄 가족 이야기

이원수의 초기 시에는 누이를 모티프로 한 작품이 많다. 노동을 하러 멀리 떠나가는 누이, 그 누이를 기다리는 아동을 그린 동시에서 누이는 어린 나이에 돈을 벌기 위해 일을 한다. 소년소설과 아동 극본에서도, 어머니는 아프거나 하는 이유로 경제적 능력을 갖지 못하고 누이가 그 역할을 하는 작품이 대부분이다. 이것은 앞 절, 마산에서의 삶을 살피는 과정에서 야학에 나갈 때 만났던 소녀들에게 연민을 가졌던 마음에서 나왔을 수도 있겠다는 짐작을 할 수 있다.

그리고 이원수가 창원과 마산에서 성장할 시기에 누이들이 그를 키웠다는 사실을 빼놓을 수 없다. 앞에서 언급되었지만 아버지는 1925년, 그가 보통학교 3학년 때 돌아가셨으며, 어머니는 몸이 아팠다는 수필의 내용들로 보아 건강이 그리 좋지 못하여 경제 능력이 없었던 것으로 보인다. 결국 가정을 이끌어가야 할 몫은 누이들에게 돌아갔던 것이다.

가족의 증언에 의하면[22] 어머니 진순남은 전남편과의 사이에 난 딸 셋을 데리고 아버지 이문술에게 재가하여 왔다. 물론 이문술도 한 번 결혼한 적이 있으나 자식 없이 사별한 상태였다. 먼저 딸 셋은 시댁에 두고

재가를 한 것 같다고도 하나 이원수와 같이 살았을 가능성도 있다. 수필에서 일곱 형제 중에 외아들로 태어났다고 기록한 것으로 보아 위의 세 누이도 호적에는 오르지 못하였으나 한 가족으로 살았으리라 짐작할 수 있다. 그 누이들은 나이 차가 많이 났기 때문에 일찍 시집을 갔는데 대부분 마산, 창원 부근에 살았다.

동시 「찔레꽃」(『신소년』, 1930)은 나이 차가 많이 나는 이 누이들과 관련이 있다. 광산에 돌을 깨러 간 누이를 기다리며 배고픔을 달래려고 찔레꽃을 따 먹는 시적 화자가 등장하는데, 실제 마산과 창원 가까운 산에 광산이 있었고, 여성들이 그 광산에서 돌 깨는 일을 했다고 한다. 살던 집에서 3킬로미터 정도 떨어진 곳이라면[23] 누이가 일하러 간 곳은 당시 광산이 있었다는 이산미산(현재 반월산으로도 불리며, 광산 위치는 3·15아트센터 뒤편)으로 짐작해볼 수 있겠다. 화자는 시집간 누나 집에 갔다가 돌 깨러 가고 없는 누나를 기다리는데, 그 길목에서 배고픔을 달래며 찔레꽃을 따 먹는다. 작가 자신의 체험을 형상화하였기에 이 동시는 더욱 애잔한 정서를 드러낼 수 있었다.

아버지가 돌아가시고 난 후 집안의 경제는 이문술과 진순남이 결혼하여 낳은 (호적상) 장녀 송연이 책임을 졌다.[24] 송연은 마산 오동동에 있던 권번의 기생이었다. 10대의 나이에 기생 수업을 받고 권번의 기생이 되었던 것이다. 1920년대 후반의 신문 기사[25]에 의하면 마산 오동동에

22 가족에 대해 증언을 한 유가족은 이원수의 차녀인 이정옥인데, 그 내용은 녹취하여 두었다. 이원수의 자식은 이경화(장남, 1937년 함안면 출생), 이창화(차남, 1939년 함안면 출생), 이영옥(장녀, 1941년 함안면 출생), 이정옥(차녀, 1945년 가야면 출생) 등이 있으며, 3녀 상옥(1948년생)과 3남 용화(1949년생)는 한국전쟁 중에 잃어버렸다.

23 이원수 「흘러가는 세월 속에」, 『얘들아 내 얘기를』 265~67면 참조.

24 호적상 이원수의 형제는 누나 이송연(1909년생)과 여동생 이말연(1914년생), 이우연(1919년생)이 있다. 어머니가 재가하며 데리고 온 누이 셋은 호적에 없다.

25 "황해도 수재민을 위하여 마산예기조합 남선권번에서 3일간 연주회를 개최"(『동아

있었던 권번[26]은 '남선권번'이었던 것으로 추측된다. 남선권번은 이원수가 살았던 집, 오동동 71번지와 가까운 곳에 있었다. 당시의 권번은 지금의 연예인 기획사나 매니저의 역할로 볼 수 있다. 또한 권번 기생은 당국의 '기생영업 인가증'을 받아야 하는데, 오늘날의 '개인사업자 등록증'처럼 직업으로서 인정받았다. 웃음과 기예를 팔던 기생을 대신하여 권번이 화대를 받아주고, 이를 7대 3으로 나누어 가졌던 상황이 요즈음 연예인들과 흡사하다.[27]

송연은 그리 빼어난 인물은 아니었으나 성격이 아주 꼿꼿한 여인이었다고 한다. 그녀가 권번에 있을 때 마산에 사는 지주의 아들 이석건이 송연을 데려가서 후실로 삼았다. 그러니까 아버지 사후 누나 송연이 이원수의 보통학교 학비를 대는 일을 하다 나중에는 이석건이 학비를 대주어서 마산상업학교를 졸업할 수 있었다.

당시 이석건은 좌익사상을 가졌던 지식인이었다고 하는데 그 이름이 함안 신간회 관련 기사[28]에 오르고 있다. 이정옥이 이원수로부터 들은

일보』 1922년 10월 13일자); "1923년 1월 31일 마산부 남선권번 기생 40여 명이 권번총회 열고 조선물산애용을 결의함."(『동아일보』 1923년 2월 5일자); "원만해결, 남선권번 분규(마산)"(『동아일보』 1926년 10월 27일자); "마산권번 연주 기근 구제코자"(『동아일보』 1929년 6월 4일자); "권번 해산으로 마산 기생 공황, 다시 설립 준비"(『중외일보』 1930년 2월 18일자)

26 마산 출신의 무용가 김해랑(1915~69) 선생의 수제자인 고(故) 정민(본명 정순모) 씨는 지난 2003년 7월 7~9일 3일간 당시 마산문화방송 「사람, 사람들」에 출연해 "한국 근대무용의 체계를 잡은 김해랑 선생 춤의 원류가 오동동 권번에서 가르쳤던 '무희들의 춤'이다."라고 말했다. 특히 "오동동 권번에서 배출된 기생들의 애환을 담은 노래가 '오동동타령'이라는 사실을 이 노래를 직접 부른 황정자, 황금심으로부터 직접 들었다."라고 밝히기도 했다. (『경남도민일보』 2010년 1월 13일자)

27 신현규 『기생, 조선을 사로잡다—일제강점기 연예인이 된 기생 이야기』, 어문학사 2010, 60~65면 참조.

28 "신간회 함안지회가 당지 청년회관에서 창립되었다는 바 동 회장에 조한휘, 부회장은 이석건이 선임되다."(『동아일보』 1927년 10월 20일자); "신간회 함안지회는 정기대회

바로는 이석건이 좌익사상을 가지고 활동한 자라 해방 이후 혼란기에 재판도 없이 사형을 당했다고 하는데, 국민보도연맹 마산지부의 문화실장이었던 그는,[29] 보도연맹 사건에 연루되어 집단처형을 당한 것으로 확인된다. 가족의 증언에 의하면 사회주의 사상을 가진 이석건에게 이원수가 많은 영향을 받을 수밖에 없었다.[30] 상업학교 시절인 1929~30년에 「가시는 누나」를 비롯하여 시 「화부(火夫)인 아버지」 등에서 변화된 작품 경향을 보이는 것도 이와 관련하여 생각할 수 있겠다. 실제로 이 시기에 이원수가 아주 왕성한 작품 활동을 하였을 뿐만 아니라, 율격이라든지 내용면에서 상당히 현실주의적인 경향을 띠고 있었다.

3) 프로문학을 공부했고, 또 친일시를 쓴 곳, 함안

이원수는 1931년 마산상업학교를 졸업하고 스무 살의 나이에 함안면에 있던 함안금융조합 본점의 서기로 취직을 했다. 그 전까지는 마산부 오동동 71번지에 살았으며 취직을 하면서 어머니와 막내 누이를 데리고 함안면에 가서 살았다. 송연은 권번에서 후실로, 바로 아래 누이 말연은 일찍 일하러 나갔으니 막내인 우연만 어머니, 이원수와 함께 함안으로 가서 보통학교를 다녔다. 그 당시 우연과 함안보통학교에 함께 다닌 배갑수의 증언에 의하면 함안금융조합에 다니던 "원수 오빠"는 무척 다정다감하여 동생들과도 잘 놀아주던 사람이었다.[31]

를 열고 집행위원장에 이석건을 선임하고 각부서 임원을 개선(改選)하다."(『동아일보』 1930년 12월 18일자)

29 김기진 『끝나지 않은 전쟁 국민보도연맹—부산·경남 지역』, 역사비평사 2002, 41면 참조.

30 누나 송연과 이석건에 대한 증언 역시 이원수 생전에 이야기를 들어 알고 있는 차녀 정옥으로부터 들을 수 있었고 그 내용은 녹취해두었다.

31 함안에서의 생활과 금융조합 시절의 일은 배갑수의 증언을 많이 참고하였다. 배갑수의 증언은 녹취를 해두었다. 배갑수는 1921년생으로, 이원수의 막내 누이 이우연과 보통학

그가 취직한 금융조합은 농촌에 있었기 때문에 많은 농민들과 대면을 해야 하는 곳이었다. 서기로 일하게 된 그는 농민들에게 대부금 이자를 독촉하여 받으러 다니는 일을 주로 하였다. 함안에는 여항산이 있어 골이 깊은 마을이 많은데, 여항산은 한국전쟁 때 엄청난 격전지가 되었을 만큼 산이 꼬불꼬불하고 깊다. 그 산이 뚫리면 마산이 무너져 교두보가 사라지는 문제가 있었기 때문에 빨치산과의 대치도 심했던 곳이다. 이원수 소년소설 『민들레의 노래』에서 한국전쟁이 터졌을 때 주인공 현우가 살던 "경상X도 에이치읍에서 가까운 산골"은 바로 함안면의 여항산 골짜기 마을을 이르는 것으로 볼 수 있다. 공산군이 들어와 며칠 동안 주둔하고 난 뒤 다시 국군이 들어왔을 때, 공산군에 협력했다는 이유로 국군이 동네 사람들을 마구 잡아 산골짜기에서 총으로 쏘아 죽이고 동네를 불 질러 태워버렸다는 곳이다.[32]

아동문학가 이영호에 의하면 이원수가 여항산 골짜기 마을로 이자를 받거나 농사일을 독려하러 가는 일이 많았는데, 주줏골이라는 마을에 출장을 가게 되면 15리 정도 되는 꼬불꼬불 먼 길이기 때문에 하루 안에 일을 다 보고 돌아오기 힘들어 밤을 묵어야 했다. 10여 가구 되는 그 마을에서 농민들과 함께 자면서 이원수는 그들과 같은 심정이 되었고, 그래서 쓴 시가 「여항산에서」라는 것이다.[33]

이때 농촌의 실상을 직접 겪으며 농민과 문학에 대해 공부하자고 몇몇 청년들이 모였는데 그 독서회에서 함께 공부했던 6명은 1935년 2월

교 동무였으며, 나중에 이원수가 함안금융조합 가야지소 서기로 복직되어 갔을 때 출납 직원으로 그곳에서 함께 일하였다.

32 이원수 『민들레의 노래(전집 13권)』, 웅진 1984 참조.

33 2011년 1월 24일 창원에서 이영호와 대담한 내용은 녹취하여 두었다. 이영호는 함안군 출생이며, 젊은 시절 함안에서 교편을 잡고 있으면서 문학을 하였기 때문에 이원수와 가까운 이야기를 많이 나누었다고 했다.

27일과 28일에 일경에 잡혀가게 되었다. 그들은 마산의 유치장에서 2개월의 취조를 마치고 징역 8월, 집행유예 5년형을 언도받았다. 그리고 마산부 오동동에 있는 마산형무소[34]에서 8개월의 형을 살게 되었다. 이 해는 전국적으로 활발하게 활동하던 카프(KAPF, 조선프롤레타리아 예술가동맹)에 대해 일제가 강력한 탄압을 함으로써 카프가 해소파와 비해소파로 내부 분열의 혼란을 겪으며 해산계를 제출한 해였다. 경남문청사건으로 불리는 이 검속은 그러한 흐름에 있었던 지방에서의 일제 탄압의 하나였다.

1935년 3월 3일자 『조선일보』와 『동아일보』 기사를 종합해보면 라영철과 김문주는 마산에서 28일 검거되는데, 라영철은 오래전부터 수차례 사상 사건에 관계된 인물로, 김문주는 창원군청에 임시 직원으로 있으면서 프로문학을 연구했던 사람으로 전한다. 함안금융조합 서기 이원수와 제상목의 가택을 수색하여서는 불온서적 50여 권을 압수하였는데, 이들에 관해서는 금조서기로 재직하여 있으면서 항상 좌익 서적을 보고 사상 방면에 연구하여온 것으로 전한다. 그 사건의 결과를 보여주는 『조선중앙일보』 1935년 5월 3일자 석간에 실렸던 기사 내용을 길지만 그대

34 마산형무소는 마산부 오동동에 있었는데, 천주교 마산교구청 앞 삼성생명 빌딩 옆에 공터로 있던 곳이다. 2000년대 초에 마산의 시민단체들이 '한국은행터 공원만들기 마산시민행동'을 조직하고 '도시 환경'이라든지 '터의 역사성'을 살린다는 의미로 공원화하자고 마산시의회에 청원하였으나 부결되고 지금은 표지석만 남겼다. 이 터가 공원으로 변한다는 것은 '폭력적인 통치권력의 상징'이 '근대시민의 자유공간'으로 바뀐다는 의미를 지닌다. 마산은 1899년 개항 이후 일제강점기의 무차별한 개발과 매립, 해방 후 귀환동포 정착, 한국전쟁 피난민 정착, 60년대 한일합섬과 수출자유지역에 의한 산업화 등 다른 도시가 경험하지 못한 격랑의 세월을 겪었다. 이 마산형무소는 일제통감정치시절이었던 1909년에 부산감옥소 마산분감으로 사용된 후 무려 60여 년간 감옥으로 사용되었다. 일제강점기에는 독립운동가들이, 해방 후에는 좌우이념 갈등과정에서 수많은 사람들이 죽거나 갇혔던 곳이다. 3·1운동 때에는 유명한 삼진의거를 비롯하여 마산, 함안, 창원, 웅동 등 인근 지역에서 만세를 불렀던 선조들이 이곳에 갇혔다.

로 옮겨둔다.

2개월에 취조 완료 5명을 검국(檢國) 송치

프로 문예연구의 간판 밑에서 적색 비사(秘社)를 조직한 것

〔마산〕 지난 2월 27일 함안경찰서에서는 돌연 함안금조서기 이원수를 비롯하여 마산 일본내지 등지에서 청년 다수를 압래하는 등 한동안 검거의 손이 그칠 줄 모르더니 다시 마산경찰서로 넘어와 2개월이 지나도록 사건의 갈피를 잡지 못하고 취조는 계속되어오는 중 지난 4월 30일로 사건의 일단락을 짓고 1건 서류와 함께 검사국으로 넘겼는데 조사한 바에 의하면 피고들은 오래전부터 문예에 뜻을 두고 동요 등을 연구하야 오던 바 작년부터 라영철 김문주 등이 주동이 되어 마산을 중심으로 함안 일본내지에 있는 동요 애호가들을 망라하야 프롤레타리아 문예협회를 조직하고 비밀리에 원고를 서로 교환하여 감상비판을 하여왔는데 최근에 와서는 더욱 내용을 확장하여 비밀 출판을 계획하는 일방 개인적으로는 적색서적을 다수 구입하고 문예비판은 불합리한 사회제도 비판으로 변하여 격렬한 원고교환과 서신내왕이 빈번함으로 일찍부터 이들의 행동을 주목하여오던 경찰당국은 지난 2월 함안금조 제상목이 동조합 고원을 사직하였음으로 이사 이하 동조합원들이 모여 사직위로회를 열었는데 일찍부터 사이가 좋지 못하는 이사와 전기 제씨는 동 주석에서 사소한 언쟁이 있었던 것을 탐문하고 서신내왕을 단서로 곧 불온분자로 주목하여오던 이원수 제상목 등을 검속하는 일방 전기 이의 가택수사를 하였는데 과연 불온문서가 다수 나왔음으로 이래 취조를 계속한 결과 프롤레타리아 문예협회라는 비밀결사를 조직하고 잠행운동을 한 사실을 자백하야 ?일 오전 11시에 마산경찰서로부터 치안유지법위반의 죄명으로 검사국에 송치하였고 피고 6명 중 『조선일보』 함안분국장 양창준만은 이번 사건에 관계가 없으므로 석방되었는데 나머지 5명의 주소씨명과 직업 연령은 다음

과 같으며 좌기 5명은 취조를 따라 예심에 회부될 듯하다고 한다.

『동아일보』 1935년 5월 1일자 기사에서도 확인이 되는데, "마산에서 문학방면의 서적을 회람 연구하던 문학청년 김문주, 라영철, 이원수, 황갑수와 거제도의 제상목 등 5명이 비밀결사 혐의로 검거되어 마산형무소에 수감되다."라고 알리고 있다. 처음에 양우정(본명 양창준)을 포함한 6명의 회원이 모두 검거되어 마산경찰서에서 2개월의 취조를 마치고 4월 30일 구속이 되는데 양우정은 혐의를 벗고 풀려났다.[35] 기사에 의하면 이들 동요 애호가들은 프롤레타리아 문예협회를 조직하여 문예비판은 물론 사회제도를 비판하는 일을 함으로써 주목을 받던 중에 수색을 당한 것이었다. 이원수와 같이 금융조합에 다니던 제상목이 금융조합 이사와의 사소한 언쟁을 하게 되는 데서 시작되었던 일이 가택수색으로 이어졌고 이원수의 집에서 그들이 말하는 불온서적이 다수 나왔으며 그들의 취조에서 프롤레타리아 문예협회를 조직해 잠행운동을 한 사실을 자백받음으로써 구형을 내리게 되었다고 했다.

이때 같이 독서회 모임을 했던 라영철[36]과 황갑수 등은 마산의 사회주의단체 활동이나 공산당 재건운동 관련 자료에 자주 등장하는 인물이다. 1928년 마산경찰서가 호신학교의 동맹휴학사건에 대해 마산청년동맹 간부 이상조가 배후에 있었을 것이라는 혐의로 학생 주모자를 심리취조하게 되는데 여기서 3학년 주모 학생으로 라영철과 황갑수의 이름

35 『아동과 문학(전집 30권)』의 「이원수 연보」에서는 양우정도 함께 피검되어 구속된 것으로 기록하고 있으나, 신문 기사를 보면 그는 무혐의로 풀려났다. 카프 시인이었던 양우정은 함안에서 태어났으며 반제동맹사건으로 옥고를 치른 적이 있다. 그러나 일제 말기에는 친일잡지 『녹기』에도 관여하였으며, 1950년 함안에서 무소속으로 2대 민의원에 당선되어 자유당 시절 이승만의 오른팔 역할을 했던 인물이다.

36 라영철은 1930년 조선공산당조직 계획검거에 관련된 건에도 이름이 올라 있고, 1932년에 공산당 재건사건의 공판에서 징역 2년을 언도받기도 하였다.

이 거론된다. 그리고 1930년 1월 13일에 마산상업학교 학생들이 시위운동을 하려다 사전에 발각되는 사건이 일어나는데 경성 유학 중이던 라영철은 이 사건과 관련하여 압송되었다(『동아일보』 1930년 9월 4일자 기사 참조). 이때 3학년 학생들이 주동이 되었다고 하는데 이원수는 마산상업학교 2학년이었다(당시 학제에 따르면 4월이 신학기였다. 그래서 1월은 이원수가 2학년 때이다). 이후 마산호신학교 졸업생 라영철, 황갑수와 마산상업학교 졸업생 이원수가 같은 모임에 있었던 것을 보면 그 당시에도 일정한 인연을 갖고 있지 않았을까 추측해볼 수 있다. 이원수가 마산상업학교 시절인 1929~30년경에 자유시로서의 동시를 쓰게 되고 식민지 아동의 구체 현실을 형상화하는 변화를 보이게 되는 것도 이와 무관하지 않을 것이다.

이원수가 10개월 동안 복역한 마산형무소는 일제강점기 당시 마산 인근의 많은 독립운동가들이 수감되었던 곳이다. 특히 함안에서 사상범으로 잡혀 들어오는 사람들이 많아 '함안 사람 없으면 마산형무소 문 닫아도 된다'는 말이 돌 정도였다고 한다.[37] 마산형무소는 원마산에 속하는 오동동에 있었다. 그리고 마산경찰서는 신마산으로 가기 전에 있는, 1920년대에 본격 형성된 중앙마산(장군천 근처)에 있었다.[38] 그 거리는 약 3~4킬로미터 정도 되기 때문에 걷기에는 먼 거리다. 그런데도 일행은 오랏줄에 묶인 채로, 택시를 타지 않고 철로 둑을 지나 당당하게 걸어

37 아동문학가 이영호 증언.

38 원마산과 신마산의 중앙부가 1920년대까지도 도시 형태를 띠지 못하게 된 이유는 이 일대가 1904년 러일전쟁 직전에 일본의 군용철도 용지로 수용당한 뒤에 1920년대까지 변하지 않고 그 상태로 지내왔기 때문이라고 볼 수 있다. 마산은 마산포(원마산)·신마산·중앙마산이라는 세 영역으로 나뉘었는데 마산포 방면은 한인을 상대하는 상점이 많았고, 신마산은 정비된 가로에 군인 및 관리를 상대로 하는 상점이, 중앙부는 관아·학교·사원·철도 소재지가 있었기 때문에 이와 관련한 사택이 많았다. 1922년에 마산경찰서가, 1936년에는 마산부청이 이전한다. 허정도 『전통도시의 식민지적 근대화』, 신서원 2005, 293·303·311면 참조.

서 형무소까지 갔다. 이원수는 다른 사람이 없는 독방에 지정되어 들어갔으며, 159호라는 번호를 받았다. 그 안에서 그는 앞으로 어떻게 살아갈 것인가에 대한 고민도 많이 했다고 한다. 밖에서 들려오는 두부 장수 소리를 들으며 자신도 밖에 나가면 두부 장수라도 해서 어머니와 가족을 책임질 수 있을까 하는 고민까지 해보았다. 그렇게 갇힌 몸으로 쓴 동시가 「두부 장수」이다.

최순애[39]와 만나기로 해놓고 잡혀 들어간 지 꼭 1년 만에(1936년 1월 30일 출옥) 자유의 몸이 된 그는 다섯 달 만에 수원에 살던 최순애와 결혼을 하였다(1936년 6월 6일 결혼). 그리고 마산 산호동 용마산 자락에 있는 집에 세 들어 신혼살림을 차리게 되었다. 지금도 그 집과 집 앞의 우물이 옛 모습 그대로 남아 있다. 거기서 잠시 창동에 있던 한성당 건재상에 다니게 되는데 집행유예 5년을 받은 상태라 자유롭지 못한 몸이었다. 그러다 1937년에 함안금융조합 가야지소로 복직을 하여 함안군으로 이사를 갔다.

복직을 하게 된 1937년은 중국을 침략한 일제가 전쟁자금 조달과 전시인플레이션 방지를 위해 민간자금을 흡수하여 전쟁 수행을 감당해야 할 절대적인 과제를 안고 있던 때였다. 그리고 1938년에는 조선총독부가 저축장려위원회를 설치하면서 국민저축조성운동을 전개하고, 일제의 요구를 식민지에 관철시켜나가기 위해 금융조합이 앞장을 서야 했던 때이다.[40] 즉 금융조합이 협동조합적 금융기관이라는 외피를 탈각하고 조선총독부의 전시경제정책을 수행하는 관변조직으로 전환하는 그러한

39 최순애는 1924년 「오빠 생각」을 발표한 동요 시인으로, 1927년 윤석중, 윤복진, 신고송, 서덕출, 이원수 등과 '기쁨사' 동인이 되어 활동했다. 이후 7년간 이원수와 편지를 주고받으며 사랑의 감정을 싹 틔웠고 결혼까지 하였다.

40 문영주 「1938~45년 '국민저축조성운동'의 전개와 금융조합 예금의 성격」, 『한국사학보』 제14호(2003) 참조.

분위기 속에서 사상범으로 복역했던 이원수는 5년간의 집행유예를 안은 몸으로 복직을 한 것이다. 그때까지 자식을 낳지 않았지만 "실직자가 되었고 물론 돈도 없는 거지가 되어 있었던 만치 몇 달 후에는 아내를 친정에 보내어 쉬게 할 수밖에 없었다."[41] 고 쓴 글로 보아 생활은 힘들었을 것으로 보인다.

함안에서의 생활에 대해 들려준 배갑수의 증언에 의하면, 이원수의 복직 과정에는 구속 전에 일했던 함안금융조합 본점의 이사 김정완이라는 인물이 있었다. 국사편찬위원회 한국사데이터베이스 자료에 의하면 김정완은 당시 함안금융조합의 중역을 맡고 있던 사람이다. 『조선은행회사조합요록(朝鮮銀行會社組合要錄)』 1933·1935·1937·1939년 판에 중역을 맡은 이사였음을 확인하였다. 김정완 이사가 이원수가 수감되어 있을 때 수차례 찾아가 힘을 썼으며, 출옥 후 복직을 할 수 있도록 도왔다는 것이다.

이원수가 함안금융조합 가야지소에 서기로 복직하여 갔을 때 거기에는 구속되기 전에 동생의 동무로 함안면에서 알고 지내던 배갑수가 출납을 맡아보는 직원으로 일하고 있었다. 배갑수에 의하면 그는 재미있는 이야기를 잘해서 직원들을 즐겁게 해주었고, 가끔 놀이를 만들어 함께 하게 했던, 지금 생각해도 웃음을 머금게 하는 사람이었다고 한다. 그러나 그 당시 얼마나 농민들과 접촉을 했는지, 윗사람들과의 관계는 어떠하였는지 등에 대하여는 기억해내지 못하였다. 출납을 맡아 보는 어린 직원이었기 때문에 그런 사정은 알기 어려웠던 것으로 보인다.

1937년 가야지소로 복직이 되어 갔을 때 그의 가족은 가야로 이사를 가지 않고 10여 리 떨어진 함안면으로 이사를 한 듯하다. 1937년 장

41 이원수 「여성과 나」, 『새길』(1966), 『이 아름다운 산하에(전집 26권)』(웅진 1984) 304면에서 재인용.

남 경화의 출생신고 주소지가 함안면 북촌동 927-1번지이며, 차남 창화는 1939년 함안면 987-9번지로 신고되었고 장녀 영옥 역시 41년 함안면 북촌동 987-9번지로 신고되었다. 차녀 정옥은 1945년 4월 7일에 출생신고를 하는데 이때 주소가 함안군 가야면 말산리 403번지이다. 그러니까 1937년 복직하였을 때부터 적어도 1941년까지는 함안면에 살았으며 그 이후에 가야로 이사를 간 것이다. 1942년과 43년에는 금융조합 국책기관지인 『반도의 빛(半島の光)』에 친일시를 발표했는데 무슨 연유에선지 그해에 함안면에서 가야로 이사를 한 것으로 보인다(친일에 대해서는 다른 논문에서 연구되기 때문에 여기서는 다루지 않는다). 1945년 해방이 된 후 10월에 서울경기공업학교의 교장으로 있던 동서 고백한의 도움으로 상경하였다.

3. 마무리

이원수는 「고향의 봄」으로 잘 알려져 있는 작가로, 마산을 '마음의 고향'이라고 말할 정도로 마산에 대한 애정을 가지고 있었다. 그러다보니 서울에서 문단 활동을 하던 당시에도 마산에 자주 들렀으며, 마산(지금은 창원시에 속함) 산호동 용마산의 '시의 거리'에 있는 「고향의 봄」 노래비는 많은 이야기를 남기고 있다. 동시 「고향 바다」를 읽어도 고향에 대한 그의 마음을 잘 알 수 있다.

「고향의 봄」을 써서 『어린이』에 발표할 때 그는 마산부 오동동 71번지에 살았는데, 그곳은 일제강점기에 마산의 상권을 지키려고 애를 썼던 원마산 근처에 새로 만들어졌던 동네이다. 지역의 유지와 지식인들에 의해 학교운동이 활발했던 곳, 그리고 야학활동과 노동운동 등으로 사회운동의 분위기가 지배하고 있던 마산에서 그는 보통학교와 상업학교를 다녔고 신화소년회 활동을 하며 민족정신을 배웠다.

눈여겨볼 것은 그가 마산에서 학교를 다니던 시절에 그 주변에는 좌익사상을 가졌던 사람들이 얽혀 있었다는 것이다. 소년회 활동을 할 때 거기에는 청년들이 자문을 했던 것으로 보이며, 야학 교사로 활동할 때도 '열성 있는 선생님'이 있었으며, 상업학교 시절에도 라영철, 황갑수와 같은 인물이 관계하고 있었으니 그 분위기를 짐작할 수 있다. 그리고 누나 송연의 남편으로서 상업학교 학비를 댔던 이석건의 사상적 영향을 받았을 것이라는 점은 쉽게 알 수 있다. 1929~30년경에 『신소년』과 『별나라』에 발표하는 동시들이 계급주의적인 작품경향을 띠는 것도 이러한 사정과 관련하여 생각할 수 있겠다.

졸업을 한 후 함안금융조합에서 일을 하였기 때문에 농민들의 힘겨운 삶을 직접 체험할 수 있었을 뿐 아니라 뜻을 같이하는 동무들과 독서회를 조직하여 공부를 하였기 때문에 그 당시 그는 프롤레타리아 문예조직의 정신을 일정 정도 가졌을 것이다. 일제 말기 친일시를 쓰긴 했지만, 자신을 위해 희생했던 누이들의 노동이나 그 처지를 늘 안쓰러워할 수밖에 없었던 것에서 일하는 사람을 아끼고 그들에게 힘을 주고자 한 마음도 이해할 수 있다. 서민 아동에 대한 사랑을 확인해나가는 이원수 문학의 정신은 이렇게 지역에서 가족과 주변 인물들, 그리고 지역사 속에서 형성되었다고 하겠다.

동갑내기 두 문인의 행보

이원수와 윤석중의 삶과 문학

김제곤

1. 대립 구도에서 벗어나기

이 글을 쓰는 목적은 이원수와 윤석중의 문학, 그 가운데서도 동시와 관련된 활동을 재조명하기 위해서다. 이원수와 윤석중이 한국 아동문학사에서 발자취가 뚜렷한 시인이란 것을 부정할 사람은 많지 않을 것이다. 주지하다시피 두 사람은 한일병합 이듬해인 1911년에 태어난 동갑내기로, 일생을 마칠 때까지 아동문학에 전념하여 많은 작품을 남겼다. 그런데 같은 시대를 살며 오로지 아동문학의 한길에 매진해온 두 시인의 문학적 행보에 대한 평가는 사뭇 대조적인 모습을 하고 있다. 윤석중은 흔히 '낙천적 동심주의'에 입각하여 작품을 쓴 시인으로, 이원수는 '현실주의'에 입각하여 작품을 쓴 시인으로 규정되어왔다. 이런 규정은 두 시인이 표방해온 문학적 경향을 구분하는 표지로써 나름의 구실을 한 측면이 있지만, 다른 한편으로 두 시인을 보는 시각을 고정시킨 혐의도 안고 있지 않나 생각한다. 두 시인을 규정하는 '동심주의/현실주의'라는 이분법적인 대립 구도는 두 시인이 가진 특성을 객관적으로 조망하여 그 성취와 한계를 온당하게 판별하는 긍정적 기능보다 그들의 작품을 일방적 옹호와 배제의 차원으로 몰고 가는 부정적 결과를 초래하기도 했던 것이다.

이 글은 윤석중과 이원수를 동심주의와 현실주의라는 대립 구도 안에 가두어 두는 것이 과연 두 시인이 남기고 간 문학적 유산을 평가하는데 얼마나 유효한 것인가 하는 질문에서부터 시작하려 한다. 이것은 우리 아동문학사에서 엄연히 존재해온 동심주의와 현실주의 사이의 긴장 관계를 부정하자는 이야기가 아니라, 그런 긴장으로 인해 그동안 사각지대에 머물러 있던 두 시인의 교차점을 새롭게 조명해보자는 뜻을 담고 있다. 내가 보기에 그동안 두 시인의 작품세계에서 가려진 지점들은 차이점을 부각하는 쪽보다 공통점을 상기하는 방향에서, 단순한 대립 관계보다는 상호 호응이나 상호 보완의 관계로 놓고 볼 때 더욱 여실하게 드러나는 것이 아닌가 생각된다. 특히 두 시인은 소년 문사로서 문학적 출발을 하던 1920년대 중반부터 어엿한 시인의 위치를 확보한 1930년대 초반까지 대척적인 거리에 멀리 떨어져 있기보다 일종의 공감대를 가지고 문학 활동을 전개하려 했음이 감지된다. 이러한 면모는 해방기를 지나 분단 이후를 거치면서 점차 퇴색된 면이 없지 않지만, 두 시인은 유년과 소년, 공상과 현실, 웃음과 슬픔이라는 각기 다른 인자(因子)들로 자신의 작품세계를 구성해오면서도 또한 함께 동시대인으로서 그 문학적 성과를 공유하려 한 측면이 있다. 이러한 성취를 놓고 단일한 잣대로 두 사람의 우열을 가리거나 경중을 평가하는 것은 결코 소망스러운 일이 아니라 본다. 무엇보다 우리 아동문학의 유산을 온전히 수습하기 위해서 윤석중과 이원수는 어디까지나 동등한 항이 되어야 하며 그 항에 속한 인자들 또한 단순한 대립 관계보다 하나의 상호 보완이나 호응 관계로서 파악하는 태도가 절실히 요구된다.

이 점을 살피기 위해서 이 글에서는 두 시인의 문학 활동 시기를 모두 다섯 장면으로 나누어 각 시기에 교차했던 두 시인의 문학적 행보와 작품에서 나타나는 특징을 검토함으로써 두 시인의 문학적 위치를 재점검해보려 한다.

2. 다섯 개의 장면으로 구성해본 두 문인의 행보

1) 문학적 출발과 '기쁨사'

아무리 뛰어난 문인이라도 누구에게나 습작기는 있는 법이다. 한편으로 그러한 습작기의 면모를 들여다보면 거기서 그가 평생 동안 추구하게 되는 문학적 씨앗을 발견하게 된다. 윤석중과 이원수의 경우를 보더라도 그렇다. 윤석중과 이원수는 1920년대 초반 대두된 이른바 한국 근대아동문학 운동의 수혜를 입은 첫 세대였다고 해도 과언이 아니다. 방정환을 주축으로 하는 아동문예잡지 『어린이』(1923. 3)가 창간되면서 이원수와 윤석중은 그 잡지의 열렬한 애독자로서 동요 창작에 발을 들이게 된다.

그러나 이들이 처음부터 화려한 문학적 출발을 했던 것은 아니다. 윤석중이 『어린이』에 얼굴을 처음 내민 것은 1924년 7월로 확인되는데, 그는 독자로서 '독자 담화실'에 다음과 같은 소회를 밝히고 있다.

> 선생님 저는 다섯 가지나 되는 잡지를 읽고 있습니다. 그러나 그중에도 제일 재미있고 사랑하는 것은 우리 『어린이』입니다. 그런데 다른 잡지에는 써 보내는 대로 자주 나는데 『어린이』에는 한 달에 한 번씩 꼭꼭 보내도 제 글은 아니 납니다그려. 퍽도 섭섭합니다. 인제는 의견 보기보다 작문(作文) 동요 일기문(日記文)을 써 보냅니다. 그리고 제 생각 제 손으로 소년소설(少年小說) 지은 것이 있습니다. 이것도 뽑으시는지요. 다달이 들

어가도 좋습니까?[1]

윤석중은 자신이 잡지를 다섯 가지나 구독하고 있음을 밝히는데, 이를 보면 그가 당시 대두하기 시작한 소년문예에 얼마나 깊은 관심을 두고 있는지를 짐작하게 된다. 그는 다섯 가지 잡지 중 『어린이』를 으뜸으로 뽑는데, 생각처럼 자신의 투고된 글이 실리지 못함을 매우 아쉬워하고 있다. 그는 독자투고란에 '의견'을 보내는 것을 그만두고 작문, 동요, 일기문, 소년소설 같은 창작품을 보내리라 결심하고 있다. 이를 보건대 그는 이 시기만 해도 결코 '동요의 천재'가 아니었으며, 동요라는 장르를 이른바 자신의 문학적 지향으로 확실하게 삼지 못하고 있었음을 알 수 있다.

이원수가 자신의 이름으로 처음 작품을 발표한 것은 『신소년』(1924년 4월호)으로, 「봄이 오면」이라는 작품을 발표했다. 그런데 최초로 발표한 이 작품은 『어린이』(1923년 3월호)에 발표된 적이 있던 버들쇠의 「봄이 오면」을 그대로 베껴 보낸 것이었다.[2] 이원수는 문학 습작기에 가지게 되는 발표 욕심으로 말미암아 남의 작품을 표절하는 실수를 저지르고 만 것이었다. 1924년 무렵만 해도 윤석중과 이원수는 습작기의 문학 소년의 미숙함과 조급성을 그대로 보여주고 있다. 윤석중이 『어린이』의 「입선 동요」란에 처음으로 작품을 올리는 것은 1925년 4월로, 그는 「오뚝이」란 작품을 발표한다. 그리고 이원수는 그보다 한 해 뒤인 1926년 4월에 처음으로 「고향의 봄」을 발표하게 된다. 이들이 『어린이』가 창간된 초기부터 열렬한 애독자였음을 감안할 때, 적어도 약 2~3년간의 습작

1 윤석중 '독자 담화실', 『어린이』 1924년 7월호 42면.

2 이재복, 본 책의 「이원수 문학이 우리에게 남긴 과제 — 별 왕자가 겪은 삶의 이야기」 참조.

투고기를 거쳤음을 알 수 있다.

그런데 습작기의 문학 소년의 처지에 있었던 두 사람의 행보에서 간과해서는 안 될 사안이 한 가지 있다. 그것은 이들이 바로 '기쁨사'라는 소년문예단체를 조직하여 활동했다는 점이다. 기쁨사는 소년 자신의 손으로 조직하여 활동하기 시작한 우리 나라 최초의 소년문예단체라는 문학사적 의의를 지닌다. 1924년 기쁨사를 처음 주도한 이는 윤석중이었다.

윤석중은 이미 보통학교 3학년 시절부터 이웃에 살던 심재영, 설정식과 더불어 '꽃밭사'를 조직할 만큼 조숙한 행태를 보인다. 그는 월반을 하여 심재영·설정식과 점차 관계가 소원해지자, 서울 지역의 문학 소년들을 찾아다니며 새로운 동인 모임을 제안한다. 이렇게 조직된 기쁨사는 서울 지역을 벗어나 곧 전국적인 문학 소년들의 모임으로 확대되어 나갔다. 그 기반을 제공한 것은 바로 방정환이 주도한 『어린이』 지면이었다. 『어린이』 독자를 중심으로 한 소년들이 '독자 담화실'란이나 '입선 동요'란을 통해 서로의 신상과 작품을 공유하게 되고 이들은 여기에서 얻은 정보를 바탕으로 우편을 통한 편지 왕래를 하여 모임을 확대하고 운영해갔던 것이다.[3]

대부분 습작기의 소년들이었던 이들 동인들은 서로의 작품을 격려하며 더욱 끈끈한 우정과 연대를 쌓아갔다.[4] 이들은 『어린이』 지면을 무대

---

3 "이 책의 글이면 한 자 반 자까지라도 빼지 않고 읽었습니다. 이다지도 재미있게 열심히 읽어온 책은 아마 달리 없을 것입니다. 글! 그것이 나로 하여금 안 읽고 말지 못하게 하였습니다. 기쁨은 또 있습니다. 꽃 같은 맘으로 같이 읽는 수많은 우리 독자들이 서로 정을 주고받고 하여 그리워하게 되어 아름다운 교제를 맺는 이가 많았습니다. 장차 조선에 새 일꾼이 되려는 어린 우리들의 마음과 마음은 이 『어린이』로 하여 만나도 보지 못한 동무를 그리워하는 것이야말로 나의 가장 기뻐하는 일의 한 가지였습니다." 이원수 「창간호부터의 독자의 감상문」, 『어린이』 1930년 3월호 58면.

4 이들의 교류는 단순히 서로의 글을 나눠보는 차원에서 머무르지 않고, 인간적인 교류 차원으로 확대되었다. 서울의 윤석중이 대구의 윤복진, 언양의 신고송과 함께 울산의 서덕출을 찾아간 이야기나 최순애와 이원수의 결혼이 성사된 것으로 미루어볼 때 그런

로 자신들이 가진 문학적 역량을 다져가는 동시에, 연 4회 『기쁨』이라는 등사동인지를 발행하고 회람동인지 『굴렁쇠』를 엮는 등 자신들의 문학적 열망을 적극적으로 키워 나갔다. 이들이 발표하는 작품은 습작시기의 문학 소년들에게 "좋은 모범"으로 인식되었고,[5] 또한 윤극영·홍난파·정순철·박태준 같은 작곡가들에 의해서 곡이 붙여져 불림으로써 대중적인 인지도를 갖게 되었다. 이로써 이들 동인들은 1920년대 중반 이후 우리 아동문학의 초석을 닦는 소년문예가로서 중요한 위상을 확보하기 시작한다. 서울의 윤석중, 마산의 이원수, 대구의 윤복진, 언양의 신고송, 울산의 서덕출, 진주의 소용수, 수원의 최순애, 합천의 이성홍, 원산의 이정구, 안주의 최경화 등 이른바 '스타 소년문예가'들이 탄생하게 된 것이다. 1926년 이후 전국적으로 기쁨사의 활동을 모방한 수많은 소년문예단체가 뒤를 이었으며, 이런 흐름은 1930년대 초반까지 지속되었다.[6]

추정은 충분히 가능하다.

5 승효탄 「조선소년문예단체소장사고」, 『신소년』 1932년 9월호 26면.

6 승효탄의 글에 따르면 1924년 기쁨사 결성 이후 1932년 당시까지 수많은 소년문예단체들이 명멸했던 것을 알 수 있다. 기쁨사 이후 가장 먼저 창립된 소년문예단체는 등대사(1926, 대구, 윤복진 주도, 등사잡지 『등대』 2호까지 발행, 대구사범학교 재학 중인 신고송, 대전 송완순, 김천의 승응순 발기)였다. 이어 방년사(1926, 경성시외 동막, 임동혁 주도), 소년문예사(1927, 개성, 현동염 주도), 달빛사(1927, 경남 합천, 이성홍 주도, 등사잡지 『달빛』 2호까지 발행), 글꽃사(1928, 경성, 승응순, 최정하 주도. 뒤에 '조선소년문예협회'로 개칭) 등이 창립되었다. 1929년부터 1930년 사이에는 대동소이한 소년문예단체가 수없이 발생하였는데, 그 가운데 대표적인 곳은 백의소년사(함북, 허영만 주도), 횃불사(춘천, 홍은표 주도), 붓춤사(진남포, 정명걸 주도)가 있다. 이렇게 자연발생적으로 생겨난 소년문예단체들은 "조선의 객관적인 정세 변화"에 따라 파열과 청산의 운명을 맞는다. 1931년부터는 프로소년문학의 확립을 기하기 위한 목적의 소년문예단체가 결성되었다. 이때 결성된 단체로는 새힘사(1931, 진주, 정상규 주도), 조선소년문학연구회(1931, 경성, 송영·이동규·홍구 등이 발기, 프로소년문학의 확립을 기하기 위한 목적), 신흥아동예술연구회(1931, 윤석중·신고송·승응순 발기)가 있다. 그러나 나날이 심하여만 가는 "조선의 객관정세"가 이런 단체들의 결성과 존립 자체를 불가능하게 하였다고

그런데 기쁨사 활동에서 또 한 가지 간과해서는 안 되는 것이 있다. 이들이 1927년을 전후로 계급주의에 눈을 뜨기 시작했고, 식민지 삶을 살아가는 우리 민족의 처지에 관심을 기울이기 시작했다는 점이다. 이것은 당시 천도교의 민족주의자들과 사회주의자들이 연계하여 구축한 신간회의 결성에 자극받은 소년문예가들 나름의 현실 대응이었다는 점에서 주목을 요한다. 이들은 습작 단계나 초기 작품에서 드러나는 갑갑한 정형률과 상투적인 언어 감각, 막연한 감상(感傷)에 의존하려던 자세에서 벗어나, 겨레가 처한 식민지 현실을 어떻게 작품 속에 구현할 것인가에 대한 고민에 접근하게 된다.

이러한 움직임 속에서 1929년에 이르면 이원수는 초기 동요에서는 볼 수 없었던 식민지 현실을 살아가는 어린이의 삶을 구체적으로 보여주는 작품을 창작하는데 이르며, 윤석중 역시 7·5조의 정형에서 탈피하여 보다 자유로운 율격을 구사하는 한편 민족주의적인 저항성과 서민성을 기반으로 한 현실주의적 요소가 짙게 감지되는 작품을 발표한다. 이원수의 「헌 모자」(1929), 「잘 가거라」(1930), 「찔레꽃」(1930) 등의 작품에는 그러한 현실 비판의 요소가 잘 드러나 있으며, 이러한 경향은 1930년 이후 「벌소제」(1932), 「눈 오는 저녁」(1934) 같은 작품으로 이어진다. 윤석중은 「밤 한 톨이 떽떼굴」(1927) 같은 기존의 7·5조 형식의 틀을 과감히 깨트린 작품과 함께 「단풍잎」(1928), 「고향길」(1929) 같은 서정성이 짙은 작품들을 꾸준히 발표하는 한편으로, 「꾸중을 듣고」(1928), 「거지행진곡」(1929) 등 민족주의적 저항성이 강하게 드러난 작품을 발표한다. 특히 윤석중의 첫 작품집인 『윤석중 동요집』(신구서림 1932)은 1925년 이후부터 1932년까지 발표된 윤석중 작품의 총결산이라 할 만한데, 윤석중은 이 작품집에서 「언니 심부름」 「허수아비야」 「솔개미」 「소」 같은, 부당한 권

승효탄은 적고 있다.(같은 글 25~29면 참조)

위에 대한 저항, 약자들끼리의 연대감, 서민 현실에 대한 관심이 잘 드러나는 작품을 수록하였다.[7]

이러한 일면만을 두고 두 시인의 작품 경향을 현실주의라는 단일한 범주 안에 놓고 보는 것은 무리가 따르는 일이겠지만, 종전의 통념대로 두 시인을 동심주의와 현실주의의 이분법적 구도로 보는 것은 더 큰 오류라 본다.[8] 1924년 『어린이』 애독자들의 모임으로 출발한 기쁨사 동인들은 1927년 이후 전개되는 새로운 민족운동사적인 큰 흐름 속에서 각기 서로 다른 지향점을 찾아간 것이 아니라 오히려 하나의 지향점을 공유하는 모임으로 거듭난 측면이 있는 것이다. 1930년을 전후로 씌어진 이원수의 현실 비판을 주조로 하는 작품이 개인사적인 고뇌와 함께 마산 소년운동의 자장 안에서 식민지 현실과 계급의식에 눈을 떠갔던 그의 행적에 연유한다는 것은 이미 밝혀진 사실이거니와,[9] 윤석중의 경우에도 굳이 그러한 근거를 찾자면 얼른 찾을 수 있는 행적들이 없지 않다.

7 『윤석중 동요집』에는 총 35편 동요가 실렸는데, 이 가운데 현실 비판이나 현실 참여의 성격을 띤 작품은 모두 17편으로 파악된다. 특히 현실 비판 의식을 강하게 드러낸 「우리가 크거들랑」 등 5편은 조선총독부 검열에 걸려 수록되지 못하였다. 이 동요집의 서문을 쓴 주요한은 윤석중 동요의 한 특징을 "시대적 생활상의 반영을 그 동요의 선 뒤에 그려내는 데 성공"했다고 평한 바 있다. 이는 윤석중 초기 동요에서 엿보이는 현실에 대한 관심을 간파한 언급이라 생각한다. 이 시기 윤석중의 민족주의적 저항의식을 살펴볼 수 있는 작품에는 동요 뿐 아니라 동극과 민요시도 있다. 이러한 측면에서 윤석중 초기 작품을 "한 때의 유행"으로 치부하거나(송완순), "초현실주의적 동요기"로 명명하는 것(노원호)은 문제가 있다고 본다.

8 윤석중은 자전적인 글에서 자신의 동요를 낙천주의적 동심주의로 규정하는 세간의 평가에 대해 이런 언급을 한 바 있다. "내 동요를 천사주의 · 동심주의 · 낙천주의로 몰기도 하고, '유쾌한 아동문학'(불쾌한 아동문학도 있는 것인지?) 전문가로 치는 이도 있기는 있었지만 그것은 '장님 코끼리 더듬기'나 다를 바 없으니 코끼리가 담벼락(몸뚱이)처럼, 기둥(다리)처럼, 부채(귀)처럼, 무자위(코)처럼, 총채(꼬리)처럼 생겼다고 서로들 우기는 것이나 마찬가지였다."(윤석중 『어린이와 한평생』, 범양사 1985, 134면)

9 원종찬 「이원수와 마산의 소년운동」, 『아동문학과 비평정신』, 창작과비평사 2001, 325~37면.

우선은 그가 1920년대 초반부터 사회주의운동에 몸담았던 아버지를 두었다는 사실,[10] 그리고 서울 한복판에서 중앙 문단의 일급 문인들과 교유를 하며 민족의식과 사회의식에 일찍이 눈을 떴다는 사실을 지목할 수 있겠다. 윤석중은 1929년 광주학생운동을 계기로 양정고보 졸업을 목전에 두고 「자퇴생의 수기」를 발표하며 다니던 학교를 스스로 그만두는데, 이는 청소년기의 객기 어린 돌출 행동이 아니라 20년대 중반 이후 그가 지향했던 삶의 한 귀결이기도 한 것이다.

이런 추정은 초기부터 기쁨사 활동에 참여했으며 1927년 카프 회원이 되었던 신고송의 글을 통해서도 근거를 확보할 수 있다. 신고송은 1929년 10월 20일부터 10월 30일 사이에 『조선일보』에 연재된 「동심에서부터」와 1930년 벽두에 발표한 「새해의 동요운동」이란 글에서 이원수와 윤석중의 작품을 매우 호의적으로 평가한다.[11] 이 시기에 신고송이 계급

10 그간의 윤석중 생애를 살펴보는 논문에서 특히 소홀히 다루어진 부분은 바로 아버지 윤덕병(尹德炳, 1885~1950)에 관한 언급이다. 대부분의 논자들은 윤석중의 회고에 기대어 윤덕병이 사회운동을 한 것으로만 짧게 언급하거나 대부분 간과해왔다. 그러나 이는 윤석중의 생애를 파악하는 데 주요한 한 부분을 누락시키는 것과 같다는 생각이다. 윤덕병은 1920년대 초반부터 사회주의운동의 일선에서 맹활약을 한 인물이다. 그는 1925년 4월 조선공산당 1차 대회 때 중앙검사위원으로 선출되었다가 같은 해 10월 일경에 피검, 1929년 8월까지 감옥 생활을 하고 풀려난 뒤 1930년 3월 신간회와 관련된 격문 사건으로 다시 구속되어 4월 불기소로 석방된다. 이 시기는 윤석중이 소년 문사로서 문단에 나와 명성을 얻기 시작하던 시기로서 아버지의 특이한 경력은 여러모로 윤석중의 삶과 문학에 영향을 끼칠 수밖에 없었던 것으로 판단된다. (졸고 「윤석중의 생애와 문학에 대한 재검토—아버지 윤덕병과 관련하여」, 한국아동청소년문학학회 『아동청소년문학연구』 4호(2009. 6))

11 신고송은 「동심에서부터」란 글에서 "신문 잡지에 발표되는 동요를 볼 때 그것이 거개가 개념을 노래한 것"이라 전제한 뒤, 이구월·양우정·윤복진·문복영·윤원구·김영일·고긴벗·김사엽 등의 작품을 실례로 들어 그 한계를 신랄하게 비판한다. 그러나 이원수의 「약 지어 오는 밤」과 윤석중의 「꿀꿀돼지」란 작품을 두고서 '개념'이 아닌 "어린이다운 탄호(歎呼)"와 "어린이다운 충동(衝動)과 감정(感情)의 약동(躍動)"을 맛볼 수 있다고 상당한 호평을 하였다.(신고송 「동심에서부터—기성 동요의 착오점, 동요 시인에

주의의 관점에서 안일한 태도를 지닌 문단의 기성문인을 질타하고, 문단을 향해서 프롤레타리아 대중들을 위한 진보적 작품을 창작하기를 주장하는 입장에 서 있었음을 볼 때,[12] 이원수와 윤석중의 작품을 비판적이 아니라 호의적으로 본 것은 특기할 만한 사실이다. 신고송의 태도로 짐작해 보건대 기쁨사 동인이었던 이들은 계급주의 의식의 성장 단계에서 일정 부분 이념을 공유한 측면이 있으며 동인으로서 강한 유대감을 지속하고 있었음을 추정할 수 있다.[13]

2) 새로운 아동문화를 꿈꾸다–'신흥아동예술연구회'의 기획과 좌절

1930년대 초반의 윤석중과 이원수의 행보를 관찰하려 할 때 눈에 들어오는 것은 그들이 함께 조직하려 했던 '신흥아동예술연구회'라는 조직이다. 아쉽게도 우리 아동문학 연구에서 신흥아동예술연구회에 대한 고찰은 자세히 행해진 적이 없다. 신흥아동예술연구회는 과연 어떠한 조직이었던가.

게 주는 몇 말」, 『조선일보』, 1929년 10월 20~30일자 기사) 또한 신고송은 1929년 한 해 동안 나온 동요 이론과 작품에 대한 총평의 성격을 갖는 「새해의 동요 운동」이란 글에서 당시 신문과 잡지에 발표된 작품들의 전체적인 인상에 대해 "새로운 경향과 청신미" 있는 "천연스럽고 순연한 동심의 노래를 보여준 이가 없었다."고 진단하며, 한정동·고장환·김태오·윤복진·송완순·양우정·이구월·김사엽·현동염·남양초 등의 작품에는 호된 비판을 가하고, 윤석중·이정구·정상규·이원수·한태천·엄흥섭·김병호의 작품은 매우 호의적으로 평가하였다.(신고송 「새해의 동요 운동」, 『조선일보』 1930년 1월 1일자)

12 김봉희 「신고송의 삶과 문학관」, 『신고송 문학전집 2』, 소명출판 2008, 769면.

13 신고송의 이 두 글에 대해 송완순은 엄정한 비평적 잣대에 근거하지 않고 사적인 친소관계로 작품의 우열을 가리는 혐의가 있다고 비판한 바 있다. 즉 송완순은 윤석중 동요가 여러 가지 결점을 가지고 있음에도 불구하고 "신 군은 윤 씨를 맹목적으로 찬양하였다."고 지적하며(「비판자를 비판—자기 변해와 신 군 동요관 평3」, 『조선일보』 1930년 2월 22일자) 신고송이 그런 비평 태도를 보인 것은 그가 윤석중과 "사적으로 친한" 관계에 있었기 때문이 아닌가 추정하고 있다. (「비판자를 비판—자기 변해와 신 군 동요관 평4」, 『조선일보』 1930년 2월 25일자)

아동예술의 연구와 제작 및 보급을 목적으로 신흥아동예술연구회가 창립되었다. 적막한 조선 아동예술운동계에 이러한 단체가 생겨난 것은 일반 식자급의 주의도 상당히 끌으려니와 특히 지방 각 사립학교 유치원 소년회 강습소 야학교와 일반 아동 문제에 유의하는 이에게 지도적 연락 기관이 될 것이라 한다. 그 회의 발기인과 사업의 대략을 소개하면 다음과 같다.

발기인 : 신고송, 소용수, 이정구, 전봉제, 이원수, 박을송, 김영수, 승응순, 윤석중, 최경화

사업

1. 제작부

▲ 동요 동화 동극 등 창작 ▲ 해외 작품 번역 ▲ 동요 작곡 ▲ 아동예술 평론 ▲ 작품 비평

2. 출판부

▲ 기관지(월간) ▲ 작곡집(월간) ▲ 작품집(연간)

3. 보급부

▲ 신작 발표회(격월 개최) ▲ 동극 공연회(연 1회) ▲ 동화(童畵) 전람회(연 1회) ▲ 반우실지교수(班友實地敎授) ▲ 강습회(수시) ▲ 방송, 지방 순회 등

4. 도서부

▲ 도서급 자료 모집 ▲ 아동도서관

5. 조사부(약略)

6. 서무부

임시사무소 경성 숭2동 101의 6[14]

신흥아동예술연구회(이하 연구회) 창립 기사는 1931년 9월 17일 『조선일보』와 『동아일보』 양 신문에 나란히 올랐다.[15] 이 기사를 통해 짐작하건대 연구회는 상당한 비전과 목적을 가지고 움직이려 했던 단체임을 알 수 있다. 우선 그 설립 목적을 밝히는, "일반 식자급의 주의도 상당히 끌으려니와 특히 지방 각 사립학교 유치원 소년회 강습소 야학교와 일반 아동 문제에 유의하는 이에게 지도적 연락 기관이 될 것"이라는 대목을 보면 이는 단순한 문학 동인에 국한된 조직이 아니라 아동문화 전반에 관하여 각종 교육기관과 소년회 모임을 선도하는 연구 단체가 되는 것을 목표로 했음을 알 수 있다.

그 조직과 임무를 일별해보더라도 아주 구체적이었음이 드러난다. 조직을 제작부, 출판부, 보급부, 도서부, 조사부, 서무부 등 여섯 개의 부서로 세분화하고 각 부서가 담당할 사업들을 구체적으로 제시해놓고 있다. 제작부의 사업을 보면 동요, 동화, 동극 등의 창작 부문의 사업은 물론이고 번역, 작곡, 비평에 이르기까지 광범위한 활동을 전개하려 계획했음을 알 수 있다. 특히 월간으로 기관지를 발행하며 별도로 작곡집과 연간 작품집을 내려고 한 것에서 연구회가 상당히 구체적인 단계까지 조직적 준비를 하고 있었음을 추정할 수 있다.

또 하나 주목할 것은 구성원의 면면이다. 연구회의 발기인으로 등록을 한 이는 신고송, 소용수, 이정구, 전봉제, 이원수, 박을송, 김영수, 승응순, 윤석중, 최경화 모두 열 사람이다. 이 중 신고송, 소용수, 이정구 세

14 『동아일보』 1931년 9월 17일자 참조.

15 두 신문의 기사는 내용이 대동소이하다. 다만 『조선일보』기사에는 발기인을 해외, 조선으로 구분해 소개하고 있다. 해외 회원은 신고송, 소용수, 이정구 세 사람이며 나머지는 모두 조선에 거주하는 회원이다. 임시 사무소의 주소는 당시 윤석중이 거주하던 집의 주소였다. 이는 윤석중이 이 단체에서 주도적 인물이었음을 방증한다.

사람은 당시 해외에 체류 중이었으며 나머지는 서울, 지방 등에 거주하고 있었던 것으로 짐작된다. 이를 보면 연구회는 서울과 지방을 아우를 뿐더러 해외까지 포괄하는 인적 네트워크를 구성하려 한 것을 알 수 있다. 이들은 당시 대부분 1907~11년 전후에 태어난 이십대 초중반 청년들이었다. 이들은 모두 1920년대 초반부터 대두한 한국 근대아동문학 운동의 첫 수혜자들이었다는 점에서 공통점을 지니고 있다. 특히 이들은 『어린이』 『신소년』지 초기부터 열렬한 애독자로서 소년문예운동에 발을 들였다는 점, 기쁨사 동인 활동을 함께 전개했거나 기쁨사와 유사한 소년문예단체를 조직해 서울 혹은 지방에서 맹렬히 활동한 인물들이라는 점, 그리고 1920년대 후반부터 30년대 초반까지 신문과 잡지에 활발하게 작품을 발표했다는 점에서 공통점을 가지고 있는 인물들이다.

한 가지 궁금한 일은 이들이 지향한 이념이 당시 대두한 계급주의 노선에 얼마나 가까웠는가 하는 것이다. 기사 내용을 표면적으로 보아서는 그런 지향의 흔적은 또렷하게 드러나지 않는다.[16] 다만 승효탄이 자신의 회고에서 연구회가 단지 "기쁨사의 재흥의 계획"만은 아니었다고 밝히고 있는 것으로 봐서[17] 당시 대두한 계급주의의 성격을 새롭게 포함하고 있었음을 충분히 짐작할 수 있다. 그러한 성격은 구성원의 면면에

16 『신소년』 1931년 11월호에는 편집부 명의로 「아동예술연구회의 탄생과 우리들의 태도」란 글이 실려 있다. 이 글은 신문지상에 소개된 신흥아동예술연구회의 창립을 바라보는 『신소년』 편집진의 시각이 드러난 글이란 점에서 주목을 요한다. 『신소년』 편집진은 전폭적인 지지를 보내기보다 앞으로의 추이를 지켜보겠다는 유보적인 태도를 취하고 있다. 그들은 "지금까지 우리에게 그만한 기관이 없었음이 퍽 유감"이었음을 전제하면서도 "사업의 실현을 보지 않고"서는 그것이 "우리 노농소년들"에게 어떤 효과를 줄지 단언할 수 없다고 밝히고 있다. 또한 "과연 우리들의 앞에 어떠한 사업을 보여줄지 어떠한 역할을 할지 우리는 엄격하게 냉정하게 무자비하게 아동예술연구회의 활동을 감시하며 비판하자"며 글을 맺고 있다.(신소년사 「아동예술연구회의 탄생과 우리들의 태도」, 『신소년』 1931년 11월호 19면)

17 승효탄, 앞의 글 29면.

서도 여실히 드러난다.[18] 이렇듯 야심찬 포부와 구체적인 계획을 가지고 출발하려던 연구회는 그러나 첫발을 떼보지도 못한 채 좌초하고 만다. 그것은 내부 사정 때문이 아니라 순전히 외부적 여건 때문이었다. 연구회는 일제 당국에 의해 불허가 되어 창립총회조차 열지 못한 채 좌절하고 만 것이다.[19]

그러나 연구회가 창립총회조차 변변히 열지 못하고 일제의 탄압에 의해 유산된 단체라 해서, 그것을 간단히 폄하할 수는 없을 것이다. 우리가 눈여겨보아야 할 것은 1920년대 중반에 습작기의 문학 소년들을 중심으로 만들어졌던 기쁨사의 구성원들이 어엿한 기성 문인들로 성장해 우리 아동문학, 나아가서 아동문화 전반을 고민하는 조직적이고 체계적인 모임을 구성하는 데 이르렀다는 점이다. 이것은 1923년 방정환을 중심으로 조직된 '색동회'의 정신을 새롭게 계승한 일인 동시에, 1927년 이후 변화된 정세 속에서 세대의식을 공유하며 소년문예운동의 돌파구를 모색하려고 노력한 기쁨사 동인들의 새로운 조직적 연대였다고 할 수 있다. 이들은 식민지 조선의 현실에서 자신들이 감당해야 할 과제들을 새롭게 설정하고, 새로운 아동문화를 가꾸어 가려는 원대한 포부를 세웠던 것이다. 그 중심에 1925년 기쁨사 동인으로 만난 윤석중, 이원수, 신고송이 함께 발기인으로 참여하고 있다는 사실은 특기할 만하다. 그들은 계급주의가 대두되면서 동심주의와 계급주의(혹은 현실주의)로 갈라선 것이 아니라 여전히 교감과 소통을 나누었음을 충분히 짐작할 수

18 이들 가운데 신고송, 이정구, 승응순, 소용수, 이원수는 카프 조직의 회원으로 활동했거나 비교적 카프의 근거리에서 활동한 인물들로 분류할 수 있다.

19 승효탄은 자신의 글에서 이들이 "날날히 심하야만 가는 조선의 객관정세" 속에서 "만반준비를 정돈하였다가 결국 불허가 되어 창립총회도 못 열고" 좌절되었음을 밝히고 있다. 승효탄이 말한 '조선의 객관정세'가 날로 강고해져가는 일제 당국의 간섭이라는 것을 짐작하기란 어렵지 않다.(승효탄, 같은 글 29면)

있다. 30년대 초반까지 윤석중과 이원수는 대립항이기보다는 하나의 동류항이었던 것이다.

3) 체제 저항에서 협력과 순응의 길로

1931년 만주사변 이후 일제의 억압은 더욱 강고해져갔다. 새로운 아동문화 건설이라는 포부 아래 신흥아동예술연구회라는 하나의 구심점을 마련하고자 했던 기쁨사 동인들은 일제의 간섭으로 그 목표가 좌절되자, 각자의 지향점을 찾아 나가기 시작했다.

윤석중은 1932년 윤극영의 '다알리아회'에 의해 시도된 적이 있었던 노래 모임을 부활시키고자 하는 의도에서 '계수나무회'를 조직한다. 계수나무회는 보육학교 학생들과 주일학교 아동들을 그 구성원으로 하여 새로 작곡된 동요를 연습하고 발표하는 일을 꾸준히 해나갔다. 1933년 4월 경성방송국이 조선어 방송을 시작하면서 계수나무회는 방송을 통해 동요 발표를 하였으며, 오케레코드사 등에서 음반 취입을 하기도 했다. 다른 한편으로 윤석중은 1933년 5월 차상찬, 최영주의 권유로 개벽사에 입사하여 『어린이』지 편집에 관여하며, 1934년 개벽사가 문을 닫자 이태준의 주선으로 『조선중앙일보』에서 입사하여 『소년중앙』을 편집하고, 다시 일장기 말소 사건으로 『조선중앙일보』가 문을 닫자 1936년 『조선일보』로 일터를 옮겨 『소년조선일보』 지면과 잡지 『소년』의 편집을 맡았다. 이 시기 윤석중의 행보를 보면 그는 동요 보급 운동과 신문 · 잡지를 통한 아동문학 확산에 적극 참여하려 했음을 알 수 있다.

이원수 또한 자신이 처한 현실에서 새로운 아동문학 활동을 모색한다. 이원수는 1931년 마산공립상업학교 졸업 직후에 함안금융조합에 서기로 취직을 한 뒤로 1934년 무렵 함안, 마산 지역을 근거지로 하는 새로운 문학 써클을 조직한다. 이 모임에는 함안금융조합에 함께 근무한 제상목(諸祥穆), 마산에 거주하며 세무서 임시 고용원으로 일하던 김문주

(金文珠), 역시 마산에 거주하던 나영철(羅英哲), 일본 동경에서 자동차 운전기사로 일하던 황갑수(黃甲秀) 등 5명이 참여한다. 이들은 일제 당국의 눈을 피해 비밀리에 모임을 운영하면서 동요 창작과 합평, 이념 서적 탐독, 동인지 출판을 계획하였다. 그런데 이원수의 동료였던 제상목이 돌연 사직을 하게 되면서 이를 위로하기 위한 회식 자리에서 평소 불화가 있던 금융조합 이사와 사소한 언쟁을 벌인 것이 계기가 되어 이들은 일경의 탐문 수사를 받게 되었고, 이원수가 가택수사까지 당하면서 1935년 2월 28일 결국 "프로문예연구의 간판 밑에서, 적색 비사(秘社)를 조직한" 혐의로 회원 전원이 검거되기에 이른다.[20] 이에 관한 사건의 전말이 『조선중앙일보』(1935년 5월 3일자)에 자세히 소개가 되었는데, 그 기사 내용을 유심히 살펴보면 이 모임이 애초 "동요 애호가들"의 동인 모임에서 출발한 모임임을 알 수 있다.

> 오래전부터 문예에 뜻을 두고 동요 등을 연구하여 오던바 작년부터 나영철 김문주 등이 주동이 되어 마산을 중심으로 함안, 일본내지에 있는 동요 애호가들을 망라하여 프롤레타리아 문예협회를 조직하고 비밀리에 원고를 서로 교환하여 감상 비판을 하여 왔는데 최근에 와서는 더욱 내용을 확장하여 비밀 출판을 계획하는 일방 개인적으로는 적색 서적을 다수 구입하고 문예 비판은 불합리한 사회제도 비판으로 변하여 격렬한 원고 교환과 서신내왕이 빈번함으로 (…)[21]

이 기사 내용에서 주목할 것은 1931년 만주사변 이후 강화되어가는

20 『조선중앙일보』 1935년 5월 3일자 기사에는 양창준(梁昌俊, 양우정)도 조직에 관여한 혐의로 검거되었으나 취조 과정에서 사건과 관계가 없음이 밝혀져 석방되었다고 나와 있다.

21 『조선중앙일보』 1935년 5월 3일자.

일제의 사상 탄압 문제이다. 이원수가 연루된 문학 써클 활동은 1920년대만 해도 크게 저촉이 되지 않는 문제였다. 20년대에도 비슷한 사상 탄압이 자행되었더라면 아마 이원수가 몸담았던 기쁨사를 비롯한 1920년대 소년문예단체들의 활동은 심히 위축되었거나 애초 불가능한 일이 되었을지 모른다. 그 일은 원고 교환과 서신왕래라는 수단을 통해 서로의 작품을 합평하고, 동인지 출판을 계획하고 실행하는 일에 다름 아니었기 때문이다. "적색 서적을 다수 구입하고 문예 비판에서 불합리한 사회제도 비판"으로 눈을 돌린 것 또한 계급주의가 성행하던 1930년 전후를 생각하면 그리 새삼스러운 일이 아니었다. 말하자면 이원수의 활동은 기쁨사 이후 그의 문학적 행로의 자연스러운 연장에 다름 아니었던 것이다. 그러나 이러한 활동에 일제는 '치안유지법 위반'이라는 딱지를 붙여 구속을 집행한다. 이원수는 이 사건으로 징역 10월, 집행유예 5년을 언도받았다. 비교적 식민지 외곽이라 할 수 있는 함안 지역에서 벌어진 이 사건의 본질은 결국 만주사변 이후 군국주의적 행보를 가속화하던 일제가 공안정국을 조성하기 위해 의도적으로 획책한 사건에 지나지 않았다. 이는 일제가 보기에 불온한 사상을 갖고 있다고 판단되는 세력들을 탄압하기 위한 일종의 사전 정지 작업의 성격을 지닌다. 그러나 다른 한편으로 보면 이는 30년대 중반을 거쳐 일제 말기로 이어지는 우리 아동문학의 험로를 예고하는 상징적 사건이기도 했다. 이원수는 이 구속 사건을 계기로 기쁨사 동인 활동 이후 지속해왔던 문예 조직 활동을 더 이상 수행해나가지 못하며, 체제 저항과 현실 비판의 자리에서 퇴보해 결국 적극적 친일 작품을 발표하는 자리에 이르게 된다.

이원수에 견준다면 서울 중앙문단에서 활동하던 윤석중은 일제가 정한 합법의 테두리 안에서 비교적 소시민적인 안온한 길을 걸은 것으로 파악된다. 물론 그는 중앙에 머무르면서 일급 문인들과 교유를 활발히 지속했으며, 그런 교유의 결과로 유수의 잡지사와 신문사에 입사해 편집자로서 자신의 문학적 역량과 위상을 계속 강화해나갈 수 있었다. 단지 문인의 조건으로서 비교해보면 윤석중은 지방의 금융조합 서기에 불과했던 이원수에 비해 여러모로 유리한 위치에 있었음이 틀림없다.[22] 그러나 그 또한 시대적 조건에서 결코 자유로운 처지가 되지 못했다.

윤석중은 신흥아동예술연구회가 좌절된 2년 뒤인 1933년 두 번째 시집을 출간한다. '윤석중 제1동시집'이란 부제를 단 『잃어버린 댕기』(계수나무회)였다. '잃어버린 댕기'라는 제목만을 놓고 보면 이 작품집이 식민지 백성의 처지에 놓여 있던 우리 겨레의 상실감을 구현한 작품으로 인식되지만, 사실 그러한 민족적 저항의식은 오히려 희박한 편이다. 대신 그의 두 번째 작품집에서는 일종의 형식에 대한 실험을 적극적으로 시도하려는 의도가 뚜렷이 감지된다. 「담모퉁이」「언니의 언니」「잃어버린 댕기」를 비롯해 '동화시'로 명명한 5편의 작품들은 종래 우리 동요들에서 볼 수 없던 새로운 시도였다. 또한 이 작품에는 '역요시(譯謠詩)'로 명명한 10편의 번역시가 실려 있는데, 윤석중의 이런 노력들을 보면 그가 신흥아동예술연구회에서 시도했던 사업 일부를 직접 실천에 옮기려 한 것이 아닌가 생각된다.

그러나 윤석중은 1930년대 후반으로 갈수록 첫 동요집 『윤석중 동요집』에서 보여 주었던 현실에 대한 비판의식과 두 번째 작품집 『잃어버린 댕기』에서 시도했던 파격적인 형식의 시들을 더 이상 이어가지 못한다. 1939년 초반에 나온 그의 첫 번째 선집 『윤석중 동요선』(박문서관)에는 종전에 선보였던 저항성을 지닌 작품, 고단한 현실에 대한 직접적인 토로를 하고 있는 작품들이 모두 빠져 있으며, 그가 모처럼 시도한 새로운 형

22 윤석중은 이 시기에 편집자로서 두 가지 중요한 역할을 해내었다. 하나는 아동문학의 질적 향상을 위해 성인문단 작가들을 아동문학에 참여하도록 이끌어냈다는 점이며, 또 하나는 박목월, 강소천, 윤동주, 현덕 같은 유수한 신인들을 발굴해냈다는 점이다.

식의 작품들 또한 배제된 것을 볼 수 있다. 그는 식민지 현실에 대한 비판 혹은 저항의 모습을 지우고 현실 긍정이나 현실과의 관련이 희박한 동요 세계로 퇴행을 하고 만 것이다. 윤석중의 작품이 이른바 동심주의로 낙인찍히게 되는 기원은 바로 여기에 있는 것이 아닌가 싶다.

그가 『조선일보』 장학생으로 일본 유학을 가 있던 당시에 나왔던 『어깨동무』(박문서관 1940) 또한 그러한 한계가 명백한 작품이었다. 이 동요집의 시적 주체는 생동감 있는 어린이가 아니라 어린 자녀를 둔 중산층의 어른인 바, 그가 바라본 것은 식민지 현실이 아니라 그 현실을 소거시킨 공간에서 살아가는 행복한 아이들 모습이었다. 한마디로 윤석중이 30년대 초반까지 보여주었던 작품 경향과 30년대 중반을 거쳐 후반까지에서 드러나는 작품 경향은 상당한 편차가 느껴진다. 윤석중의 이런 변화는 어디에서 온 것일까? 그것은 윤석중이 30년대 중반에 결혼을 하여 3남매의 아버지가 된 사실과 연관이 있는 문제일 것이다. 그러나 그것을 시대의 흐름과 무관한 시인 개인의 신상 변화 탓으로만 돌리기에는 석연찮다. 이 역시 만주사변 이후 노골화된 일제의 탄압과 밀접한 관련성을 갖는 문제가 아닌가 생각되기 때문이다.

지금까지 연구에 의하면 윤석중은 일제 말기까지 친일과 관련한 일체의 활동에 관여하지 않은 것으로 알려져 있다. 그러나 윤석중은 또한 일제 말기의 시대 분위기에 편승한 흔적이 드러난다. 윤석중은 1941년부터 1943년까지 『매일신보』『신시대』『조광』『반도의 빛』 등에 동요를 꾸준히 발표하는데, 이들 동요들의 경향은 대부분 현실 미화나 현실 긍정의 세계관을 담고 있다. 이들 동요들은 이른바 '가정가요'라는 이름으로 지면에 소개되었는데, 이 용어는 일제가 정치적 목적 아래 '건전한 문화풍토 조성'을 빌미로 조성한 '건전한 가요 보급 운동'과 맥락이 닿아 있는 것이어서 주목을 요한다.[23]

가정가요란 음악의 어느 특정한 장르를 말하는 것이 아니라 레코드

보급으로 가정에서 유행가를 어른 아이 할 것 없이 부르는 세태에 대한 반성으로 건전한 가정가요를 만들어 보급시키자는 일종의 '건전한 가정가요 정화 운동'에서 나온 말이다. 레코드가 보급되기 전인 1920년대부터 음악가들은 퇴폐적이고 불건전한 유행가가 가정교육에 나쁜 영향을 줄 수 있다는 생각에서 가요의 정화를 꾸준히 제기해왔다. 그런데 이런 주장은 일제 말기 단순히 불건전한 유행가에 대한 정화 차원을 넘어 일제 당국의 정치적 목적과 연결되었다. 이때 나온 것이 바로 가정가요라는 용어다. 가정가요는 정치적 내용 없이 순수한 가사를 가진 것도 있지만 친일적 노래도 다수 포함되어 있었다.[24] 당시 음악가들의 글을 보면 이 가정가요라는 용어에 숨겨진 정치적 함의가 분명히 드러난다.[25] 윤석중은 『신시대』(1942년 7월호)에 「바위와 샘물」「복우물」「자장가」「풍년가」 네 작품을 싣고 있으며, 『조광』(1942년 7월호)에도 역시 「뱃노래」「느티나무」「즐거운 이발사」「먼길」「자장가」「즐거워라 우리집」「사랑에도 푸른 싹이」「우리들의 거리」 등 총 8편의 가정가요를 실었고, 『반도의 빛』(1943년 5월호)에도 「노래가 없고 보면」「봄노래」「사랑」「이웃사촌」「늙은 체신부」 등 총 5편의 가정가요를 실었다.

윤석중의 가정가요는 제목에서 드러나듯 대부분 건전하고 명랑한 내용을 주조로 한 동요 가사나 가요 가사 형태를 지니고 있다. 동요의 율격

23 김수현 「해제」, 『한국근대음악기사자료집』 잡지편 권 9(1941~1945), 민속원 2008, 16면.
24 같은 글 16면 참조.
25 가령 박태준은 「가정과 음악」이란 글에서 건전한 가정가요, 애국가, 군가를 많이 부르자고 주장하고 있으며(『신시대』 1941년 6월호 176면 참조), 임동혁은 「시국과 음악」이란 글에서 음악가들에게 "더욱 대담하고 더욱 친절하게 국민 생활을 발랄케 하고 명랑하게 하는 음악의 창작"을 주문하고 있다(『신시대』 1941년 10월호 132면). 계정식 또한 「가정과 음악」이란 글에서 "가정음악이 철저히 보급되어 가정 내가 화기윤색하게 지내는 것이 선량한 국민 생활이라고 할 수 있다"고 적고 있다.(『조광』 1942년 11월호 128면) 이들의 주장은 '건전한 가정가요 보급'을 통해서 '선량한 국민 생활'을 진작시키자는 의미를 담고 있는 것으로 이는 당시 일제 당국의 시책에 호응하는 발언이라 할 수 있다.

을 다루는 데 천부적인 재질이 있던 그는 이들 작품에서도 '입으로 부르는 노래'의 특성을 잘 살리고 있는데, 문제는 가사 내용에서 드러나는 건전성과 명랑성이다. 여기서 드러나는 건전성은 식민지 현실을 긍정하고 미화함으로써 결국 일제의 시책에 호응하고자 하는 교훈성에 다름 아니며, 명랑성 또한 30년대 초반까지 그의 작품에서 볼 수 있었던 것과는 다르게[26] 이른바 "국민 생활을 발랄케 하고 명랑하게" 하려는 부자연스러운 계몽적 의도와 맞닿아 있다.

이원수가 30년대 중반 치안유지법을 위반했다는 이유로 사회적 제약을 받게 된 이후 종래의 체제 저항적 태도에서 퇴보해 결국 일제 말기에 적극적 협력의 길을 걷게 된 것처럼, 윤석중 또한 일제의 억압이 강화되는 과정에서 순응의 터널을 지나지 않으면 안 되었던 것이다.

4) '새 나라 어린이'를 대하는 두 가지 방식

1931년 만주사변 이후 군국주의적 행보를 가속화하던 일제는 1945년 8월 결국 패망의 길에 이르게 된다. 예기치 못한 순간에 찾아온 해방은 우리 겨레에게 기쁨과 함께 혼란과 궁핍이라는 또 다른 삶의 조건을 안겼다. 새로운 국가 건설에의 희망과 참여 의지가 솟구쳐 올랐던 만큼 좌우익의 이념적, 물리적 갈등은 날로 첨예해져갔다. 이런 격동기는 윤석중과 이원수의 삶에 새로운 국면으로 다가오게 된다. 해방기에 두 시인은 어떤 문학적 행보를 보였던가. 그것은 다음과 같은 두 시인의 발언에서 상징적으로 드러난다.

> 흙탕물에서 피어나는 연꽃을 보라! 우리는 이 혼란 가운데에서도, 우리

26 1930년대 초반 그의 작품에서 드러나는 명랑성은 어디까지나 고단한 식민지 현실에 근거한 것이었으며, 그것은 얼마간 그러한 현실을 극복하는 의지로써 작용한 측면이 있다.

문화의 발굴과 새 문화의 창조를 위하여 굽힘 없이 전진해야 할 것이다.

한 나라의 문화 주추는 아동문화다. 아동문화야말로 모든 문화의 저수지요 원천인 것이다. 그렇거늘, 노래 한 마디, 그림 한 폭, 장난감 한 개 물려줄 것이 없는, 거덜난 조선에 태어난 어린이야말로 어버이 없는 상제아이보다도 더 가엾지 아니한가.[27]

압제자는 갔으나 감시자가 더 많아진 조국의, 자리 잡혀지지 않은 질서 위에 이욕(利慾)에 눈이 시뻘게진 사람들. 이들이야말로 노예근성을 가진 벼락 장군처럼 사방에서 큰소리들을 치고, 또 권세와 재물을 쌓아 올리고 있었다.

그런 세상에서 자라는 아동들의 형편을 보고 동시를 쓰는 나의 마음은 울분과 탄식에 젖어들지 않을 수가 없었다. (…) 동화를 쓰자. 소설을 쓰자. 그런 것으로 내 심중의 생각을 토로해보자는 속셈이었다.[28]

앞의 발언은 윤석중이 "어린이의 생활 해방과 새로운 어린이문화 건설"을 위한 목적으로 창립한 '조선아동문화협회(이하 아협)' 결성 당시의 '아동문화 선언'의 일부이다. 『매일신보』(1945년 9월 17일자)에는 아협의 창립 목적과 구체적인 사업 계획이 자세히 소개되어 있다.[29] 여기서 짐

27 윤석중 「아동문화 선언」(1945), 『어린이와 한평생』, 범양사 1985, 197면에서 재인용.

28 이원수 「나의 문학 나의 청춘」(1974), 『아동과 문학(전집 30권)』, 웅진 1984, 255~57면에서 재인용.

29 "어린이의 생활 해방과 새로운 어린이문화의 건설을 위하여 아동 예술가, 아동 연구가, 아동교육가들의 발기로 조선아동문화협회가 탄생되었다. 이 협회는 역사, 과학, 언어, 생활, 교육, 보건, 완구, 동요, 동화, 음악, 무용, 미술 등 12심의실을 두어 각각 다섯 사람씩을 망라하였으며 편집실에는 기관지 『조선아동문화』와 아동잡지 『우리동무』 『우리그림책』 『우리노래책』 단행본 등 여섯 편집실을 두고 기획실에는 어린이병원, 어린이극장, 어린이유원지, 어린이과학관, 어린이도서관에 대한 입안 계획 설계연구를 위하여 다섯 기획실로 나누었으며, 따로이 부속 보육학교와 부속 '서울어린이집'(새로운 형

작할 수 있는 것은 새롭게 아동문화를 건설하려는 당시 아협의 포부가 얼마나 크고 치밀했는가 하는 점이다. 윤석중이 주도한 아협은 한마디로 아동예술 및 교육은 물론 아동 생활 전반에 걸친 부문의 사업을 펼치기 위한 원대하고 세밀한 밑그림을 그렸던 것이다. 인적, 물적 토대가 빈약했던 당시 시대상에 비추어 볼 때 아협이 기획했던 사업의 실행 가능성은 사실 희박한 면이 없지 않다. 그러나 윤석중은 자신의 특장이라 할 수 있는 아동물 출판을 통하여 그 계획 일부를 직접 실행하는 일에 몰두했다.

윤석중은 30년대 『어린이』의 필자로 인연을 맺었던 임병철을 통해 유한양행의 유명한을 소개받고 그의 후원으로 고려문화사를 설립하는데 참여해 1945년 11월 초순 『주간 어린이신문』을 창간한다. 그러나 고려문화사가 『민성』을 창간하는 등 애초 어린이 관련 사업과는 다른 방향으로 사업을 전개하려 하자 곧 고려문화사를 나와, 1945년 11월말 조풍연, 민병도, 정진숙 등과 손을 잡고 을유문화사 설립에 참여한다. 윤석중이 을유문화사의 설립에 참여한 까닭은 어디까지나 아협에서 기획한 사업을 실행하기 위한 목적이 컸다. 윤석중은 을유문화사의 출판 자본을 기반으로 하여 아동 출판 사업 부문에서 아협이 의도했던 계획을 하나씩 펼쳐 나갔다.

윤석중이 주도한 아협은 1946년 2월부터 한국전쟁이 발발하던 1950년 6월까지 모두 35종에 달하는 아동출판물을 간행한다.[30] 아협이 간행

식의 유치원)과 우리동무회 장난감공장 등을 계획 중이라는 바 백명에 가까운 그 진용은 최후의 한 분까지 쾌락을 얻어 만전을 기한 다음 발표하리라 하며 우선 학년별 과외독본(課外讀本) 제1기 전12권의 편찬을 개시하였고 동요작가 윤석중, 아동미술가 정현웅, 한글서도가 이각경(李珏卿) 공저의 『그림한글책』도 다시 착수하였다. 동협회의 준비 사무소는 서울 영락정 2정목 영락빌딩 4층이다."(『매일신보』 1945년 9월 21일자)

30 아협의 아동출판물은 아협어린이독본, 아협문고, 아협그림동산, 아협그림애기책, 소파동화독본, 소년과학독본 등 다양한 씨리즈 형태로 출간되었다. 윤석중은 아협이 만

한 출판물은 순수 창작집에서 지식책, 잡지에 이르기까지 그 종류가 매우 다양한 면모를 보이고 있다. 이를 보면 "기관지 『조선아동문화』와 아동잡지 『우리동무』 『우리그림책』 『우리노래책』 단행본"을 내겠다고 공표했던 창립 당시 의도가 어느 정도는 관철된 느낌을 준다. 이들 출판물은 특히 아동용 읽을거리가 절대 부족했던 해방기의 현실에서 새로운 교과서의 구실을 톡톡히 했다. 아협 그림동산 씨리즈의 제 1집으로 낸 『어린이 한글책』(1946. 5)을 비롯해 이각경의 『어린이 글씨체첩』(1946. 2) 등은 당시 아동들에게 한글 배움책의 구실을 했으며, 특히 그 단체의 기관지격으로 낸 『주간 소학생』[31]은 당시 빈약하기에 이를 데 없던 초등학교 문학 교과서의 역할을 충실히 대행했다.

일제강점기만 해도 마산, 함안 지역에서 머물던 이원수는 해방 직후인 1945년 10월 서울에 입성한다. 그는 당시 경기공업학교 교장으로 있던 동서 고백한의 권유로 교사로서 생활을 시작하는 동시에, 동향이자 가까운 문우였던 김원룡이 설립한 새동무사의 편집 자문이 된다. 이어 그는 1947년 경기공업학교 학내 문제로 교사직을 사직하고, 일제강점기부터 활발히 출판 활동을 해왔던 박문출판사의 주간을 맡게 된다. 윤석중이 아협을 중심으로 아동출판 사업에 몰두했다면 이원수 또한 서울 유수의 출판사 주간으로 해방기의 출판 활동에 참여하게 된 것이다.[32]

들어낸 어린이 책은 "22가지의 '아협 책', 11권의 '아협 그림 얘기책', 5권으로 된 '소파동화독본', 『주간 소학생』의 후신인 『소학생』이 있었"다고 밝히고 있다. 이를 보면 아협에서는 총 35종의 출판물이 간행된 것을 알 수 있다. (윤석중, 앞의 책 207면) 오영식이 펴낸 『해방기 간행도서 총목록, 1945~1950』에도 아협에서 간행한 출판물이 총 35종으로 소개되어 있다.(오영식 편저 『해방기 간행도서 총목록, 1945~1950』, 소명출판 2009, 230~31면 참조)

31 『주간 소학생』 창간호는 1946년 2월 11일 을유문화사에서 처음 나왔으며 주간지 형태로 발행되다가 1947년 6월호(47호)부터 제호가 『소학생』으로 바뀌어 월간지 형태로 발행되었다. 『소학생』은 한국전쟁으로 인해 79호까지 발행되고 종간된다.

32 이원수는 이곳에서 권위 있는 저자 확보와 출판 기획을 통해 무게 있는 단행본들을 간

그런데 이원수의 활동에서 특기할 일은 그가 윤석중이 벌이는 아협 활동에도 참여했다는 사실이다. 이원수는 우선 아협에서 발행한 『주간 소학생』의 단골 필자였으며,[33] '아협 글짓기' 현상문예의 심사자로 윤석중, 피천득, 박목월 등과 어린이 글을 뽑았다.[34] 윤석중은 두 번째 동요 선집 『굴렁쇠』를 이원수가 주간으로 있던 1947년 박문출판사에서 내기도 했다. 이는 해방기에도 두 시인의 관계가 여전히 긴밀했음을 보여준다.

그러나 작품 경향이나 정부 수립 전후의 행보를 지켜볼 때 두 사람에게서는 하나의 차이점이 발견된다. 앞서 인용한 아동문화 선언문에서 보듯 해방기 윤석중의 관심은 새로운 아동문화 건설에 있었다. 그는 "거덜난 조선에 태어난 어린이"들에게 좋은 문화를 건네줌으로써 그들의 삶에 기쁨을 주는 역할을 맡고자 했다. 해방기의 현실은 그에게 있어 "흙탕물"에 가까운 모습으로 인식되었지만, 시인으로서 그는 그런 현실을 부정하고 비판하지 않았다. "새 나라의 어린이는/일찍 일어납니다/잠꾸러기 없는 나라/우리 나라 좋은 나라"(「새 나라의 어린이」 1연)에서 보듯 오히려 그는 현실 긍정의 자세에서 새로운 국가 건설에의 희망을 노래하고자 했다. 이에 견준다면 이원수는 해방기의 현실에 대해 "울분과 탄식"을 하는 비판적 입장에 서 있었으며, 그런 자신의 입장을 작품으로 토로하고자 했다.

두 시인의 이런 상반된 태도는 1948년 8월 남한 정부 수립을 계기로 더욱 심화된다. 남북한의 분단이 고정화되면서 문단에도 남북 분열이

행하여 인텔리층 독자들의 큰 호응을 받았다고 한다. (조성출 『한국인쇄출판백년』, 보진재 1997, 437면 참조)

33 『주간 소학생』에는 실린 이원수의 작품은 모두 10편(동요 8편, 소년시 2편)으로 운문 작품 수록으로는 단연 선두를 차지한다. 반면 이 잡지의 주간이었던 윤석중은 동요 6편을 수록하는 데 그치고 있다.

34 윤석중 『어린이와 한평생』 197~98면 참조.

이어져 좌익 계열의 문학 활동을 하던 작가들은 대부분 월북을 하고, 그 주도권은 청년문학가협회를 중심으로 한 우익 작가들이 쥐게 되었다.[35] 문단의 이런 재편 구도에서 윤석중은 남한 아동문단에서 확고한 위상을 확보하게 된다. 윤석중은 여러 모로 남한 아동문단의 주류가 되기에 적합한 조건을 지니고 있었다. 우선 그는 식민지 시절부터 우리 아동문단에서 중요한 위치에 있었다는 점, 또 하나는 해방 직후부터 아동문화 활동에 매진하여 한글 보급과 동요 보급, 아동문학 확산에 상당한 기여를 했다는 점, 그럼에도 좌우익 어느 쪽에도 이념적 편향을 보이지 않았다는 점, 그리고 작품에서 현실 부정이나 비판의 태도보다 현실 긍정의 태도를 보여준 작가라는 점이 주요한 요인으로 작용했던 것이다. 남한 정부 수립 이후 그는 '새 나라' 교과서의 주된 필자가 됨으로써 분단 이후 재편된 남한 아동문단의 주류로서 부상하게 된다. 이는 윤석중 개인의 문학적 입지를 강화한 계기가 되었을지 모르나 그의 문학적 정체성을 협소화하는 계기로 작용한다. 그의 초기 문학작품들에서 엿보였던 생기발랄한 동심상은 국가 이데올로기에 순응하는 동심상으로 고착화되며, 다양한 시적 형식을 모색했던 그의 실험정신은 실종되고 대신 그의 작품은 정형화된 동요의 틀 안에 머무르게 된다. 분단 이후 그의 작품에 대한 평가가 주로 '낙천적 동심주의'에 귀결되는 것은 바로 그러한 문학적 정체성의 변화와 밀접한 관련이 있다. 반면 이원수는 해방기의 남한 현실에 대해 비판적 입장에 서 있었기에 윤석중처럼 남한 교과서의 주된 필자로 채택되기에는 어려운 점이 있었다. 이원수는 동요나 동시로서 토로할 수 없는 해방기의 현실을 동화와 소년소설로 그려내기 시작했다.

35 해방기 아동문단의 전개과정은 원종찬의 「이원수 판타지동화와 민족현실」(『아동문학과 비평정신』 11~27면을 참조할 것.

5) 교과서의 안과 밖

남한 정부 수립 이후 두 시인의 위상에 가해진 변화는 한국전쟁 이후까지 이어진다. 윤석중은 전쟁기를 거치며 반공주의와 국가주의가 전면화된 풍토 속에서 초등 교과서의 주요 필자로 확고한 위치에 서게 되며, 이원수는 여전히 그 교과서의 권외에 머무르게 된다. 윤석중이 보여준 현실 순응과 긍정의 세계는 당시 교과서를 주도하던 이들에게 동심주의의 전범으로 받아들여졌다.[36]

특히 박목월은 50년대 후반과 60년대 초반에 현장 교사들과 어린이들을 위한 동시 창작법 『동시교실』(아테네사 1957)과 『동시의 세계』(배영사 1963)를 각각 엮어 내는데, 그는 여기서 윤석중의 작품을 주로 인용하여 그의 작품이 가지는 동심주의 경향과 기지적(機智的)인 착상 혹은 기교적인 표현 방법을 동시 창작의 모범으로 제시했다. 박목월은 동시를 쓰려는 지망생들뿐 아니라 아동들에게까지 윤석중 동시에 나타난 어법과 표현 방식을 따르도록 강조함으로써, 본의 아니게 윤석중 동시의 아류가 성행하는 풍토를 조성하게 된다. 또한 순수와 공상을 앞세워 현실 미화나 현실도피의 세계관을 강조함으로써, 으레 동시란 현실과 무관한 꿈의 세계, 비현실의 세계를 아기자기하게 노래하는 것이라는 통념을 양산했다. 이러한 동시 창작 방법이 당시 국어 교과서와 동시 교육이 행해지는 현장에 그대로 관철되고 유포되었음은 물론이다. 박목월의 태도에서 엿보이는 것은 1930년 전후로 나타난 윤석중의 현실 지향의 작품이 전혀 언급되지 않고 있다는 점이다. 박목월을 비롯해 교과서 편찬을 주도하는 이들은 윤석중이 한때 지니고 있던 '현실 지향'의 측면을 의

36 특히 청년문학가협회 일원으로 전쟁 이후 주류로 부상한 박목월이나 남한 정부 수립 이후 초등 국어 교과서 편수에 관여했던 강소천, 최태호 등은 윤석중 작품을 동심주의의 전범으로 삼는 데 기여를 한 인물들이다.

도적으로 배제하고, 그의 문학적 특성을 오로지 '동심 지향'의 코드에만 맞추었다. 윤석중 문학이 동심주의 구도 안에 갇히게 된 것은 시인 내부의 정체성 변화에만 원인이 있던 것이 아니라, 외부에서 조성된 동심주의 관점 또한 결정적 요인이 되었던 것이다.

반면 이원수는 현실주의 관점을 고수하며 교과서의 주변에 머물렀기에 동심주의로의 포섭으로부터 비교적 자유로운 처지에 있었다고 볼 수 있다. 분단 이후 교과서를 중심으로, 학교 현장에서 이루어지는 동심주의 편향의 시 교육에 대해 이원수는 그 폐해를 신랄하게 비판한다. 그는 "어린이들에게 시의 유사품을 많이 보여줌으로 해서 시 아닌 것을 시로 잘못 알고, 스스로의 작품에까지 나쁜 영향을 받게" 하고 있는 당시의 동시 교육에 대해 부정적 입장을 취하고 있다.[37] 그는 "초등학교 아동들의 시를 보면 정형률의 동요를 흉내 낸 것이 너무도 많"으며, 그런 흉내는 형식뿐만 아니라 내용에서도 이루어지고 있음을 지적하며, 그러한 "아동들의 동요 모방은 그들의 마음의 세계를 좁혀 주고 있다."며 현실을 개탄한다.[38]

이원수는 이러한 견지에서 당시 동심주의의 전범으로 추앙받고 있는 윤석중의 작품에 대해서도 다음과 같은 부정적 평가를 내린 바 있다.

> 윤석중 씨의 해방 전 작품을 예로 든다면 (…) 윤 씨의 동요에서 아동(주로 유년)들의 명랑 활달한 생활과 그 생활의 미에의 결합을 느낄 수 있었다.
>
> (…) 평범한 사물에서 유쾌한 이치를 터득해 내고 재미있는 까닭을 찾아내는 윤 씨의 재능은 동요 작가로서 씨의 창작에 많은 플러스를 했으나

37 이원수 「시와 교육」(1961), 『아동문학 입문(전집 28권)』, 웅진 1984, 312면.
38 이원수 「아동문학 프롬나아드」, 같은 책 232면.

그것은 한편 유머러스한 언어의 재간과 사물의 비교 대조의 묘미를 찾기에 치중케 하여 씨의 동요를 아동시에서 노래에로 달리게 한 감이 있다. (…) 즉 씨의 동요는 시의 세계를 떠나 재미있는 교훈과 혹은 유쾌한 이야기 및 격언의 노래화로 보이는 것이 많아진 것이다.[39]

우리는 이 글에서 분단 이후 변모한 윤석중의 동요의 한계를 읽게 되거니와, 윤석중은 해방 전에 보여주었던 '아동 생활과 미에의 결합'에서 점차 멀어져, 교과서의 동심주의가 유포한 현실 순응과 현실 미화에서 오는 매너리즘에 봉착하게 되었던 것이다. 50년대 후반부터 현실주의 관점에서 동심주의 아동문학의 폐해를 꾸준히 지적했던 이원수는 1970년대 중반, 동심주의 진영에 대하여 다음과 같은 발언을 한다.

그들은 아동문학을 아동의 즐거운 노리개로 만들어 줄 수 있으면 만족한다. 철없는 것으로—그것도 동심이라는 깃발을 앞세우고서. (…) 철학이 없는 동시인, 꿈만 붙들고 사는 동시인, 말재주 놀이를 시인의 사명으로 여기는 동시인, 이들이 아동에게 끼치는 영향은 무서운 것이다.[40]

이원수는 이 글에서 자신이 지목한 '그들' 속에 과연 윤석중이 포함되는지를 구체적으로 명시하지 않았다. 그러나 분단 이후 동심주의의 그늘에 안주하게 된 윤석중이 그러한 혐의에서 결코 자유롭지 못했을 것이라는 추정은 충분히 할 수 있다. 윤석중과 이원수는 분단 이후 축조된 교과서의 안과 밖에서 '우리'가 아닌 '나'와 '그'로 각각 분리되어 대척적인 위치에 놓이게 되었던 것이다.

39 이원수 「동시의 길을 바로잡자」(1960), 같은 책 338~40면.
40 이원수 「동시의 유아성」(1975), 같은 책 359면.

3. 결론—타자화를 넘어서

이상에서 우리는 윤석중과 이원수의 문학적 행보를 간략하게 더듬어 보았다. 두 사람은 동갑내기로서 나라의 주권을 잃은 시기에 태어나 일제강점기와 해방, 그리고 분단 이후의 한국의 근현대사를 고스란히 겪으며 자신의 문학적 삶을 영위해왔던 것을 알 수 있다. 분단 이후 두 사람의 행보는 동심주의와 현실주의라는 서로 다른 영역으로 갈리게 되지만, 해방기와 해방 이전의 문학적 삶을 고찰해보면, 두 사람은 서로 긴밀한 관계를 유지하며 아동문학의 새로운 길을 개척하기 위해 노력했던 것을 알 수 있다.

여기서 한 가지 유념할 사실은 두 시인이 각자의 자리에서 추구하려 했던 문학적 인자들이 서로 포개지기보다 정확히 대칭을 이룬다는 점이다. 윤석중 문학을 구성하는 키워드는 유년, 웃음, 공상이라 할 수 있으며, 이원수 문학을 구성하는 키워드는 소년, 슬픔, 현실이라 할 수 있다. 전술한 것처럼 두 시인에게서 발견되는 이러한 상반된 인자들은 동심주의와 현실주의라는 두 가지 관점 사이에서 지나치게 홀대되거나 과한 평가를 받았다. 그러나 해방기와 해방 이전으로 거슬러 올라갈수록 두 시인의 자질은 상호 배제적인 대립쌍으로보다 상호 보완의 관계로 이해되는 지점이 있다.

윤석중은 서울 토박이로 아무래도 농촌 출신이 갖게 되는 정서보다 도시적 감각에 더 친숙할 수밖에 없는 시인이었다. 그는 유수한 작곡가들의 곡에 힘입어 유치원과 보육학교, 주일학교를 중심으로 보급되는 유년 동요에 대해서 누구보다 깊은 관심을 가지고 있던 시인임이 드러나는데, 그런 그의 '유년 지향'이 그의 생애 혹은 그가 몸담고 있던 도시적인 배경과 연관이 있는 것이 아닌가를 유념할 필요가 있다. 윤석중은 서울에서 대대로 높은 벼슬을 한 양반의 후예였다. 그러나 그의 성장기 환경은 유복한 편이라기보다는 불행한 축에 속한다. 그는 어머니를 일찍 여의고 사회주의 운동에 헌신하는 아버지를 둔 까닭에 부모의 사랑을 온전히 맛보지 못한 채 성장기를 보냈다. 그의 작품에 드러나는 유년 지향의 태도와 웃음은 그런 불행한 환경에서 역설적으로 배태된 정서가 아닐까를 생각하게 된다. 그는 슬픔을 슬픔 그 자체로 받아들이지 않고, 웃음을 통해 그것을 극복하려는 태도를 견지했다. 이런 태도는 그의 작품의 중요한 특성이라 할 수 있는 '공상'과 연결되는 것으로서 우리에게는 그 공상에서 단순한 현실도피가 아닌 현실 극복의 요소를 발견해내려는 안목이 요구된다.

이원수는 어릴 적 농촌에서 태어나 지방 도시로 이주했다. 이원수는 그곳에서 소년회 활동을 통해 문학과 사회의식에 눈을 떴다. 그 또한 소년 시절 아버지를 여의는데, 그의 어머니는 자애로운 모성으로 존재했다기보다 부재하는 아버지를 대신하는 부성으로 존재했다. 이원수에게는 어머니로부터 충족하지 못한 모성을 그의 누이들을 통해 보상받으려는 심리가 엿보이며, 이러한 태도는 그의 작품에 그리움과 슬픔의 정서를 배태하는 동인이 되었다. 그는 유년 동요보다 소년시로서 득의의 영역을 개척했다. 그의 소년시에는 그가 지니고 있던 슬픔의 정서가 그대로 묻어나며, 공상보다 현실 지향의 요소가 두드러진다. 그러한 현실 지향과 슬픔의 정서는 이원수 스스로가 가지는 특성일뿐더러, 소년시적인 장르적 특성을 반영한 결과라 볼 수 있지 않을까 한다. 그의 작품에서 드러나는 '소년'의 의미를 단지 반영론의 관점이 아니라 심리주의 관점과 장르적 관점에서 새롭게 해석해내려는 안목이 필요하다.

널리 알려진 대로 이원수의 호는 동원(冬原)이었다. 그의 호에서는 현실을 쓸쓸한 겨울 들판으로 인식하려는 현실 감각과 그것을 견뎌내겠다는 생의 의지가 감지된다. 반면 윤석중의 호는 석동(石童)이었다. 그의 호에서는 서울내기의 당돌함과 고된 현실에도 쉽게 주눅 들지 않는 아이다운 생기가 감지된다. 동원과 석동은 서로 다르면서도 여러 모로 비슷한 점이 있다. 두 사람이 가지고 있는 공통점을 헤아려보는 안목과 함께, 석동이 가지는 결여태로서의 동원과 동원이 가지는 결여태로서의 석동을 함께 끌어안는 지혜가 절실히 필요한 시점이 아닌가 한다.

2부

그리움과 희망을 노래하는 겨레의 동시인[1]

1920~30년대 이원수 동시를 살피며

김권호

1. 들어가며

이원수는 한국 동시문학의 빛나는 전통이다. 식민지가 된 나라에 살며 해방과 전쟁, 분단과 독재를 겪으면서도 고난에 빠진 아이들 처지에서 수많은 명편을 남겼다. 그는 구체적 현실 안에서 고통받는 어린이의 삶을 표현하면서도 어린이의 인식 수준에 갇히지 않고 삶의 더 넓고 깊은 세계를 보여주기 위해 노력했다. 그것이 현실과 끊임없이 매개하는 자리에서 동시를 보았던 그의 올곧은 입장에서 나온 것은 물론이다. 그러나 이제는 이원수의 동시문학을 현실주의적 면모로만 주목하는 것에서 벗어나 전체적인 면모를 두루 살펴보는 시도가 필요한 때가 되었다. 이원수는 등단 직후 맑은 동심이 드러나는 작품을 남겼는데, 이는 생애 내내 현실주의로 포획되지 않는 다양한 양상의 동시들을 써온 것에 대

1 본고에는 이번에 새로 발굴된 작품이 포함되었다. 본 책 나까무라 오사무의 「발굴 보고」 참조.

한 일관성 있는 이해를 가능하게 한다. 초기부터 이원수는 동심으로 사물을 보는 관점이 돋보이는 작품을 써왔던 것이다. 그 연장선에서 일제 말기의 밝은 동시들을 바라보게 된다면 그것이 갑작스러운 파탄으로만 보이지 않을 것이다. 이에 대한 정당한 복원과 가치 평가가 필요하다.

필자는 이런 관점에서 그의 초기 동시를 살피려고 한다. 이 글에서 초기란 1920~30년대로 국한한다. 『반도의 빛(半島の光)』에 실린 일제의 전시 동원 체제에 부응한 시편이 발견된 이후 1940년대에 대한 별도의 정리가 필요해졌기 때문이다. 이원수의 숨겨진 면모에 대한 확인은 엄정해야 하고, 그 시기에 대한 냉정한 평가는 필수적이다. 그런데 실증해야 할 여러 문제가 남아 있고 당시의 시세계에 대한 세심하고 꼼꼼한 연구가 축적되어야 함에도, 단죄의 목소리만 드높을 뿐 다른 층위를 살피려는 노력이 좀처럼 없는 것은 안타깝기만 하다. 하지만 이원수 동시 세계를 조망할 때 이제 이 시기가 새로운 결절점이 된 것은 분명하므로 본고에서는 이를 받아들여 초기 동시를 1920~30년대로 국한하였다.

2. 동심의 노래 「고향의 봄」

초기 동시는 동심의 눈으로 신문, 잡지 독자란에 투고하던 소년 문사 시기(1924~28), 현실주의 정신이 두드러진 마산공립상업학교 재학 시기(1929~30), 계급적 성향을 드러내는 함안금융조합 근무 시기(1931~35), 결혼과 자녀 출생으로 밝은 세계가 두드러진 시기(1935~39), 이렇게 네 시기로 구분할 때 변화의 지점을 포착하기 쉬워진다. 그의 등단작인 「고향의 봄」은 소년문사 시기를 대표하는 작품이지만, 그의 동시 전체를 아우르는 원형의 면모를 담고 있어 꼼꼼하게 살펴볼 필요가 있다.

나의 살던 고향은 꽃 피는 산골
복숭아꽃 살구꽃 아기 진달래
울긋불긋 꽃대궐 차린 동네
그 속에서 놀던 때가 그립습니다.

꽃동네 새 동네 나의 옛고향
파란 들 남쪽에서 바람이 불면
냇가에 수양버들 춤추는 동네
그 속에서 살던 때가 그립습니다.

—「고향의 봄」 전문(『어린이』 1926년 4월호)

그의 출세작이긴 하지만, 전형적인 동요의 틀, '고향' '산골' '복숭아꽃' '살구꽃' '수양버들'이라는 익숙한 시어 때문인지, 지금의 관점에서 본다면 노래의 힘을 빌렸을지라도 오랫동안 살아남아 현재에도 남북한이 함께 부를 수 있는 몇 안 되는 동요로 사랑받는 것이 의외롭게 여겨진다. 초기 동시의 일반적 경향과 견줄 때 감흥이 남다른 것도 아니다. 주제도 막연한 슬픔과 그리움이라는 흔한 정서에 머물고 있다. 그렇지만 이런 익숙함을 데뷔작 일반의 성격으로 인정하고 다시금 꼼꼼하게 들여다보면, 당대 유행한 7·5조를 활용하기는 했지만, 1연 3~4행에서 7·4, 8·5, 2연 1행은 6·5, 4행은 8·5로 조금씩 변화를 주고 있는 것을 알 수 있다. 당시의 동요를 모아 엮은 『조선동요선집』(1928)에 실린 작품들의 대부분이 정형화된 7·5조인 것과 견준다면 이 정도만으로도 이원수가 당시 흐름을 따르면서도 변화에 대한 갈망이 없지 않았다는 것을 알 수 있다. 나중에 이재철로부터 내재율의 동시를 개척했다는 평가는 그렇다면 데뷔작부터 내재하고 있던 이런 식의 변화에서 비롯한 자연스러운 결과로도 볼 수 있을 것이다. 「고향의 봄」과 마찬가지로 초기 동시의 상당수는 7·5조를 바탕으로 하고 있는데, 이후 자유 동시를 본격적으로 쓰면서도 노래를 부르고자 할 때는 언제든지 7·5조를 능수능란하게 활용한 것으로 볼 때, 당대의 익숙한 리듬이었던 7·5조의 활용은 그가 어린이에게 쉽게 다가가기 위한 형식적 전략의 측면도 있는 것으로 판단된다. 초기 동시뿐만 아니라 「겨울 나무」(1957), 「씨감자」(1960), 작고 직전의 「겨울 물오리」(1981)에 이르기까지 생애 내내 7·5조는 그에게 노래의 집이었기 때문이다. 때문에 「고향의 봄」은 그 시작으로서 의의를 지니게 된다.

「고향의 봄」의 시어들은 따로 떼어놓았을 때 그 익숙함 이상이 되긴 어렵다. 그런데 이 익숙하고 상투적인 어휘들의 공교로운 결합으로 독자들에게 공감할 수 있는 고향의 전형이 만들어진다. 기실 고향을 상실한 아픔이라는 내용적 측면을 차치하고 형식적 측면으로만 따졌을 때, 이 동시가 사람들의 마음에 다가갈 수 있었던 비밀 가운데 하나는 "나의 살던 고향은"에서 "나의"로의 시작이다. "나의"라는 문법적 오류에서 불거지는 낯선 시작은 이어지는 익숙한 어휘로 결합된 전형적 고향을 의외롭게 만든다. 이후 이어지는 익숙한 고향이 단박의 실감으로 끌어올려져 다른 누구의 것도 아닌 "나의" 고향이 되는 것이다. 먹고살기 위해, 공부하기 위해 북간도로, 일본으로, 경성으로 떠난 경험이 있는 독자들마다의 개별화된 고향이 된 것이다. 이어지는 "꽃대궐 차린 동네"의 복숭아꽃 살구꽃 아기 진달래의 보편성은 그런 감정을 강화시킨다.

그러나 이 작품의 현재적 의미가 여전한 것은 그의 고향에 대한 그리움이 필연적으로 지금 여기의 화자가 살고 있는 현재적 삶에 대한 부정에서 출발한다는 점이다. 일제 말기의 파탄을 제외하곤 그는 현재적 삶에 안주하지 않고, 지금의 자리를 부정하는 그리움의 상상력을 시종일관 보여주는데, 「고향의 봄」에서도 그런 싹을 발견할 수 있다. 그리움은 이원수 초기 동시를 일관하는 열쇠말이다. 그의 작품에서 유토피아적 갈망은 늘 그리움으로 표현된다. "그 속에서 놀던 때" "그 속에서 살던 때"를 그리워할 때, 그 그리움의, 회복되어야 할 시공간은 일제강점기라는 시대적 배경이 아니더라도 현재적 삶에 대한 부정임에 분명하다. 여기서의 그리움은 퇴행이라기보다 지금 여기를 벗어나고 싶어 하는 갈망인 것인데, 그것이 퇴행이 아닌 것은 이후 그의 시세계가 현실주의, 계급주의적으로 변화되는 것으로 유추할 수 있다. 아동문학이 흔히 어른이 만든 울타리 안에서 이루어지는 보수적인 가치 지향을 보이는 데 반해 그의 동시는 지금의 자리를 벗어나는 다른 세계를 꿈꾸곤 한다. 결국에는 데뷔작에서부터 보여준 그의 그리움이 이후 모든 것을 개인의 긍정적인 생각으로만 환원시키고, 체제 안의 성공으로 기쁨과 환희를 노래하는 아동문학의 통념적 가치를 벗어나려는 상상력으로 이어지게 되는 것이다. 다른 층위에서 이 작품은 회고조의 고향 타령이라기보다 지금 이 순간을 살아가는 현대인에게도 고전으로서 그 의미가 퇴색되지 않는다. 도시적 삶을 살아가는 현대인에게 "꽃대궐 차린 동네"는 회복해야 할 자연의 이상적 공간이기도 하다. 문명화된 인간이 되살려내야 할 자연이 살아 있는 공간이 바로 고향인 것이다. 「고향의 봄」은 다만 어른들의 추억의 옛 노래가 아니라 현재적인 의미가 여전한 작품이라고 볼 수 있다.

그러나 「고향의 봄」을 포함하여 소년 문사로서 독자문단에 기고한 이 시기의 작품들은 대체로 방정환류의 막연한 슬픔과 그리움이 나타날 뿐 작가 특유의 생활의 구체적 실감이 아직 분명하게 드러나지 않고 있다. "강물에 뜬 오리야/너 그리 가지 말고서/네 등에다 나 태워/물나라 구경 시켜다오"(「오리 떼」, 『동아일보』 1926년 5월 21일자)처럼 어린 아이다운 시각과 발랄한 언어를 활용해 자족적으로 세계를 바라보거나, "엄마는 있서도/떨어져 온몸/객지에 여름밤/외로워서라"(「외로운 밤」, 『신소년』 1926년 8·9월 합병호)처럼 그 특유의 이별과 그리움을 이미 형상화하고 있는 듯하지만, 현실과 매개하는 고리가 미약해 시적 화자의 감정이 막연하게만 느껴지는, 아직은 아동문학가라기보다 습작하는 소년 문사의 모습에서 완전히 벗어났다고 보긴 어렵다.

3. 현실주의 아동문학의 길

등단 직후 「병든 동생」(1926), 「저녁길」(1927) 등 여러 편의 동시를 썼지만 아직 자기만의 개성을 찾지 못했던 이원수가 1929년부터는 특유의 구체적 실감과 현실주의 정신을 드러내는 시편을 쓰기 시작하는데, 특히 1930년 한 해 동안 봇물 터지듯 작품을 쏟아낸다. 초기 몇 년을 모색기로 판단한다면 1929년부터는 자신의 시세계를 분명하게 찾고 자신감으로 가득 차서 동시를 쏟아내며 독자들에게 익숙한 이원수의 시적 지향을 대표하는 작품들을 발표한다. 이재복은 "1927년 이후 소년문예운동의 방향 전환 시기를 맞이하여 이원수의 시도 바뀌었다. 1930년에 들어서면 이원수도 이제는 청년의 나이에 접어들 때였다. (…) 점차 내 안에만 갇혀 있던 의식이 이제 사회(타자)를 향해 넓게 퍼져갈 때였다."[2] 고 하면서 소년문예운동의 방향 전환 시기, 소년에서 청년으로 성장하면서 이원수의 시세계가 변했다고 보았다. 원종찬도 마산공립보통학교와 마산공립상업학교를 다니던 이원수에게 마산이라는 고장이 끼친 영향에 주목하면서, "마산은 일제시대에도 민족사회운동의 근거지"인데, "마산의 소년운동이 민족사회운동의 하나로 가장 활발한 움직임"을 보이던 1930년 전후로 이원수의 시가 성장, 변화하였다고 보았다.[3] 그렇다

2 이재복 『우리 동요 동시 이야기』, 우리교육 2004, 254면.

3 원종찬 『아동문학과 비평정신』, 창작과비평사 2001, 331~34면.

면 1930년까지 전국으로 확산되었던 광주학생운동과 그에 따른 동맹휴교 등이 끊이지 않은 마산 지역에서 당시 이원수가 학교를 다녔다는 점, 일제강점기 이원수가 가장 많이 시를 썼던 시기가 1930년이라는 점에서 당시의 사회 분위기와 맞물리면서 의식의 비약적인 성장이 그의 시세계에도 큰 영향을 끼쳤고, 소년 문사의 어설픔을 훌쩍 뛰어넘게 하였다고 짐작할 수 있다.

찔레꽃이 하얗게 피었다오.
언니 일 가는 광산 길에 피었다오.

찔레꽃 이파리는 맛도 있지
남모르게 가만히 먹어 봤다오.

광산에서 돌 깨는 누나 맞으러
저무는 산길에 나왔다가

하얀 찔레꽃 따 먹었다오.
우리 누나 기다리며 따 먹었다오.

—「찔레꽃」 전문(『신소년』 1930년 11월호)

누나 맞으러 저무는 산길에 나온 화자가 찔레꽃을 따 먹는 장면이 선명하게 그려지는 이 시기 대표작 「찔레꽃」은 이전의 「가을밤」(1926), 「섣달 그믐밤」(1927) 등의 주된 정조였던 막연한 슬픔의 감정에서 벗어나 "광산에서 돌 깨는 누나 맞으러" 나왔다는 구체적 계기를 시 안에 품고 있는 것이 특징이다. 이 시기에 와서야 비로소 시적 화자의 감정이 무엇인지 구체적 실체를 알 수 있게 되는 것이다. 동심주의 입장에서는 적절치 않은 "광산" "돌 깨는 누나" "따 먹었다오"와 같은 시어의 과감한 활용이 돋보이는데, 이를 통해서 소소한 장면에 실감을 부여하고 서민 아이의 삶을 또렷하게 그려냈다. 광산에서 돌 깨는 행위라는 고단한 누나의 삶과 누나를 맞으러 나온 한 소년의 기다림과 배고픔이, 전경의 시각적으로 "하얗게" 핀 찔레꽃을 "남 모르게" "가만히" 따 먹는 화자의 섬세한 감정의 결과 어우러져 빼어난 서정적 울림을 획득하게 된 것이다. 진공상태가 아닌 현실의 복잡한 관계망 아래 놓인 어린 존재의 모습을 꾸미지 않고 솔직하게 그려낸 것이다. 현실의 매개를 놓치지 않고, 그 안에 놓인 아이들의 구체적 모습을 표현하는 것이 이 시기 이원수의 특징이며 이후 그의 시세계 전체를 관통하는 특징이 된다.

처음 갈 땐 배에서도 울던 누나건만/점원이 된 지 이제 두 달,/내 손에 과자 봉지 쥐여 주며/안 나오는 웃음으로/잘 있거라는 그 목소리

—「가시는 누나」(1929) 부분[4]

깊은 굴 무너져서 우리 언니는/가엾게 굴 속에서 죽었습니다./광산에 봄만 오면 꽃이 피는데/언니는 언제나 살아오나요

—「광산」 부분(『조선일보』 1930년 9월 2일자)

수남아, 순아야, 잘 가거라./아빠 따라 북간도 가는 동무야.//멀리 가다가도 돌아다보고/'잘 있거라' 손짓하며 가는 순아야.

—「잘 가거라」(1930) 부분

막연한 정조는 사라지고, 시적 화자의 곡진한 사정이 드러나는 것을

4 본문에서 구체적 출간 지면을 밝히지 않고 인용한 이원수의 작품은 『고향의 봄(전집 1권)』(웅진 1984)에서 재인용한 것이다.

알 수 있다. 점원이 된 지 두 달 된 누이와 헤어지거나, 광산에서 돌 깨는 누나가 굴이 무너져 죽는다거나, 동무 수남이와 순아가 북간도로 이사 가는 사정 때문에 시적 화자의 감정은 출렁이게 된다. 이런 계기의 삽입으로 인해 작은 이야기가 만들어지고 그로 인해 공감의 폭은 넓어진다. 서사를 통한 서정이 되는 것인데, 이별의 슬픔과 그리움은 "내 손에 과자 봉지 쥐여 주며/안 나오는 웃음으로/잘 있거라"라고 말하는 누이의 실감난 형상으로 간절해지고, 익명의 누군가가 아닌 수남이와 순아라는 구체적 이름의 동무가 "북간도"로 떠나서 슬픔은 증폭되며, 한 개인의 슬픔과 이별이 아닌 겨레의 것으로 확장된다. 그렇게 구체적 언술은 실감을 높이고, 그만큼 공감의 폭도 넓히게 되었다.

또 이 시기 주목해야 할 것은 시적 화자를 일정한 배경 아래 배치하는 시인의 역할이다. 시적 화자와 시인이 일치되는 경우가 많지만, 그럼에도 이원수는 어린 화자의 한정된 인식을 인정하면서도 그 한계에 갇히지 않도록 어린 시적 화자를 사회적 관계망 안에 놓는다. 이별과 그리움의 원인을 화자와 화자의 주변 인물과의 관계에서만이 아니라 일제강점기라는 시간적 배경과 식민지 조선이라는 공간적 배경의 구도 아래 놓고 이를 형상화하는 것은 더 넓은 세계를 관망할 수 있는 어른인 시인의 적극적 개입 없이는 불가능한 일이다. 점원이 된 누나는 배타고 일본으로 돈 벌러 가고, 수남이와 순아가 아버지를 따라 북간도에 가고, 누나는 돈 벌러 간 광산에서 돌 깨다 죽는다. 막연한 상태에서 시적 화자의 감정을 강요하는 것이 아니라 구체적 현실 배경 아래 놓인 어린 화자를 통해 동시인인 어른만이 알 수 있는 삶의 철학을 배면에 깔아두는 것이다. 흔히 시적 화자의 감정에 동의할 수 없는 이유는 어린이 시적 화자라고 무공해적 시공간 아래 배치하거나, 현실의 매개 없이 가족·학교·동물 등과의 일차적 관계만을 해결하려 하거나, 어린이 인식 수준만을 고려하는 태도에서 시적 형상화가 이루어지기 때문이다. 그와는 달리 이원수는 시공간 배경을 드러내는 방식을 통해 어른인 시인의 마음을 시적 화자와 동일화해서 전달하면서도 어린이의 한계 안에 갇히지 않은 채 동시를 쓸 수 있었다. 예컨대 윤석중이 어린이의 세계 안에서 놀았다면 이원수는 어린이를 더 넓은 세계로 이끌려고 애를 쓴 것이다.

4. 현실주의 문학에서 계급주의 문학의 길로

「고향의 봄」 이후 초기 동시를 관통하는 것은 그리움의 상상력이다. 때로는 이상화된 지나간 시절과 공간에 대한 그리움, 때로는 아직 오지 않은 좋은 세상에 대한 갈망의 시적 표현이다. 거창한 이야기겠지만, 그리움이란 필연적으로 더 나은 상태로의 변화를 희망한다는 점에서 성장을 지향하는 착한 아동문학이지만, 갇혀 있는 현실 밖으로 벗어나기를 꿈꾼다는 점에서 불온한 반체제 문학일 수밖에 없다. 그러나 착한 아동문학의 측면은 부각되면서 반체제 문학의 속성은 흔히 외면하는 것이 아동문학의 이데올로기이다. 어린 존재가 기성의 어른이 만들어놓은 울타리 밖으로 일탈, 방황, 모색, 탐구 등을 자연스럽게 이룬 다음에야 자기결정권을 정당하게 쓸 수 있는 존재로의 성장이 가능한 것이고, 그런 성장이 다만 개인의 성장만이 아니라 더 나은 세상으로의 성장과 맞물려 있는 것은 자명한 일이다. 지금 현재에 대한 벗어남을 꿈꾸는 그리움의 상상력으로 이원수는 일제강점기라는 굴레를 벗어나려 했기에 기쁨보다는 슬픔에 더 깊이 공감했고, 그 슬픔은 동일한 체험의 겨레에게 희망이 되는 해방의 문학이 될 수 있었다.

> 오늘도 산에 올라 일본 언니께/공책 찢어 설운 마음 편지나 쓸까.
>
> —「교문 밖에서」(1930) 부분

누이 누이가 간 지 몇 달……/기다려도 기다려도/우리 누이는 오지를 않네//그렇지만 누이야/너 가고난 지 석달—이제는/난 날마다 이 철로 뚝에 와서/벌판을 지나 오고 가는 기차를 본다/네가 올 때도 저 차를 타고 오겠지하고

—「누이와 기차」 부분(『신소년』 1934년 4·5월 합병호)

전봇대/전봇대,/아무리 기다려도/아니 오시는/울 아버지 소식 좀/전해 주려마.

—「전봇대」(1935) 부분

초기 동시에서 이런 식의 그리움은 편편이 이어진다. 헤어진 식구들과 만나기를 바라는 시적 화자의 이 그리움은 구체적 계기를 담고 있지 않을 때조차도 함께 모여 행복하게 살기를 바라는 갈망을 행간에 담고 있다. 일본에 간 언니를 그리워하고, 누이를 그리워하고, 아버지를 그리워하는 이유는 대개 식구들이 살기 위해 돈 벌러 갔기 때문이다. 이런 처지에 놓일 때 함께 모여 사는 것을 방해하는 실체가 무엇인지에 대한 생각이 증폭된다. 이유와 조건이 무엇이었든 지금보다 나은 미래로 가야 한다는 인식, 그런 해방의 자연스러운 흐름을 독자들에게 이끄는 것이 이원수 초기 동시의 미덕이다. 그러나 때로 새로운 세상에 대한 지나치게 진지한 몰입은 시적 화자가 어린이로서 현재 감정을 억압하고, 일찍 철이 든 애늙은이가 되기를 바란다는 점에서 한계 또한 분명하다. 그렇다 해도 일본의 식민지라는 현실에서 자신의 시적 과제 앞에 진지했던 한 동시인에게 감정의 해방까지 요구하는 것은 어쩌면 무리한 요구일 수 있다. 이원수의 그리움은 이후 더 적극적인 방향으로 진전하는데, 이별을 강요하는 체제, 함께 사는 것을 방해하는 세상에 대한 싸움을 시적

현실로 끌어들이게 되는 것이다.

복순아/너희 엄마 우리 엄마/모두 공장에서 밤이 돼도 안 나오고/일삯 올려 달라고 버티고 계신단다.//눈은 펄펄, 밤은 깜깜/우리 엄마들 이겨라./공장 아저씨들 이겨라.

—「눈 오는 밤에」(1931) 부분

그렇지만/하루는 남몰래 울었다 누이야/그리고 바람 부는 이 철뚝에 나와서/그 집을 몇 번이고 바라보며 주먹 쥐었다.

—「누이와 기차」 부분(『신소년』 1934년 4·5월 합병호)

함안금융조합 근무 시기(1931~35) 전후, 이원수는 현실과 아동의 관계에 대해 더 적극적으로 사고하며, 계급주의 성향의 작품을 발표하기 시작한다. 이전의 시편들이 이별과 그리움의 감정으로 내면화된 수동적인 감정이었다면, 엄마의 파업, 누이를 멀리 가게 만든 원인인 "그 집"에 대한 분노 등 이제는 헤어진 가족을 만나지 못하게 만드는 대상에 대한 투쟁이 주된 감정이 된다. 이별이 시적 대상과의 개별 관계라기보다 주어진 체제에서 비롯한 것임을 직시하는 순간 이원수는 현실주의적 입장에서 더 나아가게 되고 세상에 저항하는 계급주의적 지향을 보이는 것이다. 그리움의 적극성이 결국 계급주의에까지 가닿게 된 것이다. "그늘에서 덤비는 적으로 해서/우리의 「삶」이 이다지 험한 줄 아는/이 아들은 젊습니다/아— 아버지 화부의 아버지여—"(「화부(火夫)인 아버지」, 『조선일보』 1930년 8월 22일자), "좔 좔 좔 좔……/주룩 주룩 주룩 주룩……/유리창에 쏟아지는 저녁 빗소리를/우리는 이를 물고 이를 물고 듣는다."(「벌소제」, 1932)처럼 선명한 계급의식의 단순한 대비가 생경하게 드러나지만, 대체로 이원수의 시편은 계급적인 성격이 농후할 때조차도 매우 정서적인 것이 특징이다.

> 다글다글/다글다글…… (…) 고리짝 궤짝/이불 보퉁이/내 책상, 우리 살림/모두 싣고서/내일 낮도 좋으련만/밤중에 간다.//며칠만 더 기다려 달라/사정을 해도/집 주인 고집통이/듣지를 않아//우리도 언제나 언제나……하며/주먹을 쥐어 보고 또 쥐어 보며/부랴부랴 싣고 가는/우리 이삿짐//다글다글 구루마/바퀴 돌아가듯이/어려운 세상 어서 어서 지나가거라./지나가거라./누이야, 꺼진 등불 그만두어라./다글다글 끌고 가는 낯선 골목에/달이/스무날의 달이 솟는다.
>
> —「이삿길」(1932) 부분

계급주의 성향이 드러날 때의 수작인데, 이사 가는 '구루마'(수레)의 바퀴와 스무날의 달, 그리고 "다글다글 다글다글"이라는 의성어의 결합이 보여주는 둥근 이미지는 "주먹을 쥐"는 행위의 강한 지향을 순화하여 정서적 울림을 준다는 점에서 계급주의 경향의 다른 동시들과는 차별화된 수준으로 형상화되었다고 할 수 있다. 계급의식에서 어느 정도 벗어난 지점에서 그의 계급주의 문학의 명편이 탄생하지만, 대개는 당대 계급주의 문학의 한계 안에 이원수 역시 머물 수밖에 없는데, 이로부터의 변화는 이원수가 결혼, 자녀 출생 등으로 가정을 꾸리면서 경험한 삶의 긍정적 기운을 받으면서부터이다.

5. 깊어진 동심의 길

이원수는 슬픔에 깊이 공감하는 현실주의 동시인으로 평가되고 알려졌지만, 기실 소년 문사 시절부터 맑은 심성의 동시를 쓰고 있었다. 등단 즈음의 신문, 잡지에 발표한 시편들을 살펴보면, "동구밖에 풀밭에서/엄마 찾는 아기새를/곱게곱게 잡아다가/새장 속에 넣어노니 참말 기뻐요?"(「아기새」 부분, 『동아일보』 1926년 5월 17일자)라든가, '앵두나무 가지에 청개구리 앉아서/여름철이 온다고/노래노래 합니다'(「청개구리」, 『동아일보』 1927년 4월 28일자)라든가, "땡땡! 땡! 먼 데 종소리/점심때 종소리/밭골 매던 할버지/뒤돌아 봅니다'(「봄날의 점심때」 부분, 『신소년』 1928년 7월호)처럼 천진한 동심으로 즐겁게 대상을 노래하는 시편들을 다양하게 확인할 수 있다. 습작기를 완전히 벗어났다고 보기 어려워 당시의 동심주의적 접근과 뚜렷하게 변별되는 개성은 부족하지만, 이원수 역시 이런 유형의 시편을 등단 초기부터 써왔다는 사실에 주목할 필요가 있다.

마산공립상업학교 재학 시기와 함안금융조합 근무 시기에 현실주의, 계급주의 문학 계열의 시편들에 집중하면서 맑은 동심이 드러나고, 밝고 경쾌한 발상이 돋보이는 작품을 쓰지는 않지만, 1936년 결혼, 1937년 함안금융조합 복직, 같은 해 장남 경화 출생, 1939년 차남 창화 출생, 1941년 장녀 영옥 출생, 1945년 차녀 정옥 출생 등의 그의 개인사를 살펴보면 자녀들을 낳고 기르면서 자연스럽게 생의 긍정적 기운을 받게 될 수밖에 없었음을 알게 된다. 체제 순응 때문에 밝은 동시를 쓰기 시작한 것이라기보다는 아이를 낳고 기르면서 자연스럽게 다시금 동심의 세계에 빠져들게 되고, 유년동시를 쓰게 된 것이다. 물론 옥중에서 쓴 「두부장수」(1935) 이후 주된 기조가 갑작스럽게 변화한 것에 대한 해명과 실증 작업이 필요한 것은 사실이다. 하지만 그런 사실이 밝혀진다 하더라도 결혼, 자녀 출산 등은 생에서 가장 밝은 에너지를 받는 시기라는 사실 역시 달라지지 않는다. 게다가 주된 기조는 맑은 동심의 세계에 머문다지만, 이때에도 특유의 슬픔과 그리움의 세계를 그려낸 「여항산에서」(1935), 「보오야 넨네요」(1938), 「앉은뱅이꽃」(1939) 등을 여전히 쓰고 있었음에도 주목할 필요가 있다. 일제강점기에도 생은 계속되어야 하는 것이고, 희노애락의 감정은 교차하기 마련이다. 오히려 문제는 그런 긍정적 세계가 드러난 동시의 양상이 어떠한 것이냐는 점이다.

새파란 하늘 밑에
파란 잔디밭
잔디밭엔 누렁이가
혼자 서어서
하늘을 쳐다보고
매— 매— 웁니다.

"왜 우니 왜 우니"
곁에 가서 물어 봐도
대답 없는 어미소
커다란 두 눈에
눈물만 가득

이 꽃이 갖고 싶니
이 모자 쓰고 싶니
아니 아니 아가 소가
보고 싶어 울지.

아가 소는 팔려서
멀리 멀리 갔는데
풀 안 먹고 매— 매—
울면 뭘 하니.

빨강 꽃 노랑 꽃
머리에 꽂아 줄게
누렁아 울지 말고
나랑 같이 놀자.

—「우는 소」(1937) 전문

아가 소가 팔려가서 우는 어미 소를 위로하는 시적 화자의 말투가 자연스럽게 드러난 동시이다. "빨강 꽃 노랑 꽃/머리에 꽂아 줄게" 울지 말고 나랑 같이 놀자면서 말을 건네는 어린 화자의 천진한 감정이 잘 드러났다. 체념을 강요하는 순응적인 시적 화자의 인식은 한계가 분명하지만, 같은 이별이라는 감정을 다루면서도 이전 시기의 압도적인 진지함이 아니라 어린 화자의 천진한 동심으로 경쾌한 리듬을 활용하고 있는 점은 주목할 만하다. 경쾌한 리듬, 의성어의 활용, 시각적 이미지들을 결합해서 기존의 그의 독자들보다 어린 독자들에게 접근하기가 이전보다 훨씬 쉬워진 것을 알 수 있다. 슬픔을 긍정적 기운으로 극복하려는 태도를 보이는 것이다. 그밖에도 "봄이 오면 바다는/찰랑찰랑 차알랑./모래밭엔 게들이/살금살금 나오고/우리 동무 뱃전에/나란히 앉아/물결에 한들한들/노래 불렀지." 라는 「고향 바다」(1939)와, "종달새, 종달새/너 어디서 우느냐./보오얀 봄 하늘에/봐도 봐도 없건만/—비일 비일 종종종/비일 비일 종종종……"하는 「종달새」(1940) 역시 경쾌하고 즐거운 리듬이 돋보인다. 이처럼 서민 아이를 화자로 한 현실주의 경향의 슬픈 시뿐만 아니라 천진한 동심이 두드러진 밝은 시편들에서도 남다른 솜씨를 보여준다. 또한 "엄지 아가,/어머니는 어디만큼 오시나?/읍내 저자 다 보시고/신작로에 오시지."(「어디만큼 오시나」, 1936), "아장아장 아기가/걸음마 배우는 아기가/어디로 갔나/어디로 갔나."(「첫 나들이」, 1938)와 같은 시편들 역시 밝고 천진한 심성이 잘 표현되었다. 물론 세계를 턱없이 밝고 긍정적으로만 바라보는 "웃으며 팔고 산 두부를 썰어/보글보글 찌개 속에 끓게 해 주고/지글지글 기름판에 지지게 해 주고/반찬 냄새 풍기는 좁은 골목을/손 흔들며 가는 두부 장수 아저씨."(「두부 장수」, 1935)라거나 "공작아, 공작아/비단 꼬리 화알짝/예쁘게 펴어라."(「공작」, 1936), "참새야/참새야,/너희들도 체조해라./아침은 좋다야."(「아침 노래」, 1938)라는 식의 안이한 현실 순응에는 분명히 동의할 수 없다.

일제강점기의 엄혹한 삶을 견뎌내는 것에서 발생한 과중한 피로감 또한 없지 않은데, 그에 대한 비판적 접근도 섬세하게 지속되어야 한다. 예컨대 앞서 인용한 「우는 소」(1937)에서 "풀 안 먹고 매—매—/울면 뭘 하니"라 물으며 어떤 사태 앞에 슬픔을 극복하기도 전에 재빨리 잊고 체념하기를 바라는 태도라든가, 「이삿길」(1932)에서 "다글다글 구루마/바퀴 돌아가듯이/어려운 세상 어서 어서 지나가거라."고 하면서 시간이 흐르면 모든 문제가 저절로 해결될 듯이 여기는 태도는 동시로서 시적 화자의 능동성보다는 억압을 받아들이는 수동적 자세를 내면화한 것이기 때문에 그 한계가 분명하다. 「염소」(1940) 역시 울 밖을 내다보며 우는 염소에게 시적 화자가 "염소야/염소야,/봄이 와도 너는/놀러도 못 가니?"라고 말하는 것 역시 위로라고 보기 어렵다. 울타리 밖으로 나가기 위한 행동 전의 내면의 응축이 아니라 울타리 밖으로 나갈 수 없는 현실을 체념적으로 순응하는 태도로 보이기 때문이다. 그렇다면 초기 동시 여러 곳에서 확인되는 이런 이원수의 체념과 현실 순응은 결국 새로운 세상을 꿈꾸는 것조차 어려워지게 되었을 때, 왜곡된 순응 방식을 모색하게 되고 그것이 결국 『반도의 빛』에 친일시를 싣게 되기까지 이른 것은 아닐까.

6. 마무리

이원수의 초기 동시는 이별, 그리움을 빼고 말할 수 없고, 그것이 더 나은 미래를 향한 시적 추구의 다름 아님을 지금까지 살펴보았다. 어린이의 마음으로 고향을 그리워하는 동심의 문학에서 출발하여, 식민지 현실을 살아가기 위해 가족과 헤어진 채 살아가야 하는 사람들을 곡진하게 그려낸 현실주의 문학, 그리고 식구들을 헤어지게 만드는 체제를 극복하기 위한 싸움의 계급주의 문학, 그리고 더 깊어진 동심을 확인할 수 있는 일제 말기의 유년 동시에 이르기까지, 초기 동시만 살펴보아도 그동안에 주목된 것 이외에도 훨씬 더 다양한 면모를 그는 보여주고 있다. 그가 뛰어난 동시인이라는 것은 그런 다양한 면모마다 빼어난 작품을 남기고 있다는 사실에서 확인할 수 있다. 사실이 그렇다면 1935년 이후 그의 시세계가 밝게 변모하는 것을 훼절의 예고로만 판단하는 관점은 일면적인 것으로 보인다. 일제 말기의 밝고 긍정적인 세계에 대해서도 주목하고, 잊혔거나 간과되었던 등단 시기의 면모를 이와 연결하여 다시금 살펴본 뜻은 그를 현실주의로만 본 통념의 관점과 마찬가지로, 일제 말 유년 동시의 밝은 세계를 친일파 동시인의 중요 증거로만 환원시키려는 관점 역시 일면적이라는 것을 말하고 싶기 때문이다. 이원수의 초기 동시를 통시적으로 살펴보면서 그의 다양한 면모를 일차적으로 살피게 된 것은 그런 객관적인 점검의 과정이었다. 상식적인 이야기겠지만, 이런 다양한 면모의 이원수의 전체상 앞에서 그의 작품을 종합적으로 읽어낼 때 그에 대한 객관적인 평가는 가능해진다. 그것이 전태일 분신사건을 아동문학 작품으로 표현했던 유일한 진보적 아동문학인이자 한국 동시문학의 빛나는 전통이었던 겨레의 동시인에 대한 최소한의 예의일 터이다.

동시와 함께 땅이 되다

이원수 후기 동시에 대한 생각

권나무

1. 들어가며

일찍이 이오덕이 이원수 동시의 그 일관된 열정과 줄기찬 생산을 들어 "이원수 문학의 핵심이 바로 동시에 있다"[1]고 말한 바 있는데, 실로 이원수의 아동문학에서 동시는 아동과 세계를 대하는 그의 사상이 전개된 흐름 전체를 선명하게 보여주는 영역이다.

특히 60년대 이후의 후기[2] 동시는 그가 생애 후반에 자연스럽게 수행하게 된 자기 성찰과 검토 행위가 반영된 결과물로서 주목의 가치가 있다. 본고는 이원수의 후기 동시들을 몇 가지 논의 요소를 끌어들여서 깊

1 이오덕 「지은이와 작품에 대하여」, 이원수 『고향의 봄(전집 1권)』, 웅진 1984, 413면.

2 이오덕은 이미 당시(1974년)에 이원수의 동시에서 "최근의 작품들은 아동의 세계보다 시인 자신에 더욱 충실하려는 듯하여 (…) 사회적인 관심에서 보다 내면적인 정신의 세계로 커다란 방향전환"을 보이고 있다고 징후를 포착하였다(『시정신과 유희정신』, 창작과비평사 1988, 194~95면). "보다 내면적인 정신의 세계"의 의미는 간단히 정의될 수 없으며 본고의 주된 관심사가 되겠는데, 이오덕의 그 징후 판단에 적극 동의하면서 본고에서는 60년대의 일련의 작품들 이후를 '전기'와 구분한 '후기'로 부르고자 한다.

게 읽어볼 것이다. 이 작업으로써 이원수 아동문학이 도달한 궁극의 지점을 파악하고 오늘에 전하는 그 의의를 되새겨보고자 한다.

이원수의 후기 동시에서는 이오덕의 지적처럼 상당한 변화의 흔적이 보이고, 그 안에서 "서민적인 사랑과 저항의 정신이 다소 희박해진" 느낌이 드는 경우도 없지 않다. 이오덕의 지적을 다시 한 번 들어보자.

> 이러한 최근의 변모는 단순히 노령에 들어선 그의 시적 정열의 감퇴라고 할 것인가? 세계와 역사가 변함에 따라 그의 시도 새로운 길을 열어가는 것이라 볼 것인가? 이제 우리는 단순한 빈부의 차에서 오는 불행보다 더욱 큰 문제로 압도당하고 있는 것이 사실이다. **벽에 부딪친 기계문명과 정치 상황이 가져온 인간성의 파멸 위기와 절망의식**이 시인의 눈을 보다 내면적인 세계로 돌리게 한 것 같다. 사회를 위한 목적의식이나 아동을 위한 동정이란 것이 너무나 무력한 감상밖에 될 수 없이 된 참담한 시대 상황에서 시인은 우선 타락한 동시를 구출하기 위해 보다 문학적인 것에 집착하고 있는 것이라고도 보아진다.[3] (강조는 인용자)

분명 70년대 초의 정치 상황과 급속한 산업화의 혼란에 근거한 해석이지만, 그 혼란상은 계속 진행되어 오늘날 더욱 심각해졌다고 해야 맞을 것이다. 이오덕의 해석대로라면 이원수는 한국의 산업화가 본격 전개되는 초입에서 이미 자본주의 기계문명이 사회공동체와 어린이의 감성에 끼칠 심각한 폐해를 내다보고, 절망감과 위기의식에 붙잡힌 상태에서 새로운 길을 찾으려 했다는 것이 된다.

문명의 위기적 감지라는 근원적인 파악과 함께, 이원수의 후기 동시를 낳은 배경에 한국아동문학가협회를 둘러싸고 당시 아동문학 문단에

---

3 이오덕 『시정신과 유희정신』, 창작과비평사 1988, 195면.

서 벌어진 갈등 상황도 염두에 두어야 한다.[4] 그 상황의 중심에 서서 감당하고 겪어야 했던 답답한 문제들 속에서 이원수는 새로운 인식과 성찰로 나아가는 변화를 시도한다.

삶 속에서 우러나온 아동문학이 되어야 하고, 그것은 삶의 어두운 면도 외면하지 않고 직시하는 것이라는 이원수의 태도는 한국의 아동문단에서 매우 문제적이고 고립된 것이었다. 뜻을 같이하는 사람들과 단체를 만들었지만 그 내용을 채우고 동력을 공급하는 역할은 거의 전적으로 그 혼자 감당해야 했다. 그리고 그 와중에 동료들이었던 아동문학의 많은 인사들과 서먹한 사이가 되고 말았다.

개인의 문학관 정립을 넘어서 한국 아동문학의 올바른 방향을 제시해야 하는 위치에 섰던 이때에 그는 자기가 선 자리를 어떻게 받아들이고 자기를 둘러싼 문제들 너머로 어떤 전망을 보았을까. 60년대 후반 발표된 한 편의 동시에서 새로운 인식을 향해 나서는 그의 솔직하고 뜨거운 고백을 들을 수 있다.

2. 고독과 의지의 서시

편싸움 놀이
야릇한 흥분을 즐겼었다.

4 한국아동문학가협회 발족을 중심으로 한 아동문단의 사상적 갈등에 대해서는 원종찬 「이원수와 70년대 아동문학의 전환」, 『한국 아동문학의 쟁점』, 창비 2010; 이주영 「이오덕 어린이문학론 연구」, 백석대 박사학위논문, 2009; 김종헌 「해방기 이원수 동시 연구」, 『우리말글』 25집(2002); 이재철 「정리형성의 양상」, 『한국현대아동문학사』, 일지사 1978 등을 참조.

하늘 가득
노을이 핏빛으로 식어갈 때
적은 드디어
징그러운 독사,
울부짖는 맹호 되어
우쭐대며 떼지어
덤벼들었다.

내 편을 돌아보니
어둠 속에 나 혼자였다.
검은 가운을 입고 고독(孤獨)만이
지그시 눈 감고 서 있었다.

나는 터뜨리려던 울음을
이빨로 깨물었다.
'고독'이 내 귀에
속삭여 주었다.
"독사의 입에는 돌멩이,
호랑이의 아가리엔 불덩이가 되라."고.

"오냐! 오냐!"
(오냐, 오냐!)

아! 나는 돌이요, 불이었다.
아니,
밟아도 꿈쩍 않는 땅덩이였다.

적의 무리는
물결처럼 출렁이며
헛돌며 거침없이 흘러갔다.
어둠 속 먼 늪에서
만세 소리
아스라니 잠겨져갔다.

—「싸움 놀이」(1966) 전문[5]

이원수의 동시들은 어린이 화자의 목소리로 된 것이 많다. 어른인 시인의 목소리로 진술되는 것도 어린 독자들의 이해에 무리가 없는 쉬운 어휘들을 골라서 쓰곤 했다. 게다가 같은 1966년에 발표된 작품들은 자연을 노래하거나(「나팔꽃」「봄날」「4월의 나무」), 자연을 보며 속마음을 비춰 보이는(「나의 해」「해와 달」「왠지 몰라」「까치 소리」) 일반적인 동시의 유형을 드러내고 있다.

그런데 위에 전문을 인용한 「싸움 놀이」는 여러 모로 예외적이다. 다른 때 같았으면 피했을 법한 어른의 어휘(고독)를 쓰고 있고, 그것 말고도 불편하고 생경한 말들(핏빛, 독사, 맹호, 아가리, 적)이 곳곳에 박혀 있다. 이 시에서 작자 이원수는 자기의 모습을 그대로 드러내고 있다. 그 모습은 바람을 온몸으로 맞으며 홀로 들판에 서 있는 사람의 것이다. 이것은 동시가 될 수 있을까. 시를 정밀하게 들여다보자.

시는 모두 7연으로 되어 있다. 제목의 "싸움 놀이"가 1연에서 "편싸움 놀이"로 의미가 더 상세해졌다. 다수 대 다수의 대결 상황에 화자가 서

5 이원수 『고향의 봄』 288~89면. 이하 인용된 작품들은 이 책에 의한 것이며, 전문을 인용한 경우가 아니면 작품명과 발표 연도만 밝히기로 한다.

있다. "놀이"는 어린이 독자들에게 친숙한 어휘이지만, 이 싸움의 부질없음, 본질을 가리고 왜곡시키는 소모적 양상을 은유하는 것이기도 하다. "나"는 이 상황을 "야릇한 흥분"마저 느끼며 즐기고 있었음을 고백한다. 싸움은 본래 흥분을 야기하지만, 그 흥분의 야릇함에서 명분을 선취한 자의 쾌감이 느껴진다. 치러야 될 싸움으로 현실을 보고 있었던 것이다.

2연에서 싸움의 상대가 모습을 드러낸다. 싸움의 흥분이 시간의 경과 뒤에 핏빛 노을로 잔인한 실상을 드러내는 순간, 적은 독사와도 같고 맹호와도 같이 무리의 힘을 빌어 사정없이 덤벼든다. 적은 누구인가. 누구이기에 그토록 징그럽고 무시무시하게 달려드는가. 게다가 무리의 힘을 과시하면서 우쭐대며 떼 지어 덮쳐오는 이 적의 정체는 무엇인가.

그런데 편싸움인 줄만 알았더니 그것이 아니었다. 적의 위협 앞에 주위를 둘러보니 아무도 없음이 드러난다. 3연에서 "나"는 어둠 속에서 절망을 느낀다. 아무도 의지할 사람이 없다. 하지만 그 절망은 포기와는 조금 다르다. "나"의 옆에는 아무도 없는데, 그때 "나"는 "나"의 "고독"과 조우한다. 검은 가운을 입고 지그시 눈 감고 서 있는 "나"의 "고독"을 "나"는 상대화하여 보게 된다. 다급하고 절망적인 상황에서 "나"는 오히려 상황을 객관적으로 보게 되는 시야가 극적으로 열린 것이다. "나 혼자" 뿐이지만 그러하기에 진정 자신과 대면할 수 있는 절대 조건이 성립한 것이다.

울음이 터져 나올 상황이지만, 자신과 대면한 "나"는 안간힘을 다해 냉정을 찾는다. 이러한 "나"에게 "나"의 "고독"은 냉철하게 속삭여준다. "독사의 입에는 돌멩이, 호랑이의 아가리엔 불덩이". 구약성경의 "이에는 이, 눈에는 눈"이 연상되는 단호한 대응법이다. 그런데 돌멩이로 틀어막고 불덩이를 던져 넣으라는 말이 아니라, "나"보고 그것이 "되라"는 것이다. 안전하게 거리를 두고 떨어져서 대응할 방법을 찾는 것이 아니라, "나"의 온몸을 적에게 던지라는 말이다. 무엇을 아끼거나 여지를 남기는 것 없는, 말 그대로 헌신의 요구인 것이다. 고독과의 대면보다 더 무서운 결단의 순간이다.

5연을 보자. 이것은 대화이다.

"오냐! 오냐!"
(오냐, 오냐!)

"독사의 입에는 돌멩이, 호랑이의 아가리엔 불덩이가 되라."고 명령했던 "고독"이 말한다. "오냐! 오냐!" 알았느냐고, 그렇게 해야 한다고 "나"를 채근한다. 가진 전부를 걸라고, 무엇도 아끼지 말고 목숨까지 걸 각오를 하라고 사정없이 몰아친다. 아무도 내 편이 없는, 그저 망연히 터져 나오는 울음을 이빨로 간신히 깨물어 참고 있는 "나"에게 검은 가운을 입은, 냉정하기 이를 데 없는 "고독"은 우는 아이 뺨치는 격으로 말한다. 회피하지 말라고. "나"의 대답은 무엇인가. 구원은커녕 아예 죽기를 각오하고 가라는 내면의 비정한 목소리에 "나"는 결국 대답한다. "오냐, 오냐!" 회피하지 말라고 하니, 회피하지 않겠다는 것이다. 다른 누구도 아닌 자기의 내면을 향한 대답이다. 이 두 행짜리의 다그침과 응답 사이에는, 공포와 원망과 수치심을 뚫고 올라선 기적적인 결단의 시간이 있다.

오냐, 되어주마. 그 기적적인 결단은 변신의 기적을 이룬다. "나"도 놀라도록 "나"에게 변화가 일어난다. 독사의 입을 막는 돌멩이가 되고, 호랑이의 아가리를 막을 불덩이가 되는 것이 아니다. 싸움의 도구로 이용되는 정도가 아니다. "이에는 이, 눈에는 눈"의 응보 법칙은 끝없이 이어지는 복수의 악순환을 낳는다. 돌멩이는 돌멩이로 다시 날아오고, 불덩이는 더 큰 불덩이로 주위를 삼켜버린다. 싸움은 멈추지 않는 것이다. "나"의 결단은 그것이 아니었다. 모든 것을 거는 순간 "나"의 변신은 "밝아도 꿈쩍 않는 땅덩이"가 된 것이다. 땅덩이는 싸움이 벌어지는 그 자리이다. 싸움의 무리는 서로 상대를 겨누고 날아오는 돌멩이와 불덩이만 볼 뿐이다. 그들의 발 아래에는 묵묵히 땅덩이가 있다. 땅덩이의 시선에서 싸움은 순식간에 보잘것없어진다. "나"에게 땅덩이의 위치가 확보되는 순간 상대는 아주 하찮은 존재가 되어버린다.

아이들의 삶, 삶 속의 아이들, 그 안에 아동문학의 길이 있다는 것은, 땅이 있어서 우리가 발을 딛고 서는 것처럼 아주 당연한 명제이다. 그것을 흩뜨리는 어떠한 궤변도 땅덩이에게는 장난 같은 발구름일 뿐이다. 싸움의 난장을 상생의 땅으로 바꾸는 인식 전환이 열리는 순간이다.

이 시는 "땅덩이"의 인식 이후 마지막 연에서 시의 긴장이 현저히 풀어지는 것이 사실이다. 다만 명분 싸움의 성패라는 것은 올바른 위치 선택 여부에서 이미 갈린다는 것은 분명하다. 진실을 외면하고 왜곡하는 적의 무리는 땅덩이 옆을 헛돌며 싸움의 핵심에서 멀어져 가버린다. 그 경박하고 실속 없는 아부와 멋부림의 물결은 어둠 속 먼 늪으로 쓸려가 버린다. "만세 소리". 누구의 "만세"인가. "늪"에서 들려오는 그 만세는, 이를테면 권력을 탐하고 아동이 없는 기교를 뽐내는 자들의 허망한 소리이다. "늪"에 이른 그들은 땅덩이를 딛고 서 있지 못하다. "땅덩이"의 인식 앞에 늪에 잠겨가는 소리는 공허하게 퍼질 뿐이다.

이 시는 또한 아이들의 감정을 표현한 것이 동시라고 하는 인식틀에서는 분명 낯선 느낌이 강하다. 우선 선명하게 부각되는 것은, 아동문학가 이원수가 치열한 고뇌를 거쳐 새로운 길을 향해 나아가고 있는 자기 인식과 당찬 의지의 순간이다.

그런데 한편 이 시를 시대 배경에서 떼어내어 읽어보면, 거기에서 혼란과 방황의 시기를 가로질러 통과하는 청소년 화자의 모습이 보인다. 그는 겉으로 보이지 않지만 속에서는 더없이 격렬한 투쟁을 치르고 있다. 그것은 확장되는 세계인식 속에서 의존의 습성을 벗는 주체의 독립이고, 두려움과 반항의 시간을 건너 자기의 언어로 세계와 화해하는 통과의례의 광경이다. 결국 혼자의 숙제인 그 싸움에서 살아남아 이전보다 성숙한 인식의 수준으로 올라서는 존재를 그린 이 시를 우리는 동시의 경계 확장, 세계와의 아프고도 필수적인 대결을 치르는 청소년의 초상으로 읽을 수 있다.

이후 이원수에게서 이 "땅덩이"의 인식이 어떻게 펼쳐지는가를 주목할 필요가 있다. 「싸움 놀이」는 그 나아감에 있어 서시와 같은 의미를 갖는다고 하겠다.

3. 성숙해진 아동의 목소리

60년대 작품들에서 발견되는 이원수 동시의 새로운 특징은 감성에 눈뜬 청소년 화자의 등장이다.[6] 이것은 동시의 경계에 대한 확장의 시도이고, 화자의 성장과 자연의 생명력이 한 차원 높은 경지에서 만나는 것이다. 그런 변화의 움직임은 자연에 대한 근원적 관찰로써 심화된 전망을 추구한 70년대의 동시들과 내적 연결을 이룬다.

감성이 해방된 청소년의 목소리는 이 시기의 작품들에서 사뭇 간절하고 관능적이기까지 하다. 「풀밭」(1963)이나 「수국」(1964)에서 보이는 "순이도 생각나네." "보고 싶은 순이야." 정도의 감성은 「꽃잎은 날아가고」

6 "그러나 나는 1960년이 지나서부터 내 시의 세계나 동화에 많은 변화가 온 것을 스스로 인정한다. 사회에 대한 관심에서 좀 자리를 멀리하고 사적인 애정 세계에 가까이하게 된 것이다. 불의에 대한 분노는 숨길 수 없으나 작품에 드러내어 다루고 싶지 않아진 것이다. 이것은 일종의 후퇴나 타락일지 모른다. (…) 늙어서까지 흥분하며 소리치는 것이 쑥스럽다는 생각이 없는 것은 아니다."(이원수 「나의 문학 나의 청춘」, 『아동과 문학(전집 30권)』, 웅진 1984, 258면) 이 진술 속의 "쑥스럽다는 생각"을 "후퇴나 타락"보다 적극적으로 전망에 대한 근원적 탐구의 도정으로 보려는 것이 본고의 논지이다.

(1963)에서는 "이상한 기쁨" "무서운 나의 비밀"로 야릇한 질감을 얻기 시작한다. "무섭다"는 표현은 「5월」(1964)의 "내가 무섭게 자란다는 꿈 같은 생각"과 「푸른 열매」(1965)의 "귀엽고도 무서운 초여름의 열매", 그리고 「산딸기」(1968)의 "아늑한 산이 무서우면서도 좋다."에서 더욱 풍부한 의미를 얻는다. "이는 곧 성장의 두려움과 기쁨, 설레임을 함께 대상에 투영시켜 표현"[7]한 감성의 구체적 표출이라 할 것이다. 「다릿목」(1964)은 한 문학 강연에서 본인이 읊다가 사무치는 추억에 낭송을 잇지 못했다는 일화를 갖고 있기도 한 연애시이다.

> 영이와 헤어지던/다릿목을 지나면/우우 부는 솔바람도/그날 그 소리,/(…)/영이가 생각나면/찾아가는 곳,/보고프면 나 혼자/지나 보는 곳. (「다릿목」 부분)

성숙해진 감성은 마침내 「왠지 몰라」(1966)와 「해 · 달 · 별」(1967), 그리고 「산딸기」(1968)에서 어린아이의 티를 완연하게 벗은 청소년의 목소리로 등장한다. 이원수의 이전 동시에서는 어머니와 누이가 늘 그리움의 대상이었지만, 이성에 눈을 뜬 화자의 감성은 이제 대상을 달리한다.

> 난 왠지 몰라,/어머니도 보고 싶지 않고/누이 동생도 싫고……./(…)/아, 누구에게 주고 싶은/하얀 들국화/소중스레 들고. (「왠지 몰라」 부분)

「해 · 달 · 별」에는 재미있게도 지은이 본인의 이름이 나온다. "순희"에는 작가 부인의 옛 모습이 투영되었을까.

---

7 김상욱 「끝나지 않은 희망의 노래—이원수 후기 시의 상상력」, 『동화읽는어른』 2000년 12월호.

달을 그리다 말고/순희를 그렸지./눈 · 코 · 입만 그려 넣으면/달은 곧 예쁜 순희./(…)/나는 별 왕자/도원수(都元帥)./이름표엔 '이원수(李元壽)'라고 썼지. (「해 · 달 · 별」 부분)

「산딸기」는 이런 감정이 전면에 노출된 마지막 작품이면서, 진정 그 결정판이라 할 만하다. 시 전체를 압도하는 그 분위기란 참으로 관능적이라고밖에 달리 표현할 방도가 없다. 그것이 청소년으로 성장한, 새로운 감성에 눈을 뜬 어린이의 정서에 밀착한 동시의 새로운 경지를 연 것은 분명하다. 동시에 있어 그것은 분명 자연을 보는 새로운 눈이며, 자연이 성숙한 화자의 감성과 "따스하고 서늘"하게 조응하는 "무서우면서도 좋"은 경지이다. 이런 새로운 감성의 노출과 해방이 이원수의 후기 동시의 첫 단계를 이루고 있다.

산은 너무
조용해서 무섭다.
따순 바람 고여만 있어
나뭇잎 풀잎 하나 꼼짝도 않고.

우거진 푸른 덤불 속에
아, 아!
저 작은 불송이들.
가시줄기 사이로
죄 짓는 듯 딴다.
보드랍고 연해
조심스런 산딸기

불을 먹자.
따스하고 서늘한
달고 새큼한
연하고도 야무진
불의 꼬투리
내 입에도 넣어 주고
네 입에도 넣어 주고.

작아도 빨간 딸기 송이는
덤불 속에 열린
호화로운 눈동자.
우리도 저런 것이 될 수 없을까.

꾸르륵 꾸르륵……
어디서 괴상스런 소리의
새가 운다.
사람이 너무 없어
아늑한 산이
무서우면서도 좋다.

—「산딸기」(1968) 전문[8]

8 이원수 『고향의 봄』 312~13면.

4. 자연을 대하는 근원적 시선

70년대는 앞에서 언급했듯이 아동문단의 사상적 대립이 표면화되고 그로 인한 논쟁이 촉발된 시기였다. 외적 상황은 전체주의적인 정치 장악과 경제 개발 논리가 민주세력과 노동자들의 저항과 충돌하기도 했지만, 남북 간의 대립과 경쟁 구도와 맞물리면서 한국사회는 총화단결 체제에 강력하게 지배되고 있었다. 이때의 이원수는 환갑을 넘어가면서 사회의 우려스러운 흐름에 대한 성찰과 함께 아동문학과 자신의 생애를 되돌아보는 시선을 갖게 되었다.

1980년 겨울 병세가 위독해지기 직전까지 창작을 이어갔던 마지막 10년간의 이원수 동시는 한마디로 자연을 다시 관찰하고 그 속에서 구조적 전망을 찾아내려는 작업이었다 할 수 있다. 이때 자연을 다시 관찰한다는 것은 인간세계에 대해 근원적인 질문을 던진다는 것을 말한다. 본래 이원수의 시는 자연을 노래해도 그 안에 인간의 삶이 있었지만, 말년에 와서 그 양상은 근원 추구적인 특색이 더욱 강해졌다.

자연을 바라보는 눈길에는 그것에 의탁하여 절절하게 넘쳐 나오는 감정이 우선 눈에 띄는데, 그것은 오랜 세월 가슴속에 맺혀 있던 그리움이다. 시인은 그 절절한 그리움으로 "울던 일은 언제던가/모두 다 잊고/나도 너랑 손 잡고/하늘로 간다."는 소리를 듣고(「여울물 소리」, 1970), "저무는 하늘 멀리 너를 찾으면/수없이 반짝이는 아, 너의 눈"이 사무치게 떠오르고(「눈」, 1971), "죽은 듯 잎 하나 없는" 라일락 아래에서 "우리 원이 보고지고, 보고지고" 몸부림을 하고(「우리 원이 보고지고」, 1971), "어른이 되어도/마음 어리"고 "늙은이가 되어도/젊기만 하"게 만들어준 고향 마을을 떠올리고(「어머니 무학산」, 1978), "도시락 쳐들고" 불러도 "흘긋 한 번 돌아보고 논만 매시"던 아버지(「대낮의 소리」, 1980)가 "너 왔구나? 하"고

"정다운 무덤"에서 반겨주시는 목소리가 이제 들리고(「아버지」, 1981), 그리고 "허위허위 산길"로 불러 올리는 "뻐꾸기 소리"(「사아(思兒)」, 연대 미상)에 "흐느껴 우는 새를/입에다 물고,/울며 웃으며/헴쳐 다닌다."(「두견새」, 1970)

작가 본인이 아이를 잃어야 했던 상처로 인해 가슴에 사무쳐 올랐던 그 감정은 이전부터 작품에 표출되었지만, 아버지에 대한 그리움은 이 때에 와서 새롭게 두드러지고 있다. 무의식의 깊은 곳에 잠겨 있다가 비로소 여름 한낮 묵묵히 일을 하다 흘긋 한 번 돌아보시거나 이미 무덤에 누우셨지만 다정하게 들려오는 목소리로 되살아나는 아버지의 모습은 죽음의 근접을 예감하는 작가의 정황과 연결된다.

그리움의 표출이 아닌 자연물의 노래에는 어린이와 그 삶에 대한 이원수의 인식이 응축되어 있다. 여기에서 호명되는 자연물은 눈, 고드름, 강아지, 해, 바람, 쑥, 달, 보리 등 아이들이 주변에서 늘 볼 수 있는 것들이다. 그리고 겨울이라는 시간이 자주 배경으로 쓰인다. 「가슴에 안은 것이」(1970)에서 "아이들은 가슴마다" 놀이와 애정의 대상(눈뭉치, 고드름, 복슬강아지)을 안았고 화자 "나"는 "해를 안고 있"는데, 아이들이 안은 것이 내가 안은 "해"와 다르지 않고 "활활" 타는 그 해로 "귀신들"을 물리칠 수 있음을 깨닫는다. 「새눈의 얘기」(1971)에서 "우리"는 "눈"과 "바람 속"에서 자라고, 「쑥」(1971)에서 화자는 "끈기있게 살려 드는" 생기를 주는 "쑥"에게 감사한다. 「한밤중에」(1971)에서 화자는 아이들에게 "불쑥불쑥 되살아날/검은 저 달"을 보며 "서러움"과 "짓궂은 핍박"에서 "일어나"자고 힘을 북돋우고, 「겨울 보리」(1977)에서 "파아란 보리"에게 "따순 봄, 더운 여름/그 때까지 얼지 말고 병 없이 잘만 크거라" 축원한다.

자연에 대한 이원수의 사유는 「당신은 크십니다」(1979)에서 절정을 이룬다. 크고, 넓고, 잔잔하고, 때로는 "숨 죽여 우"시고, "세상 모든 삶"을

"이어 주"시고, "절벽을 치"는 힘을 가졌으면서도 아이들과 놀아주고, "잠시도 떠날 수 없는/생명의 당신에게 이제야 감사드"림을 뉘우친다고 고백하게 하는 "당신"은 마지막에서 "크고 넓으신 공기(空氣)"였음이 드러난다. 작가의 자연에 대한 근원적 성찰이 얻은 하나의 결론이라 할 것이다.

겨울이라는 시련의 시간 속에 묵묵히 생을 이어가며 재생과 조화의 질서를 이루는 자연에 대해서 경외와 감사를 표현한 이 작품들은, 결국 공멸의 대립을 해소하고 상생의 새 질서를 추구해야 한다는 것이 이 세계에 대해 작가가 얻은 궁극의 전망임을 보여준다. 잘못된 현실의 그 구조적 모순은 밝혀져야 하고 아동문학 또한 어린이의 삶에 해를 끼치는 시대의 어두운 부분과 주저 없이 대결해야 하지만, 비판의 대상과 나란히 서서 공방을 계속 주고받으며 싸움 자체에 갇혀버리는 구도에서는 진정한 전망을 세울 수 없다고 본 것이다. 그 구도를 어떻게 깰 것인가의 치열한 물음에서 "땅덩이"가 되는 인식의 전환으로써 그는 자연의 상생이라는 답에 이르렀다.

그러나 그 근원적 질문의 답은 그다지 새롭지 않고, 더욱 아쉬운 것은 그 사유가 기운이 쇠잔한 회고와 예정된 교훈으로의 환원에 그치고 있다는 것이다. 자연을 다시 관찰하는 이 작품들의 시선과 함의가 작가 이원수의 전 생애를 이해하는 데에는 분명 의미를 가지지만, 작품 자체의 매력과 환기성을 창출하는 데에는 이르지 못하고 있다. 그것은 60년대에 보여준, 아슬아슬하게 불온한 상상력이 창출한 감성의 미학과도 차이나는 부분이다.

그러한, 근원적이지만 구체성이 소거된 세계관은 일련의 축시에서도 반복하여 펼쳐진다. "소파 동상 제막식"에 부친 「그리운 선생님」(1971)은 소파 방정환을 그리는 절절한 마음으로 "이 땅에 화려한 동심의 꽃이 피고/아이들 씩씩하고 참되게 자랄" 것을 간절히 소망한다. 「오늘, 5

월의 어린이날은」(1975)에서는 "굽어지지 않"고 "억눌리지 않"으며 "남의 힘 믿지 않고 바라지도 않는 부지런한 새 나라의 일꾼"이라는 어린이상을 다시금 내어놓았고, 「해님이 보는 아이들」(1979)에 와서 그 어린이상은 전 지구적 차원으로 상생을 추구해야 한다는 인식에서 "'아이들아, 복되거라'고/지구 곳곳 아이들"을 위해 올리는 축원으로 확장된다.

그러면 자연에 다시금 사유를 집중한 이원수의 동시는 이렇게 생기를 잃은 담론으로 마무리되고 마는가. 천행이라 할 만하게도 그 상생의 사유는 단순히 시기상의 유고작이 아닌, 실제 이원수 아동문학의 대미로 점을 찍은 두 편의 시, 「겨울 물오리」(1981)와 「때 묻은 눈이 눈물지을 때」(1981)에서 근원적 보편성과 개인적 구체성의 만남을 이룬다.

5. '찬바람'과 '때 묻은 눈'이 있는 그 곳

얼음 어는 강물이
춥지도 않니?
동동동 떠다니는
물오리들아

얼음장 위에서도
맨발로 노는
아장아장 물오리
귀여운 새야

나도 이젠 찬바람
무섭지 않다.

오리들아, 이 강에서
같이 살자.

—「겨울 물오리」(1981) 전문[9]

「겨울 물오리」는 3연으로 이루어진, 그다지 길지 않은 작품이다. 그런데 아동문학으로 일관한 작가의 생애 마지막에 평생의 대상 독자인 어린이에게 건넨 궁극의 말 걸기임을 생각하면, 그 무게는 결코 가볍지 않다.

이 시는 두 가지 존재의 측면에서 읽어볼 수 있다. 하나는 "물오리들"의 자리이고, 다른 하나는 그들을 바라보는 "나"의 자리이다. 얼음 어는 강물 위를 물오리들이 동동동 떠다니고 있다. 그들은 얼음이 둥둥 뜬 강물 위를 물결 따라 떠다니기도 하고, 얼음장 위에 올라서서 맨발로 아장아장 걸어 다니기도 한다. 물오리들은 한국의 겨울 강에서 보이곤 하는 철새이다. 얼음이 언 찬물 위에 떠 있지만, 그들은 더 추운 곳에서 날아와 이곳의 추위쯤은 아무렇지 않다는 듯 그 물에서 먹이를 찾으며 겨울을 난다. 그들을 바라보는 사람들은 추위에 어깨를 잔뜩 움츠렸는데, 물오리들의 움직임은 태연하고 활기가 넘친다. 작가는 그들에게서 무엇의 이미지를 보았는가.

"나"는 물오리들을 바라보며 그들에게 적극적으로 의미를 부여한다. 그들에겐 자연스러운 일상을 작가는 "춥지도 않"아 한다고 놀라워한다. "얼음장 위에서도/맨발로 노는" 그들의 모습은 당연한 것인데 작가는 경외를 느낀다. 그런데 그 경외의 대상은 거대하고 강인한 이미지가 아니다. 작가가 그들을 표현한 시어들은 "동동동" "아장아장" 등 "귀여운 새"의 표현이다. 얼음 어는 강물이나 얼음장 위에 맨발로 있는 현실과 동동동, 아장아장 같은 의태어의 귀여움이 충돌하고 있다.

---

9 같은 책 397면.

독자는 곧 물오리들에게서 어린이의 이미지를 발견할 수 있다. 또한 죽음이 임박한 작가의 처지에서 볼 때, 그 어린이의 이미지를 현세를 초월한 어떤 것, 작가가 상상하는 영혼의 이미지로 연결하기 쉽다. 그러나 그것은 죽음이 임박한 지금에야 보게 된 것이 아니다. 이원수에게 어린이들은 늘 그렇게 맨발로 얼음장 위에 서 있는 존재였던 것이다. 그에게 일어난 변화는 가련하게만 보아왔던 아이들의 현실에서 다른 의미를 읽게 된 데 있다.

"나"는 어태까지 "찬바람"이 무서웠다고, 그들 앞에서 고백한다. 그런데 무서워할 것 없다고, "나"를 부끄럽게 깨우치는 그들이 "귀여운" 존재이기에 "나"는 더욱 경외를 느낀다. 아동문학을 추구한 생애에서 어린이를 향한 궁극의 말 걸기, 그 안에서도 마지막 3연의 진술은 마침내 도달한 하나의 깨달음, 그들에게 영원히 동참하고 싶은 바람의 설레는 표현이다. 작가는 생애의 결론으로서 "이젠 찬바람/무섭지 않다"고 말한다. 그리고 "이 강"에서 살고 싶다는 바람을 꺼내 보인다. "이 강"은 오리들의 자리이다. 그 자리에서 작가도 영원히 같이 살고 싶다는 것이다.

물오리들에 투사된 어린이에게 그들의 자리인 "이 강"은 어떤 곳인가. 얼음 어는 강물과 찬바람의 현실은 어떤 삶인가. 그 현실에서 맨발로 노는 어린이의 삶은 어떤 의미인가. 그리고 그러한 "이 강에서/같이 살자"는 마지막 바람은 어떤 결론인가. 「겨울 물오리」라는 궁극의 말 걸기와 함께 작가의 마지막 고백으로 빚어진 또 하나의 작품인 「때 묻은 눈이 눈물지을 때」로 그 질문을 이어가 보자.

> 동동동 추운 날에
> 기세 좋게 몰아치며 내려 쌓인 눈,
> 아이들 뛰노는 속에
> 장난치며 펄펄 쏟아져 온 눈,

깊은 밤, 등불 조용한 들창에
바스락바스락
속삭이며 내려앉는 눈

언 땅 옷 벗은 낡에
이랑마다 밀 · 보리 파란 잎 위에
조용히 쌓여 한 자락 이불인 양
그렇게 여린 것들 붙들고
한겨울을 지냈었지.

차가운 몸으로나마
어린 싹 정성껏 안고 지낸 눈은
먼지와 낮 발자국에
때 묻은 몸으로 누워 있다가
이제 3월 여윈 볕에 눈물을 지으네

그 눈물로 얼었던 싹, 마른 나무들은
입술을 축이고
딱딱하던 땅은 몸을 풀어 부풀어오르네.

때 묻은 눈이 눈물로 변하고 사라져 갈 때
아, 그 어디서 솟아난 기운인가,
죽은 것만 같던 땅에
들리지 않는 환성, 보이지 않는 횃불로
봄은 온 세상을 뒤흔들고 있네.

—「때 묻은 눈이 눈물지을 때」(1981) 전문[10]

이 작품 역시 「겨울 물오리」처럼 겨울의 이미지가 앞에 선다. 그리고 또한 이것은 "눈"의 담론이다. 눈은 기세 좋게 몰아치며 내려 쌓이고, 장난치며 펄펄 쏟아져 오고, 바스락바스락 속삭이며 내려앉는다. 언 땅에 조용히 쌓인 눈은 한 자락 이불인 양 옷 벗은 나무와 밀·보리 파란 잎과 같은 여린 것들을 한겨울 덮어준다. 그 겨울이 지나면 어린 싹 정성껏 안고 지낸 눈은 조금씩 녹는다. 그리고 얼었던 싹, 마른 나무들과 딱딱하던 땅은 드디어 "봄"을 맞는다.

내려 쌓였다가 녹아 사라지는 "눈"은 무엇을 표상하는가. 화자 자신을 뜻한다면 이해는 쉽다. 그러나 시는 매우 단순해진다. "차가운 몸으로나마" "여린 것들 붙들고" 어린이를 위한 소임을 다하다가 이제 일말의 보람과 함께 생을 마감한다는 고별사가 되는 것이다. 그런데 화자 또한 눈에 덮이는 세상의 일부로 본다면 의미의 깊이가 달라진다. 앞에서 전문을 인용한 「싸움 놀이」에서 "나"는 땅덩이가 되는 것을 택했다. 이 시에도 땅이 나온다. 옷 벗은 나무와 이랑마다 밀·보리 파란 잎이 뿌리내린 "언 땅"이다. 눈이 녹고 얼었던 싹, 마른 나무들이 입술을 축일 때, 딱딱하던 땅도 몸을 풀어 부풀어 오른다. 화자를 세상의 일부로 본다면 "눈"의 의미는 다시 무엇일까.

"눈"을 화자와 여린 것들이 한겨울을 지내게 붙들어준 희망으로 생각해보자. 눈은 녹을 운명을 안고 내려 쌓인다. 눈은 혹독한 시련인 동시에 이불처럼 시련을 견디고 봄을 기다리게 하는 의지처가 된다. 눈은 깨끗하게 녹지 않는다. "먼지와 낯 발자국에/때 묻은 몸으로 누워 있다가/이제 3월 여윈 볕에 눈물"처럼 녹는다. 눈이 녹았으니 눈의 물인데, 그 깨끗하지 못한 모양이 꼭 서러워 흘리는 눈물과 같다. "눈의 물"이 "눈물"

10 같은 책 400~401면.

과 합해지는 시어의 전환이 이루어졌다.[11] 그 눈물은 소멸을 슬퍼하는 서러움이 아니라 "죽은 것만 같던 땅"이 되살아남에 대한 감격의 서러움이다.

화자가 감격하는 것은 희망이 때 묻은 희망으로 그치지 않기 때문이다. "그 어디서 솟아난 기운" "들리지 않는 환성, 보이지 않는 횃불"이 마치 눈이 온 세상을 덮을 때처럼 온 세상을 뒤흔드는 것을 화자는 본다. 화자가 땅덩이의 자리에 있다고 한다면 그 흔듦을 몸으로 느끼고 있는 것이다. "눈"과 함께 품었던 희망이 "봄"의 전망으로 일어서는 것이다.

여기에서 「겨울 물오리」의 "이젠 찬바람/무섭지 않다"는 고백이 찬바람에 맞서겠다는 뜻을 넘어 찬바람 또한 때 묻은 눈처럼 봄을 예비하는 희망으로 받아들이게 되었다는 것임을 알게 된다. 희망이 전망으로 발전한 것은 기운과 '환성'과 '횃불'[12] 같은 시어에서 감지할 수 있다. 화자는 무엇을 전망하는 것일까. 그 답의 실마리로서 희망의 표상인 "눈"이 시에서 어떤 모습이었는지를 다시 환기하는 것이 좋겠다.

이 시에서 "눈"은 몰아치며 쏟아지기도 하고 "바스락바스락/속삭이"기도 하는 모양으로 내려 쌓인다. 언 땅의 여린 것들, 어린 싹들을 정성껏 안고 한겨울을 지낸 눈은 "때 묻은 몸으로 누워 있다가/이제 3월 여윈 볕에 눈물을" 짓는다. "때 묻은 눈이 눈물로 변하고 사라져 갈 때" "그

---

11 "눈"과 "눈물"의 시어 연결은 「봄눈」(1970)에서 먼저 발견할 수 있다. "봄 가까운 곳에 와서/눈물로 변해 죽어가는 눈은/죽어서 예쁜 꽃의 피가 될까./높은 나무의 키로 자랄까."(「봄눈」 부분)

12 '횃불'이라는 혁명적 어감의 시어 도입 또한 「불에 대하여」(1971)에서 먼저 보여준 바 있다. "마른 잔디에 밀물같이 행진하는 너/앞장 서서 외치는 횃불인 너/(…)//빨간 장미밭에 춤추는 나비처럼/우리는 불 속을 헤엄쳐 다니며 산다./너를 마셔 내 가슴 속에도 불,/때로는 너무 뜨거워/눈물로 달래기도 한단다."(「불에 대하여」 부분) 그 도입된 시어와 격정적 호흡의 시 전개가 주는 역사적 암시성은 여기에서 더 직접적이라고 볼 수 있다.

눈물로 얼었던 싹, 마른 나무들은/입술을 축이고/딱딱하던 땅은 몸을 풀어 부풀어오"른다. 화자는 그 희망의 끝에서 "들리지 않는 환성, 보이지 않는 횃불로" 온 세상이 뒤흔들리는 "봄"을 본다.

「겨울 물오리」의 말 걸기에서와 마찬가지로 「때 묻은 눈이 눈물지을 때」에서 구현하는 전망이 허황되지 않은 것은 그것이 자연의 섭리에 대한 깊은 관찰과 시인의 간절한 자기인식이 행복하게 결합한 경지에서 비롯된 것이기 때문이다. 그 전망은 거대한 긍정과 낙관으로써 도달한 "귀엽고 여린 것"과 "어린 싹", 곧 어린이에 대한 굳은 신뢰에 다름 아니다. 이원수는 어린이를 향해 나아간 생애를 이 두 편의 시로 마감하고 있다. 그리고 다시 그 마침은 어린이를 지키고 살리려는 노력의 끝에서 순환과 상생이라는 자연의 질서를 향해 열려 있다.

아이들은 무서운 찬바람 속과 얼음장 위를 당연한 그들만의 특성으로 씩씩하게 살고 있다. 결국 이원수의 변함없는 희망과 전망의 뿌리는 그것이었을 것이다. 언 땅을 덮었던 눈이 녹을 때 "들리지 않는 환성"이 온 세상을 뒤흔드는 부활의 봄은 오고야 만다는, 생애 마지막까지 자연을 향해 전망을 묻고 그 답을 구한 고투의 자취를 오늘 우리는 이원수의 후기 동시들 속에서 목격하게 된다.

이원수 동시와 나, 그리고 아이들

강승숙

1. 노래로 만난 이원수 동시

동시에 대한 관심은 아이들을 가르친 지 15년이나 지나서야 겨우 시작되었다. 돌이켜보니 어릴 때나 어른이 되어서나 동시에 특별한 매력을 느낀 기억이 없다. 게다가 아이들을 가르치면서 동화에 남다른 관심을 가졌기에 동시집은 쳐다볼 겨를이 없었다. 국어 교과서에 나오는 동시를 어떻게 가르쳐야 할지 고민조차 하지 않았던 시절이었다.

그러다 십여 년 전, 『현장에서 본 프랑스 교육』(서당 1991)이라는 책을 보게 되었다. 책을 읽으면서 가장 인상 깊었던 부분이 동시 낭송 교육이었다. 그들은 제나라 정서를 아이들에게 심어주기 위해 그 나라 시인이 쓴 최고의 시를 아이들에게 낭송시키고 있었다. 단조로운 시 낭송이나 되풀이해서 익히는 암송 교육은 재미없는 주입식 교육이라 여겨 외면했던 나는 책을 보면서 무릎을 쳤다. 동시 교육의 중요성을 깨닫는 순간이었다.

그때부터 아이들에게 전해줄 동시를 찾았다. 읽으면 절로 외워지는 짧은 동시, 재미나 감동이 있으면서도 리듬감 넘치는 동시를 찾아 아이들하고 함께 감상했다. 나 역시 동시가 주는 재미에 빠져들었다.

아쉽게도 이원수 동시는 조금 뒤에 가서 그 맛을 알게 되었다. 『너를 부른다』(창작과비평사 1979)에 실린 동시 대부분이 칠판에 쓰고 낭송하기에 길었다. 몇 차례 읽으면 절로 외울 수 있는 동시도 그다지 눈에 띄지 않았다. 산문처럼 긴 시가 많았다. 당시 나는 짧으면서 감동 있는 동시를 아이들에게 주기에도 바빴기에 제법 분량이 긴 이원수 동시를 아이들에게 줄 여유가 없었다.

하지만 그리 오래지 않아 이원수 동시를 만날 때가 찾아왔다. 백창우가 이원수 동시 여러 편을 노래로 만들어 세상에 내놓은 것이다. 「개나리꽃」 노래를 처음 듣던 날의 감동은 지금도 잊지 못한다. 그 동시와 가락은 가슴을 쿵 치는 것이었다. 개나리꽃을 보면서는 단 한 번도 느끼지 못한 짙은 슬픔과 쓸쓸한 정서를 그 시는, 그 노래는 내게 심어놓았다. 시 한 편은 개나리에 대한 기억과 관심을 단번에 바꾸어놓았다. 이제 봄이 되어 개나리가 피면 아기 업은 시 속 주인공이 절로 떠오른다. 환한 아름다움 속에 깃든 슬픔이 아릿하게 다가온다. 동시 한 편의 힘은 이렇게 컸다.

이런 마음, 공감은 어른인 나만의 것이 아니었다. 내가 만난 아이들 역시 비슷한 감정을 느끼는 듯 했다. 「개나리꽃」 노래를 들려주면 이내 교실이 조용해지곤 한다. 지난해 만난 6학년 아이들도 그랬다. 곡이 한차례 끝나자 가수가 꿈인 기웅이는 나직하게 "한 번 더 들려줘요!" 그랬다. 오래전에 만난 3학년 남자아이에 대한 기억도 또렷하다. 그때는 이원수 동시를 노래로 배우면서 한 학기의 끝이 다가올 무렵 지정곡과 자유곡 두 가지로 음악 수행 평가를 했다. 음악 교과서 노래 한 곡은 지정곡, 이원수 노래 한 곡은 자유곡으로 해서 평가를 치른 것이다. 평가는 뜻밖의 즐거움과 감동을 주었다. 아이들은 저마다 좋아하는 이원수 노래를 골랐는데 때로는 내 생각과 달리 뜻밖의 곡을 고르는 아이들이 있었다. 덩치가 크고 잠시도 조용히 있지 못하는 윤식이가 「개나리꽃」을 부른다고 했을 때 교실은 잠시 소란스러웠다. "킥킥" 웃음소리도 났다. 윤식이가 「개나리꽃」을 고른 것은 내가 보아도 어울리지 않았다. 하지만 노래가 시작되는 순간 이 모든 우려가 쓸데없는 것이었음을 우리는 깨닫게 되었다. 지금까지 단 한 번도 볼 수 없었던 진지한 얼굴로 느리고 고운 목소리로 윤석이는 노래를 불렀던 것이다. 그 조용하던 교실과 놀라워하는 아이들의 눈빛을 잊을 수 없다. 그날 마냥 속없고 개구쟁이라고만 여겼던 윤석이의 다른 모습을 보았다.

시간이 흐르면서 어느덧 나도 아이들도 이원수 동시를 사랑하게 되었다. 물론 아이들은 가락 때문에 이원수 동시를 더 좋아했을지 모른다. 아무튼 십여 년간 아이들을 만나오면서 이원수 동시로 만든 노래로 들려줬을 때 아이들은 언제나 좋아했다. 그 가운데 「햇볕」 「개나리꽃」 「겨울 물오리」는 들려주는 아이들마다 꼽는 노래다. 6학년 아이들도 「햇볕」 같은, 어찌 보면 유년기 아이들이 부를 만한 노래를 좋아했다.

이원수 동시를 노래로만 부르면서 늘 마음 한구석은 찜찜했다. 이원수의 깊고 넓은 시세계를 아이들한테 넉넉히 보여주지 못한데 대한 아쉬움이다. 이원수 동시집 『너를 부른다』에 실린 동시 가운데 아이들하고 감상하면 좋겠다는 동시들이 꽤 있었지만 아이들에게 제대로 소개하지 못했던 것이다.

2. 시대를 넘어 공감하는 이원수 동시

이원수 탄생 백주년을 맞이하여 기념논문집 준비위원회로부터 아이들하고 이원수 동시 감상한 이야기를 써달라는 청탁을 받았을 때 '옳구나! 게을러진 내가 다시 시 공부할 좋은 기회구나.' 생각했다. 노래로만 이원수 동시를 부르고 감상하던 활동에서 벗어나 이원수의 다른 동시를 소개하면서 감상 활동을 해야겠다고 마음먹은 것이다.

하지만 생각지 않게 동시 감상을 하거나 노래 부르는 시간을 내는 일이 쉽지 않은 6학년을 맡게 되었다. 일제고사라는 복병도 만나게 되었다. 근무하는 학교의 아이들 학력이 다른 지역보다 떨어지다보니 교육청의 관심은 컸고 그만큼 6학년에 부과되는 짐도 컸다. 그래도 계획만 잘 세우면 시 감상을 할 수 있을 거라고 생각했지만 뜻대로 되지 않았다. 끝없이 밀려드는 일과 시험 앞에서 동시 감상은 자꾸만 뒤로 밀려났다.

시간이 없으니 마음도 초조했다. 아무리 마음먹어도 이원수 동시는 짧은 시간에 스치듯 읽어주고 감상할 수 있는 게 아니었다. 그러고 싶지 않은 마음도 있었다. 서사가 있는 동화와 달리 동시 감상은 더 여유롭고 서정적인 동기와 상황이 필요했다. 동시 「쑥」(『너를 부른다』 48면)을 감상하려면 학교 뜰을 거닐면서 쑥을 한 번 들여다보고 쑥 하나 뜯어 향도 맡아본 뒤 감상을 해야 한다. 시하고 그다지 친하지 않은 6학년 아이들에게 시를 만나게 하는 일은 세심한 준비를 필요로 했다. 하지만 오늘도 시간이 없고 내일도 시간은 나지 않았다. 잊지 않으려고 교탁 위에 놓은 『너를 부른다』에는 먼지만 쌓여갔다.

2학기가 되어서도 형편은 그다지 나아지지 않았다. 시월에 가서야 겨우 짬을 낼 수 있었다. 여기에 풀어놓는 이야기는 6학년 아이들과 석 달 동안 이원수의 시를 감상한 이야기다. 아이들하고 감상할 동시를 고를 때 노래로 나온 시들은 넣지 않았다. 권정생의 「강아지똥」이 그림책으로 나오면서 독자층이 넓어졌듯, 노래가 된 시는 아이들이 만날 기회가 많을 거라 여겨서다.

이원수의 동시는 대부분 가난한 시대, 아픔의 시대를 배경으로 하고 있다. 자연을 노래한 시들도 가난한 삶을 배경으로 하는 시들이 많다. 끼니를 잇는 것조차 힘겨운 가난, 가난 때문에 가족이 흩어져 사는 데서 오는 그리움 등이 시 곳곳에 배어 있다. 일제강점기와 전쟁, 그리고 독재정치에서 민주주의로 오는 과정까지 시대의 삶이 녹아든 이원수의 동시를 읽다보면 권정생의 장편 소년소설 『몽실언니』를 읽는 느낌도 든다.

이원수 동시집 『너를 부른다』를 찬찬히 읽으면서 '이 동시는 이럴 때 아이들에게 주면 좋겠다' 하는 시들이 많았다. 마음 한편에 아이들은 이원수 동시를 어떻게 느끼고 받아들일까 하는 걱정이나 궁금증이 있었지만 지금 아이들에게도 충분히 다가갈 수 있는 동시로서 탁월한 점을 가지고 있다는 생각이 있었고 감상 활동을 하면서 내 생각은 틀리지 않았다는 것을 확인할 수 있었다.

정도의 차이는 있지만 삶의 무게는 어느 시대나 있고 아이들에게 지워진 일상의 짐 또한 있다. 이원수는 아이들을 에워싼 이 같은 삶을 사실적으로 드러내면서도 서정성을 놓치지 않았다. 그 점은 지금 아이들과 호흡할 수 있는 연결고리로 작용할 만큼 폭이 넓었다. 또한 이원수는 아픔과 상처를 분노가 아닌 사랑으로 어루만지고 있다. 그의 시를 관통하고 있는 정신은 이 시대, 또 지금 아이들에게 절실한 마음이요 정신이기도 하다.

3. 오늘, 6학년 아이들이 만난 이원수 동시

동시 감상을 시작할 때 이원수 동시만 가지고 감상 활동을 하는 까닭이 무언지 아이들에게 말해주었다. 시간은 없지만 짬을 내서 한 시인의 작품세계, 시세계를 깊이 맛보자고 설득했다. 6학년이면 충분히 그럴 능력이 된다고 부추기기도 했다.

먼저 이원수가 살아온 발자취를 간추려 들려주었다. 그러고는 아이들의 마음을 움직일 생각으로 북아트 방식으로 '내가 만난 이원수 동시집'을 만들자고 제안했다. 표지를 만들고 A4 종이에 동시를 직접 쓰거나 복사한 동시를 차례로 붙여가면서 아이들 자신만의 이원수 동시집을 만드는 계획이었다. 표지는 내가 손수 만들어 복사해주었다. 아이들은 정성껏 글자에 색을 칠하고 그림을 그렸다.

이렇게 해서 '고향의 봄을 쓴 동시작가 이원수 선생님의 시세계로'라는 제목이 붙은 작은 책표지가 완성되었다. 그날 「찔레꽃」을 감상했다.

① 「찔레꽃」

찔레꽃이 하얗게 피었다오.
누나 일 가는 광산 길에 피었다오.

찔레꽃 이파리는 맛도 있지
남모르게 가만히 먹어 봤다오.

광산에서 돌 깨는 누나 맞으러
저무는 산길에 나왔다가

하얀 찔레꽃 따 먹었다오.
우리 누나 기다리며 따 먹었다오.

—「찔레꽃」(1930) 전문[1]

아이들은 칠판에 써 놓은 동시를 나누어 준 A4종이에 정성껏 썼다. 이

1 이원수 『너를 부른다』, 창작과비평사 1979, 167면.

원수 동시를 열다섯 편 가까이 감상한 뒤 소감을 말하는 자리에서 아이들은 「찔레꽃」을 감상한 이날이 가장 인상 깊었다고 했다. 천천히 제 손으로 시를 쓰는 일이 남달랐기 때문일 것이다. 아이들은 좋아하는 색연필이나 볼펜, 싸인펜을 고루 써서 정성껏 시를 썼다. 하지만 이 시간 뒤로는 동시를 복사해줄 수밖에 없었다. 동시를 쓰면서 감상할 시간이 모자라서다. 아쉬움으로 남는 일일 수밖에 없었다.

늘 그렇듯 시 감상을 처음 할 때는 속으로 읽어보라고 한다. 그런 뒤 다 같이 소리 내어 읽는다. 내가 한 행 낭송하면 아이들이 한 행 낭송한다. 남자, 여자로 나누어 한 행씩 낭송하기도 한다. 동시를 읽다가 궁금하거나 마음에 남는 시어가 있으면 동그라미를 치고 말풍선을 달아 그 까닭을 쓰게 한다.

「찔레꽃」에 어떤 사연이 담겨 있는지 짐작해보라고 했다. 아이들은 저마다 생각한 것을 발표했다. 아이들 발표가 끝난 뒤 이원수 선생님이 시집간 누나를 만나러 왔다가 광산에 일 나간 누나를 기다리는 장면이라고 설명해주었다. 아이들은 이 시가 주는 분위기를 좋아했다. 이원수 동시 감상 활동을 마무리하는 단계에서 '부모님 앞에서 이원수 동시 낭송하기'를 과제로 냈는데 이 시를 고른 아이들이 꽤 되었다. 이 동시에 끌린 아이들 생각은 이렇다.

> 누나를 기다리는 동생이 생각난다. 찔레꽃을 보며 누나를 기다리는 것 같다. 요즘 아이들은 찔레꽃 이파리를 먹지 않지만 시에 나오는 아이는 이파리를 먹고 있다. 누나를 기다리는 마음이 잘 드러나 있고 왠지 슬픈 느낌이 든다. 남모르게 찔레꽃을 먹고 누나를 기다린다니 왠지 슬픈 감정이 든다. (최기웅)

최기웅 어린이가 감상 글에 썼듯 다른 아이들도 누나를 기다리는 아이의 마음이 "안쓰럽다." "남매애가 느껴진다." "아이가 산길을 걸어가는 모습이 떠오른다." "쓸쓸한 분위기다." "평화롭고 쓸쓸하다." "일하는 누나를 기다리는 마음을 잘 표현했다."고 썼다. 시에 깔려 있는 기다림이나 그리움, 쓸쓸한 정서는 어떤 기억과 만나면서 아이들 마음을 움직인 것일까?

지금 아이들은 아버지나 어머니를 마중 나갈 일이 없다. 식구를 마중 나갔던 예전 아이들과 달리 더 긴 시간을 집 안에 앉아 기다린다. 텔레비전도 있고 과자나 아이스크림 같은 간식이 있지만 아이들은 부모님이나 다른 식구들이 돌아오기까지 마음 한구석이 마냥 허전하다. 이런 경험을 일상으로 하는 아이들이기에 누나를 기다리는 아이의 쓸쓸한 마음을 가늠하는데 모자람이 없었을 것이다.

김겸호 어린이는 여러 동시 가운데 이 동시를 골라 어머니께 들려드렸다. 어머니는 아이가 들려주는 시를 듣고나서는 어릴 때 찔레꽃은 먹지 않았지만 찔레 줄기도 먹고 진달래 같은 꽃도 먹었던 시절이 생각난다고 했다. 지금과는 판이하게 다른 그 시절, 찔레꽃은 간식거리였다는 말도 덧붙였다. 박준호 어머니도 동시를 듣고 '동시 인터뷰 학습지'에 손수 느낌을 써주셨다.

> 찔레꽃이 피어 있는 한적한 시골길이 떠오른다. 일 나간 누나를 기다리는 사이좋은 오누이와 찔레꽃 잎을 따서 먹는 순수한 동생의 모습에서 지금의 아이들은 모든 게 풍족하지만 형제를 사랑하는 마음, 부모님께 감사하는 마음이 부족하여 그런 걸 가졌으면 좋겠다는 생각이 들었다. 지금 시대에 태어난 걸 감사하며 가족을 가슴으로 더 사랑하자꾸나. (박준호 어머니)

박준호 어린이는 엄마가 글을 쓸 때 여러 번 생각하시는 모습을 보면서 어머니와 어쩐지 가까워지는 듯한 느낌을 가졌다고 했다. 자신이 좋아서 고른 동시를 어머니가 어떻게 받아들일지 준호는 몹시 궁금했던 것 같다. 준호는 어머니 생각을 궁금해하고, 어머니가 무슨 내용을 쓰는지 기다리면서 어머니와 특별한 시간을 가졌음에 틀림없다. 준호는 이 시를 어머니와 다시 감상하면서 지금 이렇게 살게 된 것을 다행으로 여긴다고 시 학습지에 썼다. 어머니 생각이 준호 마음으로 전해진 것이다.

박선영 어린이도 준호처럼 「찔레꽃」을 어머니께 들려드렸다. 선영이 어머니는 이 시에서 어두운 시대 배경이 잘 느껴지고 먹을 게 부족했던 어려운 시절이 마음속에 와 닿는다고 했다. 그리고 그때에는 잘살지 못했다는 점과 일본이 강제로 힘든 일을 많이 시켰다는 이야기도 선영이에게 들려주셨다. 선영이는 학교에서 배운 일점강점기 역사를 어머니 입을 통해 다시 들으면서 일제강점기가 우리에게 아주 아픈 기억이라는 생각이 들었다고 했다.

「찔레꽃」은 시 전체가 주는 쓸쓸한 정서 때문에 그저 안타깝고 슬픈 시라는 생각에 그칠 수도 있다. 그러나 아이들은 부모님 앞에서 낭송하는 경험을 하면서 또 다른 해석과 반응을 경험했다. 준호 어머니는 아이의 순수함과 형제애에 감동했고 선영이 어머니는 '광산'이라는 시어에 주목하면서 힘든 노동으로 인한 사람들의 아픔을 생각했다. 두 아이가 받아온 시 인터뷰 글에서 「찔레꽃」이라는 동시 한 편이 주는 폭과 깊이를 생각하게 된다.

②「헌 모자」

학교 마루 구석에
헌 모자 하나.
날마다 혼자 남는

헌 모자 하나.

학교 애들 다 가고
해질녘이면
가고 없는 주인이
그리웁겠지.

월사금이 늦어서
꾸중을 듣고
이 모자 쓰지도 않고
나간 그 동무,

지금은 어디 가서
무얼 하는지
보름이 지나도록
아니 옵니다.

—「헌 모자」(1929) 전문[2]

「헌 모자」는 우리 반 아이들이 이원수 동시 중에서 가락이 붙은 작품을 빼놓고 가장 좋아한 동시였다. 이원수 동시 감상 활동을 마무리하는 과정에서 마음에 드는 동시를 골라 낭송하는 시간을 가졌는데 아이들 상당수가 「헌 모자」를 골랐다.

시를 감상할 때 이원수가 열아홉 때 가정 형편이 어려운 아이들을 모아 가르쳤다는 이야기를 들려주었다. 그러고는 작가 이원수가 살던 시

2 같은 책 198~99면.

대와 지금 우리의 생활, 작품에 등장하는 인물과 자신, 또는 현재 주변의 인물을 두루 견주며 생각해보자고 했다. 아이들 대부분은 월사금 때문에 학교를 떠난 아이와 아이가 두고 간 모자의 마음이 되어 감상 글을 썼다.

돈이 없어서 월사금을 못 내고 학교에 못 나갈 정도로 가난할 줄은 몰랐다. 주인만 나가고 남겨진 모자를 생각하니 쓸쓸한 느낌이 난다. 모자를 놓고 나간 건 학교를 안 오겠다는 것 같기도 하다. (백승윤)

헌 모자를 상상해보니 외로워 보이기도 한다. 그리고 월사금이 늦어서 꾸중을 들은 이 모자의 주인도 상상해보면 얼굴에 쓸쓸함이 나타나 있는 것 같다. 가난해서 월사금을 못 내는 아이의 마음이 느껴지고 헌 모자의 그리움도 느껴지는 것 같다. (신예현)

"날마다 혼자 남는" 부분이 제일 인상 깊은 부분이다. 헌 모자가 혼자 남아 있는 모습을 상상해보니 불쌍하고 초라해 보인다. (정지영)

옛날엔 월사금을 내지 못해 학교에 다니지 못하는 사람이 많았다는 걸 알았다. 요즘은 돈을 내지 않아도 학교에 올 수 있다. 다행이다. 이 월사금을 못 낸 주인공은 어디에 갔을까? 내 생각에는 월사금 준비를 위해 여기저기서 일하고 있을 거라는 생각이 든다. (이재철)

월사금을 내고 학교에 다녀야 하는데 못 내서 나간 아이가 안타깝다. 지금은 다행이다. 암튼 국가가 그만큼 가난했는데 이렇게 급속도로 성장한 것은 한강의 기적, 사회에서 배운 다섯 글자가 생각난다. (박준호)

아이들은 주인을 기다리는 모자의 마음이 되어 생각해보거나 학교를 떠난 아이가 어떻게 지낼지 생각했다. 시를 읽다보면 화면 두 개가 번갈아 떠오른다. 학교 마루 구석에 있는 모자와 학교를 나가 떠도는 아이의 모습. 주인 없는 모자 때문에 아이들은 아이가 더 불쌍하고 모자까지 불쌍해지는 것이다.

하지만 고학년 아이들이라 그런지 모자 주인의 아픔을 공감하는 데에서 더 나아가 가난의 구체 상황을 궁금해했다. 월사금을 내지 못하면 학교를 다니지 못하던 시대와 적어도 중등학교까지는 돈이 없어도 학교에 다닐 수 있는 지금을 견주어보기도 한다. 박준호 어린이처럼 가난한 이들을 살펴줄 나라가 있다는 점에 감사하기도 하고 사회 과목에서 배운 발전한 우리나라의 모습을 떠올려보기도 하는 것이다.

이 작품을 감상할 때에는 특별한 감상 활동을 한 가지 더 했다. 아이들이 작품 속 인물에 대해 갖는 각별한 감정을 색종이로 표현해보는 활동이었다. 색종이를 접거나 구기거나 오려서 인물의 마음을 표현하는 활동인데 다양한 표현들이 나왔다.

③「대낮의 소리」

「대낮의 소리」는 쓸쓸하거나 안타까운 마음을 갖게 하는 앞의 시 두 편과는 분위기가 다르다. 시를 읽으면 언젠가 본 듯한 농촌 풍경이 오롯이 떠오르면서 시적 정취에 젖어들게 되는데 농촌 풍경을 경험하지 못한 아이들이라 할지라도 시를 읽다보면 마치 자신이 시 속 인물인 듯 실감을 느끼는 것 같다.

도시에 살고 있는 우리 반 아이들 대부분은 이런 농촌 정서를 경험해보지 못했다. 한 번도 농촌에 가서 논길을 걸어보거나 여기에 나오는 분위기를 느껴보지 못했다는 아이도 있었다. 그런 아이들에게 이 시는 어떻게 다가갔을까? 아이들은 뜻밖에 이 시를 좋아했다. 아마 사춘기에 들어선 아이들이라 더 그랬을지도 모르겠다. 아이들은 시에 등장하는 아이와 아버지에 대해 관심을 가졌고 한적한 산골 마을이 주는 느낌 또한 좋아했다. 심심할 정도로 한적한 산골의 논을 배경으로 펼쳐지는 아이와 아버지의 묘한 긴장과 움직임을 보면서 아이들은 많은 것을 떠올리고 느끼는 듯 했다.

대낮에 온 세상이 잠이 들었네.
바람 한 점 없네.
논의 물도 죽은 듯 누워만 있네.

먼 먼 산에서
뻐꾸기 혼자
뻐꾹뻐꾹, 그 소리뿐이네.

더운 김 푹푹 찌는 벼논 한가운데
땀에 젖은 작업복 등만 보이며
혼자서 허리 굽혀 논 매는 아버지

발자국 옮길 때마다 나는
찰부락찰부락
물소리뿐이네.

도시락 쳐들고
아버지를 불러도
흘긋 한 번 돌아보고 논만 매시네

빼꾹빼꾹

먼 먼 산에서 빼꾸기만 우네.

일하는 아버지의

물소리만 들리네.

—「대낮의 소리」(1980) 전문[3]

아이들은 이 시를 읽고나서 저마다 "빼꾹빼꾹" "찰부락 찰부락"에 동그라미를 쳤다. 나는 시를 감상하면서 되풀이되는 말이나 재미있는 말을 찾으라고 한 적이 없다. 그저 시를 읽다가 마음에 다가오는 시어가 있으면 동그라미를 치고 말풍선을 달아 까닭을 써보자고 했을 뿐이다. 그런데 아이들이 빼꾹빼꾹, 찰부락찰부락에 밑줄을 긋거나 동그라미를 쳤다. 고요한 풍경 속에서 들리는 소리, 마치 살아 움직여 귀에 들릴 것만 같은 소리가 마음을 움직인 것임에 틀림없다.

들리는 것은 그저 빼꾸기 소리와 물소리. 아이들은 이런 고요를 느낄 기회가 거의 없다. 여러 해 전 아이들한테 숙제 하나를 낸 일이 있다. 고요한 곳에서 산책하기였다. 아이들은 이 숙제를 제대로 해오지 못했다. 집 근처에 조용한 곳이 없다고 했다. 한 아이는 어떻게든 숙제를 해보려고 새벽에 골목길을 걷다가 무서워서 얼른 집에 들어갔다고 했다. 낮은 낮대로 밤은 밤대로 시끄러운 도시, 마땅한 산책로나 공원도 없는 동네에서 조용한 곳을 찾아 걷기란 쉬운 일이 아니다.

또한 요즘 아이들은 일 나가는 부모가 어떤 일을 하는지 알기 어렵다. 어려운 동네에 사는 아이들 가운데에는 부모가 하는 일을 잘 모르거나 알면서도 모른다고 하는 경우가 있다. 부모가 밖에서 하는 일을 자식이 잘 모른다는 것은 쓸쓸한 일이다.

3 이원수 『고향의 봄(전집 1권)』, 웅진 1984, 390~91면.

아이가 일하는 아버지에게 도시락을 가져다주는 풍경은 우리 아이들에게 무척이나 정감 어리면서도 신선한 풍경이었던 것 같다.

시를 보니 아버지는 논을 빨리 매야지 이런 생각을 하는데 아들은 아버지가 오셔서 밥을 먹고 해야지 이런 생각을 하며 걱정을 하는 거 같다. 소리를 흉내 내는 말을 잘 쓴 거 같다. (임하은)

약간 아들에게 무뚝뚝한 거 같고 아들과 아버지 사이에 안 보이는 거리감이 느껴지는 것 같다. 왠지 아들은 마음이 불안할 거 같다. 아버지가 배고프지는 않은지, 안 들리는 건지, 직접 가서 말씀드려야 하는 건지…….
(우세진)

먼 먼 산에서 뻐꾹뻐꾹 뻐꾸기 우는 소리, 3연에서 아버지가 힘들게 일하는 게 잘 표현되었다. (김승민)

왠지 모르게 아버지가 땀을 뻘뻘 흘리는 거 같고 굉장히 배고프신 거 같다. 그리고 일이 넘쳐나 밥 먹을 새도 없는 거 같다. 아이는 은근히 서운해하는 것 같다. 도시락을 그대로 놔둘 거 같다. (신예현)

아버지는 매사에 집중하는 거 같고 아이는 아직 철이 들지 않은 거 같다. (이시은)

아버지가 많이 힘들어 보이지만 분위기는 평화로운 거 같다. (이재철)

나도 할머니, 할아버지도 도시에 살아서 농촌 이야기는 들어도 별 감흥이 없었는데 이 시를 읽으니 이야기 같은 재미는 아니어도 농촌 사람의

감정을 잘 알 수 있고 흉내 내는 표현 때문에 실감이 느껴졌다. (정지영)

밥이 온 줄도 모르고 일하는 아버지를 보니 정말 열심히 일하는 거 같고 성격이 무뚝뚝하시면서도 어떨 때는 정이 많은 아버지인 거 같다. 뻐꾸기 소리가 귓가에 흐르고 있으며 농사일을 하는 아버지가 떠오른다. (최기웅)

묵묵히 일하는 아버지를 보아 평소 성격이 말이 없고 성실히 일을 하며 엄할 거 같다. 외딴곳에 논이 있는 것으로 보아 시끄러운 걸 싫어하나보다. 근로자들이 많으면 이 세상은 경제가 좋아지겠지만 농사짓는 사람이 많으면 조용한 지구가 될 거 같다. (김겸호)

배고프실 텐데 계속 논을 매는 아버지를 위해 도시락을 가져온 아들이 기특하고 아는 척을 안 한 아버지가 우리 아버지라면 섭섭했을 거 같다. (박상기)

이 시를 읽고 난 뒤에는 인터뷰 방식을 써서 감상 활동을 했다. 국어 시간에 인물을 면담하고 글 쓰는 공부를 한터라 질문지를 만들어 작가나 시 속 인물에게 묻고 답하는 형식으로 감상을 하게 한 것이다. 아버지, 아이에게 고루 질문을 했는데 아버지에게 질문을 한 아이들이 더 많았다.

■아버지에게 한 질문

왜 일만 하셨나요?

– 그야 일하는 데 정신이 팔려서지.

– 산에선 해가 빨리 지는데 해 지면 안 보이니 빨리 끝내야지 했지.

–일을 마치고 먹는 밥이 꿀맛이지. 일을 다 하고 먹을 생각이었어.

논일을 하는데 힘들지 않았나요?

–아무래도 여름이다보니 더 힘들지요.

왜 산 쪽에서 일하시나요?

–시내에는 논이 없고 마을에는 논이 있지만 돈 주고 사야하니 직접 제가 개간했습니다.

논 있는 곳과 집은 먼가요?

–산 두 개 넘어가면 되지요.

도시락을 흔드는 아이를 보고 어떠셨나요?

–기특했지만 난 해야 할 일을 마쳐야 해서 힐끗 봤지.

–빨리 논을 매야겠다고 생각했지.

허리는 어떠셨나요?

–아프지. 디스크에 걸렸어. 하지만 일을 멈추면 밥값이 없지.

왜 이렇게 조용하나요?

–동네와 떨어진 외딴곳이라.

■아이에게 한 질문

아버지에게 하고 싶은 말이 있다면?

–진지 드셔요. 그러다 쓰러지면 어쩌시려구요.

계속 일만 하는 아버지를 보며 어떤 생각이 들었나요?

–얼른 커서 거들어드리고 싶었어요.

④「오끼나와의 어린이들」

일본 오끼나와의 어린아이들은

남의 나라 뺏으려는 도둑질 전쟁 끝에

악마 같은 명령을 좇아
폭탄을 지니고 연합군의 진지(陣地)로
죽음의 진지로
가엾이 뛰어들어 무참히도 죽어갔다.

5학년의 어린아이도 있었단다.
너와 같은 열두 살짜리도 있었단다.

백성들을 죽여서까지도
저희들만 잘되려는
나쁜 사람들의 정부 밑에 살았기 때문에
커보지도 못하고 죽어간 어린이들.

우리는 그 흉악한 나라에서 빠져나왔지만,
독립만세 부르며 기뻐 뛰는 가운데서도
오끼나와의 어린 동무들을 생각하자.

다 같이 잘살 줄 모르는
욕심쟁이들을 없애지 않고는
즐거운 나라는 될 수 없단다.

어린 동무들아,
부지런히 배우고 어서 자라서
우리는 꼭,
좋은 나라 세워가는 일꾼이 되자.

—「오끼나와의 어린이들」(1946) 전문[4]

이 시를 읽다보면 이원수의 가슴 뜨거운 목소리를, 간절함이 담긴 목소리를 듣고 있는 듯하다. 이 시는 역사를 배운 6학년 아이들에게 꼭 들려주고 싶은 시였다. 그러면서도 정작 이 시를 아이들에게 들려줄 때는 진실을 알려주려는 계몽성과 마지막 연의 도덕 교과서 같은 분위기 때문에 아이들이 어떻게 받아들일까 하는 걱정도 들었다. 하지만 감상 활동을 하면서 아이들이 이 시를 진지하게 받아들였다는 것을 알 수 있었다.

6·25전쟁 때에도 이러지는 않았다. (이재철)

어떠한 이유로도, 어떠한 목적으로도 사람을 희생의 도구로 쓸 수 없다. 그 시대의 그때 내가 태어났다면…… 과연…… 생각하기도 싫다. (이병훈)

5학년…… 우리 또래 아이들이 죽었다고 하니 시가 더 다가온다. (우세진)

뭔가 남의 나라 일로 느껴지지 않는다. 나보다 더 어린 나이에 희생을 당했다는 사실에 안타깝고 불쌍하다. 이런 나쁜 정치를 하는 사람이 물러났으면 좋겠다. (신예현)

오끼나와 어린이들은 나쁜 정부 밑에 살아서 전쟁터에 나간 건 불공평하고 불쌍하다. 일본이 세계를 정복하려고 죄 없는 어린이들을 많이 죽였다는 게 슬픈 사실이다. (임하은)

---

4 같은 책 94~95면.

아이들과 글쓰기를 할 때 제 또래 아이들이 쓴 글을 보기로 읽어주면 아주 관심 있게 듣는다. 동화나 그림책을 보여줄 때에도 또래 인물이 주인공으로 나오면 아이들은 더 흥미를 느낀다. 「오끼나와의 어린이들」은 전쟁을 다루고 있어 그 참혹함이 아이들한테 안타깝게 다가간 점도 있지만 제 또래와 비슷한 아이가 희생당한 점에 더 놀라고 안타까워하면서 전쟁의 문제점을 더 깊이 느끼게 된 것 같다. 많지는 않지만 나중에 부모님 앞에서 낭송할 동시를 고를 때 우리 반 아이 둘은 이 시를 골랐다.

우세진 어린이는 아이들의 아픔이 잘 나타나 있어서 이 시를 골랐다고 했다. 어머니께 시를 들려드리고 난 뒤 세진이는 자신과 어머니의 생각이 비슷한 것을 알고 전쟁이 없어지기를 바라는 어머니의 진심을 느낄 수 있었다고 했다.

할머니는 전쟁 당시 할아버지가 돌아가실까 봐 깊은 산속에 숨어서 지내시고 음식과 옷을 가져다주시고 많은 고생을 하셨어. 엄마는 전쟁을 겪어보지 않은 세대라서 말로만 전쟁이라는 것을 들었어. 어려서부터 배우고 부모님들한테 들어서 알고는 있지. 전쟁은 없어져야 해. 어른들 욕심 때문에 아이들이 이유 없이 죽는 일이 생기면 안 되지. 다시는 전쟁이라는 무서운 것이 일어나지 말아야 한다고 생각해. (우세진 어머니)

우리가 해방을 맞이한 기쁜 시절에 이원수는 오끼나와 어린이의 아픔을 생각하며 이 시를 썼다. 이 시는 전쟁이 얼마나 잔혹한지, 싸우지 않기 위해 우리가 무얼 해야 하는지 말해준다. 식상한 표어 같지만 '다른 이들의 불행을 외면하지 말자.'는 곱씹어야 할 중요한 뜻도 들어 있다.

전쟁은 지금도 일어나고 있다. '오끼나와의 어린이들'은 세계 곳곳에 있다. 또한 우리도 전쟁의 어두운 그림자에서 자유롭지 않다. 나는 이 시를 가지고 우리 현실과 관련지어 아이들과 많은 이야기를 나눌 수 있다고 생각한다.

4. 가정으로 이어간 이원수 동시 감상—원수 동시 면담 보고서

이원수 동시를 감상하는 활동을 마무리하는 단계에서 부모님 앞에서 이원수 동시 낭송하기를 과제로 냈다. 낭송한 뒤 들은 사람의 이야기를 적어 오거나 질문을 덧붙여서 시에 대한 의견을 들어오는 일도 하기로 했다. 질문하고 답하는 활동은 국어 교과에 나오는 직업 관련 면담 활동을 할 때 썼던 방법을 그대로 가져온 것이다.

솔직히 이 과제를 내면서 6학년 아이들이 부모 앞에서 시 낭송을 하고 글을 써 올 수 있을까 하는 걱정에 그다지 큰 기대를 하지 않았다. 하지만 절반이 넘는 아이들이 이 숙제를 열심히 했고 아이들이 해 온 숙제를 보면서 나는 적잖이 고무되었다.

사실 이 과제는 갑자기 이루어진 것은 아니다. 부모님 앞에서 시를 낭송하는 일이 저학년이 아닌 고학년한테는 민망한 숙제일 수 있다. 사춘기에 들어선 아이들이라 그렇다. 부모님한테도 느닷없는 일이 될 수 있다. 앞뒤 설명 없이 다짜고짜 아이가 시 낭송을 하겠다고 나서면 부모로서는 영 어색할 것이다. 하지만 학기 초부터 아이들이 쓴 수학여행 보고서나 면담 보고서, 학급신문을 부모님께 보여드리고 답글 받아 오는 활동을 여러 차례 해왔기 때문에 이 과제가 그렇게 무리는 아니었던 것 같다. 학교 밖에 있는 동네 가게를 찾아가 면담 보고서를 쓴 경험도 도움이 되었을 것이다.

아이들은 처음에 아주 단순한 질문에 단순한 답을 받아 왔다. 쑥쓰러워서 시 낭송도 엉성하게 한 아이들이 많았다. 하지만 잘된 결과물을 골라 읽어주고 시 낭송 연습을 시키면서 조금씩 나아졌다. 과제를 해온 아이들이 쓴 글을 보면서 이 활동이 제법 괜찮았다는 것을 알 수 있었다. 부모님은 6학년이나 된 아이가 자기 앞에서 시를 낭송하는 모습을 보면서 잘하든 못하든 뿌듯해했고 아이들 역시 자기가 고른 동시에 부모님이 반응하는 모습을 보면서 좋아했다. 아이들은 어떤 시를 골라서 부모님께 들려드렸고 부모님은 또 어떤 반응을 보였을까.

「전봇대」를 어머니에게 들려드렸다. 이 시를 고른 까닭은 요즘 아버지를 대하는 아이들 모습과 시 속 주인공의 모습이 많이 달라 신기해서다. (박상기)

이 시에 나오는 아이처럼 너도 아버지에 대한 그리움이 큰 것 같다. 바쁘신 아버지하고의 대화를 많이 그리워하는 거 같은데 아버지를 그리워하는 게 시의 주인공과 공통된 거 같구나. (박상기 어머니)

「헌 모자」를 들려드렸다. 시에 외로운 느낌이 잘 나타나 있고 쓸쓸하고 초라한 모습이 인상 깊어서다. 부모님의 시 감상을 들으니 좋다. (정지영)

옛날, 학창 시절이 생각난다. 학교 다니던 친구들, 학교 갈 때 그런 어린 시절 일들이. 우리 아이들에게 추억 아닌 추억을 대물림해주지 않아야 하는데 현실이 그렇지 않아 참으로 답답하네요. (정지영 어머니)

「헌 모자」를 골랐다. 이 시가 아빠 세대에 맞을 거 같고, 또 쓸쓸하면서 월사금을 못 내는 아이의 마음이 잘 드러나 있는 거 같아서 좋았다. 아빠 이야기를 들으면서 우리 세대가 좋은 세상인 거 같아서 다행이라는 생각도 들었고 부모님 앞에서 시를 낭송하는 것도 쑥스러웠지만 자신감을 키워준 거 같아서 좋았다.

시 낭송을 마친 뒤 아빠가 서서히 입을 열었다. 아빠는 "옛 친구가 생각나네." 하고 말하시면서 옛 친구를 다시금 생각할 수 있는 시 같고 왠지 쓸쓸함을 느꼈다고 말해주셨다. 나는 곧이어 아빠 세대에는 이런 친구들이 많았느냐고 질문했다. 아빠는 그다지 많지는 않았지만 반에 한 명씩은 꼭 있었다고 대답해주셨다. 나는 그런 친구들은 월사금을 내지 못하면 학교를 오지 못했느냐고 물었다. "학교에서 나오지 말하는 이야기는 하지 않았는데 학교생활이 조금 힘들었겠지."라고 바로 답해주셨다. 지금 생각해보면 우리들은 월사금을 내는 세대가 아니어서 참 편한 거 같다. (신예현)

「대낮의 소리」를 골랐다. 아버지가 일을 계속하기 위해 밥도 안 먹고 일을 열심히 하시는 모습이 감동적이라 골랐다. 내가 낭송을 잘 한지는 모르겠지만 어머니는 좋다고 했다. 색다른 활동이었다. (백승윤)

한여름의 대낮, 여유로운 풍경과는 다르게 드넓은 논에서 일에 여념이 없는 아버지의 어깨가 무겁게 느껴진다. 또한 아이가 아버지는 부르는 소리에서 짙은 외로움과 함께 아련한 아픔이 가슴을 시리게 한다. (백승윤 어머니)

「우리 어머니」를 골랐다. 엄마가 생각나서다. (이시은)

엄마가 생각나서 우리 어머니를 골랐다니 이만큼 자란 아이가 대견스럽습니다. 시를 들으면서 이제는 허리가 다 꼬부라져 거동이 불편하신 내 어머니 생각이 앞서 나는 거 같아 마음이 저려옵니다. 나 어릴 적 내 어머니도 역시 항상 종종걸음으로 바쁜 나날을 보내고 계셨습니다. 당장 어머니 곁으로 달려가 어머니 좋아하시는 따뜻한 고구마 삶아드리고 싶습니다. (이시은 어머니)

면담 보고서 활동은 아이들에게 특별한 경험이 된 듯하다. 아이들하고 이원수 선생님 동시를 넉넉하게 맛보고 부모님 앞에서 시 낭송을 몇 차례 더 했더라면 훨씬 의미 있는 반응과 결과가 나왔을 거라는 생각이 든다.

⑤ 그 밖의 이원수 동시

6학년 아이들하고 이원수 동시를 감상하면서 노래가 된 시들은 자주 부르면서도 깊이있게 감상 활동을 하지 못했다. 노래로 나온 시를 감상하면서 좀처럼 다루지 않던 시들을 애써 아이들에게 주려 했기 때문이다. 노래가 된 시 가운데에서 아이들이 좋아한 동시는 「개나리꽃」「겨울 물오리」「햇볕」「우리 어머니」다. 「햇볕」은 밝아서, 빛의 색깔 변화가 따스하고 예뻐서, 자연의 모습을 사랑으로 표현해서 좋다고 했다. 「우리 어머니」의 경우, 어머니의 주름까지도 예쁘다고 하는 아이의 마음이 인상 깊었나 보다. 그 아이는 정말 어머니를 사랑하는 것 같다고 한 아이도 있다.

4. 좋은 시를 아이들에게 주는 길

어느덧 내 마음 깊숙하게 들어온 이원수 동시, 시를 좋아하게 되니 당연히 아이들에게도 이 시들을 주고 싶은 마음이 생긴다. 시를 아이들에게 주고 싶으니 반세기가 넘는 세월을 지나온 이원수 시들을 지금의 아이들에게 어떻게 주면 좋을까 고민하게 된다. 안타깝게도 아이들은 스스로 시를 찾지 않으니 어떻게 시와 아이들을 만나게 할까 생각하게 되는 것이다.

6학년 아이들에게 줄 동시를 고르기 위해 여러 차례 『너를 부른다』에 나오는 동시들을 읽었다. 그러다보니 이 시는 이럴 때 아이들한테 들려주면 좋겠구나 하는 시들이 새삼 눈에 들어왔다. 역사 교과를 배우면서,

과학 시간에, 식물 단원을 공부하면서, 가족의 달이라는 5월을 맞이하여 아이들하고 감상하면 좋을 시들이 눈에 들어온 것이다.

이미 앞에서 다룬 시 「개나리꽃」이나 「오끼나와의 어린이들」을 포함하여 「들불」 「4월이 오면」 「바람에게」 「보오야 넨네요」 「너를 부른다」 「버들피리」 「잘 가거라」 같은 시들은 역사를 배우면서 함께 감상하면 좋겠다는 생각을 한다. 동시를 가지고 역사 공부를 몇 차례 한다면 아이들은 어렵게만 생각하는 역사를 실감으로 느끼면서 또한 수업 방법에도 흥미를 느낄 것이다.

지난해 이미 그런 계획을 세웠지만 아쉽게도 몇 번 하지 못했다. 의욕은 있었지만 시간을 내기 힘들었다. 6학년 아이들하고 일제강점기를 공부할 때 다룬 시는 「개나리꽃」이다. 한 차례 일제강점기에 대한 공부를 하고 권윤덕의 그림책 『꽃할머니』(사계절 2010)를 읽어주었다. 그 뒤 노래 「개나리꽃」을 배경음악으로 틀어놓고 『꽃할머니』를 프레젠테이션으로 다시 보았다. 아이들은 지나간 역사로만 생각했던 문제들을 그림책과 동시 감상을 하면서 지금의 문제로 다시금 생각할 수 있었다고 했다.

자연의 아름다움을 느끼게 하거나 식물 공부를 할 때도 다루면 좋을 동시들이 있다. 몇 해 전부터 아이들하고 학교 생태 숲을 돌아보며 만나게 되는 동식물을 관찰하는 활동을 하고 있다. 한 번은 쑥 관찰을 한 적이 있는데 그때 쑥을 그리거나 즙을 내보기 전, 쑥이 얼마나 중요한 풀인지 아이들에게 이야기해 주었다. 그때 「쑥」이라는 동시를 떠올리지 못한 게 무척 안타깝다. 다음 해에 쑥 관찰을 다시 하게 되면 꼭 이 동시를 아이들에게 들려주려고 한다. 「소라고둥」이나 「맨드라미」 「그리움」 「봄비」 「책 속의 두견화」같은 시도 관찰 활동을 할 때 감상하면 좋겠다. 「나무의 탄생」이라는 시는 과학 시간에 식물 단원 공부를 할 때 4학년 미술 시간에 나무 관찰 그리기를 할 때 들려주기에 알맞은 시다.

'가족'을 주제로 그림책이나 동화책을 읽어주면서 「우리 어머니」 「토마토」「밤중에」「나무 간 언니」「그리움」「찔레꽃」「전봇대」「이삿길」「아버지」 같은 시를 함께 감상할 수 있겠다는 생각이 든다.

「햇볕」「달밤」「순희 사는 동네」 같은 시들을 읽고 나서는 평화나 아름다움에 대해 이야기를 나누어보면 어떨까.

예전에는 직관으로 내 마음에 다가오는 시를 골라 아이들에게 주었다. 하지만 앞으로는 아이들에게 줄 시의 폭을 넓혀볼 생각이다.

이런 고민을 바탕으로 앞으로 차근히 이원수와 다른 작가들의 좋은 동시가 아이들에게 더 사랑받게 되는 길을 찾아보아야겠다.

이원수 소년소설의 인물 및 서사담론 분석

오세란

1. 들어가며

본고는 이원수 소년소설에 등장하는 인물과 서사를 분석하여 작품이 지향하는 담론 양상을 밝히려고 한다. 이원수는 아동문학작가로 활동하면서 동화와 소년소설, 동시, 전래동화와 인물이야기 등 다양한 장르의 작품을 창작하였으며 소년소설로는 총 42편의 중단편과 12편의 장편을 남겼다. 기존 이원수 문학 중 동화와 소년소설에 관한 연구는 주로 그의 현실주의적 세계관을 대변하는 문학적 성과에 초점이 맞추어져 있었다. 그러나 최근 『이원수아동문학전집』(전 30권, 웅진 1984)을 통독하면서 새롭게 발견한 것은 이원수 문학에 반복하여 등장하는 인물의 특징 및 그 인물들이 겪는 사건에서 드러나는 표면서사와 내면서사의 충돌이었다. 그러므로 이원수 소년소설의 주제적 측면이 아닌 서사적 측면을 적극적으로 분석해보는 작업이 현재 필요하다고 생각한다.

또한 지금까지의 이원수 아동문학 연구를 살펴보면 대부분 동화와 소년소설을 구별하지 않은 연구가 많았다. 이원수는 '소년소설'과 '동화'

장르를 구별하여 바라보았고 그 구별에 따라 작품을 창작하였기에 그의 작품 역시 두 장르를 개별적으로 연구할 필요가 있다. 이원수의 소년소설을 동화 장르와 구별하여 다룬 것으로는 이균상의 연구와 김혜정의 연구가 있다. 이균상은 이원수의 소년소설론에 따라 동화와 소년소설을 구분하여 연구하였지만 이원수 작품에 나타난 현실 수용양상에 관한 기존 논의에서 크게 벗어나지 못한 한계가 있다.[1] 김혜정은 소년의 시점에서 세계를 해석해나가는 관점에 주목하여 아이와 어른의 세계를 이분법적으로 바라본 작가의 시각이 작품 창작에 미친 영향을 탐구하였다.[2] 김혜정의 논문을 잇는 이원수 작품의 서사적 측면을 주목하는 연구가 필요한 시점이라 판단된다.

소설에서 인물은 매우 중요한 부분이다. 모든 소설은 인물이 일으키는 갈등과 사건을 통해 스토리가 진행되므로 인물의 성격과 행동은 서사를 이끄는 주요 요소이기 때문이다. 소설 연구에서 인물을 주목하는 방법에는 두 가지 방식이 있다. 한 가지는 인물을 구성하는 방식 즉 인물화(characterization) 형상 과정에 초점을 맞추는 것이고 다른 하나는 인물을 서사의 한 기능으로 이해하는 것이다.[3] 본고에서는 소설에서 인물이 서사에 영향을 미치는 가장 기본적인 기능이라는 관점에서 이원수 문학에 나타나는 인물을 주목해보려고 한다. 이원수 소년소설에는 정형적 인물이 다수 존재하며 이들의 캐릭터가 서사의 전개에 일정한 영향을 미치고 있기 때문이다. 또한 그 인물들이 모여서 일으키는 사건이 하나의 주제로 조직되어가는 방식, 즉 서사담론이 드러나는 양상을 알아보려 한다. 만약 이러한 서사담론에서 특이한 지점이 포착된다면 그 원

1 이균상 「이원수 소년소설의 현실 수용양상 연구」, 한국교원대 석사학위논문, 1997.

2 김혜정 「이원수 소년소설 연구」, 서강대 석사학위논문, 2009.

3 정재석 「서사적 진실과 인물의 형상화」, 한국소설학회 엮음 『현대소설 인물의 시학』, 태학사 2000, 197면 참조.

인도 구명하여 볼 것이다.

본고는 이러한 과제를 수행하기 위하여 인물과 서사를 구조적으로 분석한 그레마스(Algirdas Julien Greimas)의 분석틀을 가져오려 한다. 알려진 바와 같이 그레마스의 인물 및 행위항 공식은 서사를 도식화하는 단점은 있으나 복잡한 서사를 명료하게 보여주는 장점이 있으므로 본고의 목적을 밝히는 데 일정한 도움을 줄 수 있을 것이라 판단된다.

2. 이원수 소년소설 속 인물 분석

1) 주인공 소년

소설에서 주인공은 과제를 수행하는 수행자이다. 주인공은 주어진 목표에 도달하는 과정에서 발생하는 위기나 갈등 상황을 극복함으로써 수행자에게 주어진 국면을 변화시키게 되고 성숙한 존재가 된다. 이원수 소년소설에는 대체로 소년이라 부를 수 있는 13세 가량의 남자아이가 등장하는데 이는 소년소설의 인물로서 적절한 선택이라 할 수 있다. 그런데 이러한 주인공의 특징 중에 주목할 부분은 소년의 성격이다.

> ① 점심시간에 성규는 말을 해야겠다고 생각하고 있었다. 그런데 아무한테도 입을 떼지 못했다. (『바람아 불어라(전집 16권)』(웅진 1984) 7면)
>
> ② 성규는 처음으로 동무들을 초대하는 터라 모든 것이 서투르고, 무언지 모르게 무거운 책임감 같은 것이 제 몸을 누르는 것 같았다. (『바람아 불어라』 12면)
>
> ③ 어차피 알게 될 아버지의 구속된 사실, 그러나 아무에게도 말하기 싫은 사실을 감싸 놓고, 그 싸덮은 보자기가 벗겨질까 마음을 졸이고 있는 것이다. (…) 아버지 일에 대해서 너무 걱정 말라고 하는 영재의 말에,

성규는 얼굴이 화끈하는 것 같았다. 영재가 무슨 뜻으로 그러는 것일까? 벌써 무슨 소문을 듣고 눈치를 챈 것일까? 아버지가 갇혀 있다는 소문이 밖에까지 났을 리는 없는데, 영재가 하는 말은 아무리 생각해도 이상하다. (『바람아 불어라』 49면)

위의 예문에서 ①은 『바람아 불어라』에서 주인공 성규가 생일날 친구를 초대해야 하는 장면이다. 그러나 성규는 소극적인 성격으로 초대의 말을 하지 못하고 있다. ② 역시 같은 상황으로 손님 초대의 중압감이 소년의 마음을 누르고 있음을 알 수 있다. ③은 성규의 아버지가 음모에 휘말려 감옥에 들어간 후 성규가 이웃들이 이를 눈치챌까 노심초사하는 장면이다. 위의 예문에 비추어 『바람아 불어라』의 주인공 성규는 말수가 적고 소극적이며 예민한 성격임을, 또한 타인의 시선을 의식하는 강한 자의식을 가지고 있음을 알 수 있다.

현우는 제가 한 일이 후회가 되고 어리석은 행동이라 느껴져서 마음만 죄었다. 왜 진작 차비가 없다는 말을 터놓지 못했던가? 그렇게 못한 바에는 합승에 오르라고 할 때, 저는 버스로 갈 테니 어느 정류장에 내려서 기다리고 있으라는 말이라고 했으면 좋았을 게 아닌가! 왜 그런 말도 못하고 돈도 없으면서 올라탔던가? 이제 잠시 후에는 찻삯을 내야 하고 찻삯이 없다는 말을 하면 차장에게 야단을 맞을 것이다. 그러면 저 애들이 오죽이나 흉을 보고 웃고 할까! 어쩌면 저 애들 중에서 누가 돈을 내주어 무사하게 해줄지도 모른다. 그게 얼마나 창피스런 일인가. (『민들레의 노래(전집 13권)』(웅진 1984) 14~15면)

『민들레의 노래』의 현우 역시 마찬가지이다. 현우의 내면 독백을 보면 자신이 아이들의 차비를 지불해야 하는 상황에서 돈이 없다고 말하지도 못하고, 그렇다고 차에 오르는 것을 말리지도 못한다. 이러한 행동으로 미루어 주인공은 과감한 행동으로 자신의 심정을 표현하지 못하는 소심한 성격임을 알 수 있다.

> 그런 민이에게는 사내아이 동무들도 많지 않은 것 같았다. 다른 남학생들은 매일같이 저희 동무들과 어울려 다니면서 노는 걸 보는데, 민이는 어째서 그러지도 않고 걸핏하면 이 흰 바위에 와서 혼자 놀고, 책이나 읽고, 그랬을까. 한없이 외로운 소년이라는 생각이 든다. (『메아리 소년(전집 13권)』(웅진 1984) 64면)

위의 예문은 『메아리 소년』에서 주인공의 여자 친구인 소영의 눈에 비친 주인공 민이의 모습이다. 소영이 서술하는 민이 역시 친구 없이 지내는 외로운 소년이다. 이처럼 이원수 소년소설의 주인공들은 모두 정형적인 캐릭터를 가지고 있으며 이를 성격유형으로 표시해보면 다음과 같다.

〈표〉 이원수 소년소설의 주인공 성격유형

복잡성 / 역동성	평면적	다면적
정적	민이, 현우, 성규	
역동적		

이처럼 이원수 소년소설의 주인공들은 대체로 모범적이지만 수동적이고 비행동적인 사고형 인물들로 이루어져 있다. 때문에 자신에게 일어난 사건을 헤쳐나가는, 행동형 주체가 되기에는 부족하다. 그래서 작품에는 이러한 소년을 도우면서 사건을 전개하는 인물이 다수 존재하게 된다.

2) 주인공을 둘러 싼 소년, 소녀 인물

소년소설에는 주인공 소년의 주변에서 주인공과 함께 서사를 진행시키는 또래 아이들이 등장한다. 이원수 소년소설 속 주인공 주변 아이들은 크게 나누어 주인공에게 애정을 가지고 그의 어려운 처지를 도와주려는 아이들과 주인공을 이유 없이 괴롭히는 아이들로 구성되어 있다.

주인공을 도와주려는 아이들은 대체로 씩씩하고 용감하여 주인공의 비행동적인 성격을 보완해준다. 『민들레의 노래』의 호야나 『바람아 불어라』의 두만과 같은 소년들이다. 이들은 성격이 활발하므로 적극적으로 주인공을 대신해 사건을 헤쳐나가는 역할을 맡는다. 가령 아래의 예문과 같이 『민들레의 노래』에서 호야는 오갈 데 없어진 현우를 위로해주고 잠자리를 제공해주며 다음 서사로 물꼬를 터주는 역할을 담당한다.

> 호야가 이런 현우의 마음을 짐작해주는 것처럼 팔을 더 꼬옥 붙들어주면서, "걱정 마라. 내가 조사해줄게. 급히 이살 가느라고 미처 알려주지 못했나 보다. 뭐 병원에 있었으니까 급히 안 알려도 될 줄 알고 그랬을 것 아니냐?" 하고 위로를 해주었다. 그러나 호야의 마음속에도, 이 일이 예사롭지 않은 일이라는 것과, 또 이런 일이 호야 때문에 생겼으리라는 책임감이 느껴져서 은근히 무거운 기분이 되었다. (『민들레의 노래』 127면)

한편 주인공의 주위에서 주인공을 괴롭히는 학우들도 있다. 이들은 이유 없이 주인공을 놀리고 폭력적이며 잘난 체하는 철없는 아이들이지만, 이들 역시 주인공의 불행한 처지를 알게 된 후에는 반성과 함께 주인공을 도와주려는 입장에 서게 된다.

> 학교에서는 동무들이 모두 성규를 위로해주었다. 평소에는 그리 가까

이 지내지 않던 아이도 어머니를 잃은 성규의 마음을 짐작하고 정답게 굴었다. 성규를 제일 괴롭히던 형태도, “누구나 다 한 번은 어머니를 잃는 법이란다. 너무 슬퍼하지 마.”하고 위로의 말을 했다. (『바람아 불어라』 249~50면)

특히 여자아이들은 대체로 주인공 소년에 대해 이성애적인 감정을 가지고 있는 경우가 많다. 『메아리 소년』의 소영, 『바람아 불어라』의 애리수와 같이 주인공 주변에는 새침하지만 주인공을 좋아하여 소년을 도와주려는 소녀가 항상 출현한다. 때로는 주인공 소년보다 몇 살 연상인 ‘누나’로 불리는 소녀가 등장하기도 한다. 이들은 주인공 소년에게 많은 관심을 가지고 있고 때로는 애정을 가지고 헌신적으로 주인공을 돌보아주므로 주인공 소년은 ‘누나’에게 감정적으로 의존하는 상황이 되기도 한다. 가령 『민들레의 노래』의 경희나 『바람아 불어라』의 정애와 같은 인물들이 대표적이다.

이원수 소년소설에서 ‘누나’라는 캐릭터는 주목할 만한 인물인데, 작품에서 누나는 주인공의 외로운 상황을 감싸주는 역할에 머물 뿐 아니라 때로는 서사적 질서를 해칠 정도로 의외의 상황을 연출하기 때문이다. 가령 중편 「진눈깨비 내린다」(『세계일보』 1959)에서 주인공 홍주는 이웃에 사는 경이누나의 친절 때문에 그녀를 좋아하게 된다. 홍주는 서커스단에서 고운 옷을 입고 애처롭게 서커스를 하는 서커스단 소녀와 경이누나를 동일시하여 묘한 애정을 느낄 정도로 감정적으로 몰입하는데, 정작 경이누나는 시인인 홍주의 아버지를 흠모하고 있던 것으로 밝혀진다. 경이에 대한 홍주의 감정이나 경이누나와의 관계는 「진눈깨비 내린다」의 중심서사에서 크게 필요치 않은 부분이지만 작품 곳곳에 등장하면서 서사의 응집력을 방해한다. 이처럼 이원수 소년소설에서 ‘누나’라는 캐릭터는 서사적으로 양가적인 영향을 미치고 있다.

3) 성인 인물

앞서 분석한 바와 같이 이원수 소년소설에서 주인공 소년은 대부분 소극적이다. 더구나 소년이 처한 상황 역시 녹록지 않아 어린이들끼리 헤쳐가기는 불가능한 상황이다. 그러므로 작품 속 성인 인물들이 주인공이 처한 상황을 변화시키는 데에 커다란 영향을 미친다.

특히 이원수 소년소설에서 소년의 친부모는 소년이 위기를 겪게 만드는 가장 큰 원인이 된다. 『메아리 소년』의 성규 아버지는 한국전쟁에서 받은 충격으로 정신이상이 된 후 사망했고, 『민들레의 노래』의 현우 아버지는 한국전쟁 당시 거창양민학살사건으로 사망하는 등 대부분의 아버지들이 이미 세상에 존재하지 않는 상황이다. 『바람아 불어라』에서 주인공 성규의 아버지는 이야기의 첫 부분에서 누명을 쓰고 감옥에 갇힌 뒤 결말 부분에서야 다시 등장한다. 이원수 소년소설의 또 하나의 특징은 아버지가 부재한 상황에서 어머니마저 병을 얻어 사망하게 되는 등 주인공의 처지가 고아가 된다는 점이다. 우리나라의 대다수 성장소설은 부재하는 아버지를 대신하는 생활력 강한 어머니가 등장하는데, 이러한 한국 성장소설의 특징이 이원수 소설에는 해당되지 않는다.[4] 이원수 소년소설 속 어머니들은 대부분 극한 상황을 감당하지 못해 쓰러지거나 사망하고 만다. 결국 이원수 소년소설에서 주인공의 친부모들은 소년의 상황을 위기로 몰아넣는 원인이 된다. 이러한 상황에서 주인공의 목표는 홀로 성장하기, 곧 독립이 된다. 성장소설의 관점에서 보자면 부재하는 아버지가 아들의 독립이라는 목표를 추동하는 발신자의 역할을 맡고

4 이원수 소년소설 중 아버지를 대신하는 강한 어머니가 등장하는 대표적인 작품은 『지혜의 언덕(전집 17권)』(웅진 1984)이다. 어머니가 어른의 역할을 해내는 『지혜의 언덕』의 경우 본고에서 다루는 작품들에 나타나는 주인공의 내면 갈등이 표출되지 않는다는 점을 유의할 필요가 있다.

있는 셈이다.

그러나 앞서 살펴본 바와 같이 이원수 소년소설에서 주인공들은 혼자 상황을 헤쳐나가 독립에 이르기에는 아직 어리고 심약하다. 그렇기 때문에 주변 어른들, 가령 학교 선생님이나 집에 있는 도우미, 마을에 사는 이웃 어른이나 친척 등이 조력자로 활약하게 되지만 아쉽게도 주인공을 돕는 어른들의 선행은 일관성 있게 지속되지 않는다. 가령 『메아리 소년』에서 민이를 도와주던 선생님은 학교에서 모종의 사건에 연루되어 갑자기 사라진다. 이 작품뿐 아니라 이원수 소년소설에서는 주인공을 이해해주고 격려해주던 선생님이 갑자기 사라지는 경우가 많다. 또한 선행을 베푸는 주변 어른이 이야기의 중반 이후에 우연적으로 등장하는 등 개연성 있는 서사를 해치는 방식으로 출현하기도 한다.

한편 이원수 소년소설에서 주변 어른 인물은 조력자일뿐 아니라 소년의 상황을 악화시키는 적대자가 되기도 한다. 『민들레의 노래』에서 고아인 현우를 키워주던 정미 아버지, 한경렬은 한국전쟁 중 거창양민학살사건에서 현우 아버지를 죽인 장본인임이 밝혀진다. 자신을 키워주던 후원자가 자신의 아버지를 죽인 적대자라는 설정은 비행동적인 현우에게는 커다란 갈등으로 다가온다. 『민들레의 노래』는 이러한 상황을 완전히 해결하지 못한 채 결말을 맺게 된다. 『메아리 소년』에서 민이의 생활을 도와주던 춘천댁 역시 민이의 집을 빼앗으려는 음모를 꾸미는 역할로 변신한다. 작품 첫머리에서 양어머니를 따르며 민이네 생활을 조용히 도와주던 춘천댁의 변화가 민이를 혼란에 빠뜨리는 원인이 되는 것이다. 『메아리 소년』도 이러한 갈등이 해소되지 않은 채 끝나는데 고아가 된 민이의 거취와 춘천댁의 계략은 이 작품의 중심서사에 해당하므로 이러한 결말은 서사의 완결성을 해치는 요소로 작용한다. 따라서 이원수 소년소설 속 성인 인물들의 복잡한 성격유형은 작품의 서사에 일정한 영향을 주고 있다.

3. 서사담론 분석

이원수 소년소설에서 소년 주인공들은 부모가 부재한 상황에서 한결같이 그들이 감당하기 힘든 역사적·현실적 상황에 부딪힌다. 이러한 현실에서 소년은 독립 혹은 성장이라는 목표를 수행해야 한다. 작품에 나타나는 소년의 과제는 자신의 외적 상황을 감당함으로써 내적 성숙에 이를 수 있는지로 모아진다. 이번 장에서는 이러한 과제가 어떻게 수행되고 있는지, 특히 이러한 과제를 수행함에 있어서 짜임새 있고 납득 가능한 서사가 이루어지고 있는지를 살펴보고자 한다.

이러한 서사 분석에서 활용하고자 하는 분석틀은 그레마스의 기호사각형과 행위사각형이다. 그레마스는 텍스트 내부에 존재하는 동질적이고 일관적인 가치를 동위소 개념으로 설명한 바 있다. 부연하자면 동위소는 일관성 있는 읽기가 가능한 의미론적 범주의 '잉여체 전부'를 지칭하는 것으로 언술의 부분적 읽기와 전체적 읽기를 결합하여 동위소를 추출하는 방식으로 텍스트 속 모호성을 해결할 수 있다.[5] 이러한 기능을 도식화한 그레마스의 기호사각형(semiotic square)은 하나의 의미 범주를 분절된 양상의 모양으로 시각적으로 표현한 것으로서 반대 관계, 모순 관계, 함의 관계 등 세 가지 관계의 차이를 통하여 텍스트가 추구하는 주요 의미가 어떻게 드러나는지를 살펴보기 위한 도구이다. 이를 통해 텍스트의 중심적 담론을 밝힐 수 있다.

그레마스의 기호사각형으로 『바람아 불어라』를 분석해보면 다음과 같은 결과를 얻을 수 있다.

5 성광수 외 『몸과 몸짓 문화의 리얼리티』, 소명출판 2003, 342면 참조.

『바람아 불어라』의 기호사각형

A 독립	B 의존
NON A 남성성	NON B 여성성

A와 B는 대립 관계, NON A와 NON B는 하위 대립 관계이다. 작품은 성규의 독립(성장)을 과제로 안고 있으므로 의존의 개념과 대립된다(A 대 B, 독립 대 의존). 또한 성규의 독립을 위한 하위 대립은 부재하는 아버지를 대신한 '남성 되기'와 잃어버린 모성을 찾아가는 여성(모성)의 지향으로 배치해볼 수 있다(NON A 대 NON B, 남성성 대 여성성). 위의 배치에서 서로 대각선으로 마주보는 A와 NON B, B와 NON A는 모순 관계이므로 성규의 독립과 여성(모성)의 지향 그리고 성규의 의존과 남성성의 관계는 모순적 상황이다. 마지막으로 독립 대 남성되기(A 대 NON A), 의존 대 여성 찾기(B 대 NON B)는 각각 내포 관계로 규정해볼 수 있다.

『바람아 불어라』의 담화를 기호사각형으로 공식화해볼 때 작품에는 성규가 성장과 독립을 추구하는 성장담론의 서사가 표면적으로 배치되어 있지만 한편으로는 잃어버린 모성적 사랑을 갈구하는 애정담론의 서사가 내재해 있다고 분석할 수 있다. 또한 이는 『바람아 불어라』뿐만 아니라 이원수 소년소설에서 대동소이하게 작동한다.

다음으로 이원수 소년소설을 그레마스의 행위항으로 공식화해보면 성장서사의 행위항과 애정서사의 행위항, 이렇게 두 종류의 행위항을 만들어볼 수 있다.

1) 성장서사의 행위항

성장담론으로 바라본 『바람아 불어라』의 행위항

발신자 (아버지)	대상 (성장) ↑	수신자 (성규)
조력자 (애리수, 정애누나, 이모부 등 어른)	주체 (성규)	적대자 (아버지를 감옥에 보낸 이)

성장담론으로 바라본 『메아리 소년』의 행위항

발신자 (아버지)	대상 (성장) ↑	수신자 (민이)
조력자 (소영, 새어머니, 제지공장 박씨)	주체 (민이)	적대자 (춘천댁)

성장담론으로 바라본 『민들레의 노래』의 행위항

발신자 (아버지)	대상 (성장) ↑	수신자 (현우)
조력자 (호야, 경희)	주체 (현우)	적대자 (정미 아버지 등)

이원수 소년소설을 소년이 성장 혹은 독립이라는 과제를 수행하려는 성장담론으로 볼 때 텍스트는 사실상 성장 과제를 역동적으로 수행하기 어려운 조건을 내재하고 있다. 우선 주인공의 내성적이고 비행동적인 성격과 주인공이 감당하기에 벅찬 현실적 조건이 과제를 수행해내기 힘든 원인으로 작용한다. 주인공에게 주어진 사연, 즉 한국전쟁 중 거창양민학살사건으로 사망하게 된 현우 아버지의 상황이나, 한국전쟁에서 얻은 정신적 충격으로 결국 사망하게 되는 민이 아버지의 상황, 어른들의 모함으로 인해 감옥에 갈 수밖에 없게 되는 성규 아버지의 처지 등

등 어린 소년에게는 감당하기 힘든 장애물이다. 그럼에도 불구하고 행복한 결말로 마무리하고자 하는 창작방식으로 인해 작품은 주변 어른이 갑작스레 사건을 해결하거나 갈등은 해결되지 않은 채 아이들끼리 자의적으로 만족하는 양상으로 끝나는 일이 반복하여 발생한다. 『메아리 소년』에서는 민이의 신변을 이웃인 제지공장 박씨가 정리해주고, 『바람아 불어라』에서는 외삼촌이 시시때때로 찾아와 성규가 살아갈 방식을 제시한다. 『민들레의 노래』의 경우 중심서사인 현우의 처지는 전혀 해결되지 않지만 현우와 정미가 화해를 하는 모습으로 하위 갈등만 해소한 뒤 끝맺는 모양을 취한다. 위와 같이 성장담론으로서 이원수 소년소설은 서사적 완결성에 아쉬움을 가지고 있는 경우가 많다. 덧붙여 이원수 소년소설에서 서사적 응집력을 방해하는 또 하나의 원인은 주인공 소년이 주위 여성으로부터 모성적 사랑을 받고자 하는 하위 갈등의 출현인데 이것을 새롭게 정리하여 살펴보면 다음과 같다.

2) 애정서사의 행위항

이원수 소년소설을 기존의 성장소설적 관점, 즉 소년이 사건과 만나 성장을 이루어나가는 공식만으로 바라보면 작품에 흐르는 서사적 질서를 온전하게 파악할 수 없다. 이원수 소년소설에서는 성장담론과 함께 소년이 모성애나 사랑을 갈구하는 또 하나의 담론을 발견할 수 있는데 이 부분을 규명할 때 작품 속에 일관적으로 나타나는 주요 서사를 정리할 수 있다.

이원수 소년소설의 주인공들은 아버지가 부재할 뿐 아니라 어머니 또한 사망하여 고아가 된 상황이거나 어머니가 갑자기 닥친 어려움을 견디지 못하고 병들어 사망하는 경우가 많다. 따라서 고아가 된 어린 소년의 내면에는 성장해야 한다는 과제와 함께 잃어버린 모성에 대한 애정의 목마름이 잠재하여 있다. 특히 이원수의 소년소설에서 이러한 애정담론은 표면적인 성장담론의 하위에서 내재해 있다 표출되는 형태로 발현된다. 소설의 서사를 하위담론에 속하는 애정담론으로 도식화해보면 다음과 같다.

애정담론으로 바라본 『바람아 불어라』의 행위항

발신자 (부재하는 어머니)	대상 (정애누나를 향한 사랑)	수신자 (성규)
	↑	
조력자 (이모부)	주체 (성규)	적대자 (이모)

> 자면서도 성규의 손을 쥐고 있는 정애누나가 고마웠다. 누가 이렇게 나를 사랑해 주겠는가. 어머니를 잃은 성규에게는 이 손 하나를 쥐고 자 주는 정애가 한량 없이 고맙다. 성규는 정애가 좀더 제 손을 힘주어 쥐어 주었으면……, 하는 욕심이 나지만 잠들어 있는 사람이라 가만히 쥐고 있을 뿐이다. (…) 아버지를 여의고, 또 어머니를 잃은 외로운 정애누나였다. 그런데도 행복하다고 했다. 무엇이 어때서 행복한 것일까? 성규는 얼굴을 안긴 채 생각해보았다. 모를 일이다. 그러나 성규는 저 자신이 무언지 모를 행복감에 젖어 있음을 깨달았다. (『바람아 불어라』 219~21면)

인용한 부분을 통해 알 수 있는 바와 같이 성규는 어머니를 잃은 슬픔을 정애누나에게 의지하면서 새롭게 행복을 느낀다. 이야기는 표면적으로 성규의 성장담으로 진행되지만 작품 후반으로 갈수록 성규가 정애누나가 함께 살 수 있을지 고민하고 걱정하는 부분에 크게 할애된다. 이러한 도식에서는 성규의 집에서 정애누나가 계속 살 수 있도록 허락하는 이모부가 성규를 도와주는 조력자가 되고, 정애를 집에서 내보내려 시도하는 이모는 성규에게 적대자가 된다. 이처럼 이원수 소년소설은 행위항을 어떻게 보느냐에 따라 서사의 담화 양상도 새롭게 해석된다.

이번에는 『메아리 소년』의 행위항을 다시 한 번 애정담론으로 해석하여 보자.

애정담론으로 바라 본 『메아리 소년』의 행위항

발신자 (부재하는 친어머니)	대상 (새어머니를 향한 사랑) ↑	수신자 (민이)
조력자 (제지공장 박씨)	주체 (민이)	적대자 (춘천댁)

"어머니, 난 싫어. 가는 것 싫어."

민이는 빠져나오려던 새어머니의 품속으로 기어들며 이렇게 떼쓰듯이 말했다. 어머니가 다시금 민이를 끌어안았다. 민이는 새어머니의 젖을 만지며 어린애처럼,

"어머니 가면 싫어. 나하고 같이 살아……,"

하고 애걸하듯 말했다.

어머니는 좀 맘을 가라앉혀 조용히 속삭였다. (『메아리 소년』 54면)

『메아리 소년』에서 민이의 친어머니는 이미 세상을 떠난 상태다. 그렇기 때문에 민이는 새어머니에게 모성을 갈구하고 있다. 새어머니는 민이의 아버지를 못 견뎌 민이네 집을 떠나게 되고 이후 민이 아버지마저 사고로 사망하게 된다. 고아가 된 민이를 두고 누가 민이를 돌보아줄 것인지가 작품의 결말을 이끄는 서사가 되는데 이 부분에서 가짜 엄마 노릇을 하는 춘천댁이 등장한다. 결국 이웃인 장씨가 나서 춘천댁 문제가 해결되고 새어머니가 민이 곁에 머물 수 있게 된다. 이처럼 이원수 소년소설에는 표면적인 성장서사 아래 잃어버린 모성을 찾기 위한 소년의 치열한 내적 갈등이 잠재해 있다.

4. 결론

문학 연구는 주제 탐구도 중요하지만 무엇보다도 주제를 구현하는 과정, 즉 인물과 사건을 결합하여 만들어나가는 서사를 분석하는 것 또한 중요하다. 지금까지 이원수 소년소설은 주로 역사적 현실에 대한 문제제기나 리얼리즘을 강조하는 연구에 치중하여 소재나 주제에 관한 문학적 성과만이 부각되어왔다.

본문에서 살핀 바와 같이 이원수 소년소설에는 비슷한 성격의 인물군이 반복적으로 등장한다. 모범적이지만 내성적인 소년 주인공과 주인공을 둘러싼 또래 친구들, 그리고 일찍 주인공의 곁을 떠나는 부모, 소년을 위험에 빠뜨리는 악한 어른과 반대로 아무런 대가 없이 주인공을 돌보아주는 선한 어른들이 공통적으로 등장한다. 또한 지금까지 이원수 소년소설의 주제 연구에서 항상 주목되었던 역사적, 현실적 상황은 서사적으로 어린 소년에게 자신의 상황을 스스로 극복하기에 매우 어려운 장애물로 작용한다.

이원수 소년소설의 서사는 이러한 정형화된 인물군이 겪어나가는 사건들로 진행된다. 작품들은 지금까지의 아동문학의 시각으로 볼 때 성장서사를 다루는 것으로 보이지만 성장담론이라는 표면적 층위, 즉 소년의 성장이라는 목표 아래에는 아직 사랑을 받고자 하는 어린 소년의 비애, 즉 잃어버린 모성애를 찾으려는 치열한 하위 갈등이 내재해 있다. 이에 따라 이원수의 소년소설은 소년의 성장을 다룬 성장담론과 소년의 모성적 애착을 다룬 애정담론이 혼재되어 있다. 소년의 성장을 다룬 성장서사로 작품을 평가하자면 소년의 성격과 환경, 그를 도와주는 성인 인물군의 일관적이지 못한 상황으로 인해 구성력을 가진 성장서사라 평가하기는 힘들다. 따라서 작품의 서사적 흐름을 간추려보면 소년의 만족되지 못한 모성에 대한 애착이 서사의 또 한 부분을 형성하는 애정서사가 감추어져 있음을 주목할 필요가 있다. 그러나 성장서사와 애정서사가 자연스럽게 어울리기보다는 서로가 표면서사와 하위서사로 충돌하고 있는 것은 전체적인 구성상의 한계로 생각된다.

본고는 이원수 소년소설을 주제나 소재가 아닌 텍스트 자체를 서사적으로 분석해보려는 소박한 생각에서 출발하였다. 이 연구를 통해 이원수 소년소설의 서사 분석이 좀더 다양하게 활용될 수 있으리라 생각한다. 가령 서사를 구조적이고 기능적으로 분석하여 얻은 인물의 성격적 특징과 서사담론을 바탕으로 작가론이나 소년의 충족되지 못한 모성의 추구, 즉 작품에 반복하여 등장하는 누나 혹은 새어머니를 향한 무의식에 담겨진 심층 심리를 탐구하는 등의 차원으로 확장할 수 있을 것이다. 이원수 소년소설에 대한 좀더 다양한 연구가 이루어지길 기대한다.

삶의 공포와 문학 속의 공포

「아이들의 호수」 읽기

김지은

1. 아동문학에서 죽음과 공포의 문제

어린이가 어른보다 더 자주 입에 올리는 말에는 어떤 것이 있을까. '무서워요'가 다섯 손가락 안에 꼽히지 않을까. 어른은 이 감정을 경계심, 초조, 긴장, 불안, 공포 등의 다양한 말로 표현하지만 어린이는 '무섭다'는 말 한마디로 드러낸다. 어린이는 공포의 대상과 강도를 정확히 분별하기 어렵다. 어른이 된다는 것은 무서워하지 않아도 되는 것과 정말 무서운 것을 차츰 구분해나가는 과정이라고 볼 수도 있을 것이다.

필자는 초등학교 3학년 어린이들에게 무서운 것을 무작위로 적어보라고 했다. 어린이들은 밤, 귀신, 바늘, 질병, 아무도 없이 혼자 남는 것, 깨진 물건, 체벌, 지진, 불 꺼진 긴 복도, 엄마와 아빠의 싸움 등을 적었다. 이 낱말에서 공통으로 추출할 수 있는 이미지는 어둠, 고립, 상처와 고통, 분리와 단절 등이다. 그 밑바닥에는 '죽음'에 대한 공포가 자리 잡고 있다. 죽음은 밝았던 세상이 어두워지는 것이고 세계로부터 갑작스러운 단절과 고립을 겪는 것이며 상처와 고통을 동반하는 것이기도 하다.

동화가 어린이의 마음에 깃든 감정을 고스란히 표현하는 것이라면 죽음의 공포를 비껴가기 어렵다. 어린이는 갓 태어난 새로운 사람이고 그만큼 생존에 취약한 사람이기도 하다. 범죄의 표적이 되는 것도 사고와 재해에 노출되는 것도 언제나 어린이가 먼저다. 아동문학에서 죽음의 공포는 종종 판타지의 방식을 통해서 드러난다. '지금 있는 시공간'과 '내가 여기 없는 시공간'을 오가는 '공포'라는 감정을 표현하려면 둘 이상의 격리된 시공간을 배경으로 설정하는 것이 필요하기 때문이다. 판타지는 그런 점에서 죽음을 다루기에 유리한 장르다. 환상적 장치를 통해 죽음을 다루면 어린이들에게 죽음을 사실적으로 묘사해주었을 때 생기는 부담감도 어느 정도 줄일 수 있다.

이원수는 작가 인생의 전 시기에 걸쳐 아동문학 창작에 힘을 쏟았다. 그는 아동문학의 거의 모든 장르에 걸쳐서 작품을 남겼다. 작품 연보는 후반부에 이르면서 '죽음'이라는 주제를 향해 모여든다. 노년으로 향하던 작가가 삶을 바라보는 보다 총체적인 시각을 얻게 된 것과 관련이 있을 것이다. 그는 열다섯이라는 비교적 어린 나이에 부친을 잃었다. 한국전쟁 중에는 좌익 부역자 혐의를 받아 피난을 나서야 했으며 그 길에서 몇 차례나 죽음의 고비를 넘겼던 경험도 갖고 있다.[1] 그 와중에 사랑하는 어린 두 자녀를 영원히 잃었다.[2] 그리운 자녀를 생각하는 동화라도 쓰지 않고서는 아픔을 못 견뎠을 것으로 짐작한다.

1 "죽음의 고비도 몇 번 넘겼다. 38선을 넘으려니까 위험하다고 해서 다시 되돌아서서 강원도 고원 지대를 방황하기도 했다." (이원수 「동일 승천(冬日昇天)한 나비 최병화 형」(1974), 『동시동화작법(전집 29권)』(웅진 1984) 178면에서 재인용) 이때 그와 함께 피난을 나섰던 최병화는 청량리 인근에서 폭격으로 즉사한다.

2 "나는 청량리의 미끄러운 얼음길을 걸어 시내에 들어왔다. 나는 집안이 풍비박산이 된 걸 알았고, 한 살짜리와 세 살짜리 아이를 잃은 사실을 알았다. 돌아와서 나는 더 큰 슬픔 속에 빠져 눈물과 한숨으로 아무것도 생각할 여유가 없었다." (같은 책 180면에서 재인용)

본 논문은 장편동화 「아이들의 호수」를 중심으로 이원수 아동문학에 나타난 죽음과 공포의 문제 및 이에 대한 작가의 문학적 해법을 짚어보고자 한다. 여러 작품 중에서 유독 「아이들의 호수」를 분석하고자 한 까닭은 이 작품이 아동문학의 낭만적 특성과 현실 비판적 측면을 두루 드러내고 있으면서도 아동문학이 죽음을 다룰 때 창작자가 부딪히는 어려움을 고스란히 담고 있는 중요한 작품이라고 보았기 때문이다. 작가는 주인공 어린이가 느끼는 막연한 공포감을 구체적인 꿈과 환상의 서사로 이끌어내면서 극한의 두려움을 어머니의 사랑으로 극복하는 이야기를 썼다. 이 과정에서 일어난 구성적 비약이 눈에 띄지만 작품이 지니는 실험적 의의는 적잖이 크다고 생각한다. 작가는 이 글에서 단지 삶의 파국으로서만 죽음을 다루지 않았다. 그는 살아 있는 사람이 죽음을 이해하려 할 때 얻을 수 있는 긍정적 감정과 부정적 감정을 두루 다룬다. 살아가다보면 어른이나 아이나 느낄 수 있는, 어떻게든 살고 싶거나 당장 죽어버리고 싶은 양가감정 사이에서 변증적 해법을 추구한다.

이원수의 연보에서 장편동화 「아이들의 호수」는 어디쯤에 놓여 있을까. 이 작품은 1959년부터 1960년까지 『새벗』에 연재되었으며 '어린이의 죽음'을 다룬 이원수의 대표적인 문학작품으로 꼽힌다. 이원수는 1950년대 후반의 우리나라는 "생활 토대의 전복, 전사와 전재에 의한 불행으로 아동들은 이루 말할 수 없는 참경에 직면하여, 대량 고아화"[3] 되던 때라고 서술하였다. 따라서 '비참을 잊게 하는 소위 유머 소설, 명랑소설 등의 아동 대중 소설이 성해졌다'고 평가한다.

이 무렵에 그는 어린이가 어린이를 죽이고, 살인자인 어린이 스스로 죽음을 맞이하고 죽음 이후의 세계를 여행하는 동화 「아이들의 호수」를 썼다. "불행과 비참을 알게 하고 그것을 이겨나가는 길을 제시하는 문학

3 이원수 「아동문학개관 II」(1966), 같은 책 206면에서 재인용.

작품"[4]이 필요하다는 것이 그 이유였다. 이 작품에서 그는 주인공 용이의 저승 여행을 통해 직설적이고 명징한 방법으로 불행과 비참을 표현하였다. 전쟁에서 살아남은 자의 죄의식도 전편에 걸쳐 드러내고 있다. 동화를 읽는 어린이 독자에게는 '(전쟁은) 너희들의 잘못이 아니다'라는 위안의 메씨지를, 어른 독자에게는 '(전쟁으로) 당신들은 얼마나 용서받기 어려운 죄를 저질렀는가'라는 준엄한 비판의 말을 전한다.

어린이가 어린이를 죽이는 내용이 담긴 아동문학작품은 이 이전에도 이후에도 거의 없었던 것으로 기억한다. 그는 어린이가 불안과 공포에만 사로잡히지 않도록 죽음 이후의 세계에 대한 환상적인 접근에 더욱 많은 공을 들였다. 이 과정에서 판타지에 대한 다양한 실험도 이루어진다. 본문은 찾지 못했으나 이원수가 이 작품을 발표할 당시 아동문학 평단에서는 작품의 리얼리티를 둘러싼 논쟁이 있었다는 기록도 남아 있다.[5]

또한 「아이들의 호수」와 몇 해 앞서 창작한 「유령가의 비밀」(1957)[6]의 연관성을 살펴볼 수도 있다. 두 작품이 모두 전쟁 후 직면한 어린이의 공포와 불안을 직설적으로 다루고 있다. 죽음을 다룬 후대의 여러 아동문학 작품 중에도 「아이들의 호수」와 간접적으로 문학적 유대감을 느낄 수 있는 사례가 있다. 연탄가스에 의해 희생된 여섯 살 봉수의 죽음을 다룬 권정생의 동화 『하느님이 우리 옆집에 살고 있네요』(산하 1994)를 읽고 있으면 무너진 판잣집에서 외롭게 숨을 거둔 용이의 모습이 떠오른다. 김

4 같은 책 207면에서 재인용.

5 작가 스스로 "1961년 장편동화 「아이들의 호수」의 리얼리티의 문제에서 발단한 일련의 논쟁"이라고 언급한 구절이 있다. 작가는 논쟁의 내용을 구체적으로 언급하지 않았으나 이 논쟁이 평필을 드는 평론가가 없던 시대에 "아동문학 평론 의욕을 불러일으키는 것"이었다고 평가하고 있다. 같은 책 210~11면 참조.

6 『보리가 패면』(숭문사 1966)에 수록.

려령의 『기억을 가져온 아이』(문학과지성사 2007)[7]에 등장하는 '기억의 호수'의 이미지도 이 작품과 함께 읽어보면 그 공간적 의미가 한층 풍부해진다. 최은영도 『살아난다면 살아난다』(우리교육 2009)[8]에서 '삶의 연장된 한 부분'으로서 죽음과 '생'과 '사'라는 두 개의 시공간을 다룬다. 우리 아동문학에서는 암묵적으로 '어린이의 죽음'에 대해 말하길 꺼려하는 풍토가 있었다. 근래에 이르러서야 이 문제를 직접 소재로 다루는 작가가 늘어났다. 작가 이원수가 얼마나 앞선 의식을 지닌 작가였는지 알 수 있다.

이 글은 크게 두 부분으로 이루어질 것이다. 먼저 작품 「아이들의 호수」에 대해 역사적으로 접근해 창작 배경을 살펴보고자 한다. 작품이 발표된 연대를 중심으로 작가 개인사에 관한 정보와 작품 사이의 내적 연관성을 추론해보았다. 두 번째로 작가가 이 작품에서 '죽음의 공포'를 불러일으키는 현실을 어떻게 비판하고 있는지 살펴보겠다. 작가가 작품 내부에 구성한 세계에는 모성애 신화라든가 어린이의 죽음에 얽힌 설화적 해석을 엿볼 수 있는 장면이 담겨 있다. 그는 이 작품을 낭만적인 환상 혹은 종교적인 해결의 길로 끌고 가고자 했을까, 아니면 인간 자신의 내적 반성과 삶에 대한 비판적이고 주체적인 인식을 확립하는 것에 작품의 목표를 두었을까. 위의 문제들에 대해서 좀더 구체적으로 살펴보기로 한다.

---

7 이 작품에 등장하는 '기억의 호수'는 우리에게서 잊혀져간 것들이 모이는 곳이다. 이 곳에는 치매, 건망증의 기억도 있지만 주인을 잃어 영원히 갈 곳을 잃어버린 죽은 자의 기억도 존재한다. 잊혀지는 것을 '사회적 죽음'이라고 볼 때 이 작품도 죽음에 대해서 간접적으로 다루고 있는 셈이다. 여기 나오는 호수의 이미지는 「아이들의 호수」와 여러모로 비견된다.

8 이 작품에는 갑작스러운 교통사고로 죽음과 삶의 경계에 선 어린이가 등장한다. 이 작품의 주인공 근호는 죽음이라는 돋보기를 이용해서 자신의 삶을 뒤돌아본다는 점에서 「아이들의 호수」에 나오는 용이와 비교해볼 수 있다.

2. 공포를 다룬 이야기의 창작 배경—「유령가의 비밀」과「아이들의 호수」

앞서 말했듯이「아이들의 호수」를 읽을 때 직관적으로 떠오르는 이미지는 죽음이다. 이 작품에 특수한 점이 있다면 죽이는 자와 죽임을 당하는 자가 모두 어린이라는 사실이다. 강도죄로 쫓기는 상황에서 우발적으로 일어난 사건이라지만 주인공 어린이가 직접 살인자로 등장하는 아동문학 작품은 극히 드물다. 어린이 독자는 이 글에서 주인공 용이에게 자신의 감정을 이입할 가능성이 높다. 그렇다면 독자는 '내가 범인'이라는 끔직한 설정으로부터 벗어나지 못한 채 이야기의 초반부터 큰 두려움을 안고 작품을 읽어 내려가야 한다.

포악한 아버지 밑에서 가난과 구박을 견디며 살아가던 용이의 유일한 도피처는 학교다. 그러나 학교에 다니면서도 권력 없는 빈곤층의 자녀라는 이유로 교사로부터 쓰라린 차별을 받는다. 집과 학교 양쪽으로부터 환영받지 못하던 용이는 어린이 회관에 갔다가 공짜로 나눠주는 캐러멜을 욕심냈다는 억울한 누명을 쓴다. 문지기의 처벌을 피해 달아나다가 우연히 비슷한 처지의 또래아이들을 만나 강도 사건에 휘말린다. 졸지에 범인으로 몰린 용이는 두려움에 전전긍긍하며 숨어 다닌다. 그러나 한강변에서 자신의 얼굴을 기억하는 강도 피해자 미애를 만난다. 용이는 자신의 죄를 들킬세라 허겁지겁 미애의 튜브를 빼앗고 마침내 미애를 물속에 빠뜨린다. 미애는 용이 때문에 익사한다.

죄 없는 어린이 미애를 죽음에 이르게 한 용이는 거리를 떠돌다가 신문팔이 소년의 판잣집에 잠자리를 얻어 밤을 지낸다. 사람을 괴롭히고, 위협하여 물건을 빼앗고, 죽음에 몰아넣은 뒤다. 이전까지 용이가 한 번도 해본 적 없는 일이었다. 용이는 자신의 죄목을 찬찬히 돌이키거나 자책할 틈도 없이 비좁은 잠자리에 고단한 몸을 누인다. 그날 밤 비바람에 무너져 내리는 판잣집 지붕에 깔려 용이는 목숨을 잃는다.

이원수는 이 작품을 통해서 '나도 잘 알지 못하는 사이에 내가 나를 죽이게 된 상황'을 묘사하고 싶었던 것 같다. 한국전쟁은 하나의 민족이 남과 북으로 갈려 우리가 우리 자신을 죽인 전쟁이었다. 누구도 그런 긴 전쟁의 한복판에 서게 되리라고 예상하지 못했다. 용이는 얼마든지 친구로 지냈을 수도 있는 낯선 아이 미애를 죽이고 만다. 헐벗고 굶주린 전란 이후의 상황이 용이를 거칠게 만든 것이 틀림없다. 이원수는 이 참혹한 장면을 통해 전쟁의 가해자이면서 피해자이고, 살인자이면서 살해당한 자이기도 했던 우리 민족의 처지를 고발하고자 한다. 일제강점기의 수탈과 핍박에서 벗어나자마자 전쟁과 분단에 휩싸인 현실은 용이가 맞부딪힌 갑작스러운 비극과 비슷하다. 용이는 '내가 아이를 죽였다'는 끝없는 원죄의식에 시달리면서 저승을 여행한다. 난리 중에 어린 자식의 목숨을 지켜주지 못한 채 이승에 남아 생을 눈물로 보내는 아버지 이원수의 마음과 용이의 고뇌는 다른 듯 빼닮았다.

이원수가 「아이들의 호수」를 창작하던 무렵인 1959년은 전쟁의 포화가 멈추고 몇 년 후 작가 본인도 서울에 돌아와 어느 정도 생활의 안정을 되찾았을 때다. 이원수는 한국전쟁이 발발한 후 9·28수복 때까지 경기공업학교에 남아 사무를 본다. 그때 가까운 사람을 숨겨준 일로 인해 좌익 부역자 혐의를 받게 된다. 이후 지인 최병화와 함께 곳곳의 오지로 피난을 다니며 죽음의 위기를 넘긴다. 혼란 중에 영옥, 상옥, 용화 세 자녀를 잃어버리고 훗날 영옥만 되찾는다. 대구 등지에서 지내다가 휴전협정 이후에 다시 서울로 돌아오지만 본래 살던 살림집은 타인의 손에 넘어가고 집안은 쑥대밭이 된다. 광희동 셋집 등을 떠돌며 지내다가 1956년이 되어서야 답십리의 재건 주택을 마련하여 이사한다. 그리고 그곳에서 「유령가의 비밀」을 쓴다.

「유령가의 비밀」은 공포와 위협의 이미지를 생생히 드러낸 작품이다. 「아이들의 호수」를 이해하기 위한 선행 작품으로서 의미를 갖는다. 이 작품에 등장하는 "콧날이 쭈뼛하고 눈썹이 한 치나 되게 긴 여자 — 입에서는 붉은 피 같은 것이 주르르 흘러나오고 있었다."[9]는 식의 시각적 묘사는 어린이의 두려움을 자극하는 파격적인 장면으로, 「아이들의 호수」에 나오는 "막대기로 소녀의 이빨을 마구 탁탁 두들긴다. 그러니까 소녀의 이빨에서 새빨간 피가 좔좔 흘러내린다."[10]는 식의 선명한 핏빛 묘사와 견주어볼 만하다. 그는 이 작품에서 전쟁의 혼란을 틈타 정란이네 집에 숨겨둔 보석을 노리는 천일수라는 사나이를 등장시킨다. 이원수 본인은 전쟁 전에 가족과 지내던 안암동 적산 가옥을 난리통에 비웠다가 타인에게 빼앗기고 거처를 마련할 때까지 셋집을 떠돌았던 경험이 있다. 이 작품에서 정란의 아버지가 남긴 "절대로 집을 떠나지 말라"는 당부라든가 "천일수에게 모든 것을 빼앗길지 모른다는 두려움"은 전쟁을 겪으면서 느낀 작가 자신의 불안감과 허탈함을 표현한 것으로 보인다. 영수의 도움을 얻어 유령을 가장한 범인이 천일수라는 것을 알게 되고 나서 "유령이 나오고 모래비가 내리고 하던 정란이네 집에는 갑자기 웃음과 기쁨이 찾아"온다.[11]

재건 주택을 마련하여 다소간의 주거 안정을 얻은 시점과 「유령가의 비밀」 집필 시점이 일치한다는 것은 흥미롭다. 작가는 전쟁이 끝난 지 여섯 해나 지난 이 무렵에서야 비로소 자신이 겪었던 공포를 술회할 마

9 이원수 「유령가의 비밀」, 『보리가 패면』 103면.

10 이원수 「아이들의 호수」, 『구름과 소녀』, 현대사 1961, 98면. 저자는 처음 『새벗』에 15회에 걸쳐 원고를 연재했는데 이를 그대로 엮어 출간한 것이 현대사본이다. 『이원수아동문학전집』(웅진 1984)에는 작가가 병상에서 부분 퇴고한 원고가 실려 있다. 현대사본은 15장, 웅진전집본은 14장이다. 문학동네의 2007년 출간본은 12장으로 되어 있다. 여기서는 현대사본을 기준으로 삼았다.

11 이원수 「유령가의 비밀」, 앞의 책 134면.

음의 온기를 찾은 것일까. "요새 세상에 유령이 어디 있단 말이냐고 하면서도, 정체를 붙들지 못해 두려움 속에 떨며 살던 정란이와 정란 어머니는 이제부터는 그런 무서운 밤이 깨끗이 없어져서 기분이 명랑해졌다."[12] 고 말한다.

이원수가 다음 작품 「아이들의 호수」를 집필하던 시기, 그에게는 중요한 변화가 한 번 더 찾아온다. 1959년 그는 신축 가옥을 마련하여 이사를 한다. 1947년 동서 김만수의 도움으로 안암동 114번지에 첫 집을 장만한 이후 이원수로서는 두 번째 집 장만이다. 이원수는 폐허를 딛고 가족과 함께 지낼 새집을 지으면서 전쟁 중에 세상을 떠나보낸 두 아이들에 대해서 더욱 가슴 아프게 되돌아보았을 것이다. 작품 속에서 '집'은 중요한 키워드다. 용이는 잠자리의 등을 타고 앉아 저승 나라의 한강을 내려다보며 이렇게 묻는다.

"한강요? 그럼 왜 집은 하나도 없습니까?"

"집? 그런 건 저 세상에나 있지, 이 세상에 무슨 집이 있나? 여기는 죄 지은 사람들이 사는 곳인 걸……."[13]

집도 없는 저승에서 고행을 구경하던 용이는 마침내 지상으로 돌아가라는 따뜻한 명령을 받는다. 그러나 용이가 되돌아가는 곳은 용이를 포근하게 맞아주는 집이 아닌 썰렁한 놀이터다. 용이는 여기서 섭섭함을 드러낸다.

"아이들은 벌을 받는 일보다, 지상에서 자라야 한다. 어서 자라서, 지상

12 같은 곳.

13 이원수 「아이들의 호수」, 앞의 책 93면.

을 즐거운 곳으로 만들어야 한다. 거꾸로 된 지상의 일들을, 바로 잡게 해야 한다." (중략)

"그럼 집으로 가는 게 아니어요? 집에는 못 가는 거예요?"

"오! 용이는 집이 그리워서 그러는구나. 집에 가지 않아도, 놀이터에는 네가 좋아하는 게 얼마든지 있다." (중략)

용이는, 집에 가는 것이 아니란 말에 적이 섭섭한 생각이 들었으나, 보고 싶은 사람을 만날 수 있다는 것이 반가워 그냥 그 자리에서 나왔다.[14]

용이는 집에 돌아가지 못하는 것을 못내 아쉬워하면서 집보다 더 평화롭고 맑으며 '모든 걱정과 슬픈 생각이 다 사라지는 아이들의 호수'로 간다. 용이는 이 곳에서 더할 나위 없는 즐거움을 누리면서도 '우리 집엘 가야 할 텐데.'라는 말을 자꾸만 되뇐다. 외로움을 느끼던 용이 곁에 어린 민이도 합류한다. 작가는 왜 유독 심성 착한 이 두 아이를 '아이들의 호수'에 들여보낸 것일까. 그는 반듯한 새집에 입주하면서도 이 곳에서 함께 노닐지 못하는 하늘나라의 두 자녀 걱정에 밤잠을 편히 이루지 못하였을 것이다. 그는 작품을 통해서나마 두 자녀의 안식을 기원하고자 '아이들의 호수'라는 환상적 공간을 창조해내지 않았을까. 작품에는 용이와 민이 두 아이가 아이들의 호수에서 지상의 집 못지않은 근사한 공간에 입주하며 기뻐하는 장면이 나온다.

수풀 사이에 서 있는 집들은, 정말 그림에서 보던 것과 같이 아름다웠다. 단층도 있고 이층도 있었다. 파란 지붕, 빨간 지붕, 게다가 하얀 창틀을 한 유리창, 집 가에는 아름다운 꽃들이 심겨 있고……, 그러나 그 집들

---

14 같은 책 108~11면.

은 굉장히 큰 집이 아니고, 예쁘장한 작은 집들이다.[15]

현실 삶에서 느끼는 아버지의 애끓는 심정은 이렇게 죽음 이후의 세계를 다룬 문학작품으로 형상화된다. 살아남은 작가의 통한은 작품 속 주인공 용이의 행보와 어우러져 비탄과 자책과 환상을 오간다. 용이와 민이는 작가의 잃어버린 두 아이들이면서 한편으로는 작가 자신의 현실 속 공포를 대신 치유하고 속죄를 대행하는 주체이기도 하다.

3. 냉정한 현실 비판과 낭만적 공포, 그 둘 사이의 변증적 해결

1950년대 후반부터 60년대 초반에 이원수가 쓴 아동문학에 관한 다른 글과 나란히 읽어보면 이 시기의 그는 죽음과 공포를 비롯한 이른바 세계의 부정적 이미지를 감추지 않고 표현하려고 했음을 알 수 있다. 이 무렵 그는 아동문학이라고 해도 '나쁜 것은 나쁜 것 그대로 보여주어야 한다.'는 입장을 본격적으로 피력하고 있다. "나쁜 것을 미워하는 것, 이것도 하나의 미다. 나쁜 것을 못 본 체하고 즐거이 지내는 것은 나쁜 일을 하는 것과 별반 차이가 없는 옳지 못한 일인 것이다."[16]라고 주장한다. 또한 "덮어놓고 신성한 것, 옳은 것으로만 긍정하는 것에 얼마나 많은 부정과 악이 포함되어 있는가! 아동을 속여서는 아니 된다. 그들에겐 나중에 속은 것을 알 때가 반드시 온다."[17]고 말한다. "학교에서도 돈을

15 같은 책 136~37면.
16 이원수 「동시작법」(1960), 『동시동화작법』 70면에서 재인용.
17 이원수 「동화 창작 노트」(1958), 같은 책 23면에서 재인용.

안 가져온다고 구박을 받는 어린이가 있다. 돈이 많기 때문에 우대를 받는 어린이가 있다. 이러한 교사는 마땅히 비판의 대상이 되어야 할 것이나 교육적인 동화에서 그런 교사를 나쁘게 얘기하지 못한다는 것은, 여러 착한 어린아이들의 마음을 고독하게 해주는 것밖에 안 된다."[18]고 생각했다.

이원수는 세계에 대한 사실적이고 정직한 표현으로 현실의 냉정함을 보여주고 그 안에 숨겨진 구조적 문제점을 비판하려고 했다. 「아이들의 호수」에서 부잣집 일봉이는 두 대를 맞고 가난한 용이는 다섯 대를 맞는 장면은 교사의 학생 차별 비판이다. 가짜 요술을 보여주는 사기꾼 약장수, 어린이 회관을 지었다는 뚱뚱보 어른의 지루한 체면치레 연설, 아이를 학대하는 무서운 아버지에 대한 비판도 날카롭다. 평소에 어린이 독자가 긍정적 이미지로 소유하거나 소유하고 싶어 하는 일상 공간의 부정적 측면을 노골적으로 드러낸다는 점은 이 작품이 보여주는 다른 면모의 실험이다.

이원수 문학의 특징 중 하나를 변증적인 구도라고 볼 때 이 작품은 플롯에서도 변증적 요소를 풍부하게 포함하고 있다. 집과 놀이공원(어린이 회관)은 주인공 용이를 불안과 공포로 몰아넣는 장소다. 가장 평화롭고 즐거워야 할 이 두 공간에서 용이는 가장 날카로운 공격을 받고 예측불허의 폭력을 경험한다.

> 아버지는 곁에 있는 그릇이고, 담배 재떨이고 가리지 않고 집어 어머니한테다 냅다 던지신다. 어머니는 앓는 몸으로, 이런 아버지의 횡포한 손질을 당해야 하셨다.
>
> 어머니가 우신다.

18 같은 책 25면에서 재인용.

어머니가 우시면, 용이는 가만히 보고 있을 수가 없어, 그만 집을 빠져 나와야 한다. 그 자리에 있다가는, 아버지의 화만 더 나게 해서, 얻어맞기가 일쑤이기 때문이다.[19]

문간 위에 늘어뜨린 막에는,
"어린이들의 즐거운 집, 모두 와서 즐거이 살자!"
이런 말이 커다랗게 씌어 있기도 했다. (중략)
"아야 아야……"
하고 우는 소리를 하는 아이,
"안돼. 안돼. 이렇게 밀면 안 들여 보낸단 말야. 비키지 못해?"
문지기가 눈을 부릅뜨고 아이들을 밖으로 떠민다.
"이놈들아. 너희들은 안 넣어줘! 나가 나가!"
한 문지기는 나뭇대기를 쳐들고 때릴 듯이 야단을 친다. (중략)
문간은 수라장이었다.[20]

반면 용이가 죽음 이후에 들어서는 저승 여행의 공간은 의외로 평온하다. 황천길을 걷는 셈인데도 살인범 용이를 편들어주는 다정한 존재가 곳곳에 등장한다. 사후 세계라면 가장 무서운 장소일 테고 백번 양보한다 하더라도 불안한 모험의 공간에 들어선 셈인데 작품속의 용이는 그다지 강렬한 공포를 느끼는 것 같지 않다.

야단을 치던 어른이 웃어댔다. (중략)
"어디로 가느냐구? 그걸 몰라? 재판 받으러 가는 거지." (중략)

19 이원수 「아이들의 호수」, 『구름과 소녀』 9면.
20 같은 책 20~22면.

용이는 인제 거짓말을 할 수도, 도망을 갈 수도 없다는 것을 알았다. 두려움에 온몸이 떨리다가도, 인제 더 무서워해도 소용없다는 생각이 들어서, 아무렇지도 않은 것 같기도 했다.

속이고 숨고 하던 때가 더 괴로운 때였고, 지금은 그럴 필요가 없어서 맘이 편해지는 것도 같았다.[21]

잠자리는 츠르르 소리를 크게 내더니 땅 위에 내려앉았다.

"너는 가엾은 걸 아는 아이로구나."

잠자리가 용이를 보고 말했다. 용이는 잠자리가 하는 말이 의외로 점잖은 데 용기를 내었다.[22]

용이의 저승 모험은 '저승 경험'이라고 불러도 좋을 만큼 점진적이고 담담하다. 저승 모험의 주체가 되어야 마땅한 용이는 지옥을 구경하는 수동적인 관람객의 태도를 취하고 새로운 도전에는 여지없이 두려움을 드러낸다. 이야기는 당면한 우연이나 충동적 행위에 의해서 진행되는 경우가 많고 용이는 주어진 시련의 여정을 감수하는 편이다. 용이가 현세를 떠나 처음으로 이동한 저승 공간에서는 현실의 죽음 이후에 일어날 수 있는 주인공의 새로운 탄생이 없다.

그런 점에서 이 작품은 판타지의 특성 중에서도 낭만적인 특성을 상당 부분 간직하고 있다. 용이가 저승 체험의 과정에서 느끼는 공포는 거리를 두고 이승의 끔찍함을 환기하면서 느끼는 회상적 공포가 대부분이다.

---

21 같은 책 72~74면.

22 같은 책 86~87면.

잠자리는 커다란 입을 벌름벌름하더니

"허리를 잘라 줄까? 머리를 잘라 줄까? 어서 대답을 해라. 너는 내 꼬리를 잘랐으니까, 너도 잘려야 하지 않아?"

하고, 귀에 쨍쨍 울리는 소리로 말을 했다. 아이가 힘없는 소리로, 겨우 대답을 했다.

"싫어요. 제발 그러지 말아줘요. 난 죽기 싫어요."[23]

이 장면은 용이가 몇 살 아래인 민이의 지옥 체험을 구경하는 부분이다. 용이는 민이의 고통을 한 걸음 눈앞에서 또렷이 본다. 용이는 철저하게 관찰자의 입장이다. 용이가 민이를 위해서 하는 일이라고는 잠자리에게 민이를 동정해달라고 말로 부탁하는 일 정도다. 이승에서 민이가 저질렀던 일은 용이도 이승에서 얼마든지 저질렀을 법한 일이다. 자신도 죽기 전에 민이와 비슷한 행위를 한 적이 있고 저승에서 앞으로 민이와 비슷한 고통을 겪을 수 있었겠다는 데에 생각이 미치면서 비로소 용이의 공포가 커진다. 용이는 동병상련의 민이를 구해주려고 한다. 그렇다고 곧바로 저승의 질서에 맞서지는 못한다.

용이가 좀더 적극적으로 현실의 고뇌를 표현하는 장면도 있다. 용이가 지옥에서 만난 한 소년은 '자기가 자기를 쏘는 벌'을 받는다. 용이는 그 아이를 보면서 격렬한 울음을 터뜨린다.

눈 앞에 한 열 살쯤 돼 보이는 소년이, 총을 들어, 이 편을 겨냥하고 있었다. 아이들은 모두 그 소년이, 저희들을 쏘려는 것이라 생각하고, 겁결에 두 손으로 얼굴을 가렸다.

땅! 하고, 총소리가 났다. 그러나 아무렇지도 않아 겨우 안심을 하고 바

---

23 같은 책 85면.

라보니, 총을 쏘는 소년의 이마에서, 빨간 피가 펑펑 쏟아지고 있다. (중략)

"총을 쏘지 말아요!"

울면서, 용이가 소리를 쳤다.[24]

이 소년이 자기 자신을 쏘는 벌을 받은 까닭은 "내 친척 내 동포를 쏘았기 때문"이다. 소년은 "동족에게 쏜 총알이 이번에는 내게로 돌아온다."면서 "상관의 명령으로 한 일"이지만 "모두 죄"라고 가슴을 쥐어뜯는다. 용이는 두려움과 우연이 뒤섞인 상황에서 미애를 죽였으므로 타인의 명령에 따라 동족을 죽인 참전 병사는 아니었다. 하지만 자신이 이 소년 못지않은 죄를 지었음을 알고 있다. 따라서 앞으로 자신이 더 큰 형벌을 받을 것임을 예감한다. 작가는 용이의 죄를 놓고 "계산은 복잡하다. 너희들의 죄는 무죄일지도 모른다. 아니면 유죄 그대로일지도 모른다."[25]고 말한다. 작가는 북과 남을 오르내리는 군대의 행렬을 지나쳤던 사람이다. 그 순간 누가 누구의 죗값을 계산할 수 있는지 거듭 고뇌했을 것이다. 작가는 이러한 민족의 현실을 용이의 죗값에 대한 유보적 판결을 통해서 표현하고 싶었던 것으로 보인다.

용이의 본격적인 내적 변화가 일어나는 곳은 후반부에 등장하는 '아이들의 호수'다. 이곳에 이르러서야 용이는 자신이 죽인 생명인 미애와 만나 화해한다. 그리고 미애를 만나면서 엄마의 사랑을 충분히 누리지 못하고 자란 것이 자기 인생에서 얼마나 큰 결핍이었는지 깨닫는다. 용이는 미애와 엄마를 자꾸만 혼동한다. 용이가 무의식 속에서 얼마나 간절하게 모성을 그리워했는지 읽을 수 있는 부분이다.

한편 「아이들의 호수」는 공포의 표현도 낭만적일 수 있음을 보여준다.

24 같은 책 100~102면.

25 같은 책 106면.

용이의 여행은 세상에서 살인의 죄를 짓고 와서 떠나는 끔찍한 여행이지만 신비스럽기 그지없다. 현실의 부조리와 비탄이 너무 크기에 지옥이 오히려 더 정의롭고 따뜻하게 묘사된다. "지상의 법이 그릇되는 일이 있어도, 이곳의 법까지 그릇되어서는 안 된다."[26]며 아이들의 호수로 주인공을 보내는 장면에서 작가는 어린이들에게 죽음 이후의 세계가 현실세계처럼 잔혹하고 부당하기만 한 것은 아니라는 희망을 보여준다.

대부분의 문학작품에서 죽음은 가장 두려운 것으로 그려진다. 그러나 가장 무서운 것들은 안전해 보이는 것 안에 잠복하고 있다. 가정폭력, 범죄 유혹, 교실의 차별과 왕따, 경쟁으로 치닫는 하루하루의 절박한 삶 속에 있다. 작가는 '현실'의 유비적 장치로서 '저승'을, 대안적 장치로서 '아이들의 호수'를 설정하고 세 공간을 대비시킴으로써 현실의 공포를 부각시킨다.

4. 다시 태어나기 위한 죽음

이 작품의 중요한 목표는 흩어지고 깨어진 마음의 보살핌과 복원에 있다. 전쟁을 통해 아픈 이별과 죽음을 경험한 어린이의 가족들은 이 작품을 읽으면서 '삶, 그 이상으로 따뜻한 죽음'을 꿈꾼다. 죽음 예찬이라기보다는 '죽음을 두려워하지 않고 오늘을 열심히 살아가라'는 현실의 삶에 대한 격려라고 할 수 있겠다. 용이와 민이가 찾아갔던 '아이들의 호수'라는 환상적 공간은 현실 속 악몽의 재현일 수도 있고 악몽을 떨쳐내도록 도와주는 갱생의 디딤돌일 수도 있다.

용이가 저승 세계에서 만난 여러 어린이들은 분명한 자신의 죄목을

26 같은 책 106~107면.

지니고 있으나 그들이 죄에 가담하는 과정은 충동적이거나 우연적이었던 경우가 많다. 범죄적 행위와 동기 사이의 관계가 불명확하다. 어른 공모자들은 약자인 어린이 쪽에 현실의 죗값과 책임을 뒤집어씌우기에 바빴다. 그 과정에서 어린이들의 세계에 대한 믿음은 완전히 무너진 상태다. 이는 오늘날 모습과 놀랍도록 상응한다. 지금도 어린이의 죽음에 책임지려들지 않고 어린이들이 공포를 느끼는 근원을 제거하려고 노력하지도 않는 어른들의 모습은 도처에 있다. 용이가 무기력하게 판자 지붕에 깔려 죽음을 맞이했던 것처럼 무너진 캠프장 지붕 아래서 어린이들이 죽어가고 여전히 총을 들고 동족을 죽이는 전쟁에 나가야 하는 소년병들이 세계 곳곳에 있다. 작가의 비판과 헌사는 여전히 유효하며 힘을 지닌다.

작가는 이 작품의 결말에서 무기력한 모습을 보인다. 주인공 용이가 저질렀고 용이를 괴롭혀온 현실 세계 속의 분열과 파괴의 행위가 "어머니 사랑의 가슴에 안겨" 한꺼번에 화해하고 통합될 수 있다고 본 것이다. 작가는 왜 이처럼 사랑의 힘을 신뢰하게 된 것일까. 배경에는 자신이 세상을 떠난 자녀들에게 다 베풀어주지 못한 '모성애(부성애)'에 대한 아쉬움이 담겨 있는 것으로 보인다. 그렇지만 '어머니의 사랑'이 어떻게 용이의 갈등을 눈 녹이듯 풀어주는지 충분한 인과관계가 작품에서 나타나지는 않는다. 작품 속에서 죄와 심판은 양쪽 모두 불충분하게 해명된다. 자신이 죽였던 미애 앞에 서 있다는 두려움과 죄의식 때문에 "죽을테야!"라고 울부짖던 용이는 미애의 무조건적인 용서 앞에서 더욱 거세게 흐느낀다. 용이의 흐느낌은 어머니에 대한 그리움으로 변한다. 미애는 어머니가 되고 더 이상 속죄와 공포의 대상이 아니다.

> 용이는, 누구의 손으로인지, 어느 깨끗한 방 침대 위에 뉘어 있었다. 용이는, 울고난 뒤에, 그 자리에서 잠이 들었던 것 같다. 어릴 때도 그런 적

이 더러 있었다. 어머니가 잠든 용이를 안아다 방에 눕혀주시던 일이 생각났다.

꼭 어머니가 안아다, 눕혀주신 것만 같았다. 그러나, 누구에게 물어볼 수도 없다. 방 안에는 아무도 없고 용이 혼자 예쁜 침대 위에 누워 있는 것이다.

그래도, 인제 슬프던 생각은 나지 않았다. 실컷 울고 났기 때문인지, 마음속이 후련했다.[27]

용이는 "심판을 받고 용서를 받았으니 걱정하지 말라."는 미애의 말(어머니의 말)을 듣고도 "죄가 목에 그대로 걸려있는 것" 같다고 느낀다. 하지만 미애의 거듭된 용서와 사랑으로 용이는 자기 자신에게 쏘았던 상처의 흔적을 지워낸다. 용이의 무의식 속에서 공포의 대상인 미애와 사랑의 대상인 어머니가 하나로 통합되면서 갈등을 해소한다는 작가의 마무리 방식은 지나치게 낭만적이라는 생각이 든다.

5. 구성에 대한 남은 의문들

「아이들의 호수」는 죽음을 다룬 일반적인 판타지 문학이 취하는 '이승—저승 체험—이승 귀환'의 구도가 아니라 '이승—저승 체험(관조적 이승 체험)—극락'의 구조라고 볼 수 있다. 결말에서 보여주는 작가의 사후 세계 설정에서는 강한 종교적, 형이상학적 구도를 확인할 수 있다. 일종의 '절대정신'이 등장하는 대목이다. 중요한 사건마다 현실과 부딪히면서 소심하지만 변증적 지양을 시도했던 주인공 용이가 어느 순

27 같은 책 153면.

간 추상적이고 안락한 영원 세계에 쉽게 동의하는 설필을 보면서 독자는 다소 무기력해질 수 있다. 작가가 이 작품에서 치열하게 제기하고 비판한 현실 속의 대립항들이 실은 권선징악의 세계관을 이분법적으로 설득하기 위한 절충적 장치가 아니었느냐는 의구심을 가질 수도 있다.

이 작품은 하나의 구조로 간추리기에 무리가 있다. 사건을 서술하는 외적 언어와 화자인 용이의 내적 언어, 엄마의 다른 모습이기도 한 미애의 언어가 교차하고 있기 때문에 간결하고 통일된 읽기의 방식을 찾기도 어렵다. 작품의 완성도에 대한 평가가 엇갈린다거나 결말에서 용이와 미애의 거취에 대한 표현을 어떻게 해석하느냐에 따라 이견이 발생할 수 있는 것도 그 때문일 것이다.

그러나 어린이들이 느끼는 공포를 어떻게 다루어야할 지에 대해 예민하게 고민하면서도 단선적 구조, 낙관적 세계관, 모험의 성공과 같은 평이한 방식으로 이끌어가지 않으려고 노력했던 작가정신에 존경을 보낸다. 작가는 이 작품을 통해서 기존의 어떤 장르적 속성도 반복하거나 순환하지 않는 독창적인 구조를 실험했다.

노스럽 프라이(Northrop Frye)의 장르 구분 원형에 따르면 「아이들의 호수」의 전반부 구성은 '운명 비극'과 '공포 비극'의 중간 단계 정도에 위치하는 것으로 보아야 할 것 같다.[28] 이러한 단계의 작품에서 인물은 순수보다는 현실 경험에 가깝고 로망보다는 아이러니에 가까운 삶을 산다. 반면 「아이들의 호수」의 후반부는 전원시, 영웅담, 태생 신화에 가까운 이야기 구조가 펼쳐진다. 작가는 전반부에서 사실주의적 접근을 택하다가 후반부에는 순수하고 이상적인 세계를 표현하고자 했다. 체험에서 비롯된 현실적 공포가 세상을 떠난 자녀의 안식을 기리는 문학적 판타지로 변화하면서 한 작품 안에서 두 갈래의 흐름을 만들어낸 것으로

28 마리아 니꼴라예바 『아동문학의 미학적 접근』, 교문사 2009, 92~93면.

보인다.

그가 아이들의 부모가 아닌 한 사람의 작가로서 자신의 작품의 플롯이 갖는 개연성과 내적 논리에 철저했다면 현재의 작품과 다른 구성이 나올 수 있겠다는 예상도 해볼 수 있다. 유독 「아이들의 호수」에서 작가 이원수의 판단이 개인적 감정에 의해 흔들리고 있는 징조를 발견할 수 있다. 자신의 아이들이 연관되는 상상 속에서 작품을 창작했기 때문일 것이다. 문학은 언제나 작가의 삶과 긴밀하게 연결된다는 것을 다시 한번 생각하게 된다. 그가 삶에서 느낀 공포는 문학으로 옮겨져 생생함에 기여했지만 구성의 치밀함에 있어서는 아쉬움을 남겼다. 만일 그가 좀 더 노년에 죽음의 문제를 보다 초연하게 바라보면서 이 작품을 재구성하였다면 작품의 말미가 어떻게 달라졌을지 궁금해진다.

이원수 아동극의 현실 대응과 작품세계

이원수 아동극 연구

임지연

1. 서론—이원수 아동극 연구의 필요성

이원수는 『얘기책 속의 도깨비(전집 19권)』(웅진 1984)에 총 23편의 아동극을 남겼다. 동시, 동화, 소년소설 등 이원수가 70평생에 걸쳐 발표한 작품 수에 견주면 매우 적은 양이다. 그간 이원수 연구에서 아동극은 작품의 양으로나 문학사적 의미로 보나 그다지 주목받지 못했다.[1]

1 이원수의 아동극은 그동안 이원수 연구에서도, 한국 아동극 연구에서도 거의 언급되지 않았다가 최근 박종순에 의해 소논문으로 발표되었다. 박종순의 「이원수 아동극 연구」(『아동청소년문학연구』 7호, 2010)는 이원수 아동극 연구의 첫발을 내디딘 귀중한 논문이다. 박종순은 이 소논문을 통해 이원수 아동극 작품에 드러난 주제의식과 인물유형을 분석하고 있다. 박종순의 논문은 이원수 아동극의 주제와 인물의 윤곽을 대략적으로 정리했다는 데 의미가 있다. 이 논문에서 아쉬운 것은 이원수의 아동극 연구가 문학적 텍스트의 분석에만 머물렀다는 것이다. 문학적 텍스트로만 보았을 때 이원수의 아동극은 타 장르에 비해 인물유형과 주제의식이 새롭지 못하고 서사 구조도 엉성해 보인다. 그러나 아동극에 대한 연구는 무대와 관객, 연기하는 주체, 문학적 텍스트, 아동극에 대한 사회적 기대 지평 등 장르 형성에 여러 요소가 복잡하게 얽혀 있기 때문에 타 장르에 비해 훨씬 입체적인 분석을 요한다.

그렇다면 이 시점에서 이원수의 아동극을 탐구하는 이유는 무엇인가? 문학성과 연극성이라는 두 가지 요소를 갖춘 아동극은 개인적 체험과 공동체적 체험의 요소를 함께 지닌 장르이다. 아동극은 현장에서 말과 몸으로 표현되고, 눈과 귀로 흡수하기 때문에 아이들에게 다른 어떤 문학 장르보다도 강하게 각인된다. 방정환, 마해송, 신고송, 정인섭 등 근대 아동문학 작가들은 민족운동과 아동문화운동의 연장선에서 문학의 적극적인 수용 방법으로 아동극 작품을 남기는 경우가 많았다. 이렇게 남겨진 아동극 작품들은 비록 작품의 양과 질이 오늘날 문학을 평가하는 잣대에 못 미친다 하더라도 당시의 정치적·문화적 환경과 작가의식을 탐구하는 데 적지 않은 의미를 지닌다.

한국의 대표적인 현실주의 아동문학가로서 당대 사회에 대한 비판적인 안목을 끊임없이 작품화한 이원수는 아동극에서도 역시 가난한 아이들의 고통과 올바른 사회에 대한 목소리를 담아내고자 했다. 이원수의 아동극 연구는 이원수 문학의 균형 있는 연구와 그가 아동극을 통해 보여주고 싶었던 현실인식과 작가의식의 연구를 위해서도 필요한 일이거니와 아직까지 연구 기반의 부족으로 변변한 작가 작품론이 드문 아동극 연구의 지평을 넓히기 위해서도 필요한 일이다. 이에 본고는 그동안 연구의 사각지대에 놓여 있던 이원수의 아동극을 고찰하는 것을 목적으로 삼는다.

우선 이원수 아동극의 연구를 위해 이원수 아동극의 형성 배경이 되는 당대 아동극 담론과 이원수 아동극론의 특징을 검토하고, 이원수 아동극의 작품세계를 분석하고자 한다. 이를 통해 이원수 아동극의 형성 배경과 문학적 특성 및 성취를 가늠해볼 수 있는 토대가 되기를 기대한다.

2. 이원수 아동극의 형성 배경—'공동체성'과 '교육성'의 두 축

『이원수아동문학전집』에 실린 작가 연보를 보면 1949년과 1954년에 방송용 동극을 많이 썼다는 기록[2]이 있다. 동극집『애기책 속의 도깨비』에 실린 작품도 대부분 1950년대 후반부터 60년대에 창작된 것으로 보아 이원수가 아동극을 왕성하게 창작한 시기는 대략 1950~60년대로 추정된다. 1949년은 해방된 조국에서 새로운 나라 건설의 마음을 담은 장편동화『숲 속 나라』가 발표된 해이기도 하다. 이후 이원수는 한국전쟁의 상흔, 이산가족 문제, 4·19혁명 등 첨예한 사회적 문제를 당시의 주류 이데올로기에서 탈피해 건강한 시선으로 작품에 담아 사회현실을 반영하고 전망을 찾으려 했다. 이렇게 개인의 문제와 정서를 넘어 사회적 문제에 말문을 트는 시기에 이원수는 아동극에도 관심을 가졌다. 아동극 창작에는 당대의 사회적 기대치와 작가 개인의 작가의식이 작용한다. 이원수의 창작 배경을 살피기 위해서 우선 해방 이후 아동극이 어떤 사회적 의미망을 가지고 있었고, 이원수는 어떤 아동극 담론을 내놓았는가를 알아볼 필요가 있다.

1) '국어교육'과 '협동학습'을 위한 아동극의 기능 강조와 학교극의 활성화

해방과 더불어『소학생』『소년』『새동무』『어린이』『아동』『새싹』등 많은 아동 잡지들이 봇물처럼 쏟아지며 아동문학 담론과 작품이 풍성해졌다. 그러나 아동극은 다른 장르에 비해 여전히 고전을 면치 못했다. 실제로 아동극 작품이 한 편이라도 실려 있는 잡지는『소학생』『소년』『어

2 이원수『아동과 문학(전집 30권)』, 웅진 1984, 347~48면.

린이』『아동』 정도였다. 그마저도 일제강점기에 이미 발표된 작품들이 다시 발표되는 경우가 많았다.

한편 일제강점기에 아동문화운동의 일환으로 창작되었던 아동극은 해방 이후 공교육 체제로 편입되면서 국어교육의 일환으로 빠르게 재편되어나간다. 해방 이후 교육계에서는 우리말 듣기와 말하기 교육의 강화가 큰 쟁점으로 떠오르게 되었다. 이때 듣기·말하기의 효과적인 교육방법으로 '극화'가 제시된다. 해방 이후 국어교육의 틀을 정리한 이희복은 '극화 학습'에 대해 다음과 같이 언급한다.

> '말하기'의 반면은 '듣기'인데 언어의 전달이나 표현으로 보아, 타인의 언어를 잘 듣지 않고는 이해하지 못하며, 이해 없이 만족한 발표는 기할 수 없다. 이리하여 각 교과서에서나, 또는 아동의 유희 시간에 있어서나, 또는 학교 행사 등을 통하여 대화, 설명, 보고, 연설, 또는 **극화** 등에서 수시 그 장소 장소에서 국어를 중심으로 한 지도가 되어야 그 목적을 달할 수 있겠다.[3] (강조는 필자)

해방 이후 다소 유연한 개념으로 유포된 아동들의 연극 활동, 즉 '극화 학습' '연극 유희' '연극 놀이' 등은 아동극이 공교육의 틀 안으로 편입되면서 점차 국어교육의 효과적인 학습방법으로 자리 잡아간다. 이에 따라 제1차 교육과정 제정 직전에 발행된 과도기 교과서에는 완전한 형식을 갖춘 희곡이 처음 등장한다.[4] 해방과 전쟁을 거치며 문화적으로 척

---

3 이희복 『국민학교 국어교육의 이론과 실천』, 학우사 1949, 32면.

4 극의 형식을 완전히 갖추지 않고 대화체를 넣어 부분적으로 극적인 형식을 갖춘 작품은 이전에도 존재했다. 1948년 군정청 문교부에서 발행한 『초등국어』(2-1-12)의 「개미와 매미」, 『초등국어』(3-2)의 「동무」, 『초등국어』(3-2-18)의 「참새와 파리」, 『초등국어』(4-1-3)의 「돼지의 심판」이 그것이다. 이들 작품은 극본에서 지문으로 처리되어야 할 부분

박한 시기에 아이들이 그나마 예술적인 경험을 할 수 있었던 곳은 학교였다. 희곡이 국어과 교과서에 등재되고 '말하기' '듣기'의 중요한 교육 방법으로 강조되면서 일선 학교에서는 연극 교육이 널리 퍼지기 시작했다. 1950년대 학교극은 '극화 학습'의 강조와 더불어 아동극의 주요 활동으로 강조되기 시작하였다. 이에 따라 '학생극' '학교극'은 1950~60년대 전반에 걸쳐 유행한다.

'학교극'과 '학생극'의 유행은 당시 출판된 아동극집과 이론서를 통해서 확인할 수 있다. 1950년대에는 다른 어느 시기보다 '학생극집'의 출간이 활발하였다. 양호중이 학생극집이라는 타이틀로 『대야성의 최후 외 5편』(박문출판사 1953)과 『보리수』(세계문화사 1954)를 출간하였고, 주평·금수현 공저로 『학생극집』(새로이출판사 1957) 등이 출판되었다. 이 시기 활성화된 각종 학생극 현상 모집 또한 학생극의 대중화에 많은 역할을 한다. 1956년부터는 전남일보사가 주최한 '호남 어린이 연극 경연대회'가, 1960년부터는 교육주보사가 시작한 '전국 아동극 경연대회' 등이 개최되었다. 1961년에는 한국아동극협회가 결성되고 기관지 『아동극』을 발행하였으며 선생님들을 대상으로 연극 워크숍을 개최하여 연출, 연기, 화법, 극작 등을 가르쳤다.[5] 학생극 운동의 중심에 있으면서 1960년대까지 우리나라 아동극계를 이끌었던 주평 역시 1953년 전국 학생극 각본 현상모집에 「토끼전(3막)」이 당선되면서 본격적인 활동을 시작한다. 이후 주평은 많은 아동극 작품을 발표하고, 어린이 극단을 조직해서

이 설명식 문장으로 진술되고, 인물의 대사는 따옴표를 사용하여 극본과 차이를 보이고 있으나, 인물과 그의 대사를 구분한 것이 극본으로서의 초보적 형태를 보여준다. 이후 1952년 문교부에서 발행한 『국어』(1-2)의 「토끼와 거북」, 『국어』(4-1)의 「결례」, 『국어』(5-1) 「꽃과 나비」, 『국어』(6-2)의 「봄이 올 때까지」 등 국어 교과서에 정식으로 희곡이 실리기 시작했다. 박붕배 「과도기 및 제1차 교육과정기의 국어과 교재분석 연구」, 『서울교대 논문집』 24집(1991) 참조.

5 임수선 「한국 어린이 연극 연구」, 단국대 석사학위논문, 2004, 29~30면 참조.

공연을 하며 아동극 대중화에 큰 역할을 하는 한편, 어효선·홍문구와 함께 『학교극 사전』(교학사 1961)을 간행하는 등 학교극에 대한 이론적 정리를 해나갔다. 이렇게 이론과 작품, 교육이 풍성해짐에 따라 학교 현장에서는 학예회 등을 통해 아동극 상연의 기회가 늘어갔다.

당시 대중화된 '학생극'들은 주로 초등학교나 중학교 학생들이 학교 등에서 상연하는 공연을 지칭함으로써 '학생극=아동, 청소년 극'이라는 인식이 퍼져나가게 된다. '학교극'의 경우도 '학생극'과 거의 비슷한 의미로 사용되었다. '학교에서 행하는 극=학생극'이라는 인식이 지배적이었다. 1950~60년대 학교극 운동의 대표 주자였던 주평은 '학교극'의 의의를 다음과 같이 밝히고 있다.

> 연극놀이에 의한 교육 방법은 피교육자들인 어린이가 주체가 되고, 또 어린이가 연극적인 학습 전개에 크게 흥미를 가지고, 연극적 교육 방법에서 얻어진 한 내용을 오래오래 그들의 기억 속에 인상 깊게 담아둘 수 있는 이점이 있다는 것을 들지 않을 수 없다.[6]

위에서 보면 주평은 학교극을 '아이들이 주체가 되어 진행하는 연극'이라는 점에서 그 이점을 찾고 있다. 그런데 '학교극'의 의의를 구체적으로 살펴보면 당시에는 '학생극'을 통해 학생 개인의 예술적인 체험보다는 사회적인 인간상의 창조와 학습에의 도움을 중요하게 생각하고 있음을 알 수 있다.

> ① 협동 정신과 민주 정신을 기른다.
>
> ② 아동들의 정서와 문화적 정신 앙양에 도움이 된다.

6 주평 「학교극의 본질과 방향」, 『새교육』 1962년 8월호, 116면.

③ 아동들의 생활지도에 도움이 된다.

④ 어린이들의 문제 해결에 도움이 된다.

⑤ 레크리에이션으로서 크게 효과적이다.

⑥ 학습의 효과를 높이기 위한 극적 학습 전개[7]

이러한 내용으로 살펴볼 때 당시 아동극에 대한 사회적 기대는 개인의 예술적 성취보다는 '공동체성'과 '교육성'에 무게가 실려 있음을 알 수 있다. 따라서 당시의 작품들은 아이들을 교화하기 위한 우화나 옛이야기 각색, 또는 학습에 도움이 되는 교과목의 극화가 권장되었다.

2) 사회적 진실과 정의, 아동극 실연의 용이성을 강조한 이원수의 아동극론

이원수의 아동극론은 『동아일보』 1959년 9월 26일자에 실린 「방송극과 아동 국어 교육—순수한 동극 운동을 위하여」[8]와 「아동문학 입문」(1965)[9]에 포함된 아동극론 등에서 확인할 수 있다. 동극의 정의와 기능에 대해 짧게 정리한 글들이지만 이를 통해 이원수가 생각하는 아동극의 개념[10] 및 기능에 대한 관점을 엿볼 수 있다.

그의 아동극론에서 우선 눈에 띄는 것은 아동극에 대한 범주다. 아동극은 배우와 관객의 범주에 아동과 어른이 복잡하게 얽혀 있다. 아동극은 아동과 어른을 아동극의 범주에 어떻게 상정하느냐에 따라 아동극의 기능 및 공연 목적 등의 방향성이 달라지기 때문에 매우 예민한 접근이 필요하다. 이러한 아동극에 대한 장르 규정은 그 어떤 장르보다 외부

7 같은 글 116~17면 참조.

8 이원수 『아동과 문학』에 재수록.

9 이원수 『아동문학 입문(전집 28권)』(웅진 1984)에 재수록.

10 이원수가 언급한 아동극의 정의는 아동극의 내용과 형식을 포괄적으로 정리한 이재철의 『아동문학개론』(서문당 1983, 209면)에서 인용된 바 있다.

적 계기에 영향을 많이 받는다. 외부적 계기라 함은 아동극에 대한 사회적 기대, 무대화에 대한 문화적·물질적 조건, 작가의 의도 등일 것이다. 우리나라에서 본격적으로 아동극에 대한 내용이 신문기사에 언급되던 일제강점기 초기에는 아동극을 '성인이 아닌 어린이가 출현하는 극' 정도로 인식했다. 그러다가 점차 배우뿐만 아니라 내용, 관객으로까지 아동극 담론이 확대되어간다. 일제강점기 동안 대중과 작가들에게 통용된 아동극이란 대부분 '아동이 출연하고, 아동이 관객이 되는 극'의 개념이었다고 볼 수 있다.[11]

이원수가 얘기한 아동극 또한 이러한 범주에서 크게 벗어나지 않는다.

> 동극은 곧 아동이 즐길 수 있는 극이다. 그것은 아동이 등장하는 극, 아동과 함께 어른이 등장하더라도 아동에게 관련이 깊은 이야기, 혹은 아동이 주로 상연할 수 있는 극들을 말한다.[12]

이러한 이원수의 주장은 『아동문학개론』에서 아동극의 내용과 형식을 포괄적으로 정리한 이재철의 글[13]과 오늘날 넓은 범주의 아동극을 논할 때 자주 인용되는 모제스 골드벅(Moses Goldburg)의 말[14]과 비교하면 그 차이가 더욱 뚜렷해진다. 이들은 성인 연기자에 의한 전문 아동극

11 이에 대한 내용은 졸고 「한국 근대 아동극 장르의 용어와 개념 고찰」(『아동청소년문학연구』 5호, 2009) 참조.

12 이원수 『아동문학 입문』 42면.

13 이재철, 앞의 책 200면.

14 모제스 골드벅은 아동극에 대해 "아동극은 아동에 의한 그리고 아동들을 위한 모든 형태의 연극"이라고 말했다. 이는 가장 넓은 의미의 아동극, 즉 성인들이 상연하여 아이들이 관람하는 공연예술부터, 아이들 교육의 일환으로 이루어지는 교육 연극, 창의적 연극, 비공연적 연극 모두를 포함한 개념이다. 골드벅의 말은 권순철이 「한국 아동극 연구」(중앙대 석사학위논문, 1989, 5면)에서 인용한 것인데, 이후 논문에서 아동극의 개념을 규정할 때 지속적으로 인용되었다.

부터 아동이 출연하여 성인에게 보여주는 극, 비공연식 극에 이르기까지 배우, 관중 어느 한 부분에든 아동이 관련되어 있으면 모두 아동극이라 칭하고 있다. 그에 비해 이원수는 아동극의 중심을 '아동이 즐기고, 상연할 수 있는 극'으로 잡고 있다. 이는 일제강점기 이후 1960년대까지 성인 연기자 중심으로 구성된 전문화된 무대보다는 아이들끼리 꾸려서 올리는 아마추어 아동극이 대세였던 사회적 정황과 맞물린 것이다.

아동이 상연하고, 아동이 관람하는 아동극의 경우 전문극단의 아동극과 비교할 때 '예술성'보다는 '교육성'에 기대게 된다. 당시까지 아동극은 주로 '협동 정신' '생활지도' '회화 연습' 등 교육적 목적으로 접근했다고 볼 수 있다. 이원수 또한 아동극의 효용을 '예술에 의한 교양' '동무들과의 협력' '회화 연습' '협동 정신과 민주 정신의 함양'[15] 등 아이들이 실연 과정에서 얻을 수 있는 교육적 효과에서 찾고 있다. 이러한 이원수의 주장은 '교육성'이라는 견지에서 보면 당시까지의 주요 담론과 크게 다른 점이 없어 보인다.

전술한 바와 같이 해방 이후 1960년대까지 아동극의 중심 무대는 학교극이었다. 그러나 이원수는 아동극 활동을 대중적으로 확대했다는 점에서는 학교극을 인정하면서도, 극이 지니는 예술미를 밀어놓고 학교 교과를 위한 하나의 도구로 아동극이 활용되는 것을 비판한다.

> 학교 교육 방법의 하나로서 이른바 '극화(劇化)'의 교육적 효용을 무시할 수는 없지마는 학교극이 극의 임무를 접어두고 교육 방법의 한 임무만을 목적으로 해서는 안 될 것이다.[16]

---

15 이원수 『아동문학 입문』 121면 참조.

16 같은 책 120~21면.

이는 당시 '교육적'이라는 미명하에 학교 교육의 보조수단으로 전락하는 아동극에 대해 비판한 것이다. 그렇다면 이원수가 생각하는 교육은 무엇인가?

> 즉 소위 '교육적 가치'니 하는 것을 방패 삼아, 작품에 아동 세계의 진실 묘사, 아동 생활의 리얼한 표현, 절실한 사상의 내포 등을 금기하여, 기존 도덕이나 권력에 배치되지 않으려 드는 봉건적 우민화(愚民化) 사상으로서 그것을 아동문학의 정도(正道)인 듯이 착각시키려는 반민주적인 문학관의 소유자들이 있는 일이다. (중략)
>
> 우리가 교육적이라는 것은 '아동의 자유민주적인 발달을 도모하여 낡은 것 비민주적인 것에서의 해방을 돕고 보다 나은 사회를 이룩하려는 새롭고 진실한 인간으로 성장케 하는 것'이 중요한 목표가 되어야 할 것임에도…[17]

위의 글에서 알 수 있듯이 그가 생각하는 교육은 '아동의 자유민주적인 발달을 도모하여 낡은 것 비민주적인 것에서의 해방을 돕고 보다 나은 사회를 이룩하려는 새롭고 진실한 인간으로 성장케 하는 것'이다. 이원수는 현실을 무조건 추종하게 만들거나 교과서의 보조역으로 격하시키려는 아동문학을, 그리고 이러한 아동문학이 교육적 가치가 있다고 호언하는 것을 비판한다.[18]

이와 같이 이원수의 주장을 참조할 때 이원수가 지향하는 아동극은 '국어교육' 내지는 '협동 정신' 등 '공동체성'과 '교육성'을 주축으로 하는 당대의 아동극 담론과 궤를 같이하지만 그 방향성을 달리한다는 점

17 같은 책 133면.

18 같은 책 134면 참조.

에서 주목된다. 이원수는 '교육'과 '동심'에 포장된 아동이 아닌, 고통받으며 현실을 살아가는 아이와 비판적 사회의식을 아동극에 담으면서 당대 주류 아동극과 선을 긋고 있다. 이원수가 생각한 아이들에게 유익한 극, 교육적인 극은 아이들이 안고 있는 아픔을 이야기하고 사회적 진실과 정의를 담은 극이라고 볼 수 있다. 이원수는 8·15해방에서부터 한국전쟁, 4·19혁명까지 당대의 사회적 이슈를 작품에 담아 시대의 아픔 속에 있는 아이들을 소재로 한 생활극을 발표한다.

이는 당시 발표된 아동극 작품과 비교할 때 더욱 뚜렷해진다. 당시 대표적인 아동극 작가로 활동했던 주평의 작품집 『숲 속의 꽃신』(교학사 1963)과 아동극 선집 『소년 소녀 한국의 문학— 제9권 동극집』(강소천 외, 신구문화사 1972)에 실린 작품들을 보면 '병아리' '까치' '나비' 등의 동·식물을 소재로 한 동화극이나 옛이야기 각색[19]이 대부분이고, 생활극[20]의 경우 당시의 첨예한 사회문제를 직접적으로 다룬 작품은 거의 없었던 것을 볼 수 있다.

한편, 이원수는 방송극 창작에 많은 관심을 기울인다. 이원수가 방송극 창작에 관심을 기울였던 것은 1954년에 방송용 동극을 많이 썼다는 기록(『아동과 문학』 347~48면)을 통해서도 확인할 수 있다. 실제로 『이원수 아동문학전집』에 실린 아동극 작품의 3분의 2는 방송극이다. 그렇다면 이원수가 이렇게 방송극에 관심을 기울인 이유는 무엇일까? 이원수가 방송극이 지니는 국어교육의 효능과 방송극 활용의 필요성을 피력하기

---

19 「봄잔치」「숲 속의 꽃신」「개미와 베짱이」「숲 속의 대장간」「이상한 샘물」(『숲 속의 꽃신』), 「노랑나비의 꿈」「짐승들의 성탄절」「여우와 다람쥐」「짐승들의 성탄절」「까치의 죽음」「병아리의 탄생」 등(『소년 소녀 한국의 문학— 제9권 동극집』)

20 「칠석날」「졸업날」「편지」(『숲 속의 꽃신』), 「꽃불」「서울에서 온 편지」「돼지볼 만세」「돌아온 오빠」(『소년 소녀 한국의 문학— 제9권 동극집』) 등의 생활극은 대부분 소소한 일상생활을 중심으로 한 극이며 사회적 이슈를 소재로 뚜렷한 주제를 담은 것은 거의 없다.

위해 쓴 「방송극과 아동 국어교육」에서 그 이유를 확인할 수 있다.

> 방송극은 무대극과 달라서 무대장치와 연기자의 연기가 필요 없다. 그럼으로 해서 방송극의 대사는 극의 절대적인 요소가 되며, 대화의 압축된 의미 포함과 화술의 능숙을 요하므로 방송극에서 우리는 말하기 공부의 많은 수확을 갖게 되는 것이다. (중략)
>
> 아동이 대본으로 방송극을 하는 일은 무대극보다 용이하고도 흥미있는 일이다. 첫째 무대만 있으면 된다. 마이크와 레코드, 효과음을 낼 간단한 도구만 있으면 된다. (중략)
>
> 동극이 관중 앞에 전개될 기회를 갖지 못하는 현실에서 방송 동극의 역할은 크고 무거운 것이다. 작가들은 방송을 통한 활동에서 아동들을 대해야 할 시대에 와 있다.[21]

이원수가 방송극에 관심을 기울인 것은 대사로만 이루어지는 방송극이 언어교육에 효과가 크고, 무대극과 달리 별도의 무대장치와 연극 연습이 없어도 교내 방송을 통해 손쉽게 상연할 수 있기 때문이었다. 이원수는 아이들이 아동극을 스스로 실연해보는 것을 무엇보다 중요하게 생각했다. 이원수가 물리적·시간적 노력이 덜 들면서도 대중적 영향력이 있는 방송극에 애정을 쏟은 것은 어려운 시기 아이들이 좀더 손쉽게 아동극 활동을 할 수 있기를 바라고, 교육적 효과를 기대하는 마음에서였다. 이원수는 아이들이 주체가 되어 쉽게 상연할 수 있고, 현실 비판적인 주제의식을 담은 작품을 창작하고자 했다. 그렇다면 그는 어떤 작품을 남겼는지 그 면면을 살펴보자.

21 이원수 『아동과 문학』 107~109면.

3. 이원수 아동극 작품의 양상

1) 사회 비판적 주제의식이 강한 무대극

『얘기책 속의 도깨비』에 실린 무대극은 「6월 어느 더운 날」「산 너머 산」「얘기책 속의 도깨비」 세 작품이다. 「얘기책 속의 도깨비」는 무대 배경과 동작이 지문으로 나와 있고, 막이 있는 무대극이다. 그런데 아동극집 『얘기책 속의 도깨비』에는 방송극으로 잘못 분류되어 있다.

아동극 「산 너머 산」은 소설 「산 너머 산」을, 「얘기책 속의 도깨비」는 동화 「도깨비와 권총왕」[22]을 각각 아동극으로 개작한 것이다. 이 두 작품은 이미 소설과 동화로 발표된 터여서 다른 작품에 비해 서사적 구조가 탄탄하다. 아동극으로 개작된 두 작품은 원작보다 노래의 비중이 더욱 커졌다. 「산 너머 산」의 원작은 친구를 도와주고자 하는 경호의 심리가 중심인 반면, 아동극에서는 준식의 노래 연습을 경호가 비밀스럽게 도와주는 장면이 추가되었다. 「얘기책 속의 도깨비」에서는 도깨비 장단에 맞추어 아이들이 노래 부르는 장면이 더욱 강조되어 노래와 춤이 극을 이끌어가는 주요 모티프로 작용하고 있다. 아동극에서 노래는 극의 분위기를 이끌고 아이들의 흥미를 고취시키는 주요 장치이다. 이 두 작품 모두 주제의식이 뚜렷하고, 노래가 무대를 이끌어 가는 주요 모티프가 될 수 있었다는 점에서 아동극 작품으로 개작하게 되었다고 짐작된다.

이원수는 무대극에서 다른 극작품보다 긴 호흡으로 사회 비판적 목소리를 진지하게 담아냈다. 「6월 어느 더운 날」과 「산 너머 산」은 한국전쟁

22 여기에서 동화, 소설이라 구분한 것은 『이원수아동문학전집』에 구분되어 있는 장르명에 따른 것이다. 「산 너머 산」은 1956년 『만세』에 발표되었고 『가로등의 노래(전집 9권)』(웅진 1984)에 실려 있다. 「도깨비와 권총왕」은 1979년 『어린이 새농민』에 발표되었고 『날아다니는 사람(전집 8권)』(웅진 1984)에 실려 있다.

이후에도 계속되는 이산의 아픔과 전쟁의 상처를 담았다. '반공'이 대세였던 당시 사회적 분위기에서 이원수는 전쟁으로 인한 피해가 아이들의 삶에까지 이어지고 있음을 보여주며, 작품 속에서 또 다른 눈으로 전쟁을 이야기한다. 「6월 어느 더운 날」에 등장하는 주인공 만복은 한국전쟁 중에 다리를 다쳐 절름발이가 된 아빠 때문에 친구에게 놀림을 받는다. 「산 너머 산」에 나오는 주인공 준식은 이산가족이다. 준식은 아픈 어머니를 대신해 찹쌀떡 장수를 하며 어렵게 살아간다. 두 작품에 등장하는 주인공은 모두 전쟁의 상흔을 안고 오늘을 살아간다. 이들에게 전쟁은 대물림되는 아픔이다.

「6월 어느 더운 날」에서 영주는 만복의 아버지가 절름발이라는 이유로 만복의 별명을 절름발이라 지어 부른다. 이에 화가 난 만복은 언덕에서 큰 돌을 굴려 자기를 놀린 영주를 다치게 했다. 만복은 영주가 크게 다쳤을까 무서운 마음에 도망을 치고 만다. 그런 만복을 달래어 영주의 병원에 함께 찾아가 화해와 용서를 구하도록 주선한 것은 만복의 친구 정숙과 정숙의 엄마다. 「6월 어느 더운 날」에서 아들의 부상으로 강경하게 화를 냈던 영주 아버지는 만복 아버지에게 대뜸 절름발이가 된 사연을 들려달라고 한다. 그런데 뜻밖에도 만복 아버지와 영주 아버지는 한국전쟁 때 같은 부대 소속이었으며, 만복 아버지가 절름발이가 된 것은 고참이었던 영주 아버지를 구하다가 입은 부상 때문이었다. 이를 알게 된 두 아버지는 극적으로 화해하고, 두 아이들도 아버지들의 사정을 이해하면서 화해하게 된다. 이와 같이 우연에 기댄 급작스런 갈등 해결은 극의 몰입을 방해하고 개연성을 떨어뜨린다.

이 작품에서 주인공 만복은 전혀 존재감이 없다. 만복은 영주와의 갈등을 야기한 당사자이기는 하지만 갈등을 해결할 주체는 되지 못했다. 갈등 해결의 물꼬를 튼 것은 만복의 친구 정숙과 그의 엄마였으며, 완전히 해결한 주체는 영주 아버지와 만복의 아버지였다. 만복과 영주의 갈등이 구체적으로 묘사되지 못하고 주변인물들의 행동에 묻혀버림으로써 두 인물의 성격이 사라졌다. 인물의 성격은 행동이 결정하고, 극은 성격에 의해 좌우되기 마련이다. 그런데 이 작품에서는 중심인물이었던 두 아이의 고민과 역할이 전혀 없이 갈등이 급하게 해결됨으로써 극이 생기를 잃고 말았다. 병상에 누워 있던 영주가 아버지들의 사연을 알게 되면서 갑자기 자신의 잘못을 뉘우치는 장면도 억지스럽다. 작가는 갈등의 중심인물이었던 영주를 전혀 살리지 못했다. 영주라는 인물이 생생하게 살아 있으려면 영주의 심리 변화가 좀더 뚜렷한 경로를 통해 묘사되어야 했다.

이원수는 이 작품을 통해 동족상잔의 비극과 세대를 이어주는 공감과 화해의 메씨지를 전하려 했으리라 본다. 그러나 인물의 성격이 생생하게 살아나지 못하고, 인물들 간의 관계 변화를 공감하게 하기에는 갈등 해결의 개연성이 부족했다. 좋은 소재와 강한 주제의식에도 불구하고 플롯이 탄탄하지 못한 것이 한계이다.

세 편의 무대극은 같은 책에 실린 다른 작품들에 비해 길이도 길고[23] 지문도 많다. 특히 「산 너머 산」은 인물 설정과 무대 지시문이 다른 작품에 비해 훨씬 구체적이다.

나오는 사람
준식(국민학교 6학년. 소년)
경호(준식의 동무)
경호 누나
선생님
아이들(준식의 반 아이들—얼마든지 좋음)

23 이 세 작품은 20면 내외인 데 반해 다른 작품들은 10면 내외이다.

제1경 교실(음악실) 왼편으로 교단 칠판, 피아노(혹은 오르간), 바른편으로 아이들의 책상 여럿.

막이 오르기 전부터 피아노 소리에 맞추어 노래 공부하는 소리. 아무 노래나 그 반에서 배우는 것이면 좋다.

막이 오르면 선생님은 피아노를 치고 아이들은 칠판에 써놓은 노래를 부르고 있다. (예: 「봄이 와요」 6학년용 노래책)[24]

이원수는 이 작품을 학교극으로 상정하여 많은 아이들이 참여할 수 있도록 유도하고 있다. 『얘기책 속에 도깨비』에 실린 아동극 작품은 지시문이 허술하고 특별한 극적 장치 없이 회상 장면이 등장하는 등 실제 상연을 하기에는 무리가 있는 작품이 많다. 그런 면에서 볼 때 「산 너머 산」은 인물과 무대가 구체적으로 설정되어 있고, 인물의 움직임도 상세하여 작품 상연이 용이하다.

「산 너머 산」에서 준식은 북에 있는 형에게 자신의 노래를 들려주고자 대북 방송에 나가기 위해 열심히 노래 연습을 한다. 준식의 사정을 알게 된 같은 반 친구 경호는 대북 방송에 나가는 것을 일부러 포기한다. 경호는 준식의 노래 연습을 돕기 위해 몰래 그의 집 앞에서 노래를 불러준다. 노래를 자꾸 틀리던 준식은 경호의 노래를 듣고 무사히 노래 연습을 할 수 있었다. 준식은 많은 연습 끝에 일취월장한 실력으로 방송에 나가 노래를 부른다. 이산가족이었던 준식이 소원을 이루게 된 데에는 경호의 이해와 도움이 컸다. 창밖에서 몰래 노래를 불러주는 경호의 존재를 준식이 알아보지 못하는 장면은 다소 작위적이지만, 경호와 준식은 「6월 어느 더운 날」의 만복, 영주와 달리 아주 적극적으로 자신의 문제

24 이원수 『얘기책 속의 도깨비』 28면.

를 풀어간다는 점에서 주목할 만하다. 이원수 작품에서 흔히 나오는 인물 중 하나는 가난하고 우유부단한 남자 주인공이다. 이들의 갈등은 주로 온정적인 조력자에 의해 해결되는 경우가 많다. 「6월 어느 더운 날」의 만복 역시 이러한 인물상에서 크게 벗어나지 않았다. 「산 너머 산」의 준식도 경호의 도움을 얻는다. 그러나 준식은 자신이 원하는 바를 위해 적극적으로 노력하는 행동형 인물이다. 「산 너머 산」에서는 주인공 준식과 조력자 경호의 역할이 균형 있게 그려지면서 극이 생동감 있게 전개되고 있다. 「산 너머 산」은 극의 소재와 주제, 인물, 플롯의 구성, 상연의 용이성을 종합할 때 이원수의 다른 아동극 작품에 비해 뛰어나다고 평가된다. 「산 너머 산」은 아동극으로 창작되기 이전에 원작이 있었기 때문에 다른 작품보다 구성이 좀더 탄탄할 수 있었으리라 생각된다.

「6월의 어느 날」과 「산 너머 산」에서 주목할 만한 것은 당시 사회 정황과 인물들을 바라보는 작가의 시선이 주류 관점과 다르다는 것이다. 이는 해방과 한국전쟁을 모티프로 이원수의 작품과 비슷한 시기에 발표되어 『한국아동문학선집 대표작가 동시·동극집』(동민문화사 1972)과 『소년소녀 한국의 문학—제9권 동극집』 두 곳에 모두 실려 있는 세 작품(김상민 「꽃불」, 이보라 「열세 동무」, 장수철 「구름다리에 피는 꽃」)의 경우와 비교하면 그 특징을 더욱 뚜렷하게 알 수 있다. 「꽃불」에서 8·15해방은 잃어버린 엄마를 찾고 벅찬 희망을 주는 축제였으며, 「열세 동무」에서 전쟁고아는 주변 친구들이 성금을 모아 공부를 시켜주는 온정의 대상이었다. 「구름다리에 피는 꽃」에서 북은 아버지를 납치해가고 인민들을 괴롭히는 적이다. 이와 같은 시선들이 당시의 주류 관점이었던 것이다. 그러나 이원수에게 해방 정국과 전쟁은 대를 잇는 아픔이며, 북은 반공의 대상이 아니라 상처와 그리움의 대상이다. 이는 반공을 나라의 중요한 정책으로 삼았던 당시 사회적 분위기로 보았을 때 매우 이례적인 것이다. 「6월 어느 더운 날」과 「산 너머 산」은 주제의식과 소재 면에서 작가 이원수의 현실주의적인 면모를 가장 확실하게 보여주고 있다는 점에서 높이 평가된다.

「애기책 속의 도깨비」는 불량 만화를 경계하고 양질의 책을 읽어야 한다는 내용을 담고 있다. 그림책 속에 있던 도깨비가 실제로 아이들 옆에 나와 극을 이끌어간다는 발랄한 상상이 재미있다. 이원수는 진부한 교훈담으로 흐를 수 있는 이야기를 아이들의 흥미를 끌 만한 도깨비를 등장시켜 흥겹게 만들었다. 도깨비라는 친숙한 캐릭터와 극 전반에 깔려 있는 노래와 춤은 이 극을 유쾌하게 이끄는 원동력이다. 이 극에서 노래는 극을 이끌어가는 주요 장치인 동시에 건강한 놀이 형태를 보여주는 장치로 작용한다. 이 작품의 전반에는 이러한 놀이 정신이 깃들어 있다. 이 작품이 이원수 아동극 작품에서 특별한 이유는 이원수 문학에서 부족한 놀이와 흥이 살아 있기 때문이다.

도깨비와 권총왕으로 대변되는 선악의 뚜렷한 대결 양상 또한 긴박하고 흥미진진하다. 이원수의 다른 작품에서 느낄 수 없는 팽팽한 긴장감이 느껴진다. 희곡에서는 "관중을 끌고나가게 하는 위기가 뚜렷이 있어야 하며, 그 위기는 클라이맥스에 가서는 다시 다른 분기를 덧붙이지 말고 해결의 방향으로 가도록"[25] 해야 한다. 이원수의 아동극 작품 중 상당수는 충분한 갈등의 고조 없이 급작스럽게 화해를 하는 결말 때문에 작품에서 전달하려고 하는 교육적 효과가 반감되는데, 이 작품은 위기도 뚜렷하고, 웃음과 놀이를 통해 독자의 흥미를 유발하고 있다는 점에서 눈여겨볼 만하다.

이원수 문학에서 부족한 놀이 감각과 유머는 오늘을 사는 아이들에게 더욱 친숙하고 의미 있는 요소가 되었다. 그런 점에서 볼 때 「애기책 속의 도깨비」에 구현된 발랄한 캐릭터와 상상력은 이원수의 다른 아동극

25 이원수 『아동문학 입문』 124면.

작품에서 찾아보기 힘든 보편적인 흥과 재미를 주고 있다는 점에서 주목된다.

2) 다양한 소재와 인물을 그린 방송극

이원수가 발표한 방송극은 무대극에 비해 작품의 양도 많고 주제와 인물이 다양하다. 중산층 가정 아이들의 학업 스트레스를 다룬 「꼬마 미술가」 「우리선생님」, 4·19정신을 기리는 「그리운 오빠」, 가난의 고통과 극복을 다룬 「음악회 전날에 생긴 일」 「어머니가 제일」 「매화분」 「버스 차장」, 8·15해방의 정신을 전달하고자 한 「8·15해방의 감격」, 역사적 인물 율곡 이이와 방정환을 소재로 한 「한양성에 뿌린 눈물」 「사랑의 선물」, 친구들과의 소소한 일상을 다룬 「소라 고둥」 「그림책과 물총」 등 가난한 아이들부터 중산층 아이들, 역사적 인물까지 주인공도 다양하고, 소소하고 평온한 일상에서부터 첨예한 사회적 갈등까지 소재가 다양하다. 이들 작품은 궁극적으로 전쟁으로 인한 아픔과 가난, 지나친 교육열 등 아이들을 고통스럽게 하는 문제들과 대면한다. 특히 4·19혁명 1주년을 기리며 그 정신을 계승해야 함을 강조한 「그리운 오빠」에서는 이원수의 강한 현실 비판적 면모를 엿볼 수 있다.

어머니 나는 내 아들이 괜히 총 앞에서 죽은 것이 보람 없는 일 같아서 늘 마음이 아팠단다. 남들은 4·19 때문에 모두 잘살게 될 줄 알았을 텐데, 살기는 여전히 어려워졌다고들 하는 소릴 들으면 가슴이 메어지는 것 같아서…….

영 순 어머니, 4·19혁명은 아직도 계속 중이래요. 좋은 나라를 만드는 일이 하루 이틀에 되는 건 아니라지 않아요?[26]

26 이원수 『얘기책 속의 도깨비』 117면.

이원수의 방송극은 10면 전후로 무대극의 절반 정도 분량이다. 육성으로 재연하자면 10분 남짓한 짧은 길이다. 이원수의 방송극이 무대극에 비해 짧은 것은 아이들이 좀더 간편하게 실연하게 하기 위한 것이라 추측된다. 전술한 바와 같이 이원수는 좀더 많은 아이들이 손쉽게 아동극을 하기 위해서는 연극 연습 시간과, 무대장치 등 물리적인 준비가 많이 필요한 무대극보다는 마이크 하나만 있으면 쉽게 할 수 있는 방송극이 필요하다고 생각했다. 그가 관심을 가진 것은 라디오나 TV 등의 대중 매체보다는 학교 방송극이었다.

교내 방송 시설을 이러한 것에 이용하면 정서교육과 국어교육에 크게 이바지할 수 있을 것이다.

교내 방송 시설을 이용하지 않고 육성만으로써 방송극을 실연하는 방법도 좋은 것이니, 이것은 시설이 없는 학교나 시설이 있더라도 학급에서 간단히 실연하는 데는 육성 실연이 충분히 이용가치를 가진 것이라고 본다.[27]

해방 이후부터 전문적인 아동극단이 활발하게 활동하기 시작한 1970년대 이전까지 아동극 운동은 무대극에서 라디오극과 학교극으로 그 활동 범위를 넓혀나갔다. 라디오드라마는 1946년 미국인 륀돌프의 희곡집 「똘똘이의 모험」이 출판되자, 유호, 김내성, 김영수 등이 이를 연작 집필하여 라디오드라마로 방송했다.[28] 작가들이 관심을 기울인 것은 상업적 이득이 있는 공중파였다. 1960년대를 지나면 각 방송사들의 어린이 시

27 이원수 『아동과 문학』 108면.

28 이반 「한국 어린이 연극 운동의 과거와 미래」(1985), 임수선, 앞의 글 29면에서 재인용.

간대가 크게 늘기 시작한다. 그런데 방송은 양방향이 아닌 일방향으로 이루어지고, 편집자의 의도가 크게 작용하는 매체이다. 따라서 그 어느 장르보다 계몽성과 선동성이 큰 장르이기도 하다. 실제로 1962년에 한국방송윤리위원회가 창립되고, 1963년에 방송법이 통과되면서 정부는 입맛에 맞게 방송을 통제하기 시작한다. 따라서 어린이 방송은 소재도 제한적이고, 일체의 사회 비판적인 내용을 담을 수 없었다.

이러한 상황에서 학교에서 간단하게 실연할 수 있는 방송극을 창작하여 아이들을 둘러싼 사회 전반의 문제를 작품화하였다는 데 이원수 아동극의 의미가 있다. 하지만 이원수의 방송극은 길이가 짧다보니 무대극에 비해 서사 구조의 엉성함을 면키 어려웠다. 대부분의 방송극 작품이 인물의 갈등 폭이 적고 극적 긴장감이 떨어진다. 숙제를 너무 많이 내주고 공부만을 강요하는 선생님에 대해 불만이 많았던 순희와 영희는 선생님이 무리한 업무 때문에 병이 났다는 걸 알고는 자신들의 불평을 바로 반성하고(「우리 선생님」), 다리를 저는 친구를 놀렸던 영희는 어떤 이유로 자신의 행동을 반성하게 됐는지 그 과정이 전혀 그려지지 않은 채 선생님에게 자신의 잘못을 고백을 하는 등(「영희의 편지 숙제」) 적절한 위기 없이 인물들 간의 갈등이 급작스럽게 해결되는 작품이 많았다. 또한 주제를 사건이나 설정으로 이어가지 않고 설명투나 진술에 의존(「그리운 오빠」「8·15해방의 감격」「사랑의 선물」) 하면서 서사적 기능이 많이 떨어졌다.

아동극은 현장에서 공연되는 문학이니만큼 다른 어떤 장르보다 극적 긴장감이 요구된다. 극을 이끌어가는 주요 요소가 힘이 빠지지 않고 전개되어야 현장의 분위기가 살아나고 독자들의 감동을 이끌어낼 수 있다. 사람들은 주인공의 행동을 통해 인물의 감정선을 따라가기 때문에 심리 변화에 따른 개연성 있는 서사와 인물의 적절한 행동이 필요하다. 그러나 이원수의 작품 속 인물들은 섬세한 심리 변화를 드러내지 못한 상태로 급하게 화해를 하는 경우가 대부분이다. 이는 이원수가 치밀한 서사전략을 갖지 못하고, 아이들의 감정을 섬세하게 들여다보기보다는 갈등 해결에 무게중심을 두었기 때문이라 판단된다. 방송극은 무대극에 비해 인물과 소재를 다양화했으나 극의 완성도 면에서 많이 떨어지는 아쉬움을 남겼다.

4. 결론—이원수 아동극의 의의와 한계

이원수는 해방 이후 문화적으로 척박한 환경에서 우리말 교육과 교과학습의 붐을 타고 활성화된 아동극에 관심을 갖고 작품을 남겼다. 이원수가 생각하는 아동극은 아동들에 의한 아동들을 위한 극이었다고 할 수 있다. 이는 전문극단이 활성화되지 않았던 당대의 사회적 환경과 더불어 '공동체성'과 '교육성'을 아동극의 주요 효과로 바라보는 담론과 맞닿아 있다.

그러나 이원수는 당시에 널리 퍼져 있던 좁은 틀 안에 갇힌 '교육성'에 대해서 비판을 한다. 그가 생각하는 교육은 자신이 살아가는 현실을 올바르게 바라보고, 성숙한 사회를 만들어갈 수 있는 의식을 만드는 것이다. 그는 적은 편수이긴 하지만 현실주의적인 작가정신에 입각하여 아동극 작품을 발표하였다. 그는 당시의 시대현실과 아동의 처지를 극을 통해 전하려 했다. 이는 '동심'과 '교육'을 등에 업고 어른들이 만들어 놓은 틀 안에 아이들을 가두어 현실과는 무관한 환상의 세계를 보여주거나 교훈담으로 점철된 아동극과는 다르다는 점에서 주목된다.

그런데 문학적 텍스트로서만 보자면 이원수가 아동극에서 보여준 인물군과 주제의식은 타 장르와 크게 달라 보이지 않는다. 오히려 다른 장르에 비해 높은 성취를 이루었다고 보기는 어렵고, 이원수 작품에 흔히 나오는 전형적 인물군에 비슷한 주제가 반복되는 모습이다. 인물유형에 있어서도 이원수가 동화, 소설에서 보여주었던 인물군에서 크게 벗어나지 않는다. 유약하고 가난한 남자 주인공, 무능력한 부모, 실질적인 가장 노릇을 하는 누나, 당차고 똘똘한 여자 친구 등 다른 장르의 작품들에서 익히 반복되었던 인물들과 소재가 아동극에도 반복되고 있다. 무대 현장을 장악하고 이끌어갈 극적 인물을 창출해내지 못한 것이 아쉽다.

희곡은 문학으로만 읽는다 하더라도 궁극적으로는 공연을 지향하는 장르이다. 따라서 작가는 무대화된 아동극의 효용가치를 가지고 작품에 임한다. 소리와 몸짓 등 인간의 가장 원초적인 감각을 자극하는 연극은 배우나 관객 모두에게 강렬한 인상을 남긴다. 사람들에게 가장 깊은 인상을 남기는 장르 중에 하나인 연극은 다른 어떤 장르보다 목적의식적 접근이 많은 장르이기도 하다. 해방 이후 아동극에서 이원수만큼 당대의 역사를 아동의 삶과 연관시켜 치열하게 담아내고자 애쓴 작가는 드물다. 그런 의미에서 그의 치열한 작가정신만큼은 오늘날에도 계승되어야 할 것이다.

이원수의 비평 이론 속에 투영된 일본 아동문학 이론

김영순

1. 이원수의 7·5조 동요 인식과 일본의 7·5조 동요 이론

이원수가 동요를 투고하는 등 소년 문사로서 등장한 1920년대는 일제 강점기였기 때문에, 일본과의 영향 관계를 떼어놓고 생각할 수가 없다. 이 글 전반부에서는 1920년대 동요의 7·5조 율격을 중심으로 일본 아동문학 이론과 이 율조에 대한 당시 이원수의 인식 변화 과정 및 그 특징을 비교하여 살펴보고자 한다.

1960년대는 이원수 아동문학 중에서도 소년소설과 동화의 위치가 큰 비중을 차지하고, 그러한 창작 활동과 더불어 아동문학 비평 이론을 정립해갔던 시기이기도 하다. 마찬가지로 1960년 전후는 일본에서도 새로운 아동문학에 대한 갈망이 요구되던 시기이기도 하다. 이 글 후반부에서는 이원수가 그의 아동문학 이론에서 동화와 소년소설을 어떻게 반영하고 확장시켜나갔는지, 이원수의 특질은 무엇인지 1960년대 전후의 일본의 움직임과 접목시켜 풀어보고자 한다.

1) 이원수의 7·5조 동요 이론

이원수의 초기작인 「고향의 봄」(1926)은 7·5조 율격이 바탕이 되어 쓰여진 정형시이다. 한편 유작으로 알려진 「겨울 물오리」(1981) 또한 7·5조가 바탕이 되어 있다. 1961년에 발표된 「아동문학」에서 이원수는 7·5조에 대해서 아래와 같이 서술하고 있다.

> 실로 우리 나라 신동요 운동은 잡지 『어린이』 『신소년』 등에서 시작되었으니, 방정환 씨의 「형제별」, 윤극영 씨의 「반달」, 유지영 씨의 「고드름」, 한정동 씨의 「따오기」 등과 일본 및 구미 신시의 형식을 수입한 주로 7·5조의 동요와 정열모 씨의 4·4조를 기본으로 한 향토적인 향기 있는 새로운 감각과 감정을 표현한 동요 등으로써 출발했었다.[1]

위 문장의 '신시'라는 표현에서 7·5조가 '새로운 형식'으로 인식되고 있음을 알 수 있다. 7·5조에 대한 언급은 1965년에 발표된 「아동문학 입문」에 들어서면 더 자주 목격된다.

> 1920년을 전후하여 구전되어온 것이 아닌 창작 동요가 나타나면서부터 동요는 비로소 시로서의 모습을 갖추기 시작했다. 단조로운 4·4조에만 의하지 않고 각국의 동요 형식을 채택하여 7·5조의 넓이 있는 조를 가지기도 하고, 그 내용과 표현에 더 큰 변화를 가져오게 되었다.[2]

> 1925년 이원수의 첫 동요 「고향의 봄」의 표현이 7·5조의 격조에 맞는 반면, 그 서술이 내적 리듬을 결하고 있는 것을 보면……[3]

1 이원수 「아동문학」, 『아동문학 입문(전집 28권)』, 웅진 1984, 145면.
2 이원수 「아동문학 입문」, 같은 책 29면.

역시 7·5조가 새로운 '넓이'와 '변화'를 주는 율격으로써 이원수 안에서 인식되고 있음을 알 수 있는데, 이원수는 자신의 첫 동요인 「고향의 봄」이 당대 흐름 속에서 새로운 형식으로 대두된 7·5조의 율격으로 쓰여 격조를 갖추고 있다고 평가하면서도, 7·5조라고 하는 밖으로부터 양산된 새로운 율조에 의지한 채, 시인 고유의 독자적이면서도 내적인 리듬으로 담아내지 못했음을 그 한계로 지적하고 있다. 이처럼 7·5조는 동요 이론에 있어서도, 「고향의 봄」이나 「겨울 물오리」[4] 등 그의 실제 시 창작을 떠올려볼 때도 이원수 안에서 중요한 위치를 차지하고 있다고 볼 수 있다.

1972년에 발표된 「어린이와 동요」라는 글에서 이원수는 "요즈음 어린이들이 즐겨 부르는 동요가 없다는 것은 괴이한 일이요 딱한 일이다. (…) 유행가를 부르는 어린이들을 나무랄 수는 없다. 그들은 동요보다 그것이 더 쉽게 익혀지고 또 재미있다고 생각했기 때문일 것이다. 동요는 너무나 유치하고 모두 비슷한 형식인 데에 어린이들이 물려버렸는지도 모른다."[5]라며 1970년대 현실에서의 동요의 위치에 대해 언급하고 있다. 이어서, "오늘의 어린이를 옛날의 어린이와 같은 것으로 생각해도 안 된다. 7·5조의 가사면 다 동요가 될 수 있는 것이 아니며, 어디까지나 시가 된 다음에 작곡되어야 할 것이다. (…) 새로운 멜로디를 찾아내야 하겠고, 시와 어울리는 정감 가득한 곡이 되어야 할 것이다."[6]라는 견해에서 알 수 있듯이 7·5조가 더 이상 현시대와 조응하지 않는 리듬임을 지적하고 있다.

3 같은 글 58면.

4 단, 마지막 연 마지막 두 행 "오리들아, 이 강에서/같이 살자."는 7·5조에서 예외다.

5 이원수 「어린이와 동요」, 『아동과 문학(전집 30권)』, 웅진 1984, 59~60면.

6 같은 글 60~61면.

2) 일본의 7·5조 동요 이론

일본에서 7·5조 음수율은 10세기 헤이안시대의 고금화가집(古今和歌集)에서 주로 쓰이며 메이지시대 문명개화 이후 전파된 창가·군가를 중심으로 정착된 것으로 잘 알려져 있다. 따라서 창가는 물론이고, 1910년대 초기에 창작된 소년시[7]나 동요에도 7·5조 율격이 활용되었다.[8]

이원수의 아동문학 비평서[9]를 읽어보면 동요·동시 쪽에서는 일본과의 영향 관계에 대하여 구체적으로 언급한 대목을 발견할 수 있다. 1961년에 발표한 「동시론」[10]을 보면 1920년 이후 방정환을 중심으로 한 '신동요운동'으로 인해 우리나라에서 창작 동요·동시가 태동되었다고 소개하며, "우리 나라 동요에 깊은 영향을 끼친 것은 일본의 신동요들이었다. 키따하라 하꾸슈우(北原白秋), 사이조오 야소(西條八十), 노구찌 우조오(野口雨情)[11] 씨 등의 동요는 우리들의 동요 운동에 크게 자극을 주었다고 볼 것이다"[12]라며 근본적인 동요의 뿌리를 우리 전래동요에 두면서도, 영향 관계의 관점에서는 일본 동요 태동기에 활약한 대표적인 세 시인의 이름을 들고 있다.

이원수 비평 이론에 언급된 세 시인 중 노구찌 우조오의 동요 이론서

7 소년시의 대표적인 시인으로 아리모또 호오스이(有本芳水, 1886~1976)를 들 수 있다.

8 한편 일본 국가에도 쓰인 5·7조 율격은 중후하고 소박하며 힘찬 느낌이 주는 것이 특징이다. 5·7조 음수율로 씌어진 대표적인 것으로 일본에서 가장 오래된 노래집인 『만요슈(万葉集)』를 들 수 있다. 이에 비해 7·5조 음률의 특징으로는 부드럽고 우아하며 유려한 것을 꼽는다.

9 『이원수아동문학전집』(전 30권, 웅진 1984) 중 『아동문학 입문』 『동시 동화 작법』 『아동과 문학』을 가리킴.

10 『아동문학 입문』 331면에 따르면 '1961년 1월 서울시 교위 국어 강연회'에서 발표된 원고.

11 키따하라 하꾸슈우(1885~1942) 동요시인, 시인. 사이조오 야소(1892~1970) 동요시인, 불문학자. 노구찌 우조오(1882~1945) 동요시인, 민요 작사가.

12 이원수 「동시론」(1961), 『아동문학 입문』 325면.

인 『동요십강(童謡十講)』에 따르면 "음수율은 '신체시'라고 명명되었던 시가 유행했던 당시, 왕성하게 활용되었는데 그중에 7·5조는 가장 경쾌하고 가벼워 일본어에서는 귓속으로 울려 퍼지기 때문에 7·5조가 가장 많이 쓰였습니다."[13]라고 기술되어 있다.

한편 초창기 대표적인 동요 시인인 키따하라 하꾸슈우의 동요집 『잠자리의 눈동자(トンボの眼玉)』(アルス 1919), 사이조오 야소의 첫 동요집 『앵무새와 시계(鸚鵡と時計)』(赤い鳥社 1921), 노구찌 우조오의 첫 번째 동요집 『보름날 밤 달님(十伍夜のお月さん)』(尚文堂 1921)의 동요집을 중심으로 7·5조 율격을 의식하여 살펴보니, 사이조오 야소의 동요에서 이 음수율이 가장 많이 쓰였음을 알 수 있었다. 사이조오 야소의 「카나리아」 또한 전형적인 7·5조 율격으로 이루어진 시다. 이원수도 동요 이론글에서 「카나리아」가 지닌 본래의 7·5조로 음률을 잘 살려 한글로 번역하고 있다.[14]

13 野口雨情 『童謡十講』, 金の星出版部 1923, 166면. 번역은 필자.

14 이원수는 『아동문학 입문』(51~52면)에서 사이조오 야소의 동요를 들어 구체적으로 다음과 같이 언급하고 있다.

"또 일본의 사이조오 야소 씨의 동요 「카나리아」도 그 즈음의 어린이들은 물론 어른들까지 즐겨 부른 노래였다.

노래를 잊어버린 카나리아는
상아의 배에다 금 노를 저어
달 밝은 밤 바다에 띄워 보내면
잊어버린 노래를 다시 안대요.
—「카나리아」의 제3연

이러한 몽환의 세계와 엷은 감상에 젖은 동요들이, 그 딱딱하고 교훈적인 내용의 창가만 부르던 어린이들에게 달콤한 꿀과 같이 받아들여졌을 것은 말할 나위도 없다."

앞에 인용된 작품 「카나리아」에서 6글자로 된 "상아의 배에다"라는 부분만 빼고는 모이처럼 사이조오 야소는 키따하라 하꾸슈우나 노구찌 우소오에 비해 동요 창작 및, 동요 이론 글에서도 7·5조에 대한 관심이 컸던 듯하다. 사이조오 야소는 "시의 발달 역사를 보면, 그 오래된 시기에 있어서는 어느 나라건 정해진 형태라는 것이 있었습니다."[15]라며, 그 대표적인 예로 영국과 프랑스의 경우를 들고는, "일본에서도 7·5조, 5·7조, 7·7조 또는 5·5조, 그밖에 와까(和歌) 31문자형, 하이꾸(俳句) 17문자형 등이 있습니다."[16]라고 여러 음수율을 거론하고 있다. 하지만 미국과 프랑스 상징파 시인들이 제창한 자유시 운동을 예로 들어, "시인이 전통적인 일정한 시 형식 속에 자신의 감동을 담아내던 시대는 이미 과거에 속하고 새로운 시인은 그 독자적인 감동을 담아내기 위해서는 옛 형식을 버리고 그 시 형식까지도 시인 스스로 새롭게 창조해내지 않으면 안 된다."[17]는 자유시 운동 이론가들의 이론에 공감을 표하며 어린이가 쓰는 동요, 즉 자유시에 대해서 다음과 같이 말하고 있다.

> 동요는 물론 아동의 시이므로 성인의 자유시를 인정하는 이상 우리들은 또한 아동의 자유시를 인정하지 않으면 안 됩니다. 아동들이 그 독자적인 감동을 자신들이 만들어낸 시 형식에 담아내는 것을 부정할 이유는 없습니다. 어느 일부 동요 선전가가 말하는 것처럼 동요는 본래 아동이 입으로 흥얼거리는 노래이니까 반드시 흥쾌한 음률이 따라야만 한다, 즉 7·5조라든가 7·7조 등의 시 형식에 의한 것이지 않으면 동요라 말할 수

두 7·5조에 맞추어져 있다. 한편 『어린이』 1923년 9월호에도 고한승에 의해 「카나리아」가 「엄마 없는 참새」로 개작되어 실려 있는데 이 동요 또한 대체로 7·5의 음수율로 모작되었다.

15 西條八十 「童謡の話」, 『家庭科學大系(72) 兒童文學』, 文化生活硏究會 1927, 81면. 번역은 필자.

16 같은 글 82면.

17 같은 글 83면.

없다,라는 논조에는 저는 반대합니다. (…) 따라서 혹시 동요는 즉 7·5조, 5·5조, 또는 다소라도 귀에 익숙한 경쾌한 음률을 갖추지 않으면 안된다고 제창하며 오래된 시 형식으로써 아동의 마음에서 우러나오는 청신발랄한 감동을 속박하는 이가 있다면 오늘날의 동요는 옛날 동요의 단순한 모방이 되어 거기에서는 새로운 의의도 찾을 수 없을 겁니다.[18]

사이조오 야소는 자유로운 내면의 리듬을 창출할 여지가 있는 어린이들은 그에 맞는 자유로운 리듬이 필요하다며, 7·5조에 구애받지 않는 각자의 새로운 시 형식이야말로 진정한 동요부흥운동에 적합하다고 말하고 있다. 이는 이원수가 자신의 이론 속에서 7·5조의 음수율에 대한 관심을 유지하며 되풀이하여 새로운 시대와 조응하는 새로운 내적 리듬의 발견을 강조한 면과 상응하는 부분이라 할 수 있겠다. 이처럼 일본에서 7·5조 동요는 창가나 군가에 주로 활용되며 가볍고, 경쾌하며, 흥쾌하고, 익숙한 음률이 강조되었다. 그에 비해 이원수의 초기 동요 이론 속에서의 7·5조는 새로움과 변화를 주는 정형률로 인식되고 있음을 알 수 있다.

실제로 7·5조가 투영된 이원수의 동요나 동시는 일본의 동요나 창가나 군가에 주로 나타나는 '흥쾌함'이나 '경쾌함'과 '가벼움'이라는 속성보다는 '그리움' '추억'[19] '고독' '겨울과 의지', 누군가를 부르거나 권유

18 같은 글 83~84면.

19 사이조오 야소는 일본의 "여러 시인의 동요를 그것이 씌어진 동기와 태도에 따라 분류" 하였는데 구체적으로 세 가지로 나누며, "오또기우따(お伽唄, 전래동요와 같은 말로, 들려주고 부르는 동요—인용자)로서의 동요, 추억시로서의 동요, 상징시로서의 동요"로 특징적으로 분류하고 있다. 이 중 '추억시로서의 동요'에 해당되는 부분이 이원수의 「고향의 봄」이나 「부르는 소리」와 접목되는데, 이 부분에 대해서는 사이조오 야소의 동요 이론 및 어린 시절의 추억을 노래한 사이조오 야소의 동요 「언덕 위」 등 구체적인 작품과 견주어보면 좋을 듯하다.

하는 '호응'의 요소가 강하다고 볼 수 있다.[20] 이원수는 1976년 「아동문학의 산책길」에서 "7·5조의 정형률이 아무리 참신했다 하더라도 그것으로 만족할 수는 없는 것이었다. 형식은 내용에 따라 달라져야 하는 것이며, 어떤 체제에 맞춰 감정이 마련되는 것이 아니기 때문이다."[21]라고 말하고 있는데, 새로움과 변화로써 인식된 정형률 7·5조를 이원수는 자신의 실제 창작 시세계 속에서 독특한 자신의 내면세계로 확장해가며 말기까지 천착해갔다고 볼 수 있겠다.

2. 「아동문학 입문」에서의 동화·소년소설 이론 특징과 일본의 아동문학 이론

동화나 소년소설에 대한 일본과의 영향 관계에서는 동요나 동시만큼 일본 아동문학 평론가나 작가나 작품 등의 이름을 구체적으로 언급한 대목은 찾기 어렵다. 이원수의 본격적인 비평 이론으로 볼 수 있는 「아동문학 입문」에서 아끼따 우자꾸[22]에 대한 이름을 목격할 수 있을 뿐이다.

---

20 이러한 경향은 이원수만이 아닌 당시 시대 배경과 함께 연관하여 타 시인들의 작품과 함께 폭넓은 시야에서 논해져야 하는데 이러한 구체적인 작품 분석은 추후의 과제가 되겠다. 더불어 앞으로 동시, 동화, 소년소설에서의 한일 영향 관계의 입장에서도, 이원수 안에서도, 한국 근대 아동문학 사상에서도 좀더 폭넓은 시야를 가지고 살펴볼 필요가 있다. 한편 이번 글에서 동시와 관련된 부분은 한국아동청소년문학학회 2010년 6월 연구발표회에서 구두 발표한 원고 중 일부를 차용했다.

21 이원수 「아동문학의 산책길」(1976), 『아동문학 입문』 365면에서 재인용.

22 「아동문학 입문」 87~88면을 보면, "그러면서도 일면 동화의 시성(詩性)과 상징성은 어른에게도 감상될 수 있고 감상되기 위한 작품도 있다. 아끼따 우자꾸(일본의 작가, 秋田雨雀 1883~1952)는, '내가 생각하는 동화는 반드시 어린이들을 상대로 하는 이야기라고만 국한시키고 싶지 않다. 인간에게 있는 영원성에 호소하려는 것이 동화의 본능이 아닐까 한다'고 하여 아동의 이해에는 과중한 작품을 쓴 바 있고"라는 부분에서 아끼따 우자꾸에 대해 언급하고 있다.

1) 중첩되는 현실 인식 — 와세다대학 동화회 선언과 관련해서

동요·동시 이론 속에서 일본과 관련해 7·5조 음율을 중심으로 살펴보았는데, 이원수의 동요 창작 활동이 시작되는 1920년대라고 하는 시대 상황과도 맞물려, 그 시기에 주로 통용되던 일본 동요 이론이 적용되어 있음을 알 수 있었다. 한편 동화와 소년소설 중에서도 특히 소년소설 이론의 경우 당시 일본의 1950년대 상황과 조응하고 있다.

일본에서 소년소설에 대한 논쟁이 일어난 것은 1953년 '와세다대학 동화회(早大童話会)'의 「'소년문학'의 깃발 아래에!」란 선언문이 발표되고 나서부터다. 이 동화회는 "새로운 것, 변혁을 지향하는 것이 탄생했다."며 '동화'로 대표되는 기존의 일본 아동문학을 가리켜, "모든 낡은 것, 모든 비합리적, 비근대적"인 것과의 결별을 선언한다.[23] 그러면서 기존 아동문학 '작가들의 좁은 시야'를 비판하며, 작가들의 '합리적이고 과학적인 비판정신의 결여'와 '문학상의 창작 방법의 결여'로 인해 야기된 폐해와 결별을 되풀이하여 강조하고 있다. 이는 기존의 형식이나 틀을 고집하며 결국은 그 속에 갇혀 현실의 사회를 직시하고 거기에 맞는 새로운 형식과 글을 양산해내지 못하는 작가들에 대한 비판의식에서 생겨난 문제제기로써, 이들은 그 새로운 대안으로 소설 정신에 입각한 '소년문학' '소년소설'을 제안하고 있는 것이다.

이원수는 「아동문학 입문」에서 『보물섬』 『소공자』 『톰 쏘여의 모험』 『플랜더스의 개』 등을 예로 들며, "그것들은 환상의 세계나 동심의 표현으로서가 아니고, 리얼한 현실 묘사, 생활 묘사로서, 성장하는 아동의 정신적 광명이 되어 온 것이다."[24]라고 피력하고 있다. 후루따 타루히(古田

23 「'少年文学'の旗の下に!」(1953), 『日本児童文学別册 復興期の思想と文学 資料·戦後児童文学論集1 1946~54』(偕成社 1979), 166면에서 재인용. 번역은 필자.

足日, 1927~) 또한 「동화에서 문학으로 새로운 소년문학의 과제」에서 루이스 캐럴의 『이상한 나라의 앨리스』나 마크 트웨인의 『톰 쏘여의 모험』을 전형적인 '소년소설' '소설'의 표본으로 들며, '소년소설' 작품의 특성으로 "어린이의 밝은 자아 확립" "종래의 틀을 벗어난 성격을 지닌 아이들"[25]이 그려진 점을 들고 있다. 역시 같은 동화회 회원인 토리고에 신(鳥越信, 1929~) 또한 「소년소설의 길」이란 글에서 종래의 동화로는 "현재와 같은 복잡한 사회를 살아가며 고민하는 아이들에게는 상징적인 메르헨이나 사소설적인 생활동화로는 채워줄 수 없게 되었다."[26]며, '지금의 아이들에게 통용되고' '현실의 아이들이 원하는 것'으로써 '소년소설'이 시급함을 역설하고 있다. 특히 이 부분은 이원수가 「아동문학 입문」에서 한국에서 '소년소설'이 등장하게 된 이유에 대해 언급한 "현실에서 숨쉬고 있는 아동들의 생활을 그리고 복잡한 현실 사회에서 자라는 아동을 여실한 아동으로서 작품화하기에는 적당하지 않으므로 현실적인 문학으로서 이것이 필요하게 된 것은 당연한 일이라 할 것이다. (…) 사회인으로서의 아동의 생활—어른과의 관련 아래서 자라는 아동의 마음—이런 것을 그리는 문학으로서 소년소설이 등장했다고 볼 수 있다."[27]라는 견해와 중첩된다. 이러한 일본 아동문학 이론과 중첩되는 소년소설 이론에서의 현실 인식은 동시대적인 사유에 따른 공감 또는 당시 현실과 어린이에 대한 관심 속에서 자연발생적으로 대두한 화두나 문제제기로도 볼 수 있겠다.

24 이원수 「아동문학 입문」, 앞의 책 105면.

25 古田足日 「童話から文学へ 新しい少年文学の課題」,(1953), 『日本児童文学別冊 復興期の思想と文学 資料・戦後児童文学論集1 1946~54』(偕成社 1979), 172~73면에서 재인용. 번역은 필자.

26 鳥越信 「少年小説への道」(1953), 같은 책 171면에서 재인용. 번역은 필자.

27 이원수 「아동문학 입문」, 앞의 책 103~104면.

2) 동화와 소년소설 이론—『일본아동문학입문』과 관련해서

① 두 이론서의 체제

이원수의 「아동문학 입문」은 아동문학에 대한 정의, 기능 등 아동문학에 대한 기본적인 원칙이 되는 원론적인 이론이 기술되고, 대표 장르로서 동요·자유시(동시)론, 동화론, 소년소설론, 동극론과 같은 항목으로 나누어져, 구체적인 작품들을 예로 들어가며 이들 위 네 장르가 중점적으로 서술되어 있다. 특히 이원수가 1965년부터 경희대 여자초급대학 강사로 출강하고, 같은 해 『교육자료』 6월호부터 「아동문학 입문」을 연재하기 시작하면서 그 필요성에 따라 이론면에서 체계성을 갖추게 되었다고 볼 수 있다.

『일본아동문학입문(日本児童文学入門)』은 1957년에 '일본아동문학자협회'가 발간한 책으로 책 제목에서도 알 수 있듯이 아동문학 입문서이다. 『일본아동문학입문』은 이원수문학관 '고향의봄도서관'에 보관된 이원수 장서에서도 발견할 수 있는데 이원수는 「아동문학 입문」을 집필하면서 이 책을 일정 부분 참고한 듯하다.[28] 이 책에는 1950년대 당시 왕성하게 활동하던 25명의 평론가·작가·시인 들의 글이 수록되어 있다. 내용은 아동문학의 필요성을 논한 글, 문학 교육과 아동문학에 대한 글, 세계 아동문학을 알기 쉽게 개괄한 글, 일본 아동문학의 역사를 개괄한 글, 동화와 소년소설에 대한 창작방법론을 논한 글, 유년동화론, 동요와 동시 및 소년시에 대한 창작론과 이론, 아동극, 학교극, 민담, 전기, 작가 및 작품론 등이 총체적으로 편집되어 있다. 이원수가 「아동문학 입문」에서

28 이원수의 「아동문학 입문」에는 당시 일본 아동문학 비평 이론에서도 자주 언급되는 '디테일' '공상성' '상징성' '미적 표현'이라는 단어가 반복되고 있다. 이에 필자는 이들 용어에 착안하여 몇 권의 일본 아동문학 비평서와 대조하고, 창원에 있는 이원수문학관 '고향의봄도서관'에 보관된 이원수 장서에서 일본 도서를 열람하던 중, 『일본아동문학입문』이라는 책과 유사한 부분에 접근하게 되었다.

혼자서 집필한 여러 항목이 『일본아동문학입문』에는 여러 평론가가 각기 세부 항목을 맡아 자세히 기술되어 있다는 점이 다를 뿐 동요나, 동화, 소년소설 작품의 실례를 들어가며 서술한 구체적인 전개 방식 및 형식은 유사하다.

『일본아동문학입문』이 출간된 시점은 일본 아동문학계에서도 기존의 동화나 생활동화로 대표되던 장르에 대한 비판이 쟁점화되며, 패전 후 10여 년이 지난 시점으로 과거에 대한 비판적인 관점에 서서 아동문학 공부 모임인 동인지를 중심으로 새로운 아동문학을 창출하고자 하는 역동적인 움직임이 보이던 시기이기도 하였다. 하지만 『일본아동문학입문』은 그러한 새로운 기운이 충분히 반영되었다기보다는 기존의 오가와 미메이(小川未明)에 대한 영향권에서 벗어나지 못하며 새로운 시각으로 이론을 펼쳐나가다가도 작품을 평가하는 안목에서는 기존의 평가를 답습하는 그러한 보수와 진보의 양 진영 속에서 흔들리고 있는 면이 엿보이는 입문서이다. 따라서 앞서 언급한 젊은 신예 평론가들이 주축이 된 '와세다대학 동화회'나, 서양 이론을 공부한 이시이 모모꼬(石井桃子, 1907~2008)를 비롯한 작가·편집자·사서 등 6명의 아동문학자들이 엮은 『어린이와 문학(子どもと文学)』(1960)에 비하면 보수적인 논조를 지닌 입문서로 볼 수 있다.

② 동화와 소년소설에 대한 정의와 소년소설 이론의 특징

「아동문학 입문」과 『일본아동문학입문』을 대조해본 결과 구체적인 문장에서 주로 동화와 소년소설에서 접목되는 부분이 눈에 띈다. 특히 「소년소녀소설론(少年少女小説論)」이란 글을 쓴 타까야마 쯔요시(高山毅, 1911~61)[29]의 글과 접목되는 부분이 많았다. 타까야마의 「소년소녀소설

29 타까야마 쯔요시는 원래 소설을 썼는데, 1948년부터 『소년아사히(少年朝日)』 편집을

론」에는 세끼 히데오(關英雄, 1912~96)[30]의 글이 인용되어 있는데, 이원수를 비롯해 이들은 1911년 전후 출생으로 동년배에 해당한다.

이원수는 「아동문학 입문」에서 동화와 소년소설의 차이점을 아래와 같이 기술하고 있다.

> 동화는 산문이면서 시적이요 공상적인 이야기로서, 발생사적으로는 소설의 모체라 할 수 있다. 이 역시 구전되어오는 전래동화를 계승하여 그림(Grimm) 형제의 전래동화 수집 정리와 안데르센(Andersen)의 전래동화 재화 및 창작동화에 이르러 오늘날의 현대 동화는 비로소 문학으로서의 위치를 확보하게 되었다. (중략)
>
> 그러나 소설과 다른 점으로 동화는 추상적이요 공상적인 요소를 가지며 서술에 있어서도 줄거리에 치중하면서 산문시적인 표현을 하며 디테일(detail)의 묘사는 거의 없다.
>
> 소설이 치밀한 묘사와 정확하고 과학적인 계산 아래 씌어지는 데 비해서, 동화는 함축성 있는 단순한 묘사로서 그 내용에서도 공상적, 초자연적인 세계를 그릴 수 있는 것은 하나의 특징이라 할 것이다."[31]

앞부분은 타까야마가 자신의 글에 인용한 세끼 히데오의 글을 이원수가 다시 인용한 부분에 속한다. 뒷부분은 타까야마의 글 또는 세끼 히데

담당하게 된 것을 계기로 아동문학 평론가의 길로 들어서며 『위기의 아동문학(危機の児童文学』(1958) 등의 평론집을 통해 '소년소녀소설'에 대한 지론을 전개하며 이 시기 아동문학계에 지대한 영향을 끼쳤다. 이후 '타까야마'로 표기.

30 세끼 히데오는 13세 때 동화 창작을 시작하여 이후 회상적 리얼리즘 소년소설을 쓰고 많은 평론을 썼다. 일본아동문학자협회를 기획하고 발족시켰다.

31 이원수 「아동문학 입문」, 앞의 책 30~31면.

오의 문장과의 구체적인 접목이라기보다는 기존에 이원수가 주장해온 동화 이론의 반복으로 보인다.

위 인용은 「아동문학 입문」 중 '동화'에 대한 설명에서 발췌한 것인데 이원수는 동화에 이어 그다음에 기술한 '소년소설' 부분에서도 위 인용문에서 언급한 동화와 소년소설과의 특징을 다시 되풀이하여 강조하고 있다. 특히 '소년소설'에 대한 설명은 타까야마의 주장과 거의 접목되는 부분이다. 따라서 이원수의 「아동문학 입문」에서 그에 해당하는 전문을 아래에 인용한다.

> (가) 소년소설이란 이름은 소년 소녀 들에게 읽힐 소설이란 뜻으로 쓰이는 이름이다. 이것은 문학에 '아동문학'이란 말이 있는 것과 마찬가지로, 이 역시 일반 소설에 비해서 그 소재와 표현에 여러 가지 제약을 받는 소설이라 하겠다.
>
> 아동문학에서 중요한 자리를 차지하고 있는 동화와의 관계를 살펴보면, (나) 동화가 공상적·상징적인 문학 형식으로서 현실의 개개의 세밀한 구상(具象)으로서 나타내지 않고 소박하게 요약된 미적 표현 속에 있는 인간 일반의 보편적인 진실을 그리는 데 비해서, **(다) 소설은 개개의 인물 조형과 디테일(detail)의 진실**, (라) 작품 속의 인물의 개성에 의한 독특한 세계를 발견하는 것으로서, 공상적인 것이 아닌 일상생활의 세계를 그리며, 특수한 세계를 그릴 경우에도 일상생활과 같은 원리로서 해석할 수 있는 것으로 나타낸다.
>
> (마) 따라서 동화가 공상적·추상적인 문학 형식인 데 대하여 소설은 현실적·구상적인 문학 형식이라 할 수 있다. 즉 동화는 시간 공간을 초월하여 자유로이 다룰 수 있으나, 소설은 현실적으로 또 사실적으로 다루어지지 않으면 안 되는 것이다.[32] (강조 및 분류는 인용자)

이어서 『일본아동문학입문』에서 이원수의 글과 접목되는 타까야마의 글을 옮겨본다.

(가) 소년소녀소설이란 (…) 소년소녀기에 있는 어린이를 대상으로 쓰여진 소설이라고 말할 수 있다. (…) 독자 대상이 소년소녀기에 있는 어린이이기 때문에 (…) 어른 소설과 비교하여 제재나 표현에서 여러 제약을 받는다. (중략)

소년소녀소설은 아동문학의 한 장르임을 앞에서도 기술했지만 그렇다면 타 장르와 어떻게 다른 것일까. 동화, 동시, 아동극, 전기와의 차이는 굳이 설명할 필요가 없으리라. 동화의 대비가 여기서는 문제가 된다. 소년소녀소설과 동화와의 차이에 대하여 현재 문학사전에 의해서는 알 길이 없다. 나는 과문해서 양자의 차이를 명확하게 밝힌 평론을 알지 못한다. 단지 세끼 히데오가 여기에 대해서 언급하고 있는 것이 눈에 띄었다.

(나) "동화(메르헨)라고 하는 형식은 옛이야기·민담에서 그림, 안데르센을 고향으로 하는 공상적·상직적인 문학 형식으로 근대소설처럼 현실을 각각의 상세한 구상의 축적 위에서 탐구해가는 것이 아닌 현실이 작가의 비약한 공상에서 우선 상징적으로 분할되어 해결된 것으로서 관측된다. 따라서 (다) 각각의 인물조형이나 디테일한 진실보다도 소박하게 요약된 미적 표현 속에 담긴 인간 일반의 보편적인 진실 쪽이 문제가 된다."

이에 대해 쿠와바라 타께오의 소설에 대한 견해를 예로 들면 양자의 구별이 좀더 확실해지지 않을까 싶다.

(라) "소설은 일상의 세계를 그리는 것으로써 예컨대 특수한 사건이 일어나더라도 그것은 일상생활과 같은 원리를 가지고 해결되어 나타난다. 거기서는 사건 그 자체보다도 작중인물에 중점이 놓여 전체는 특이한 개

32 같은 글 32~33면.

성에 의한 세계 발견이라고 하는 형태를 취한다."

(마) 즉 동화가 공상적·상징적인 문학 형식인 것에 반해, 소설은 현실적·구상적인 문학형식이라고 말해도 좋다. 물론 모든 동화와 소설이 이렇게 나누어지는 것은 아닐 것이다. 내가 보기에는 동화는 시간·공간을 초월하여 자유롭게 취급되는 것에 비해 소설은 현실적, 그리고 필연적으로 취급되어지지 않으면 안 된다.[33] (번역 및 분류는 인용자)

33 高山毅「少年少女小説論」, 児童文学者協会編『日本児童文学入門』, 牧書店 1957, 97~98면. 원문은 다음과 같다.

少年少女小説とは、(…) 少年少女期における子どもを対象として書かれた小説であるといってよい。(…) 読者対象が少年少女期における子どもであるため、(…) おとなの小説とくらべて、題材なり表現なりにいろいろの制約をうける。(중략)

少年少女小説は、児童文学の一つのジャンルであると、先に書いたが、それならば、他のジャンルとはどのようなちがいがあるか。童話、童詩、児童劇、伝記とのちがいには、ことさらに説く必要はあるまい。童話との対比が、ここでは問題になる。少年少女小説と童話とのちがいについて、現在の文学辞典によって知ることは困難だ。私は寡聞にして両者の相異を明確にした評論を知らない。ただ関英雄が、これについて触れているのが目にとまった(『児童文学論』二三頁)

「童話(メルヘン)という形式は、昔話・民話からグリム、アンデルセンを故郷とする空想的・象徴的な文学の形式で、近代小説のように現実を個々のこまかな具象の積み重ねの上に探ってゆくのでなく、現実が作者の飛躍した空想で、一応象徴的に割切られ、解決したものとして眺められる。そこでは、個々の人物造型やデテ―ルの真実よりも、素朴に要約された美的表現の中にある、人間一般の普遍的真実の方が問題である。」

これに対して、桑原武夫の小説についての見解(「文学入門」一一二)をあげると、両者の区別がややハッキリするのではなかろうか。

「小説は、日常の世界を描くものであり、たとえ異常な事件があっても、それは日常生活と同じ原理をもって解しうるものとして現れている。そこでは事件そのものよりも、作中人物に重点がかかり、全体は特異な個性による世界発見という形をとる。」

つまり、童話が空想的・象徴的な文学の形式であるのに対して、小説は現実的・具象的な文学の形式だといってよい。もちろん、このように、すべての童話と小説とが割切られるものではあるまい。私のみるところでは、童話においては、時間·空間を超越して、自由に取りあつかえるのに対して、小説においては、現実的、そして必然的に取りあつかわなければならない。

위 이론글 속에서 타까야마는 동화와 소년소녀소설에 대한 차이점에 대해 이론을 전개하기 전에, 세끼 히데오의 동화론, 쿠와바라 타께오(桑原武夫, 1904~88)[34]의 소설론을 먼저 소개·인용하여 그 각각의 특징을 소개한 후, 타까야마 본인의 견해를 피력하는 등, 위 문장 속에는 세 사람의 견해가 중첩되어 들어 있다.

이원수 또한 동화와 소년소설에 대해 타까야마가 소개한 이론 중, 타까야마가 언급한 위 세 명의 평론가 및 연구자의 이론을 활용하고 있다. 그럼 세 명의 일본 이론가의 견해를 이원수가 자신의 글 속에 어떻게 접목시키고 있는지 살펴보자.

이원수의 소년소설에 대한 비평 이론에 들어 있는 (가)와 (마)부분은 타까야마의 견해와 중첩된다. (나)의 동화에 대한 문장은 세끼 히데오의 견해다. 특히 일본어 원문에 밑줄 친 부분에서 알 수 있듯이 이원수는 무분별하게 인용한 것이 아니라 자신이 납득이 가는 어구를 선별하여 활용하고 있음을 알 수 있다. (다)와 (라)는 소년소설에 관한 부분인데 이원수는 이 부분을 타까야마 글 속에 인용된 세끼 히데오가 동화를 설명하는 부분에서 활용한다. 즉 이원수는 이 부분을 자신이 생각하는 소설을 설명하는 부분으로 가져오며 소년소설이 동화보다는 "개개의 인물 조형과 디테일의 진실"을 담았다고 강조한다. (라)는 프랑스 문학·문화 연구자인 쿠와바라 타께오가 펼친 소설에 대한 견해와 중첩된다.

이원수는 "소설에서는 시간적 공간적 결정이 구체적이고 또 인물 자체도 확연한 개성을 가져야 한다."거나, 구체적으로 "문장에서 어느 시

---

34 불문학자이며 문예비평가. 『연구자와 실천가(研究者と実践者)』(1960)와 공저 『루소 연구(ルソー研究)』(1951) 등의 저서가 있다. 연구자들을 모아 조직하여 공동연구를 추진한 선구적 지도자로 알려져 있다.

기에 어느 지방에서 어떠한 사람이 어떠한 행동을 했다는 것이 실감 있게 느껴지도록 되어야 한다."[35]며 인물의 '개성'에 대해서 말하고 있다. 또 "성격을 무시한 인물로써 이야기를 진행"시켜서는 안 된다며, "소설의 줄거리가 진전해가는 데에 반드시 필연성이 있어야 하듯이, 한 인간의 성격도 우연한 것으로 나타날 수는 없는 것이다."[36]라며 필연성이 느껴지는 인물 묘사, 성격 묘사를 역설하고 있다. 이와 함께 이원수의 소년소설 이론에서 빼놓을 수 없는 중요한 요소는 '행동'에 대한 견해이다.

> 이러한 사실적인 서술은 그 내용 자체에 있어서도 현실적인 것이 아니 될 수 없다. 미화된 어떤 아동의 생태나 추상된 이상형을 가진 아동을 등장시키는 것이 아니라, 살아 있는 현실적인 아동을 등장시켜 추상적인 행동이 아닌 현실적인 행동을 하게 한다.
>
> 그러한 현실적인 인간 생활 가운데서 작가는 이상을 찾고 또 이상적인 인간상을 창조하는 것이다.[37]

이처럼 지금까지 언급한 소년소설 이론에서의 '개성' 있고 '행동'하는 등장인물에 대한 이원수의 견해는 『일본아동문학입문』에 인용된 쿠와바라 타께오의 소설에 대한 견해와 접목되며 중요성을 띤다. 그 부분만을 다시 인용해 비교하여 살펴본다.

> 【이원수의 소년소설에 대한 문장】
>
> (라) 작품 속의 인물의 개성에 의한 독특한 세계를 발견하는 것으로서,

35 이원수 「아동문학 입문」, 앞의 책 108면.
36 같은 책 112면.
37 같은 책 110면.

공상적인 것이 아닌 일상생활의 세계를 그리며, 특수한 세계를 그릴 경우에도 일상생활과 같은 원리로서 해석할 수 있는 것으로 나타낸다.

【쿠와바라 타께오의 견해】

(라) 소설은 일상의 세계를 그리는 것으로써 예컨대 특수한 사건이 일어나더라도 그것은 일상생활과 같은 원리를 가지고 해결되어 나타난다. 거기서는 사건 그 자체보다도 작중인물에 중점이 놓여 전체는 특이한 개성에 의한 세계 발견이라고 하는 형태를 취한다.

위 두 인용문 중 이원수의 이론에 쓰인 "공상적인 것이 아닌"이란 부분은 세끼 히데오의 동화에 대한 견해에서 이원수가 활용한 것으로, 그 밖의 부분은 쿠와바라 타께오의 견해에서 차용하여 적용하고 있다. 쿠와바라 타께오의 글 속에서는 뒷부분에 적혀 있는 "사건 그 자체보다도 작중인물에 중점이 놓여 전체는 특이한 개성에 의한 세계 발견"이라는 부분이 이원수의 문장 속에서는 앞부분에 등장하며 "작품 속의 인물의 개성에 의한 독특한 세계를 발견하는 것"으로 표현된다.

1950년대에 일본에서 쟁점이 된 소년문학이나 소년소설은 와세다대학 동화회로 대표되는 기존 아동문학과의 단절과 대안, 앞서 『일본아동문학입문』에서 살펴본 것과 같은 기존의 아동문학을 포괄한 채로 다양한 아동문학 이론을 수용하고자 하는 중도파, L. H. 스미스의 『아동문학론』(1953) 등 서구 아동문학의 영향을 받은 이시이 모모꼬 등으로 대표되는 이론 등 그 층위가 다양하다. 이 중 이원수는 '현실 속에서 행동하는 어린이' '개성있는 어린이'에 천착하며 그들을 자신의 소년소설 이론에 반영하고 있음을 알 수 있다.

③ '리얼'한 동화에 대한 추구

이원수는 "소년소설은 동화의 시성(詩性)과 상징성을 뛰어넘어 현실세계의 인간을 그리는 산문문학의 대표적인 것으로, 앞으로 아동문학에 있어서도 가장 넓고 깊은 무대와 감을 가지는 장르로서 존재할 것이다."[38]라며, 소년소설이 갖는 특성으로 특히 '현실'을 강조하였다. 이러한 현실성에 대한 언급은 "공상적인 것이 아닌 현실적인 아동의 생활과 심리를 그린다. 따라서 반드시 필연적인 것으로 표현되어야 한다."나, "어디까지나 리얼한 표현을 가져야 한다." 등으로 되풀이되며 강조된다.[39]

한편 이원수가 1950~60년대 이론에서 동화에 대해 표현하고 있는 정의는, '초현실성' '진실성' '시성' '함축성' '공상' '진실성' '진리와 미' '초자연' '자유로운 비약' '추상적' '산문시' '공상성' '상징성' 등 실로 다양하다. 이를 보아도 이원수의 비평에서 설명된 소년소설 이론에 쓰인 용어들과는 비교할 수 없을 정도로 많은 용어들이 동원되어 있음을 알 수 있는데, 이는 1920년대부터 긴 시간 속에서 다양하게 전개되어온 일본과 한국의 다양한 동화 이론이 반영되었다고도 볼 수 있겠다.

한편 동화를 가리키는 용어가 풍부함에도 불구하고 여전히 애매모호함을 제기할 수 있는 성향을 다분히 가지고 있다고 볼 수 있다. 이원수의 「아동문학 입문」에서도 소년소설에 대해 "소년소설은 어디까지나 리얼한 표현을 생명으로 하여야 한다. 동화에서는 추상적인 표현으로써 진행이 가능하지만 소설의 경우는 전연 그 반대다."[40]라고 설명하고 있는데, 이 문장에서 알 수 있는 것처럼 '리얼'이라는 표현이 주로 소년소설

38 같은 책 41면.
39 같은 책 41~42면.
40 같은 책 107면.

을 강조할 때 쓰이고 있는 것을 알 수 있다. 하지만 이처럼 소년소설에서 주로 강조한 '리얼'함에 대한 추구를 이원수가 동화에 대해 설명하고 있는 부분에서도 발견할 수 있는데 이 점은 주목할 만하다. 그에 해당하는 부분을 인용한다.

> 공상의 세계가 자기들의 실생활과 완전히 분리되지 않는 시기의 아동에게 감상될 동화는 그 본질인 초자연성이 가장 적절한 효과를 올릴 수 있을 것이다.
>
> 그러나 유년 동화에서도 그 공상적이요, 초자연적인 이야기라 할지라도 합리적인 것, 필연적인 것이 반드시 요구된다. 의인화된 동물이나 식물이나 무생물이라 할지라도 그것들이 불합리한 행동을 할 수는 없다. 과학적 계산은 어디서나 되어 있어야 하며 그 내용은 리얼한 정신에 서 있지 않으면 안 된다.
>
> 과학적으로 수긍될 수 없는 행동은 그 공상을 공상으로 이룩하지 못할 것이고, 리얼한 정신으로 지탱되지 못한 내용은 조작된 거짓말로 떨어질 우려가 있는 것이다.[41]

위 동화에 대한 설명에는 '리얼한 정신'이라는 표현이 두 차례나 반복되어 쓰이며 강조되어 있다. 한편 위 문장과 접목되는 부분을 『일본아동문학입문』에서 찾아볼 수 있다. 프롤레타리아 아동문학의 영향을 받으며 1930년대에 집단으로 아이들이 문제를 해결해가는 '집단주의 동화'라고 하는 표현 양식의 동화를 제창한 아동문학 창작가이자 이론가인 쯔까하라 켄지로오(塚原健二郎, 1895~1965)가 쓴 「동화문학론—창작기술에 대해 언급하면서」란 비평이 바로 그것이다. 쯔까하라는 이 글에서

41 같은 책 88~89면.

세끼 히데오는 물론이고 오가와 미메이, 시마자끼 토오손, 간 타다미찌, 사까이 아사히꼬(酒井朝彦)[42], 아끼따 우자꾸[43] 등 선행 아동문학 창작가이자 이론가들의 인용들을 소개하고는, "동화가 시와 상징의 예술이라고 해도 거기에는 리얼한 정신이 관철되어야 함을 잊어서는 안 된다."[44]라고 강조하고 있다. 이 중 특히 쯔까하라가 예를 들어 인용한 이론 중에서도 사까이 아사히꼬의 문장 속에 있는, "동화를 신예술로써 살리기 위해서 중요한 것은 작품 그 자체가 리얼리즘의 정신 위에 구축되어야만 한다."[45]라는 부분이 이원수가 동화 속에서 리얼리즘을 설명한 문장과 접목된다.

물론 이러한 동화나 소년소설 속에서의 리얼한 정신이나 리얼리즘에 대한 요구는 당대 일본 아동문학계에서도 자주 목격되는 그러한 주장에 해당된다. 한편 이원수 동화 이론 속에서 강조된 '리얼한 정신'은 작가 본연의 '내면세계'를 가리키고 있다고 볼 수 있다.

이상과 같이 7·5조 동요, 동화와 소년소설 이론을 중심으로 이원수 비평 이론과 일본 아동문학 이론과의 관계에 대해서 살펴보았다. 구체적인 작품론을 통한 분석은 앞으로의 과제로 남기며 이 글을 마치고자 한다.

---

42 사까이 아사히꼬(1894~1969). 와세다대학 영문과 졸업했고 1930년대 전후에 단편동화를 주로 발표하였는데, 그의 단편동화나 이론은 동심주의에 기초하여 고향에 대한 동경을 그린 경향이 주조를 이룬다.

43 각주 25번에 인용한 이원수가 언급한 아끼따 우자꾸에 대한 문장은 쯔까하라 켄지로오의 글 속에 있던 인용문이다.

44 塚原健二郎「童話文学論ー創作技術にふれながらー」, 児童文学者協会編, 『児童文学入門』, 牧書店 1957, 72면. 일본어 원문은, "童話が詩と象徴の芸術だといっても、そこにはリアルな精神が貫いていることを忘れてならないのは、諸氏の文章にもみられる通りである"이다.

45 같은 글 71면. 일본어 원문은, "童話を、新芸術として生かす上に大切なのは、作そのものが、リアリズムの精神の上に築かれているべきことである"이다.

부록

발굴 보고

이원수 동시, 동요 및 기타

나까무라 오사무(한국 아동문학 연구자)

1. 들어가며

본 보고자는 해방 전 한국 아동문학의 흐름을 파악하기 위해서 약 10년 동안 신문, 잡지에 게재된 작품, 평론, 아동문학운동, 아동문화운동 등의 자료를 수집해왔다. 이번 발굴은 그런 조사 활동의 부산물이다. 외국 사람인데도 불구하고 이원수 탄생 백주년 행사에 동참할 수 있게 된 것에 대해서 고맙고 기쁘게 생각한다.

2. 발굴 작품 수 · 발표 지면

『이원수아동문학전집』(전 30권, 웅진 1984)에 게재되어 있지 않은 동요 및 기타 작품 중에서, 보고자가 발굴한 작품 34편을 다음과 같이 보고하겠다.

지면에 따른 편수는 『동아일보』 10편, 『소년조선일보』 7편, 『조선일보』 6편, 『신소년』 5편, 『새동무』(새동무사) 2편, 『중앙일보』 1편, 『소년』(조선일보사) 1편, 『우리들』(우리들사) 1편, 『진달래』(진달래사) 1편이다.

이것을 해방 전후로 나눈다면, 해방 전 작품이 31편, 해방 후 작품이 3편이다. 해방 전의 작가는 시대적 그리고 개인적인 배경 때문에 자신의 작품을 잘 보관, 정리할 수 없었다고 볼 수 있다. 거기에 비하면 해방 후에는 작품이 많이 발굴되지 않았다. 이것은 작가가 자기 작품의 보관과 정리에 노력하기 시작했다고 볼 수 있겠다.

3. 주목 작품

대부분 작품들은 여태까지 알려진 그의 작품 경향을 크게 벗어난 작품이라 볼 수 없다. 그러나 「봄이 오면」은 그의 창작 개시 시기에 대한 새로운 근거를 제공할 수 있는 작품이라고 볼 수 있다. 또 「화부(火夫)인 아버지」는 식민지 지배 체제에 대한 아주 적극적인 반기(反旗)라는 뜻에서 아주 중요한 작품이라고 하지 않을 수 없다. 앞으로 발굴 작품들 전반에 대해 다양한 분석과 검토가 이루어지기를 간절히 바라는 바이다.

나는나는 봄이오면/버들까지 꺽거다가/필이내여 입에물고/라라라라 자미잇서//나는나는 봄이오면/진달래와 개나리로/金剛山을 꾸며놋코/손뼙작난 자미잇서//나는나는 봄이오면/수양버들 밋에안저/꾀꼴꾀꼴 우는 새의/소리듯기 자미잇서

—「봄이 오면」 전문 (『신소년』 1924년 4월호)*

아버지여/八月太陽은 거리와 집웅을 쪼여/땅덩이는 이글이글 타오르는데/発電所 쇠가마에 石炭을 때고잇는/아버지여! 오직이나 더웁습나까//나는 보앗습나다 나는 압니다/아버님—벌거케 달은 아궁이압헤/길 넘는 쇠저까락을 들고/千度의 高熱과 싸호는/아버지의 타는듯한 얼굴을/그리고 비오듯하는 땀을!/나는 보앗나이다//아버지! 당신은 분해하실 터임니다/火気에 숨막히면서 일을 할때/아버지의 그労力 그苦生의 結晶이/한가이 낫잠자는者의 『선풍긔』가되고/거름 것기 실혀하는者의 電車

* 새로 발굴된 「봄이 오면」과 「화부(火夫)인아버지」의 경우 원문을 살려 표기함.

가되고/거룩한 아버지에겐 주림만 온다는/이不公平한 対照에 일니니 분해하시릿가/아 — 아 — 버 — 지!//그러나 아버지/설허말고 긔운을 내소서/당신이 일으키는 電気를 바드면서/이를 갈며 일하는 이아들이 잇습니다/몬지와 증긔를 뉘저쓰고/긔게와 싸호는 이아들이 잇습니다//아버지여 깃버하소서/약하든 이팔다리 弱하든 이마음 —/이제 돌갓사외다 쇠떵이갓사외다//아 — 아버지여 힘미더하소서/그늘에서 덤비는 敵으로 해서/우리의 『삶』이 이다지 험한줄아는/이아들은 젊습니다/아 — 아버지 火夫의 아버지여 —

— 「화부(火夫)인아버지」 전문(『조선일보』 1930년 8월 22일자)

4. 발굴 작품 목록

연번	제목	발표 지면	연월
1	봄이 오면	『신소년』 4월호	1924. 4
2	아기 새	『동아일보』	1926. 5. 17
3	오리 떼	『동아일보』	1926. 5. 21
4	병든 동생	『동아일보』	1926. 8. 19
5	참새	『동아일보』	1926. 9. 5
6	외로운 밤	『신소년』 8·9월 합병호	1926. 9
7	겨울 아침	『동아일보』	1926. 12. 9
8	저녁길	『신소년』 1월호	1927. 1
9	청개구리	『동아일보』	1927. 4. 28
10	눈 먼 아이와 나무장사	『동아일보』	1928. 5. 2
11	봄날의 점심때	『신소년』 7월호	1928. 7
12	약 지어 오는 밤	『동아일보』	1929. 1. 12
13	어머님 마중	『동아일보』	1929. 1. 18
14	씨 뿌리는 날	『조선일보』	1930. 2. 12
15	자다 깨어	『동아일보』	1930. 3. 5
16	잃어버린 오빠	『조선일보』	1930. 3. 21
17	비 오는 밤	『조선일보』	1930. 5. 7
18	화부(火夫)인 아버지	『조선일보』	1930. 8. 22

19	광산	『조선일보』	1930. 9. 2
20	봄바람	『중앙일보(특간)』	1932. 4. 24
21	비누 풍선	『조선일보(특간)』	1933. 11. 7
22	누이와 기차	『신소년』 4·5월 합병호	1934. 4
23	이른 봄	『우리들』 4·5월 합병호	1934. 5
24	밤눈	『소년』 1월호	1940. 1
25	야웅이	『소년조선일보』	1940. 1. 14
26	애기와 바람	『소년조선일보』	1940. 3. 17
27	돌다리 놓자	『소년조선일보』	1940. 4. 28
28	공	『소년조선일보』	1940. 5. 26
29	밤시내	『소년조선일보』	1940. 6. 9
30	저녁노을	『소년조선일보』	1940. 6. 30
31	기차	『소년조선일보』	1940. 7. 28
32	개나리	『새동무』 제1호	1946. 3
33	기다림	『새동무』 제11호	1947. 11
34	빗소리	『진달래』 6월호	1949. 6

5. 발굴 음반

「고향의 봄」(홍난파 작곡, 서금영 노래)은 1931년 12월 콜롬비아 레코드사에서 발매되었다(레코드 번호: C40273). 그 광고가 1931년 12월 15·22·29일자 『동아일보』와 12월 17일자 『매일신보』에 실려 있다. 이 음반의 존재는 기록에 의해서도 확인할 수 있다(한국정신문화연구원 편 『한국유성기음반총목록(일제강점기 국악활동자료집1)』, 민속원 1998, 168면). 덧붙여, 음반 「오빠 생각」(O20123, 녹성동요회·백양동요회 노래)은 1930년 3월에 발매되었다.

6. 나오며

마지막으로, 이번 조사를 마무리하는데 있어서 여러 도서관을 이용했다. 그 이름을 여기에 적고 감사의 뜻을 표하고자 한다.

국립어린이청소년도서관, 국회도서관, 국립중앙도서관, 서울대학교

중앙도서관 고문헌실, 연세대학교 중앙도서관 국학자료실(귀중본실), 경희대학교 한국아동문학연구센터, 일본코오베시립중앙도서관 청구(青丘)문고, 오오사까부립중앙도서관, 오오사까국제아동문학관

〔**편집자 주**〕 이 글에서 '발굴'이라는 표현은 작품을 새로 찾아낸 경우 뿐 아니라, 제목과 본문이 달라진 경우, 서지 정보가 잘못된 것을 바로잡은 것까지 포함하는 용어로 사용했음을 밝혀둔다. 아울러, 여기에서 밝힌 목록에는 기존의 발굴 작품이 일부 포함되어 있음을 밝힌다. 「누이와 기차」「이른 봄」(이재복 「발굴 조명: 이원수의 시—잃어버린 오빠 외 4편」, 『아침햇살』 1996년 가을호); 「야웅이」「공」「저녁노을」「기차」「봄바람」(박태일 「나라잃은 시대 후기 부산·경남지역 아동문학—이원수와 남대우를 중심으로」, 『한국문학논총』 40호〔2005〕)

이원수 연보

1911년 11월 17일(음력)에 경남 양산읍 북정리에서 아버지 이문술(李文術)과 어머니 진순남(陳順南)의 외아들로 태어남.

1912년 **1세** 생후 10개월 만에 가족이 창원군 창원면 중동리 100번지로 이사.

1915년 **4세** 가족이 창원면 북동리 207번지로 이사.

1916년 **5세** 창원면 소답리 서당에서 『동몽선습』『통감』『연주시』 등을 배움.

1918년 **7세** 창원면 중동리 559번지로 이사.

1921년 **10세** 경남 김해군 하계면 진영리 240번지로 이사.

1922년 **11세** 마산부 오동동 80-1번지로 이사. 마산공립보통학교 2학년에 편입학.

1923년 **12세** 아동 잡지 『어린이』와 『신소년』을 애독.

1924년 **13세** 마산부 오동동 71번지로 이사. 『신소년』 4월호 '독자문단 동요'란에 「봄이 오면」이 당선되어 게재됨.

1925년 **14세** 1월 6일(음력) 부친 이문술 사망. 3월 14일 학생문화운동단체인 마산신화소년회 조직. 3월 23, 24일 이틀간 노동야학교에서 신화소년회 창립 축하회를 가짐. 이때 처음으로 방정환을 만남. 4월 4일 신화소년회 주최로 토론회를 가짐. 『어린이』에 동요 「고향의 봄」을 투고.

1926년 **15세** 「고향의 봄」이 『어린이』 4월호에 당선. 5월 17일자 『동아일보』의 '어린이 작품'란에 동요 「아기 새」가 게재됨. 마산부 산호동과 양덕동에 있는 야간 강습소에 나가 한글을 가르침.

1927년 16세 윤석중, 이응규, 천정철, 윤복진, 신고송, 이정구, 서덕출, 최순애 등과 아동문학 동인회 '기쁨사'의 동인으로 활동. 『어린이』에 「비누 풍선」「섣달 그믐밤」 발표. 마산공립보통학교 문집 『문우(文友)』에 「눈 내리는 저녁(雪降ル晩)」이란 단문이 일본어로 게재됨. 작곡가 이일래가 「고향」이라는 제목으로 「고향의 봄」에 곡을 붙임. 1929년 홍난파가 다시 곡을 붙인 「고향의 봄」이 널리 알려짐.

1928년 17세 『어린이』의 집필 동인이 됨. 마산공립보통학교를 졸업하고 마산공립상업학교 입학.

1930년 19세 광주학생항일운동을 거치며 『학생』 4월호에 시 「꽃씨 뿌립시다」, 5월호에 「나도 용사」를 발표.

1931년 20세 마산공립상업학교를 졸업하고 함안금융조합 본점 서기로 취직. 7월 방정환 작고. 『어린이』에 방정환을 생각하여 지은 조시(弔詩) 「슬픈 이별」을 발표.

1935년 24세 2월에 반일 문학그룹 '독서회 사건'으로 경남 함안에서 피검. 나영철, 김문주, 제상목, 황갑수 등과 함께 치안유지법 위반으로 징역을 언도받고 마산과 부산에서 감옥생활. 옥중에서 동시 「두부 장수」(1981년 발표)를 씀.

1936년 25세 1월 30일 출감. 6월 「오빠 생각」을 쓴 '기쁨사' 동인 최순애와 결혼해서 마산부 산호 1동 284-1 30통 4반에 신혼살림을 꾸림. 한성당 건재약방 서기로 잠시 근무.

1937년 26세 장남 경화(京樺) 출생. 함안금융조합 가야 지소에 복직되어 함안으로 이주.

1939년 28세 차남 창화(昌樺) 출생.

1941년 30세 장녀 영옥(瑛玉) 출생.

1942년 31세 『반도의 빛(半島の光)』 8월호에 친일시 「지원병을 보내며」「낙하산」을 발표.

1943년 **32세** 『반도의 빛』 1월호에 친일 수필 「전시하 농촌 아동과 아동문화」, 5월호에 친일시 「보리밭에서—젊은 농부의 노래」, 11월호에 친일 수필 「고도감회(古都感懷)—부여신궁어조영 봉사작업에 다녀와서」를 발표.

1945년 **34세** 차녀 정옥(貞玉) 출생. 함안군 가야면에서 치안위원, 한글강습소의 강사로 활동. 10월 서울 경기공업학교의 교장이었던 첫째 동서 고백한의 권유로 서울로 올라와 교사로 취직. 아현동 학교 관사에서 생활.

1946년 **35세** 동시 「오끼나와의 어린이들」 「너를 부른다」 「부르는 소리」 등을 발표. 새동무사의 편집 자문 역할을 맡음.

1947년 **36세** 동요 시집 『종달새』(새동무사) 출간. 10월 경기공업학교를 사직. 이후 박문출판사의 편집국장으로 4년간 일함. 아현동 학교 관사를 나와 넷째 동서 김만수의 도움으로 안암동 114번지에 집을 마련.

1948년 **37세** 삼녀 상옥(祥玉) 출생.

1949년 **38세** 삼남 용화(龍樺) 출생. 모친 진순남 사망. 그림 동화집 『어린이나라』 『봄잔치』를 박문출판사에서 출판. 『어린이나라』에 장편동화 『숲속 나라』를 발표.

1950년 **39세** 한국전쟁 때 피난을 가지 못하고 경기공업학교에 나가 사무일을 함. 첫째 동서 고백한을 집에 숨겨 보호. 인민군에 협력한 일로 인해 9·28수복 후 쫓기는 몸이 됨. '정민'이라는 필명을 사용.

1951년 **40세** 1·4후퇴 때 영옥, 상옥, 용화를 잃어버림. 경기도 시흥군 수암면 논곡리(방죽머리)로 피난. 영국군 부대에 노무자로 뽑혀 동두천에서 1년간 천막생활.

1952년 **41세** 대구로 피난하여 김팔봉 등 여러 문우들의 도움과 신원 보증으로 한국전쟁 중 서울에서의 생활에 대한 문제를 해결. 7월 오창근, 김원룡

등과 함께 아동 월간지 『소년세계』를 창간하여 편집주간으로 3년간 근무. 장녀 영옥을 제주도 고아원에서 찾음.

1953년 **42세** 11월 서울로 돌아옴. 늦게 돌아온 까닭에 안암동 집이 타인의 손에 넘어가 셋방살이를 함. 신구문화사 편집위원으로 일함. 필명으로 '이동원'을 사용. 동화 「꼬마 옥이」를 발표.

1954년 **43세** 한국아동문학회 창립 부회장으로 추대됨(회장 한정동, 부회장 김영일·이원수). 장편동화 『숲 속 나라』(신구문화사) 출간.

1955년 **44세** 자전적 소년소설 『오월의 노래』(신구문화사) 출간. 잡지 『어린이세계』를 편집.

1956년 **45세** 아동월간지 『어린이세계』 주간을 맡음. 7월 광화동 셋집에서 답십리동으로 이사.

1958년 **47세** 한국자유문학자협회 아동문학 분과위원장으로 추대됨.

1960년 **49세** 부정선거에 항의하여 일어난 마산3·15의거를 소재로 한 동화 「어느 마산 소녀의 이야기」, 4·19혁명을 소재로 한 동시 「아우의 노래」, 동화 「땅 속의 귀」를 발표. 2월~4월 HLKY기독교방송국에서 동시작법에 대해 방송.

1961년 **50세** 4·19혁명을 소재로 한 동화 「벚꽃과 돌멩이」, 아동극(방송극) 「그리운 오빠」 등을 발표. 한국전쟁 이후 양민학살사건, 4·19혁명을 다룬 장편 소년소설 『민들레의 노래』(학원사)를 발표. 한국문인협회 결성대회 준비위원으로 참가.

1962년 **51세** 한국문인협회 이사로 추대됨.

1963년 **52세** 4·19혁명을 소재로 한 동시 「4월이 오면」 발표. 독재 정권을 비판한 동화 「토끼 대통령」 발표.

1965년 **54세** 4·19혁명을 소재로 한 시 「돌멩이 이야기」를 발표. 장남 경화와 장녀 영옥 결혼. 장남 경화의 맏아들 장손 재원(在遠) 태어남. 이때부터 1973년까지 경희여자초급대학에서 아동문학에 관해 강의.

1968년 **57세** 「고향의 봄」 노래비가 경남 창원 산호공원에 세워짐. 한국전쟁의 아픔을 담은 장편 소년소설 『메아리 소년』(대한기독교서회) 출간.

1970년 **59세** 전태일의 분신을 그린 동화 「불새의 춤」을 발표. 답십리동에서 사당동 예술인촌으로 이사. 노래동산회, 서울교육대학교에서 수여하는 '고마우신 선생님상' 수상.

1971년 **60세** 2월 한국아동문학가협회 창립에 참가하고 초대 회장으로 추대됨. 3월 디스크 발병으로 1개월간 치료 요양. 11월 회갑기념 아동문학집 『고향의 봄』(아중문화사)이 출간됨.

1973년 **62세** 3월에 낙상 골절로 입원하여 4개월간 치료. 11월에 한국문학상 수상. 자전적 체험이 반영된 동화 「별」을 발표.

1974년 **63세** 12월에 대한민국문화예술상 수상.

1975년 **64세** KBS TV 「명작의 고향」 프로그램 제작차 마산, 창원 여행. 동화, 시, 옛이야기, 수필, 편지, (일상생활에서 실제로 겪으며 느낀) 실화를 바탕으로 한 이야기 등 짤막한 글 129편을 모아 묶은 『얘들아, 내 얘기를』(대한기독교서회) 출간.

1978년 **67세** 9월 대한민국예술원상 문학부문을 수상. TBC-TV 「인간만세」 프로그램 중 「고향의 봄」 편 제작차 마산, 창원 여행. 문우들에 의해서 예술원상 수상 축하 동시·동화집 『이원수 할아버지와 더불어』(유아개발사)가 출간됨.

1979년 **68세** 11월 조직검사 결과 구강암 진단을 받고 12월 12일 수술.

1980년 **69세** 치료를 위해 입원하여 1월 1차 피부이식수술, 2월 2차 피부이식수술, 6월 구강암 재발하여 5주간 방사선 치료. 10월 병세 악화로 전기 치료. 10월 대한민국문학상 아동문학 부문 본상 수상. 11월 남성교회에서 세례를 받음.

1981년 **70세** 마지막 동시 「겨울 물오리」 「때 묻은 눈이 눈물지을 때」 발표. 1월 24일 20시 20분 작고. 1월 26일 가족장으로 용인공원묘지에 안장.

1984년 『이원수아동문학전집』(전 30권, 웅진)이 출간됨. 금관문화훈장이 수서됨. 창원 용지공원에 「고향의 봄」 노래비가 세워짐.

1986년 양산 춘추공원에 「고향의 봄」 노래비가 세워짐.

1990년 「꼬마 옥이」를 비롯한 9편의 동화와 소년소설이 『ちっちゃなオギ コリア児童文学選 第1巻』이란 제목으로 일본어로 번역되어 일본 소진샤(素人社)에서 출간됨.

1995년 마산MBC에서 「아동문학의 거목 이원수」가 제작되어 방송됨. 5월 '이달의 문화인물'로 선정됨.

1996년 이원수의 삶과 문학을 다룬 『물오리 이원수 선생님 이야기』(이재복, 지식산업사), 『내가 살던 고향은』(권정생, 웅진) 잇따라 출간됨.

2001년 7월 창원에서 '고향의봄기념사업 추진위원회' 구성.

2002년 『반도의 빛』에 게재된 이원수 친일 작품에 대한 박태일의 글이 『경남도민일보』 3월 5일자에 공개되고, 10월 나까무라 오사무의 연구가 『조선학보(朝鮮学報)』에 발표됨. 창원시 서상동 산 60번지에 고향의봄도서관 개관.

2003년 창원 고향의봄도서관에 이원수문학관 개관.

2008년 창원 고향의봄기념사업회 사단법인화. 고향의봄 학술세미나 '분단 이후 이원수의 작품세계' 개최.

2009년 『반도의 빛』에 발표한 일련의 작품 때문에 『친일인명사전』(친일인명사전 편찬위원회 편, 민족문제연구소) 3권에 이름이 오름.

2011년 「고향의 봄」 창작터 '오동동 71번지' 발견. 이원수 탄생 백주년을 기념한 여러 행사와 세미나 및 연구 발표가 이루어짐.

_ 정리 김영순

* 참고 자료

이원수 『고향의 봄』(아중문화사 1971)

이원수 『이원수 할아버지와 더불어』(유아개발사 1978)

이원수 『아동과 문학(전집 30권)』(웅진 1984)

염희경 「이원수 생애 연보」(대산문화재단 2011)

고향의봄기념사업회 『동원 이원수의 삶과 문학』(2011)

이원수 작품 연보[1]

1. 작품 연보

발표 및 출간 시기	분류	제목	발표 지면 및 출판사
1924. 4	동요	봄이 오면	신소년
1926. 4	동요	고향의 봄	어린이
1926. 5. 17	동시	아기 새	동아일보
1926. 5. 21	동시	오리 떼	동아일보
1926. 8. 19	동시	병든 동생	동아일보
1926. 9	동시	외로운 밤	신소년 8·9월 합호
1926. 9. 5	동시	참새	동아일보
1926. 10	동시	가을밤	어린이
1926. 12. 9	동시	겨울 아침	동아일보
1927. 1	동시	섣달 그믐밤	어린이
1927. 1	동시	저녁길	신소년
1927. 4. 28	동시	청개구리	동아일보
1927. 7	동시	비누 풍선	어린이
1928. 5. 2	수필	눈 먼 아이와 나무장사	동아일보
1928. 6	동화	어여쁜 금방울	어린이 5·6월 합호
1928. 7	소년시	봄날의 점심 때	신소년
1929. 1. 12	동시	약 지어 오는 밤	동아일보
1929. 1. 18	동시	어머님 마중	동아일보
1929. 4	동시	바다 처녀	학생
1929. 5	동시	봄 저녁	학생
1929. 8	동시	해변에서	학생
1929. 9	동시	묘지의 저녁	학생

1930	동시	아버지와 아들	미상
1930	동시	설날	어린이
1930	악보	고향의 봄	조선동요백곡집-상(홍난파, 연악회)
1930. 2. 12	동시	씨 뿌리는 날	조선일보
1930. 2. 20	동시	헌 모자	조선일보
1930. 3	감상	창간호부터의 독자의 감상문	어린이
1930. 3. 5	동요동시	자다 깨어	동아일보
1930. 3. 21	동시	잃어버린 오빠	조선일보
1930. 4	동시	꽃씨 뿌립시다	학생
1930. 5	동시	나도 용사	학생
1930. 5	동요	그네	어린이
1930. 5	동요	그림자	어린이
1930. 5	전설	방울꽃 이야기	어린이
1930. 5	동화	은반지	어린이
1930. 5. 7	동시	비 오는 밤	조선일보
1930. 8	동시	잘 가거라	어린이
1930. 8	동시	보리방아 찧으며	어린이
1930. 8. 22	동시	화부(火夫)인 아버지	조선일보
1930. 9	동시	교문 밖에서	어린이
1930. 9. 2	동시	광산	조선일보
1930. 10. 2	동시	일본 가는 소년	조선일보
1930. 10. 3	동시	일본 가는 소년 기이(其二)	조선일보
1930. 10. 10	동시	일본 가는 소년 기삼(其三)	조선일보
1930. 11	동시	낙엽	어린이
1930. 11	동시	찔레꽃	신소년
1931. 8	그림동요	장터 가는 날	어린이
1931. 8	시	슬픈 이별-소파 선생을 잃고	어린이
1931. 12	음반	고향의 봄	콜롬비아 레코드사(홍난파 곡, 서금영 노래)
1932. 4. 24	악보	봄바람	중앙일보
1932. 8	동시	벌소제-비 오는 날의 르포	어린이
1933	악보	웃음, 비누 풍선	조선동요백곡집-하(홍난파, 장문당서점)

1933. 11. 7	악보	비누 풍선(홍난파 곡)	조선일보 특신
1934. 4	동시	누이와 기차	신소년 4·5월 합호
1934. 5	동시	이른 봄	우리들 4·5월 합호
1934. 2	동시	눈 오는 밤에	신소년
1935	동시	두부 장수 / 여항산에서	미상[2]
1935	동시	전봇대[3]	조선일보
1936	동시	공작	신시대
1936	동시	어디만큼 오시나	소년
1936	동시	나무 간 언니	조선일보
1937	동시	자전거	소년
1937	동시	아카시아꽃	소년
1937	동시	우는 소	소년
1938	동시	아침 노래	소년
1938. 10. 1	동시	보오야 넨네요	소년
1938	악보	고향	조선동요작곡집(이일래)
1939	동시	밤	소년
1939	동시	설날	소년
1939. 4. 1	동시	고향 바다	소년
1939. 12. 17	동요	부엉이	소년조선일보
1940. 1. 14	동시	야웅이	소년조선일보
1940. 1. 20	동시	염소	소년조선일보
1940. 1.	동시	밤눈	소년
1940. 2. 25	동시	전기	소년조선일보
1940. 3. 17	동시	애기와 바람[4]	소년조선일보
1940. 3. 31	동시	앉은뱅이꽃	소년조선일보
1940. 4. 28	동시	돌다리 놓자[5]	소년조선일보
1940. 5. 26	동시	공	소년조선일보
1940. 6. 9	동시	밤시내	소년조선일보
1940. 6. 30	동시	저녁노을	소년조선일보
1940. 7. 1	동시	자장 노래	소년
1940. 7. 28	동시	기차	소년조선일보
1940~41	동시	세우자 새 나라	미상
1941. 10. 19	동시	언니 주머니	매일신보
1941. 10. 26	동시	이 닦는 노래[6]	매일신보
1941. 11. 2	동시	밤	매일신보
1942	동시	꽃 피는 4월 밤에	새동무
1942	동시	자장 노래	소년

1942. 6	동시	종달새	반도의 빛
1942. 6. 1	동시	봄바람	반도의 빛
1942. 6. 1	동시	빨래[7]	반도의 빛
1942. 8. 1	소년시	낙하산	반도의 빛
1942. 8. 1	소년시	지원병을 보내며	반도의 빛
1943. 1	수필	전시하 농촌 아동과 아동 문화	반도의 빛
1943. 5. 1	시	보리밭에서—젊은 농부의 노래	반도의 빛
1943. 11. 1	수필	고도감회—부여신궁어조영 봉사작업에 다녀와서	반도의 빛
1943. 9	동시	어머니[8]	아이생활
1946	동시	너를 부른다	어린이신문
1946	동시	부르는 소리	어린이신문
1946	동시	봄 시내	새동무
1946	동시	해바라기	주간 소학생
1946	동시	빗속에서 먹는 점심	주간 소학생
1946. 1	소년시	오끼나와의 어린이들	주간 소학생
1946. 3	동시	개나리	새동무
1946. 3. 25	동시	이 닦는 노래	주간 소학생
1946. 11	동시	애기와 바람	주간 소학생
1946. 12	동시	연	주간 소학생
1947	동시	어린이날이 돌아온다	소학생
1947	동시	송화 날리는 날	아동문화
1947	동요동시집	종달새[9]	새동무사
1947. 2	동요	이 골목 저 골목	주간 소학생
1947. 3	동요	새봄맞이	주간 소학생
1947. 3	동요	민들레	주간 소학생
1947. 8	심사평	생활을 노래하라—뽑고 나서	소학생
1947. 10	동요	달밤	소학생
1947. 11	동시	기다림	새동무
1948	소설	새로운 길	소년
1948	동시	삘기	소년세계
1948	동시	누가 공부 잘하나	음악공부
1948	동시	토마토	아동문화
1948	동시	성묘	어린이
1948	동시	가을밤	어린이

1948	동시	눈	새동무
1948. 7	동시	밤시내	소년 1호
1948. 9	동요	저녁	소학생
1948. 12	소년시	바람에게	소년 5호
1949	자전소설	오월의 노래	진달래
1949	동시	고향은 천리길	어린이
1949. 1	동요	설날	어린이나라
1949. 2	동시	내 그림자	소년
1949. 2~12	동화	숲 속 나라	어린이나라
1949. 3	동시	들불	어린이나라
1949. 4	동시	진달래	소학생
1949. 5	동시	오랑캐꽃	소년
1949. 6	동시	빗소리	진달래
1949. 8	소설	바닷가의 소년들	어린이나라
1949. 8	소설	눈 뜨는 시절	소학생 임시 증간호
1949. 9	동시	산길	소학생
1950	소설	어린 별들	아동구락부
1950	수필	친밀감	미상
1950. 2	소개글	방랑의 소년―한스 크리스티얀 안데르센	어린이나라
1950~55	동화	구름과 소녀	소년세계
1950~60	동시	불어라 봄바람	HLKA방송
1950~60	동시	산 너머 산	HLKA방송
1952	동화	해바라기	모범생
1952	수필	꽃	미상
1952	수필	뻐꾹 시계	소년세계
1952. 1	훈화	굉장한 이름	소년세계
1952. 2	동시(악보)	꾀꼬리	소년세계
1952. 7	동시	올라가는 마음들	소년세계
1952. 8	악보	꾀꼬리	소년세계
1952. 9	좌담	초가을 지상 좌담회	소년세계
1952. 9	동화	정이와 딸래	소년세계
1952. 10	동시(악보)	서울 급행차	소년세계(필명 정민)
1952. 11	동시	여울	소년세계
1952. 11	수필	강한 편과 약한 편	소년세계
1952. 12	동시(악보)	달빛	소년세계
1952. 7~1954. 2	번역	아버지를 찾으러(쥘 베른)	소년세계

1953	동화	정이와 오빠	서울신문
1953. 4	사진소년소설	푸른 길	소년세계(필명 이동원)
1953. 4	사진만화	영이와 노마	소년세계(그림 김성환)
1953. 5	동화	달나라의 어머니	소년세계
1953. 7	수필	미학과 유행	새길
1953. 7	수필	별을 우러러	소년세계
1953. 7~?	번역	삐삐의 모험	소년세계
1953. 8	수필	바다	소년세계
1953. 8	수필	예술가가 되려는 소년소녀에게	소년세계
1953. 10	평론	창작동화에 관하여	소년세계
1953	동시	소쩍새	소년세계
1953	동시	그리움	소년세계
1954	동화	장미 아가씨와 나비 아기	소년세계
1954	동화	약속	소년시보
1954	동화	꽃아기	새벗
1954	동화	그림 속의 나	새벗
1954	동화	이상한 안경과 단추	새벗
1954	번역	돈키호테(세르반테스)	동명사
1954	동화	숲 속 나라	신구문화사
1954. 1	수필	눈 덮인 전원	문예
1954. 1	수필	독서의 취미―지금 못 가지면 커서는 못 가진다	소년세계
1954. 2	동화	뻐꾸기 소년	소년세계
1954. 2	동화	꼬마 옥이	학원
1954. 3	수필	봄·기(旗)·이슬비	신천지
1954. 4	수필	입학과 진급과 졸업	소년세계
1954. 5	수필	할미꽃	소년세계(필명 정민)
1954. 5	번역	소년 서유기	소년세계(필명 정민)
1954. 5. 3	소년시	포플러 잎새	조선일보
1954. 7	동시	산정(山精)	학원
1954. 11	동시	꿈의 플라타너스	소년세계(필명 정민)
1954. 12. 20	평론	교양과 문학, 새로운 아동문학을 위하여	조선일보
1955	동화	개구리	어린이
1955	동화	새해 선물	서울신문
1955	소설	정이와 하모니카	새벗

1955	소설	가로등의 노래	한구일보
1955	소설	달밤의 정거장	어린이
1955	수필	어린이날에	소년세계
1955	수필	예절	소년세계
1955	수필	아름다운 말	소년세계
1955	수필	나의 향수	심우
1955	동시	나무의 탄생	새벗
1955	동시	개나리	새벗
1955	동시	프리뮬러	새벗
1955	방송극	음악회 전날에 생긴 일	미상
1955	수필	오랑캐꽃	(표준)소년문학독본(이영철, 글벗집)
1955	소년소설	오월의 노래	신구문화사
1955. 1	평론	시와 연민의 정	소년세계
1955. 1. 23	동화	꿈에 본 학교	경향신문
1955. 2	악보	고향 바다	소년세계
1955. 2. 26	평론	아동과 독서	조선일보
1955. 3	수필	'그 나라의 문화' 다 같이 알아야 할 일	소년세계(필명 정민)
1955. 3	동화	꼬마 옥이의 이야기 3	소년세계
1955. 4. 30	평론	아동문학과 독서운동	조선일보
1955. 4~1956. 1	연작소설	푸른 언덕	소년세계(이원수 외 4인)
1955. 5. 10	수필	아동 곤욕의 날	조선일보
1955. 6. 3	평론	동화와 아동문학과 성인	동아일보
1955. 6~12	사진소설	라일락 언덕	학원
1955. 6	번역	귀여운 가뜨리[10]	소년세계(필명 이동원)
1955. 7. 10	동화	엄마의 애기	경향신문
1955. 8. 21~9. 9	소설	구름과 아이들	경향신문
1955. 8. 8	서평	이주홍의 『피리 부는 소년』	동아일보
1955. 9. 4	평론	교양을 위한 노력, 8월 아동문학의 성과	조선일보
1955. 10	수필	계단	현대문학
1955. 10. 30	수필	플라타너스	조선일보
1955. 11	방송극	꼬마 미술가	소년세계
1955. 12	수필	별을 우러러	심우
1956	동화	파란 구슬	평화신문
1956	동화	춤추는 소녀	새벗

1956	동화	꽃마차	연합신문
1956	수필	어린이날의 뜻	대구일보
1956	평론	어머니와 어린이문학	여성계
1956	동시	바람	미상
1956	동시	복사꽃	새싹
1956	동시	맨드라미	방학공부
1956	동시	소녀의 기도	만화소년
1956	동시	저녁달	새벗
1956	동시	맴 맴 매미	방학공부
1956	동시	눈 오는 밤	서울신문
1956	동시	너의 장갑	만화소년소녀
1956	평론	소년소설론	소설연구(이광수 외, 서라벌예술학교출판국)
1956. 1	소설	산 너머 산	소년소녀만세
1956. 1	수필	새로운 나의 세계를	학원
1956. 1. 20	평론	정서교육의 위기-교육자 제위에게의 간원	조선일보
1956. 3	소설	버들강아지	소년세계 2·3월 합호
1956. 3	수필	불운 가운데	문학예술
1956. 3. 5	동시	프리뮬러	동아일보
1956. 3. 7~3. 8	평론	신인과 패기 근자의 아동문학점고	동아일보
1956. 3. 11	평론	다채로운 동시란	중앙일보
1956. 4. 2~4. 9	동화	정숙이 나무	동아일보
1956. 6	수필	인생 화원	새가정
1956. 6. 3	수필	보람 없는 청춘 봉사	협동
1956. 7	소개글	세계 명작 다이제스트	학원
1956. 7	수필	꿈의 나라를 세워놓고	어린이세계
1956. 7. 23	동시	가로수들의 얘기	동아일보
1956. 8	동화	감장 나비	학원
1956. 8	수필	토끼와 친하여	자유문학
1956. 9	동화	떡을 먹다가	학원
1956. 9. 19	동화	저녁놀과 귀뚜라미	조선일보
1956. 9. 24	동시	비 오는 날에	동아일보
1956. 10. 5	평론	아문학과 저속성-어린이에게 좋은 작품을 읽게 해주자	대한일보
1956. 10~1957. 3	동화	바둑이는 어느 곳에	어린이동산

1956. 10. 17	서평	윤석중 『사자와 쥐』	조선일보
1956. 11. 26	동시	잘 가거라 잘 가라	동아일보
1956. 12. 21	평론	권토중래의 준비의 해-1956년 아동문학 개관	경향신문
1956. 12. 27	평론	발휘 못한 소기 목적-1956년 문화계의 수확	평화신문
1957	동화	달과 순희	한국일보
1957	동화	닭	HLKA방송
1957	동화	빵장수	평화신문
1957	동화	박꽃	수도민경
1957	동화	세배	HLKA방송
1957	동화	여름밤의 꿈	현대문학
1957	동화	하늘로 올라간 공	여원
1957	소설	가방	새벗
1957	소설	강물과 음악	만세
1957	소설	꽃불	국제신보
1957	소설	눈 속의 꽃	조선일보
1957	소설	박꽃 누나	새벗
1957	소설	밤골로 가는 길	새벗
1957	소설	아카시아 이야기	학원
1957	소설	약수터와 바둑이	만화세계
1957	소설	유령가의 비밀	만화세계
1957	수필	애국심	평화
1957	수필	재주 있는 손	평화
1957	수필	개구리 소리	HLKA방송
1957	수필	상록수	HLKA방송
1957	수필	열	서울신문
1957	수필	편상(片想)	자유신문
1957	수필	낚시	자유문학
1957	수필	가을과 만돌린	방송문화
1957	수필	안데르센을 생각하면	경향신문
1957	수필	석죽	새길
1957	수필	하국(夏菊)	세계일보
1957	평론	안이한 창작 태도	미상
1957	동시	삼월은	만화소년소녀
1957	동시	석죽(石竹)	소년세계
1957	동시	맨드라미	방학공부

1957	동시	버들붕어	만화학생
1957	동시	바람아 불어오렴	방학공부
1957	동시	바람과 나뭇잎	연합신문
1957	동시	맑은 날	미상
1957	동시	새파란 아기들—어린이날에 즈음하여	국제신보
1957	동시	포도밭 길	방학공부
1957	동시	어둔 밤에 피는 건	방송문화
1957	동시	가을의 그림	한국일보
1957	동시	산새	방학공부
1957	동시	썰매	방학공부
1957	동시	겨울 나무	방학공부
1957	방송극	우리 선생님	미상
1957	동화	희야의 소라고둥	열매
1957. 1	동시	송사리	학원
1957. 3. 18	동시	꽃들의 꿈	동아일보
1957. 4. 12	평론	아동지도의 이념—'어린이 헌장' 제정에 관련하여	조선일보
1957. 5. 5	수필	소파 선생의 추억	세계
1957. 6. 16	수필	어항과 낚시	대한교육
1957. 7. 22~23	평론	소년과 도색잡지	조선일보
1957. 8. 12	동시	개구리	동아일보
1957. 10	수필	매미와 소년	심우
1957. 11. 5	수필	국화 피다	경향신문
1957. 12. 5~7	평론	아동잡지에 대하여—간행조치와 내용을 중심으로	조선일보
1958	동화	봄 오는 썰매터	새벗
1958	동화	새 식구	자유신문
1958	동화	골목대장	새벗
1958	동화	꽃씨	서울신문
1958	동화	밤 전차의 소녀	서울신문
1958	동화	봄나들이	수도민경
1958	소설	목련 피는 날	새벗
1958	소설	코스코스 핀 철둑	만화학생
1958	수필	내가 생각하는 좋은 학교	새교육
1958	수필	아카시아꽃	자유세계

1958	수필	닭 소동	자유신문
1958	수필	봄·초하·뻐꾸기	HLKA방송
1958	수필	꽃들을 생각하며	HLKA방송
1958	평론	동화 창작 노트	미상
1958	동시	깡충깡충	HLKA방송
1958	동시	새 눈	HLKA방송
1958	동시	파란 세상	수병
1958	동시	산	방학공부
1958	동시	흰 구름	방학공부
1958	동시	피라미	방학공부
1958	동시	5월엔	주간방송
1958	동시	애기책을 읽으면	한국일보
1958	동시	솔방울	국민학교어린이-456학년
1958	동시	흰 구름	방학공부
1958	동시	파란 동산	방학공부
1958	동시	겨울 꽃	방학공부
1958	동시	겨울밤	조선일보
1958	동시	책 속의 두견화	동아일보
1958	대화극	골목대장	연합신문
1958	기타	국민학교 글짓기본	신구문화사
1958. 6	동화	강물이 흐르듯이	소년계
1958. 6. 3	동화	욕심꾸러기 닭	경향신문
1958. 12. 12	동화	층층대	경향신문
1958~59	소설	산의 합창	새싹
1958~60	소설	꽃바람 속에	국민학교어린이-456학년
1959~60	동화	아이들의 호수	새벗
1958. 1. 30	수필	감상의 밤	HLKA방송
1958. 2. 3	동시	책 속의 두견화	동아일보
1958. 2. 4	서평	강소천『무지개』	동아일보
1958. 2. 15	평론	산문화한 동시들	경향신문
1958. 5	평론	어린이들에게 권하고 싶은 책, 금하고 싶은 책	새교실
1958. 5. 7	평론	어린이를 위하는 길-학교와 사회에 드리는 말씀	자유
1958. 7. 3	평론	아동의 작문력, 양서 교육을 위하여	조선일보
1958. 7. 9	평론	아동 영화의 제작 문제-언제까지 성인 영화를 몰래 보게 할 것인가	경향신문

1958. 8. 8	평론	동화에 대한 편견	문화
1958. 10	수필	낙엽에 부친다	새노동
1958. 10	수필	나의 넥타이	신문예
1958. 11	노래소설	노래의 선물	소년생활
1958. 11. 4	서평	김성환『세모돌이 네모돌이』	조선일보
1958. 12	평론	문학으로서의 동화를	자유문학
1959	동화	달나라 급행	새벗
1959	동화	달 로케트	서울신문
1959	동화	등나무 그늘	새교실
1959	동화	우리 고양이 나비	새싹
1959	동화	버스 차장	방학공부
1959	동화	용이의 크리스마스	민주신보
1959	동화	용준이의 가는 곳	만화학생
1959	소설	진눈깨비 오는 날	세계일보
1959	소설	군밤 장수와 소년	새싹
1959	소설	초록 언덕을 가는 전차	새싹
1959	소설	보리가 패면	연합신문
1959	동시	봄이 오나 봐요	교육자료
1959	동시	햇볕	HLKA방송
1959	동시	파란 초롱	연합신문
1959	동시	나뭇잎	국제신보
1959	동시	어미닭·병아리	동아일보
1959	동시	소라고둥	방학공부
1959	동시	과꽃	한국일보
1959	동시	강물	동아일보
1959	동시	눈	방학공부
1959	방송극	초록 언덕을 가는 전차	현대문학
1959	방송극	소라고둥	방학공부
1959. 1	소설	아버지의 사진	소년생활
1959. 1. 22	서평	이영희『책이 산으로 된 이야기』	동아일보
1959. 1. 25	동시	연필	동아일보
1959. 2	평론	소파 선생의 감화를 받고―고운 세계에서 고운 글 쓰고 싶어	미상
1959. 2	소개글	슬픔 속에 씩씩한 소녀―목장의 소녀	학원

1959. 2. 9	평론	아동문학의 경어 문제 언문일치에 배치	동아일보
1959. 3	소개글	불쌍하고 아름다운 코젯트	학원
1959. 4	소개글	눈얼음 속에 핀 눈물의 꽃	학원
1959. 4	수필	봄 오는 소리	HLKA방송
1959. 4. 15	평론	사회악과 아동의 정서교육-아이들을 위하여	동아일보
1959. 5	소개글	시계와 생명	학원
1959. 6	만평	교육 만평	미상
1959. 7	소개글	고집 센 착한 소년 페라치오	학원 6·7월 합호
1959. 8	소개글	명작의 소년소녀상	학원
1959. 8. 11	평론	아동도서 출판과 아동문학 '학부형들의 인식을 촉구한다'	동아일보
1959. 9	소개글	명작에 나타난 소년소녀상: 알프스의 소녀	학원
1959. 9. 26	평론	방송극과 아동 국어교육 순수한 동극운동을 위하여	동아일보
1959. 10	소개글	명작에 나타난 소년소녀상	학원
1959. 11	소개글	명작에 나타난 소년소녀상: 아버지를 찾는 고난의 탐험	학원
1959. 12	평론	50년대 아동문학의 결산	국제신보
1959. 12. 11~12	평론	현실도피와 문학정신의 빈곤-정신 세계의 깊이를 갖자	동아일보
1960	동화	수탉	세계일보
1960	동화	바둑이는 어느 곳에	어린이동산
1960	동화	감자밭	방학공부
1960	동화	나비의 슬픔	국민학교어린이-456학년
1960	동화	땅 속의 귀	국제신보
1960	동화	동생과 참새	방학공부
1960	동화	새해의 소원	소년한국
1960	동화	어느 마산 소녀의 이야기	세계일보
1960	소설	방랑의 소년	어린이신문

1960	소설	우정과 이별과	한국일보
1960	동시	소낙비	방학공부
1960	동시	봄꽃	보육협회
1960	동시	씨감자	미상
1960	동시	순희 사는 동네	미상
1960	동시	종다리	소년한국
1960	동시	먼 소리	국제신보
1960	동시	과꽃	국제신보
1960	동시	매미잡이 오빠	세계일보
1960	동시	소리	조선일보
1960	동시	비 오는 밤에	한국일보
1960	동시	달	경향신문
1960	동시	산에서	방학공부
1960	동시	산동네 아이들	평화신문
1960	동시	털장갑	방학공부
1960	동화	등나무 그늘	미상
1960	수필	동대문 밖 외 12편[11]	비·커피·운치(이원수 외 2인 수필집, 수학사)
1960	동화집	파란 구슬	인문각
1960	재화	한국전래동화집	아인각
1960	동시	고갯길	방학공부
1960	동요	연	국제신보
1960~61	소설	민들레의 노래	새나라신문
1960. 2	평론	동시의 길을 바로 잡자—동요와 동시의 개념	자유문학
1960. 3	수필	밤	HLKA방송
1960. 3. 31	평론	시정해야 할 아동교육—초등교육을 위한 제언	동아일보
1960. 5. 1	동시	아우의 노래[12]	동아일보
1960. 5. 15	시평	사월혁명과 미개혁지대 '문학·교육면에 대한 메모'	동아일보
1960. 7	수필	불만	해군
1960. 7. 3	동시	자두	경향신문
1960. 8	동시	백합	가톨릭소년
1960. 8	동화	흰 백합	국민학교학생
1960. 8. 17	수필	옮겨온 나무	자유
1960. 9	동화	인어	국민학교학생
1960. 12	동화	귀뚜라미와 코스모스	가톨릭소년

1960. 12	동화	눈보라 꽃보라	국민학교학생
1960. 12. 20	대담	폭넓어진 어린이문화—탈피 못한 입시준비교육	조선일보
1960. 12. 22	평론	자유민주적인 문학에의 노력—현실과 문학정신을 중심으로 '1960년도 아동문학'	동아일보
1960. 12. 25	동시	종아 울려라	경향신문
1960	번역	일본문학선집 제2권—열쇠(타니자끼 준이찌로오)	청운사
1961	번역	일본문학선집 제5권—학생시대(쿠메 마사오)	청운사
1961	동화	개나리꽃이 피기까지	매일신문
1961	동화	보리	한국일보
1961	소설	화려한 초대	자유문학
1961	소설	들에는 하늬바람	국제신보
1961	콩트	성운 선생의 꿈	주간방송
1961	수필	만화책만 읽는 소년	조선일보
1961	동화집	구름과 소녀	현대사
1961	번역	(단권 역술) 삼국지(나관중)	진문출판사
1961	평론	아동문학과 교육	새교육
1961	동시	개나리 꽃봉오리 피는 것은	국민학교학생
1961	동시	자박자박자박	HLKA방송
1961	동시	씨름	보육협회
1961	동시	완두콩	조선일보
1961	방송극	그리운 오빠	HLKA방송
1961	방송극	어머니가 제일	HLKA방송
1961	독본	이원수아동문학독본—한국아동문학독본8	을유문화사
1961.	소설	민들레의 노래	학원
1961. 1	평론	시와 교육	서울시교위국어강습회 강연초
1961. 1	평론	동시론—약론	서울시교위 국어강연회
1961. 1. 10	평론	아동문학	경성대학신문
1961. 1. 24	평론	모럴과 리얼리티—전도된 교육적 가치론에 대하여	서울일일신문
1961. 1. 30	평론	아동문학의 당면 과제—약화와 부진의 원인을 규명한다	경향신문

1961. 2	수필	시골의 겨울	새사회
1961. 3	수필	세월	새길
1961. 3	동시	개나리 꽃봉오리 피는 것은	국민학교학생
1961. 3. 4.	평론	아동문학과 대중성 안이한 제작태도를 해부해본다	동아일보
1961. 4	소설	벚꽃과 돌멩이	가톨릭소년
1961. 5	수필	날개	새길
1961. 5. 10	평론	어린이와 '아동시' 교육 올바르게 인식시키자	동아일보
1961. 6	평론	아동문학과 영적 지도	가톨릭청년
1961. 7	수필	향기	심우
1961. 7	평론	창작동화 노트	교육자료–2학년용
1961. 7. 2	동화	잠자는 희수	경향신문
1961. 10	동화소설	앵문조	가톨릭소년
1961. 11	수필	화초를 걷으며	자유문학
1961. 12. 14	평론	반성과 재출발의 결행–몸부림쳤던 1961년	국제신보
1962	동화	시클라멘과의 대화	새벗
1962	동화	크리스마스 카드	HLKA방송
1962	수필	광명과 문명	미상
1962	동시	오월	국제신보
1962	동시	설	소년한국
1962	번역	북구동화집	계몽사
1962	번역	영국동화집	계몽사
1962	엮음	한국전래동화집	계몽사
1962	기타	초등학교 교과 과정에 의한 생활 작문 지도	교학사
1962	독본	어린이문학독본(전 3권)	춘조사
1962	평론	소년소설론	소설 연구: 작법과 감상(한국교육문화원, 서라벌 예술대학 출판국)
1962	고전소설	한국고대소설전집15	을유문화사
1962	동화, 소설, 동극, 방송극	「숲 속 나라」 외 6편[13]	한국아동문학전집5(민중서관)
1962	번역	인류애의 초상화 하인리히 페스탈로찌(로맹 롤랑)	신구문화사

1962. 1	평론	사회악과 아동정서교육 문제	가정교육
1962. 3. 31	수필	마산—잔잔한 은빛 바다에	동아일보
1962. 6	소개글	세계명작그림이야기—아름다운 여왕	학원
1962. 8~1963. 11	연작소설	길[14]	학원(이원수 외 4인)
1962. 11	동시	차장 아이	가톨릭소년
1963	악보집	유치원 노래교본	음악예술사
1963	동화집	초록 언덕을 가는 전차	계진문화사
1963	동화집	한국동화선집	교학사
1963	재화	이원수가 쓴 전래동화집[15]	현대사
1963	동화	토끼 대통령	대한일보
1963	동화	나비 때문에	교육자료
1963	동화	가을 바람의 일기장	학생
1963	동화	글짓기 숙제	한국동화선집
1963	동화	나비를 잡는 사람들	학생
1963	동시	새날의 아이들	국제신보
1963	동시	나는야 일등	HLKA방송
1963	동시	풀밭	HLKA방송
1963	동시	꽃나무의 이사	서울신문
1963	동시	4월이 오면	대한일보
1963	동시	햇살	국제신보
1963	동시	꽃잎은 날아가고	국제신보
1963. 2	수필	버들강아지	일요신문
1963. 3	수필	안팎	새교실
1963. 9	평론	아동문학의 방향	아동문학 6집
1963. 12. 30	평론	의욕과 부정적 사태—1963년의 아동문학	국제신보
1964	동화	포도송이	소년동아
1964	소설	장미꽃은 피었건만	소년부산일보
1964	동시	자장가	내마음(김동진, 세광출판사)
1964	동시집	빨간 열매	아인각
1964	고전소설	사씨남정기	을유문화사
1964	동화집	우량소년소녀문고 4	삼성출판사
1964	엮음	한국소년소설선집	교학사
1964	동화	봄이 오는 썰매터	한국아동문학선집(교학사)
1964	동화	큰 세상과 작은 세상	학원

1964	동시	기다리는 봄	경향신문
1964	동시	심부름 가는 길	HLKA방송
1964	동시	꽃잎	미상
1964	동시	다릿목	미상
1964	동시	5월	새소년
1964	동시	수국	서울신문
1964	동시	외로운 섬	성호글집
1964	동시	소꿉놀이	HLKA방송
1964	방송극	그림책과 물총	방송동극집(박일봉 엮음, 아인각)
1964	장편소설	산의 합창	구미서관
1964. 3	동화	당나귀알	새벗
1964. 4. 13	수필	유행가의 정조(情調)	마산일보
1964. 5	서평	최인학 씨의 『벌판을 달리는 아이』를 읽고	아동문학 8집
1964. 5	합평	장욱순, 최인학, 이준연, 방극룡 제 씨의 작품	아동문학 8집
1964. 6	평론	무시하는 부분을 주시해 주었으면	현대문학
1964. 7~1965. 12	장편소년소설	메아리 소년	가톨릭소년
1964. 8. 25	수필	하얀 흑운	마산일보
1964. 10	소년소설	도라지꽃	새소년
1964. 11	평론	아동문학이 교육에 미치는 영향	교육자료
1964. 11	평론	동시를 말함—동시를 이렇게 본다	아동문학 9집
1964. 12	평론	소천(小泉)의 아동문학	아동문학 10집
1964. 12	동화	해와 같이	경향신문
1965	동화	오색 풍선	소년한국
1965	동화	떨어져 간 달	서울신문
1965	수필	사계(四季)	사계(국제펜클럽한국본부 편, 1978)
1965	평론	아동문학 입문	미상
1965	평론	아동문학개관1	현대문학
1965	시평	건전한 문화 사회 되도록	마산일보
1965	동시	우리 어머니	방학공부
1965	동시	봄날 저녁	현대문학
1965	동시	아침 안개	새벗

1965	동시	높은 산에 오르면	방학공부
1965	동시	편지	현대문학
1965	동시	가을 바람	중등국어
1965	동시	금빛 들판	초등국어
1965	동시	햇볕	새벗
1965. 4	평론	해방 전의 아동상—내 작품에서 그린 일제시대의 아동상	아동문학 11집
1965	기타	작품을 읽고	우리 모두 손잡고(한국글짓기지도회)
1965	동요(악보)	산 너머 산 외 2편[16]	다같이 노래를(한용희, 세광출판사)
1965~66	중편소설	수영의 상경	여학생
1965. 4. 20	평론	어린이 가슴에 사랑의 선물을	한국의 인간상3(신구문화사 1966)
1965. 5. 6	평론	현실을 아름다운 것으로 만들기 위해—아동문학이 할 일	부산일보
1965. 6	시	동화 이제(二題)	현대문학
1965. 7	평론	아동문학 프롬나아드	아동문학 12집
1965. 8	평론	전란 중의 『소년세계』의 문학운동	현대문학
1965. 8. 21	동시	푸른 열매	경향신문
1965. 9. 10	수필	나의 서재	을유저어널
1965. 11	수필	하추삼제(夏秋三題)	교정
1965. 11	소설	가슴에 해를 안고	국민학교어린이—456학년
1965. 11. 30	평론	소파와 아동문학	소파아동문학전집(삼도사)
1965. 12	소설	솔바람 은은한 길	여학생
1966	번역	아아 무정(빅또르 위고)	삼성출판사
1966	동화	나무들의 밤	한국문학
1966	동화	9월에 받은 편지	소년동아
1966	장편소설	눈보라 꽃보라	새소년
1966	평론	아동문학개관2	한국예술
1966	동시	나팔꽃	방학공부
1966	동시	나의 해	새벗
1966	동시	해와 달	방학공부
1966	동시	봄날	강원 거진교 동인지
1966	동시	4월의 나무	시문학
1966	동시	왠지 몰라	미상

1966	동시	싸움놀이	가톨릭소년
1966	동시	까치 소리	방학공부
1966	평론	아동문학	해방문학 20년(한국문인협회 편, 정음사)
1966	소년소설	보리가 패면	숭문사
1966. 1	시	만목(蔓木) 외 1편	현대문학
1966. 1	수필	크리스마스와 신정	교정
1966. 2	수필	내 생활과 문학	동아방송
1966. 3	평론	아동문학의 문제점	문학시대
1966. 5	수필	동석	재무
1966. 5	평론	한국 아동문학계의 현황	현대문학
1966. 6	좌담	한국문학의 제 문제[17]	현대문학
1966. 11	수필	여성과 나	새길
1966. 11. 8	평론	남작(濫作) 없었던 생애—마해송 선생 영전에	중앙일보
1966. 12	수필	밑바닥	동아방송
1966. 12	동화	떠나는 송아지	국민학교어린이—고학년
1966. 12	시	방황 외 1편	현대문학
1966. 12. 30	수필	식인(食人)	서울신문
1967	동화	다람쥐와 남주	소년한국
1967	동화	라일락과 그네와 총	어린이자유
1967	동화	오렌지빛 하늘	전남일보
1967	동화	장난감과 토끼 삼 형제	새벗
1967	수필	초목에 대하여	동아방송
1967	동시	봄비	소년동아
1967	동시	해·달·별	시가 있는 산책길
1967	동시	늦잠	미상
1967	동시	나루터	소년한국
1967	동시	산동네 아이들	소년조선
1967	동시	이별	가톨릭소년
1967	동시	산새 물새	방학공부
1967	동시	여름날	방학공부
1967	동시	겨울 대장	방학공부
1967	동시	해님	방학공부
1967	동시	내동무	HLKA방송
1967	방송극	한양성에 뿌린 눈물	어깨동무
1967	방송극	사랑의 선물	어깨동무

1967	수필집	내 어머니	생각하는 실타래(강원용 외, 동아일보사)
1967	수필집	인생과 아동과 문학—밤에 쓰는 편지	상아(동아방송국)
1967	독본	아동문학독본 5	서울서점
1967	번역	안데르센 동화집	계몽사
1967	동화집	한국창작동화집	계몽사
1967	평론	아동문학	한국예술지2(대한민국예술원)
1967	평론	1966년의 아동문학 개관	한국예술
1967. 1	동시	열다섯—새벗 열 다섯 돌맞이에 부쳐	새벗
1967. 1~?	소설	걸어가는 동상—안막 이승훈 선생의 이야기	어깨동무
1967. 1	좌담	우리는 이런 작품을 원한다	어깨동무
1967. 1	수필	건강이라는 것	미상
1967. 2	동화시	싸움 놀이	가톨릭소년
1967. 2	수필	양보와 사양	동아방송
1967. 3	수필	약속 시간	동아방송
1967. 3	수필	계절	동아방송
1967. 4	수필	의상에 대하여	동아방송
1967. 4	수필	정다움	동아방송
1967. 4	수필	선후	신세계
1967. 4	동시	밤안개	국민학교어린이(고학년)
1967. 5	수필	아이들	교정
1967. 5	수필	꽃 피는 아침	동아방송
1967. 5	수필	효성	동아방송
1967. 6	수필	이름	신세계
1967. 8	수필	말에 대하여	가톨릭청년
1967. 8	동시	이별	가톨릭소년
1967. 8	수필	아기가 앓을 때	가톨릭청년
1967. 8	평론	시와 동시의 관계	교단시지
1967. 8	동시	이별	가톨릭소년
1967. 8	수필	찻잔을 앞에 놓고	가톨릭청년
1967. 10	평론	한글·한자 병용의 의의	교육자료
1968	동화	은이와 나무	조선일보
1968	동화	파란 참새	대한일보

1968	동화	미미와 희수의 사랑	새벗
1968	동화	솔이와 달이	새벗
1968	소설	찬비 오는 밤	소년중앙
1968	소설	나의 장미	새소년
1968	평론	어린이 독서 지도	어깨동무
1968	동시	꽃잎 7·5조	새소년
1968	동시	찬란한 해	새벗
1968	동시	달	새소년
1968	동시	나들이	HLKA방송
1968	동시	우리들의 잔치-축시	미상
1968	수필	마음의 문	동아방송
1968	수필	노리개·기타	미상
1968	소년소설	메아리 소년	대한기독교서회
1968	소년소설	민들레의 노래	중앙서적
1968	번역	이이솝 동화집	삼화출판사
1968	재화	한국 동화집	삼화출판사
1968	번역	영국 동화집-영국편1	계몽사
1968. 2	수필	신선한 노동	동아방송
1968. 2. 13	수필	눈물과 울음	동아방송
1968. 3	수필	솔바람도 그 날 그 소리	여성동아
1968. 4	수필	편상 삼제(片想 三題)	교정
1968. 4	수필	한 마리의 작은 새에도	동아일보
1968. 4	평론	한국의 아동문학	사상계
1968. 5. 4	수필	사치의 근원	동아방송
1968. 5. 4	수필	지는 꽃과 열매	국제신보
1968. 6	수필	외톨 나그네	여행춘추
1968. 8	수필	내 생활 주변에서	교정
1968. 9	시	산딸기	현대문학
1968. 10. 6	동화	피리 소리	조선일보
1968. 11	평론	아동문학의 결산	월간문학
1968. 12	수필	생명과 육체	새가정
1969	소설	찬비 오는 밤	새가정 168호
1969	동화	호수 속의 오두막집	농협신문
1969	동화	사냥개와 굴뚝새	횃불
1969	동화	불꽃의 깃발	어깨동무
1969	동화	나는 달이어요	새어린이
1969	소설	강물과 소녀	새소년

1969	평론	동시작법	새교실
1969	동시	한가위 달	새어린이
1969	동시	유월	어린이자유
1969	동시	9월	새벗
1969	동시	시월 강물	소년중앙
1969	동시	다 함께 그리자	소년한국
1969	동시	꽃과 어린이	소년한국
1969	동시	물 따라 바람 따라	한국방송
1969	위인전	동명성왕	정문사
1969	독본	손자의 교훈	을유문화사
1969	작품집	한국아동문학신작선집3	대한기독교서회
1969	작품집	시가 있는 산책길	경학사
1969	번역	사랑의 요정–프랑스편4	계몽사
1969. 1	수필	새해 새 아침에	자유공론
1969. 1. 9~2. 6	동화	별 아기의 여행	미상
1969. 2	수필	식물과 우리	동아방송
1969. 2	수필	사상(思想)에 대하여	동아방송
1969. 2	수필	이야기 백화점–수수께끼 외 5편[18]	새벗
1969. 2. 14	평론	외식주의(外食主義)의 종점	대한일보
1969. 4	소설	종다리와 보리밭	새벗
1969. 4	동화	이야기 백화점–춤추는 호랑이 외 5편[19]	새벗
1969. 4. 2	평론	소학 민주주의	대한일보
1969. 4. 15	평론	진짜의 고독	대한일보
1969. 5	평론	민족 구원의 싹을 키우는 마음–어린이날의 의의	교육평론
1969. 5	수필	이파리들의 세계	교육자료
1969. 5	동화	엉겅퀴	가톨릭소년
1969. 5	동화	들불	아동문학 19집
1969. 5. 1	평론	이파리의 독소	대한일보
1969. 5. 4	평론	활자가 울고 글이 한숨짓는다–어린이에 미치는 매스컴의 영향	주간조선
1969. 5. 21	평론	미화와 현실	대한일보
1969. 6	수필	이야기 백화점–다람쥐와 라디오 외 5편[20]	새벗

1969. 7	동화	명월산의 너구리	미상
1969. 9	동화	손님 오는 날—달나라 특집	가톨릭 소년
1969. 9	수필	이야기 백화점—하고 싶은 말 한 마디 외 4편[21]	새벗
1969. 9	소설	달과 아버지	주간 소년경향
1969. 10	수필	이야기 백화점—달팽이 뿔 위의 싸움 외 5편[22]	새벗
1969. 12	대담	1969년의 아동문학을 말한다	교육평론 134호(이원수, 박경용)
1970	동화	미미와 희수의 사랑 외 2편[23]	아동문학선집1(강소천 외, 어문각)
1970	위인전	아데나워 수상	한림
1970	기타	중국 고사의 샘	경학사
1970	재화	한국전래동화집—한국편	계몽사
1970	동화선집	한국현대동화집	계몽사
1970	지도	시와 아동시	생활문의 지도법 (홍문구, 교학사)
1970	번역	상신[喪神](마쯔모또 세이쪼오)	세계베스트셀러북스 5~6(삼경사)
1970	선집	아동문학선2[24]	어문각
1970	동화	나그네 풍선	새벗
1970	동화	불새의 춤	주간 기독교
1970	소설	들불	월간문학
1970	동시	가슴에 안은 것이	주간조선
1970	평론	동화창작법	창작기술론(보진재)
1970	방송극	버스 차장	학교극 지도법(주평, 교학사)
1970. 2	동시	봄눈	새가정 179권
1970. 3	수필	수목들 눈 트듯이	여학생
1970. 5	수필	잊혀지지 않는 선생님	교육자료
1970. 5. 25	평론	동화를 통한 정서 지도	기서학보
1970. 11	동시	두견	현대문학
1970. 11	동화	진달래 꽃길	샘터
1970. 12	동시	여울물 소리	월간문학
1970. 12	수필	강아지보다는 인간이	월간중앙
1971	동화	유리성 안에서	새벗
1971	평론	1970년의 아동문학 개관	한국예술
1971	동시	새 눈의 얘기	미상

1971	동시	눈	미상
1971	동시	산길 들길 10리를	새소년
1971	동시	그리운 선생님—소파 동상 제막식에서	미상
1971	동시	한밤중에	어깨동무
1971	작품집	고향의 봄—이원수 선생 회갑 기념 아동문학집	아중문화사
1971	소설	민들레의 노래	대광
1971	고전소설	사씨남정기(김만중)	을유문화사
1971	번역	영국동화집	계몽사
1971	번역	왕자와 거지	계몽사
1971	번역	사랑의 요정	계몽사
1971	번역	안데르센 동화집	계몽사
1971	재화	한국전래동화집	계몽사
1971	재화	한국현대동화집	계몽사
1971	수필	두견, 여름날	한국현대시선(한국현대시인협회, 성문각)
1971. 1	동화	불의 시	새가정
1971. 1	동시	불에 대하여	가톨릭소년
1971. 1	수필	남의 글을 훔친 죄	여성동아
1971. 4	동시	우리 원이 보고지고	가톨릭소년
1971. 5. 20	평론	아동과 문학	기서학보
1971. 7	평론	노래 고개 넘는 데 예순 해가	여성동아
1971. 7	수필	나의 독서 편력	독서신문
1971. 8	평론	문학지에 자리한 아동문학	현대문학
1971. 8	동시	이상도 해라—음악에게	가톨릭소년
1971. 8	동시	쑥	월간문학
1971. 8~1973	장편동화	잔디숲 속의 이쁜이	가톨릭소년
1971~?	장편소설	바람아 불어라	소년조선일보
1971. 11	수필	열 살 때의 결심	샘터
1972	수필	가장 아름다운 것 (신편) 생각하는 생활	독서신문사
1972	동화	대표작가동화선집2	동민문화사
1972	번역	즐거운 무민네(토베 얀손)	계몽사
1972	악보	가을의 그림 외 26편[25]	세광동요 1010곡집(세광출판사)

1972	동화	너구리 올비스의 기타	어깨동무
1972	동화	안주리 아가씨	소년한국
1972	수필	어머니	영원한 고향 어머니(피천득 외, 민예사 1978)
1972	수필	세대의 주인	미상
1972	소년소설	꽃바람 속에	경학사
1972. 1. 5	심사평	환상·공상에 머무르지 말도록—신춘문예 동화 심사평	조선일보
1972. 2. 3	평론	어린이와 동요	중앙일보
1972. 7. 11	좌담	상반기 아동문학—환상 아닌 생활적 소재를	조선일보(이원수 외 3인)
1972. 9	대담	지상(誌上)의 오분 대담	한국아동문학 1집(이원수·이영호)
1972. 9	평론	낙원과 현실	한국아동문학 1집
1972. 9	평론	동화의 판타지와 리얼리티	한국아동문학 1집
1972. 10. 25	수필	자아	조선일보
1972. 11. 1	수필	음악	조선일보
1972. 11. 8	수필	제 값어치	조선일보
1972. 11. 15	수필	원근	조선일보
1972. 12	수필	의상 철학	여성중앙
1972. 12	수필	부끄러움	새가정 209호
1973	동극	얘기책 속의 도깨비	범학관
1973	번역	태양의 계절 외 2편[26]	현대일본문학전집4(평화출판사)
1973	재화	박씨전	계몽사
1973	위인전	이순신 장군	한국자유교육협회
1973	번역	플루타크 영웅전(전10권)	을유문화사(이원수·이주홍·손동인 공역)
1973	수필	물을 노래함, 참새	한국현대시선(한국현대시인협회, 성문각)
1973	동화	갓난 송아지	중앙일보
1973	동화	귀여운 손	샘터
1973	동화	찬란한 해	샘터
1973	동화	늙은 바위의 얘기	유아발달
1973	동화	하얀 오빠	소년조선
1973	동화	소라	샘터
1973	동화	아기 붕어와 해나라	현대아동문학

1973	동화	참새가 되었다가	소년동아
1973	동화	요정 난이의 얘기	대한일보
1973	동시	4월 어느 날에	학생중앙
1973	동시	5월	소년중앙
1973	동시	파랑	시문학
1973	동시	싸리꽃	시문학
1973	동화	외로운 쮸삐	미상
1973	동화	잔디숲 속의 이쁜이	계몽사
1973. 5	동화	아기 붕어	샘터
1973. 5	수필	어린이와 아이	교육자료
1973. 5	수필	사농공상	청해
1973. 5. 5	동화	원이와 감나무	경향신문
1973. 5. 5	동화	어린이 동산의 요술 아저씨	조선일보
1973. 6	수필	군가를 부르는 아이들에게	문학사상
1973. 9	평론	주제의식과 사실성—아동문학의 당면 문제	한국아동문학 3집
1973. 9	동시	여름 밤에	풀과 별
1973. 9. 23	수필	풀 한 포기와 제 위치	조선일보
1973. 11. 15	인터뷰	예순 넘어 첫 상	조선일보
1973. 12	동화	별	현대문학
1974	선집	소년소녀 한국의 문학—현대편1	신구문화사(방정환 외)
1974	고전소설	효녀 심청—고전시리즈1	대양출판사
1974	위인전	김유신 장군	한국자유교육협회
1974	동화집	삼돌이 삼 형제	김영일 선생 회갑기념 대표작가 작품선집(이원수 엮음, 세종문화사)
1974	번역	수호지	한국독서문화원
1974	번역	알프스의 소녀7	대양
1974	위인전	을지문덕	정문사
1974	번역	플루타크에 관하여	을유문화사
1974	엮음	한국동화선집2—소년소년 세계고전전집 총서(이원수·박홍근·이석현 엮음)	한국자유교육협회
1974	평론	서민성·전통성으로서의 긍지	아동문학의 전통성과 서민성(한국아동문학가협회, 세종문화사)

1974	평론	민족문학과 아동문학[27]	아동문학의 전통성과 서민성(한국아동문학가협회)
1974	동화	아이와 별	어린이새농민
1974	동화	꽃 수풀 참새 학교	새마을
1974	동화	개미와 진디	새농민
1974	동화	장미 101호	소년동아
1974	동시	문	소년중앙
1974	동화집	눈보라 꽃보라	대광출판사
1974	소년소설	바람아 불어라	대광출판사
1974	동화	나홀로와 젊어지는 약	현대문학
1974	동화집	불꽃의 깃발	교학사
1974. 1	시	그리움	소년(가톨릭소년사)
1974. 1	수필	나의 대표작	소년
1974. 1	수필	동일(冬日) 승천(昇天)한 나비 최병화 형	신동아
1974. 1. 6	심사평	신춘문예 동화 심사평	조선일보
1974. 2	평론	나의 문학 나의 청춘	월간문학
1974. 2	수필	마음 속의 스승	여성동아
1974. 4	수필	향기 매운 찔레꽃, 박순녀	현대문학
1974. 5. 5	평론	전국민이 아동보호 다짐을—나는 이렇게 생각한다	조선일보
1974. 9	동화	도깨비 마을	소년
1974. 10. 9	인터뷰	문화예술상 세얼굴—문학 이원수, 미술 남관, 음악 정희석	조선일보
1975	수필	풀 한 포기와 제 위치 외 6편[28]	한국대표수필문학전집6(국제펜클럽한국본부 편, 을유문화사)
1975	재화	꾀 많은 토끼	신진
1975	수필집	얘들아 내 얘기를	대한 기독교서회
1975	재화	콩쥐팥쥐	신진
1975	동화	호수 속의 오두막집	세종문화사
1975	재화	혹부리 영감님	신진
1975	재화	흥부와 놀부	신진
1975	재화	효녀 심청	신진
1975	재화	홍길동전	신진
1975	재화	개와 고양이와 구슬	신진

1975	평론	동시와 유아성	동시, 그 시론과 문제성(한국아동문학가협회, 신진출판사)
1975	동화	장난감 나라 가는 길에	소년동아
1975	동화	쑥	소년생활
1975	동화	미동이의 모험	샘터
1975	동화	겨울·갈가마귀	어린이새농민
1975	동화	그림자 같은 사람들	어린이자유
1975	동화	바둑이의 사랑	주부생활
1975	수필	하늘 아래 떳떳한 사람	어린이새농민
1975	수필	가슴을 가득 채우자	소년
1975	수필	어린이 마음 스승의 마음	대한기독교서회
1975	수필	부부의 정	미상
1975	수필	젊은이여 부를 멸시하라	미상
1975	동시	오늘, 5월의 어린이날은	부산일보
1975	동시	푸른 나무—소년조선 창간 10주년에	소년조선
1975	동시	우리 세상	유치원교육
1975	재화	효녀 심청	신진
1975	동화	오월의 노래	을유문화사
1975. 4	수필	서비스	그레이하운드
1975. 5	수필	첫 양복을 입던 그때 그 시절	복장
1975. 5. 5	평론	어린이를 멍들이지 말자	중앙일보
1975. 6	동화	사비수 강가의 원귀들	소년
1975. 8	수필	어린이들에게	소년
1975. 10	수필	사경감상(四更感想)	여성동아
1975. 10	수필	달이 내게 묻기를	세대
1976	동화	불칼 선생의 불칼	서울신문
1976	동화	희수와 라일락	열매
1976	동화	바람과 소년	소년동아
1976	동화	어린이날과 아지날	어린이새농민
1976	평론	아동문학 산책길	아동문학평론 12호
1976	동시	쑥	소년동아
1976	동시	나의 여름	소년동아
1976	수필집	영광스런 고독	범우사
1976. 3	동화	루루의 봄	가정의 벗
1976. 5. 2	평론	서명과 성명의 뒤안에서	독서신문

1976. 6. 26	기타	한정동 선생을 보내며	조선일보
1976. 8	동화	나의 그림책	현대문학
1976. 9	평론	향파(向破)의 문학	미상
1976. 10	수필	의상(依裳)적 표현	세대
1976. 12	동시	아카시아 꽃이 필 때	강원문학 5집
1976. 12. 1	수필	꽁초 아닌 꽁초-사치와 낭비는 몰락해가는 자의 모습	민주공화보
1977	위인전	장보고	소년소녀 한국전기전집3(계몽사)
1977	재화	혹부리 영감 외 6권[29]	어린이가정도서관(중앙문화사)
1977	번역	엄마하고 나하고(전 12권)[30]	대하출판사
1977	재화	옛날이야기-한국전래동화집	법사원
1977	동화	발가벗은 아기	별들의 잔치(한국아동문학가협회, 세종문화사)
1977	수필	나의 여름	한국현대시선(한국현대시인협회, 근역서제)
1977	동화	고부자와 아이들[31]	불교신문
1977	동화	굴뚝새와 찔레꽃	불교신문
1977	동화	나리의 첫 여행	새교실
1977	동화	엄마 없는 날	유치원
1977	동화	파랑 편지	여원
1977	동화	해님	한국일보 캐나다 뉴스
1977	장편	지혜의 언덕	소년한국
1977	중편소설	해와 같이 달과 같이	소년
1977	수필	가난 속에서도 즐겁던 시	새농민
1977	수필	잃어버린 말, 감사합니다	나나
1977	동시	새 세상을 연다	소년조선
1977	동시	솔개미	소년중앙
1977	동시	겨울 보리	어린이새농민
1977	동화집	꼬마 옥이	창작과비평사
1977. 1	수필	어느 음악 편지	향장
1977. 1	동화	공부 못한 언년이	가정의 벗
1977. 1. 5	심사평	모두 놓치기 싫은 '동심'들-특집 본사신춘문예 77	조선일보

1977.2	수필	어둠과 광명	불광
1977.2	수필	사철나무 열매	소설문예
1977.2	수필	생명	법륜
1977.2	수필	끝없는 시련 속에 일생을 즐거이	국제신보
1977.2	평론	무화과 이야기(정진채)	아동문예
1977.3	평론	동심과 목적의식—나는 왜 아동문학을 택했나	한국문학
1977.4	머리말	책머리에	시정신과 유희정신(이오덕, 창작과비평사)
1977.5	수필	인생의 앙상블	수필문학
1977.5	평론	청소년을 생각한다	교육자료
1977.5.4	동화	나뭇잎과 구두닭이와……	경향신문
1977.6	수필	비몽사몽	신동아
1977.7.3	수필	가장 아름다운 것	독서신문
1977.7	수필	청순한 동심의 여인들	한국문학
1977.10	수필	기다림	법륜
1978	동시동화집	이원수 할아버지와 더불어(예술원상 수상 축하 동시동화집)	유아개발사
1978	수필	아카시아 향기 속에 피고 진 사랑	명사들의 첫사랑—저명인사 33인의 고백서(태창출판사)
1978	사전	중국고사성어사전	경학당
1978	동화	떠나간 가오리연	샘터
1978	동화	새 친구	축산진흥
1978	동시	어머니 무학산	소년한국
1978	수필	박차기 박 군	새교실
1978	동화집	귀여운 손	예림당
1978.1	동화	장손이 만세	법륜
1978.1.7	심사평	정연한 형식—본사 신춘문예 동화 심사평	조선일보
1978.1.8	심사평	자연스런 사건 진전에 풍부한 위트—신춘문예 심사평	조선일보
1978.3	소설	별에서 온 스스	창작과비평
1978.4	수필	뺏는 사람, 주는 사람	세대
1978.5	수필	훈풍의 계절에	치과계

1978. 5. 14	평론	불량만화, 사명 저버린 월간지… 어른들의 돈벌이 수단으로 삼아선 안 돼	조선일보
1978. 6	동화	동생과 아기 참새	가정의 벗
1978. 7	수필	나의 좌우명-아침 이슬같이 맑게 추한 흔적 없기를	새마음
1978. 7	수필	공기에게	종근당
1978. 10	수필	차창 감상	한국철도
1978. 10	수필	상사화(相思花)	나나
1978. 12. 15	평론	독서의 생활화	마을문고
1979	동화	가 버린 달	엄마랑 아기랑
1979	동화	도깨비와 권총왕	어린이 새농민
1979	동화	고모와 크레파스	교육상담
1979	동화	밤에 우는 새	국제그룹 사보
1979	동화	즐거운 이별	미상
1979	동화	여울목	주간 새시대
1979	소설	찌순이와 찌남이	새소년
1979	수필	한국의 어린이들에게 부탁하는 글	새마을
1979	수필	팽이와 참새와 시(詩)와	미상
1979	동시	아이들이 간다	한국일보
1979	수필	어린이와 독서	어린이와 생활
1979	수필	내 사랑하는 아내에게	아내를 테마로 한 37인의 수상(박종화, 태창문화사)
1979	소년소설	지혜의 언덕	분도
1979	동화집	꽃불과 별	예림당
1979	동화집	오색 풍선	견지사
1979	재화	선녀바위	견지사
1979	공저	어린이 생활	계몽사
1979	수필	내 사랑하는 아이들	꿈을 차 올리는 아이들(한국수필가협회, 범조사)
1979	악보	겨울 나무 외 10편[32]	동요명곡집(현대악보출판사)
1979	악보	세광동요 1,200곡집[33]	세광출판사
1979	동시집	너를 부른다	창작과비평사
1979	동시	해님이 보는 아이들-1979년 세계 아동의 해를 맞으며	소년한국

1979	시평	문학교육, 외국문학, 문학활동의 제 문제	미상
1979	소년소설	해와 같이 달과 같이	창작과비평사
1979.1	시	약속	소년
1979.1	평론	어릴 때의 행복을 위해	크리스찬신문
1979.1	평론	낭비	크리스찬신문
1979.1	평론	소년 문화	크리스찬신문
1979.1.6	평론	장난감과 놀이	크리스찬신문
1979.5	대담	어린이의 벗 이원수 씨와의 만남	가정의 벗
1979.5	동시	당신은 크십니다	소년
1979.5	수필	엄마와 함께 읽는 동화	국제(사보)
1979.5	동화	나리의 첫 여행	새교실 보너스북 『어린이만세』(세계 아동의 해·어린이날 기념동화집)
1979.5.1	평론	아동의 해와 어른	서울신문
1979.5.6	평론	아동은 점수 따기 선수 아니다	한국일보
1979.5.8	평론	행사와 할 일	서울신문
1979.5.22	평론	고발	서울신문
1979.5.22	평론	시집의 용도	서울신문
1979.5.29	평론	TV와 어린이	서울신문
1979.8	수필	행복이 있는 곳	여고시대
1979.9	수필	가까이에 행복의 파랑새	밀물
1979.10	수필	내가 한 일의 값어치	한일약품
1979~80	위인전	화랑정신의 꽃송이	동아교재사(이선근·이원수·신지현 공편)
1979~80	위인전	임 향한 일편단심	동아교재사(이원수·신지현·이영호 공편)
1980	동화집	갓난 송아지	삼성당
1980	위인전	김구	계몽사
1980	수필	참되게 살기 위해	한국 지성 58인이 말하는 독서법의 결정서(박종화 외, 이산)
1980	수필	내 고향의 여름	고향(김동리, 민예사)
1980	재화	구두쇠와 구두쇠—우리나라 옛날 이야기	견지사
1980	수필	사계	사계(이희승 외, 민예사)
1980	수필	내가 살던 고향은 꽃피는 산골	털어 놓고 하는 말2(정석해, 뿌리깊은나무)

1980	재화	홍길동전, 금방울전	금성출판사
1980	재화	흥부놀부 외	금성출판사
1980	동화	한국전래동화집	창작과비평사
1980	동화	날아다니는 사람	신세계
1980	동화	토끼와 경칠이	여성동아
1980. 5	동화	수은등 이야기	가정과 에너지
1980	수필	일하는 사람에게 겸손하라	엄마랑 아기랑
1980	수필	내 어리던 날을 생각하며	아동복지(홀트아동복지회)
1980	수필	태업생(怠業生)의 후일담	중학시대
1980	수필	참말과 거짓말	새소년
1980	동시	빨간 장갑	엄마랑 아기랑
1980	동시	나이	어린이새농민
1980. 5. 2	동시	나뭇잎과 풍선	일간스포츠
1980. 5	동시	대낮의 소리	새벗
1980	동시	스무 해의 높다란 키—소년한국 창간 20주년에	소년한국
1980	동시	의젓한 나무—소년 20돌 기념 축시	소년
1980. 1	수필	즐거운 인생	유모아
1980. 5	수필	나의 수업기—문학을 즐기고 사랑하는 마음으로	백조
1980. 7	수필	초목과 사는 즐거움	여성동아 부록
1980. 8	수필	내 나이의 반과 반	불광
1980. 8	기타	지혜로워 지자—어린이들에게 주는 글	소년
1980. 8	수필	내 이름에 얽힌 에피소드	주부생활
1980. 10	수필	귀한 내 아들딸을	주부생활
1980. 10	수필	수만 리 길을 온 계란	새마음
1980. 10~1981. 2	동화	흘러가는 세월 속에	소년
1980. 11	동화	비행 조끼	가정의 벗
1980. 12	동화	찐 씨앗	새농민 부록 어린이판
1980. 12	심사평	튼튼한 자리에 있어야 할 동시	소년
1981	동시	겨울 물오리	엄마랑 아기랑
1981	동시	설날의 해	어린이 새농민
1981	수필	산 외 6편[34]	한국수필문학대전집8(한국수필가협회 편, 범조사)
1981	동극	산 너머 산	청개구리는 왜 날이 궂으면 우는가(유치진 외, 계몽사)

1981	동화	밤 전차의 소녀	한국명작동화(김영일 엮음, 경원각)
1981	동요	달밤 외 48편[35]	한국동요전집(전 5권, 세광출판사)
1981. 1	수필	해님처럼―어린이에게 주고 싶어요	아동문예
1981. 2	동시	때 묻은 눈이 눈물지을 때	어린이문예
1981. 2	동시	아버지	열매(저축추진중앙위원회)
1982	재화	한국의 동화(전15권)	계몽사
1984	전집	이원수아동문학전집(전 30권)	웅진
1999	동화	바닷가의 소년들	눈뜨는 시절(보리)

2. 『이원수아동문학전집』(웅진 1984) 수록작 중 발표 연대 및 발표지 미상작

전집	분류	제목
고향의 봄(1권)	동시	봄
		사아(思兒)
날아다니는 사람(8권)	동화	비옷과 우산
		불 타는 나무
얘기책 속의 도깨비(19권)	방송극·무대극	6월 어느 더운 날
		영희의 편지 숙제
		매화분
		노래하는 여름밤
		8·15해방의 감격
		눈 오는 밤
		말하는 인형
		썰매
얘들아, 내 얘기를(20권)	수필	마음 속에 스승을 모시자
		예나 이제나
		너하고 나하고
		생각하는 나무들은
		옛나라 옛사람
		위인의 세계
		동화란 무엇인가
		미안한 일
		자아망실(自我忘失)
		이른 봄의 꽃과 나
		직업이라는 것
		풍우에 시달리는 나무같이
		아픈 마음

		부모와 자식 외풍 슬픔과 분노
임 향한 일편단심(24권)	역사전기소설	정몽주 이율곡
일장 검 짚고 서서(25권)	역사전기소설	최영 김종서
아동문학 입문(28권)	평론	어린이와 문학 글 짓는 힘을 기르는 묘안 아동작품 지도-글짓기 지도

미주

1 신문, 잡지 등 연속 간행물의 경우, 발표 날짜를 정확히 밝히지 못한 부분들은 미확인 자료들로, 『이원수아동문학전집』(전 30권, 웅진 1984)의 출처를 참고해 연도만을 밝혔다. 연보를 정리하며 박태일 선생의 논문과 본 책에 실린 나까무라 오사무 선생의 「발굴 자료」를 참고했으며, 이원수 탄생 백주년 기념논문집 준비위원회, 특히 김영순, 조은숙 선생의 도움을 많이 받았다. 지면을 빌려 감사드린다.

2 『고향의 봄(전집 1)』에서 '1935년 옥중작'이라는 표기와 함께 편집자 주를 달아 "1981년 『소년』지에 발표된 「흘러가는 세월 속에」에 수록되었"다고 출처를 밝혔다.

3 『주간 소학생』 1948년 12월 1일자에 동요 「전기대」로 재발표.

4 『주간 소학생』 1946년 11월 18일자에 소년시로 재발표.

5 『주간 소학생』 1946년 3월(일자 미상)에 「돌다리」로 재발표, 『고향의 봄』에는 「징검다리」로 수록.

6 『주간 소학생』 1946년 3월 25일자에 재발표.

7 『주간 소학생』 1946년 3월 11일자에 재발표.

8 『주간 소학생』 1946년 6월(일자 미상)에 「밤중에」로 재발표, 『고향의 봄』에 「밤중에」로 수록.

9 모두 33편 수록. 수록작 중 발표 매체 및 시기가 확인된 13편(「헌 모자」 「잘 가거라」 「찔레꽃」 「눈 오는 밤에」 「부엉이」 「새봄맞이」 「보오야 넨네요」 「밤눈」 「앉은뱅이꽃」 「염소」 「자장 노래」 「달밤」 「종달새」)은 작품 목록에서 자세히 밝혔다. 출처가 불분명한 나머지 작품의 발표 시기는 『종달새』에 표기된 것을 따라 이곳에 밝혀둔다. 「기차」(1928. 5), 「설날」(1930. 1), 「정월 대보름」(1930. 2), 「이삿길」(1932. 2), 「포플러」(1932. 10), 「첫나들이」(1938. 4), 「보고 싶던 바다」(1939. 7), 「양말 사러 가는 길」(1939. 11), 「빨간 열매」(1940. 1), 「가엾은 별」(1941. 11), 「꽃불」(1942. 6), 「군밤」(1942. 11), 「개나리꽃」(1945. 3), 「버들피리」(1946. 3), 「저녁」(1946. 9), 「병원에서」(1946. 9), 「첫눈—1946·겨울의 노래」(1946. 9), 「가을밤—1946·가을의 노래」(1946. 10), 「가시는 누나」(연대 표기 없음), 「종달새 노래하면」(확인 불가).

10 1956년 1월부터 「어린 목동녀」로 제목 바꿔 연재.

11 「동대문 밖」「열」「닭 소동」「봄 조하 뻐꾸기」「우비」「코스모스와 귀뚜라미」「편상」「하국」「낚시」「가을과 만돌린」「안데르센을 생각하면」「버들피리」「꽃들을 생각하며」 수록.

12 김종윤 외 『불멸의 기수』(4월민주혁명순국학생기념시집, 성문각 1960)에 재수록.

13 「숲 속 나라」「오월의 노래」「꼬마 옥이」「수탉」「새해 선물」「달밤의 정거장」「얘기책 속의 도깨비」(동극), 「버스 차장」(방송극) 수록. 편집위원 마해송·윤석중·이원수·강소천.

14 5인 연작소설. 1962년 8~9월 이원수, 10월 김영수, 11월 박연희, 12월 김영수, 1963년 1~3월 이선구, 4~7월 이원수, 8~11월 신지식이 연재.

15 47편을 모두 3부(1부 「신화·전설」, 2부 「우화·기담·우스운 얘기」, 3부 「메르헨·로망」) 나누어 실었으며, 「책 머리에」와 「노트—교사와 부형을 위한 잡기장」 수록.

16 「산 넘어 산」「솔방울」「포도밭 길」 수록.

17 곽종원, 김동리, 박두진, 박목월. 박영준, 백철, 서정주, 안수길, 이광래, 이원수, 정태용, 황순원 참석.

18 '이야기 백화점'은 우스운 일화·수필·동화 등 다양한 장르의 글 모음란. 「수수께끼」「귀족 아닌 귀족」「비겁한 사람」「하늘에 오른다」「우정의 사과」「절벽」 수록.

19 「춤추는 호랑이」「호수 속에 있는 집」「덩굴 나무」「노란 달」「마나님과 항아리」「두 형제」 수록.

20 「다람쥐와 라디오」「금오산의 욕지거리」「손 흔드는 아이」「항아리 사는 여자」「밝은 사람과 밝힌 사람」「잔인한 동화」 수록.

21 「하고 싶은 말 한 마디」「미인 콩쿠르」「부싯돌과 가스라이터」「쓸데 있는 대가리」「버는 일과 버리는 일」 수록.

22 「달팽이 뿔 위의 싸움」「사마귀와 도끼」「여우와 호랑이」「찡그린 얼굴」「찬물과 더운 물」「낙엽」 수록. 이원수는 1969년 10월호를 끝으로 연재 마침.

23 「나의 장미」「찬비 오는 밤」「장난감과 토끼 삼형제」 수록.

24 「고향 바다」「너를 부른다」「밤중에」「그리움」「새 눈」「순희 사는 동네」「다리목」「햇볕」「외로운 섬」「산딸기」「밤안개」「산동네 아이들」「시월 강물」「가슴에 안은 것이」「불에 대하여」 수록.

25 「가을의 그림」(이수인 작곡), 「겨울 나무」(정세문 작곡), 「고향」(정세문 작곡), 「고향의 봄」(홍난파 작곡), 「기차」(박태준 작곡), 「깡충깡충」(김대현 작곡), 「나뭇잎」(정세문 작곡), 「누가 공부 잘하나」(이호섭 작곡), 「눈」(이계석 작곡), 「다리목」(안병원 작곡), 「맴 맴 매미」(이호섭 작곡), 「봄비」(박재훈 작곡), 「봄 시내」(박준식 작곡), 「불어라 봄바람」(이은렬 작곡), 「비누 풍선」(홍난파 작곡), 「빨래」(김규환 작곡), 「산길」(이호섭 작곡), 「산 넘어 산」(한용희 작곡), 「새싹」(이흥렬 작곡), 「소라 고둥」(강갑중 작곡), 「아카시아 꽃」(이호섭 작곡), 「어둔 밤에 피는 건」(이수인 작곡), 「5월의 냄새」(박준식 작곡), 「웃음」(홍난파 작곡), 「진달래」(윤용하 작곡), 「포도밭 길」(한용희 작곡), 「포도밭 길」(김규환 작곡) 수록.

26 이시하라 신따로오의 「태양의 계절」「처형실」「완전한 유희」 번역.

27 "74년 5월 1일 YMCA강당에서 열린 한국문인협회 주최의 '민족문학의 제 문제'의 강연 원고"라는 주석이 붙어 있음.

28 「풀 한 포기와 제 위치」「묘목에 대하여」「사계」「나그네 수첩」「영광스런 고독」「아이들」「비」 수록.

29 『혹부리 영감(6권)』『꾀 많은 토끼(7권)』『흥부와 놀부(8권)』『콩쥐 팥쥐(9권)』『효녀 심청(10권)』『홍길동(11권)』『개와 고양이와 구슬(12권)』.

30 『피노키오(1권)』『집 없는 천사(2권)』『잠 자는 공주(3권)』『백조의 왕자(4권)』『사랑의 집(5권)』『삼총사(6권)』『개구리 왕자(8권)』『로빈슨 크루소(9권)』『황금 거위(10권)』『보물섬(11권)』『용감한 조로(12권)』.

31 한국아동문학가협회가 엮은 『꽃동네 새동네』(문성출판사 1978)에 「고부자 얘기」로 재수록. 「머리말」(회장 이원수)에서 1977년 발표작 중 작가 자신이 가장 좋다고 생각하는 대표작 모음집임을 밝힘.

32 「겨울 나무」(정세문 작곡), 「고향」(정세문 작곡), 「고향의 봄」(홍난파 작곡), 「기차」(박태준 작곡), 「나뭇잎」(정세문 작곡), 「바람과 나뭇잎」(권길상 작곡), 「비누 풍선」(홍난파 작곡), 「산 넘어 산」(한용희 작곡), 「새나라 세우자」(이흥렬 작곡), 「세우자 새나라」(권길상 작곡), 「웃음」(홍난파 작곡) 수록.

33 『세광동요 1010곡집』(세광출판사 1972)에서 이원수 작으로는 「헌 모자」(이호섭 작곡) 1편 추가.

34 「산」「난로가에서」「거리」「친절」「우비」「동대문 밖」「영광스런 고독」 수록. 1989년 동신출판사에서 재출간.

35 전 5권에 총 49편 수록. 『1권』에 「달밤」(김순애 작곡), 「돌다리」(김명표 작곡), 「맨드라미」(금수현 작곡), 「메아리」(구두회), 「봄 시내」(박준식 작곡), 「빨간 열매」(박태준 작곡), 「소라 고동」(이호섭 작곡), 「여름 밤에」(김동진 작곡), 「자전거」(이호섭 작곡), 「파란 동산」(이호섭 작곡), 「포도밭 길」(김규환 작곡), 『2권』에 「가을의 그림」(이수인 작곡), 「겨울 나무」(정세문 작곡), 「고향의 봄」(홍난파 작곡), 「기다리던 봄」(이흥렬 작곡), 「기차」(박태준 작곡), 「나뭇잎」(정세문 작곡), 「눈」(이계석 작곡), 「다리목」(안병원 작곡), 「아카시아 꽃」(이호섭 작곡), 「햇볕」(권길상 작곡), 『3권』에 「맴 맴 매미」(이호섭 작곡), 「봄비」(박재훈 작곡), 「부르는 소리」(이호섭 작곡), 「비누 풍선」(송석만 작곡), 「빨래」(김규환 작곡), 「세우자 새나라」(권길상 작곡), 「소라고둥」(강갑중 작곡), 「씨감자」(이호섭 작곡), 「어둔 밤에 피는 건」(이수인 작곡), 「헌 모자」(이호섭 작곡), 『4권』에 「맴맴 매미」(이호섭 작곡), 「부엉이」(구두회), 「빨래」(김규환 작곡), 「산길」(이호섭 작곡), 「산 넘어 산」(한용희 작곡), 「솔방울」(이호섭 작곡), 「줄넘기」(이수인 작곡), 「진달래」(윤용하 작곡), 「해님」(손대업 작곡), 『5권』에 「꽃잎」(김대현 작곡), 「누가 공부 잘하나」(이호섭 작곡), 「달밤」(하풍 작곡), 「부엉이」(이호섭 작곡), 「불어라 봄바람」(이은렬 작곡), 「비누 풍선」(홍난파 작곡), 「새 눈의 얘기」(구두회 작곡), 「어디만큼 오시나」(이호섭 작곡), 「포도밭 길」(한용희 작곡) 수록.

_정리 염희경(아동문학연구자)

이원수 관련 글 목록

1. 학위논문

권영순「한국 아동문학의 양면성 연구—강소천과 이원수의 소년소설을 중심으로」, 이화여자대학교 교육대학원, 1985.

채찬석「이원수 동화 연구」, 숭실대학교 대학원, 1986.

김용순「이원수 시 연구—동요, 동시를 중심으로」, 성신여자대학교 교육대학원, 1988.

공재동「이원수 동시 연구」, 동아대학교 교육대학원, 1990.

나까무라 오사무(仲村修)「이원수 동화·소년소설 연구」, 인하대학교 대학원, 1993.

김성규「이원수의 동시에 나타난 공간 구조 연구」, 한국교원대학교 대학원, 1995.

조은숙「이원수의 동화『숲 속 나라』연구」, 고려대학교 대학원, 1996.

박동규「이원수 동시 연구」, 계명대학교 교육대학원, 2001.

김용문「이원수 문학 연구—동시와 동화의 제재 관련성을 중심으로」, 전주교육대학교 교육대학원, 2002.

한연「한·중 동화문학 비교 연구」, 전남대학교 대학원, 2002;『한·중동화 문학 비교연구』, 한국학술정보 2005.

김보람「윤석중과 이원수 동시의 대비적 연구」, 제주대학교 교육대학원, 2002.

박종순「이원수 동화 연구—사회의식을 중심으로」, 창원대학교 대학원, 2002.

김영순 「1960年代に日本と韓国で描かれた家族像—山中恒と李元寿を中心に—」, 바이까여자대학교 대학원, 2003.
이용순 「이원수·박목월 시와 동시의 비교 연구」, 영남대학교 대학원, 2003.
권나무 「초등 문학교육에 있어 판타지 수용에 관한 연구—이원수 판타지 동화를 중심으로」, 서울교육대학교 대학원, 2004.
박순선 「이원수 동시 연구」, 창원대학교 대학원, 2005.
송지현 「이원수 동화 연구—『숲 속 나라』『별아기의 여행』을 중심으로」, 단국대학교 대학원, 2005.
김미정 「이원수 동시 연구」, 아주대학교 교육대학원, 2006.
선안나 「1950년대 동화·아동소설 연구—반공주의를 중심으로」, 성신여자대학교 대학원, 2006.
송연옥 「이원수 동시 연구」, 제주대학교 교육대학원, 2006.
정연미 「이원수 장편 판타지 동화 연구」, 대구교육대학교 교육대학원, 2007.
김은영 「이원수 동시 연구」, 한국교원대학교 교육대학원, 2007.
이옥근 「이원수·이오덕 동시의 현실 수용 양상 연구」, 전남대학교 대학원, 2008.
박종순 「이원수 문학의 리얼리즘 연구」, 창원대학교 대학원, 2009.
박숙희 「이원수 동시에 나타난 사상적 특징」, 고려대학교 인문정보대학원, 2010.
류티 씽(Luu Thi Sinh) 「이원수의 『잔디숲 속의 이쁜이』 연구—세계의 동물 모험 판타지와 관련하여」, 인하대학교 대학원, 2011.
우미옥 「한국 아동문학의 알레고리 연구—이원수와 마해송 동화의 공간과 인물을 중심으로」, 명지대학교 대학원, 2011.

2. 연구논문

채찬석 「이원수 동화의 현실대응 양상」, 『아동문학평론』 1987년 봄호.
채찬석 「이원수 동화의 특징」, 이재철 편 『한국 아동문학 작가 작품론』, 서문당 1991.
원종찬 「이원수의 현실주의 아동문학」, 『인하어문연구』 창간호(1994. 5).

김성규 「이원수의 동시에 나타난 공간 구조 연구」, 『청람어문학』 12집(1994. 7).
원종찬 「아동문학과 비평정신—이원수와 이오덕의 평론」, 『우리어린이문학』 4호(1996).
이균상 「이원수 소년소설의 현실수용 양상 연구」,『청람어문학』 18집(1997. 1).
원종찬 「이원수와 마산의 소년운동」,『인하어문연구』 3호(1997. 6).
김이구 「전통과 계승—근대아동문학과의 황홀한 만남」, 『작가들』 1999년 겨울호; 『어린이문학을 보는 시각』, 창비 2005.
김상욱 「겨울 들판이 부르는 봄의 노래—이원수 초기 시의 상상력」, 『초등국어교육 논문집』 6집(2000. 9).
김이구 「시의 길, 노래의 길—근대문학으로서의 동시의 성격」, 『어린이문학』 2001년 3월호; 『어린이문학을 보는 시각』, 창비 2005.
김종헌 「해방기 이원수 동시 연구」, 『우리말글』 25집(2002. 8).
나까무라 오사무(仲村修) 「研究ノート 李元寿の親日作品」, 『朝鮮学報』 2002년 겨울호.
오판진 「이원수의 『메아리 소년』에 나타난 통일지향성」, 『문학교육학』 2002년 하반기호.
김명인 「이원수의 해방기 동시에 관하여」, 『한국학연구』(2003); 『자명한 것들과의 결별』, 창비 2004.
김제곤 「우리 동시가 걸어온 길」, 『아동문학의 현실과 꿈』, 창작과비평사 2003.
김종헌 『아동문학의 이해와 독서지도의 실제 』, 민속원 2003.
김화선 「일제 말 전시기의 아동문학 및 아동담론 연구」, 김재용 외 『친일문학의 내적 논리』, 역락 2003.
김화선 「이원수 문학의 양가성—『반도의 빛』에 수록된 친일 작품을 중심으로」, 김재용 외 『친일문학의 내적 논리』, 역락 2003.
박태일 「이원수의 부왜문학 연구」, 『배달말』 2003년 상반기호.
김화선 「대동아공영권의 전쟁동원론과 병사의 탄생—일제 말기 친일 아동문학 작품을 중심으로」, 『인문학연구』 2004년 하반기호.

박태일「나라 잃은 시기 아동문학 잡지로 본 경남·부산 지역 아동문학」,『한국문학논총』37집(2004. 8).

이승후「이원수의 동화 연구—장편 동화『숲 속 나라』를 중심으로」,『새국어교육』2004년 하반기호.

한정호「광복기 경남·부산 지역의 아동문학 연구」,『한국문학논총』40집(2005. 8).

류덕제「현실주의 아동문학과 교육성」,『초등국어교육연구』6호(2006. 2).

김화선「식민지 어린이의 꿈, 병사 되기의 비극」,『창비어린이』2006년 여름호.

박태일「나라 잃은 시기 후기 이원수의 아동문학」,『어문논총』47호(2007. 12).

임성규「아동문학 비평의 문학교육적 작용 원리」,『아동문학 비평과 초등 문학교육』, 한국문화사 2008.

배덕임「「꼬마 옥이」내의 그림자 모티프 연구」,『동화와번역』2008년 하반기호.

김화선「아동의 '국민' 편입과 식민주의의 내면화」,『어린이와문학』2008년 8월호.

박영기「일제 강점기 동요, 동시명의 시대적 고찰」,『아동청소년문학연구』2009년 상반기호.

여을환「현단계 아동문학 장르론에 대한 비판적 고찰—원종찬의 이원수 장르론 해석을 중심으로」,『아동청소년문학연구』2010년 상반기호.

김민령「한일 아동문학의 판타지 시공간 비교 연구—이원수의『숲 속 나라』, 사또오 사또루의『아무도 모르는 작은 나라』」,『아동청소년문학연구』2010년 하반기호.

박종순「이원수 아동극 연구」,『아동청소년문학연구』2010년 하반기호.

고향의봄기념사업회, 이원수탄생100주년기념 학술세미나: 박종순「지역에서의 삶과 문학」; 우무석「친일 작품의 내적 논리」; 오인태「이원수 동시와 한국 어린이의 삶」,『동원 이원수의 삶과 문학』(2011. 4. 1).

김상욱「이원수 문학을 보는 세 가지 시선」, 탄생100주년기념문학제 발표문(2011. 4. 7).

조은숙「이원수의 친일아동문학과 작가론 구성 논리에 대한 재검토」,『우리어문연구』 40집(2011. 5).

박성애 「1950년대 아동 산문문학에 드러나는 이념과 윤리의식—이원수의 『아이들의 호수』를 중심으로」, 『아동청소년문학연구』 2011년 상반기호.

한국아동청소년문학학회 2011년 여름 학술대회: 박종순 「이원수 서민문학의 뿌리를 찾아서—해방 이전 지역에서의 삶과 문학을 중심으로」; 원종찬 「윤석중과 이원수—아동문학의 모더니즘과 리얼리즘」; 최은경 「이원수, 윤석중의 동요·동시 독자 반응 연구」; 오세란 「1950년대 이원수 동화 소고—죄의 문제를 중심으로」; 오판진 「이원수 아동 희곡에 나타난 아동관 연구」(2011. 8. 27).

3. 작가·작품론

임인수 「새로운 아동상을 찾아서—『숲 속 나라』에 나타난 아동상, 이원수 동화세계의 일단면」, 『아동문학』(1965.4).

이종기 「이원수론—한국아동문학과 그 가능성」, 『횃불』 1969년 2월호.

이상현 「티 없는 동심 아동문학 개척—타계한 이원수 씨의 문학세계」, 『조선일보』 1981년 1월 27일자.

이재철 「이원수의 문학세계(附·年譜)」, 『아동문학평론』 1981년 봄호.

『이원수아동문학전집』(전 30권, 웅진 1984); 이오덕 「자랑스런 우리의 고전이 된 수많은 명편들」, 『고향의 봄(전집 1권)』, 이오덕 「동심의 나라와 자전적 소설」, 『숲 속 나라(전집 2권)』, 신경림 「전쟁에 대한 미움, 인간에 대한 사랑」, 『구름과 소녀(전집 3권)』, 이원섭 「『아이들의 호수』를 읽고」, 『아이들의 호수(전집 4권)』, 박홍근 「동물 세계로 빗대어 표현한 오늘의 삶」, 『토끼 대통령(전집 5권)』, 이현주 「인정·사랑·아픔으로 짠 비단 같은 이야기들」, 『별 아기의 여행(전집 6권)』, 신경림 「올바른 삶을 위한 지혜와 사랑」, 『잔디숲 속의 이쁜이(전집 7권)』, 김종철 「어린이의 참다운 삶을 위하여」, 『날아다니는 사람(전집 8권)』, 이주홍 「설움받는 사람들을 지켜주는 자애로운 마음」,

『가로등의 노래(전집 9권)』, 손춘익「도도하고 큰 강물 같은 작품들」, 『박꽃 누나(전집 10권)』, 김도연「가난, 올바른 삶을 위한 지혜」, 『보리가 패면(전집 11권)』, 김정환「사회의 잘못된 점에 대한 분노와 극복 의지」, 『꽃바람 속에(전집 12권)』, 김종철「어른도 감동시키는 소년소설」, 『민들레의 노래(전집 13권)』, 송기원「슬픈 전쟁의 슬픈 이야기」, 『메아리 소년(전집 14권)』, 김창완「사랑으로 어우러진 사람들」, 『눈보라 꽃보라(전집 15권)』, 염무웅「빛이 어둠을 이긴다는 믿음」, 『바람아 불어라(전집 16권)』, 박태순「올바르게 살아가려는 어린이의 마음」, 『지혜의 언덕(전집 17권)』, 김종철「가난, 그리고 고통과 싸우는 어린이들」, 『해와 같이 달과 같이(전집 18권)』, 김정환「가난하고 슬픈 사람들의 의지를 그린 아동극」, 『얘기책 속의 도깨비(전집 19권)』, 김명수「바르게 사는 길을 깨우쳐주는 수필」, 『얘들아, 내 얘기를(전집 20권)』, 손동인「전래동화를 읽는 어린이를 위하여 1」, 『금강산 호랑이(전집 21권)』, 손동인「전래동화를 읽는 어린이를 위하여 2」, 『땅 속 나라의 도둑귀신(전집 22권)』, 손동인「고전동화를 읽는 어린이를 위하여」, 『임금님 귀는 당나귀 귀(전집 23권)』, 신경림「역사를 올바르게 보는 눈을 심어주려는 노력」, 『임 향한 일편단심(전집 24권)』, 신경림「장수들의 삶을 통해 배우는 나라 사랑」, 『일장검 짚고 서서(전집 25권)』, 김병걸「민중적 역사를 확신하는 시」, 『이 아름다운 산하에(전집 26권)』, 이오덕「인간애의 서정과 윤리」, 『솔바람도 그 날 그 소리(전집 27권)』.

이오덕「죽음을 이겨낸 동심의 문학—이원수 선생의 만년의 동시에 대하여」, 『어린이를 지키는 문학』, 백산서당 1984.

이오덕「어린이 마음의 문학—이원수 선생의 문학에 대하여」, 『삶·문학·교육』, 종로서적 1987.

이재복「이 달의 강연—이원수 문학의 뿌리」, 『동화읽는어른』 1995년 6월호.

이재복「늘 푸른 이원수의 동화 세계」, 『삶, 사회 그리고 문학』 1995년 여름호.

원종찬「이원수의 판타지 동화와 민족현실」, 『어린이문학』(1996).

이재복 「발굴 조명—이원수의 시 「잃어버린 오빠」 외 4편」, 『아침햇살』 1996년 가을호.

원종찬 「발굴 작품 소개—이원수의 해방기 소년소설」, 『(우리 말과 삶을 가꾸는) 글쓰기』 1998년 3월호.

채찬석 「이원수의 아동문학의 이해와 인문서」, 『아동문학평론』 1998년 겨울호.

이문희 「꿈, 그리고 사람과 자유의 나라 건설—이원수론」, 『아동문학시대』 2001년 여름호.

이재복 「얼음 어는 강물의 겨울 물오리 이원수 이야기」, 『우리 동화 바로 읽기』, 한길사 1995.

박경용 「회갑문인기념—이원수 문학」, 『월간문학』 1971년 8월호.

이재철 「1930년대의 중요 작가들—이원수」, 『한국현대아동문학사』, 일지사 1978.

유경환 「이원수와 김영일」, 『한국 현대 동시론』, 배영사 1979.

김용성 「이원수」, 『한국현대문학사탐방』, 현암사 1984.

김상욱 「끝나지 않은 희망의 노래」, 『동화읽는어른』 2000년 12월호.

이주영 「이원수의 문학과 사상」, 『동화읽는어른』 2000년 12월호.

조월례 「이원수의 소년소설 읽기」, 『동화읽는어른』 2000년 12월호.

이재복 「마법의 문학, 이원수의 『숲 속 나라』」, 『판타지 동화의 세계』, 사계절 2001.

강희근 「이원수의 「부르는 소리」」, 『경남 문학의 흐름』, 보고사 2001.

송희복 「이원수의 아동문학관」, 『전환기의 문학교육』, 두남 2001.

김상욱 「겨울 들판에서 부르는 희망의 노래—이원수론」, 『숲에서 어린이에게 길을 묻다』, 창작과비평사 2002.

김자연 『아동문학 이해와 창작의 실제』, 청동거울 2003.

김현숙 「이원수의 동시문학과 동시에 대한 자의식 탐색—이원수의 동시들」, 『두 코드를 가진 문학 읽기』, 청동거울 2003.

유영진 「오리가 된 아이들—이원수의 『아이들의 호수』」, 『작가들』 2003년 상반기호;『몸의 상상력과 동화』, 문학동네 2008.
이재복「'기쁜 슬픔'의 세계—이원수 문학 이야기」,『우리 동화 이야기』, 우리교육 2004.
이재복「장차 기쁨을 가져올 슬픔의 노래—이원수 동요 동시의 세계」,『우리 동요 동시 이야기』, 우리교육 2004.
어린이도서연구회 역사편찬위원회 편『방정환·이원수』, 어린이도서연구회 2005.
윤삼현「박목월과 이원수의 동시 세계」,『아동문학 창작론』, 시와사람 2005.
이재복「인물경남문학사② —이원수」,『경남작가』 8호(2005.7).
이주영「이원수의 문학과 사상」,『경남문학연구』 5호(2008.6).
임신행「이원수 선생의 작품에 나타난 고향의 의미」,『경남문학연구』 5호(2008.6).
김철수「이원수」,『아동문학의 이해와 교수학습』, 한글 2009.
박종순「아동문학의 영원한 고향—이원수」, 고향의봄기념사업회『창원이 낳은 한국대표 예술가』, 동학사 2010.

4. 서평·촌평

이종택「이원수 동화집『오월의 노래』」,『동아일보』 1955년 1월 23일자.
홍효민「이원수 옮김『아버지를 찾으러』」,『동아일보』 1955년 1월 30일자.
오춘식「물오리 이원수 선생님 이야기」,『동화읽는어른』 1996년 6월호.
오승희「잔디숲 속의 이쁜이」,『동화읽는어른』 1995년 11월호.
어린이도서연구회「악당 물리치는 노마와 영희『숲 속 나라』」,『조선일보』 1997년 11월 11일자.
박경용「이원수 동시집『빨간 열매』」,『아동문학』 12집(1965. 7).
이현주「이원수 저『얘들아, 내 얘기를』」,『아동문학평론』 1976년 창간호.
권정생「두 권의 동화집—이원수 동화 소설집『호수 속의 오두막집』, 조대현 창작동화집『범바위골의 매』」,『창작과비평』 1976년 여름호.
이오덕「역사를 살아가는 동심—이원수 동시 전집『너를 부른다』」,『창작과비평』 1980년 봄호.
이오덕 「다시 읽고 싶은 책—이원수 동요·동시 전집 『고향의 봄』」, 『한국인』 1988년 1월호.
조대인 「참다운 삶은 어떤 것일까?—『숲 속 나라』를 읽고」, 『동화읽는어른』 1995년 5월호.
이승하 「이원수의 동화·동시집」, 『신간뉴스』 26권(1995년 6월호).
이오덕 「이원수 창작동화」, 『은행나무』 1997년 4월호.
어린이도서연구회 「저학년 아이들 위한 단편모음」, 『조선일보』 1997년 5월 12일자.
이오덕 「이원수 창작동화」, 『은행나무』 1997년 8월호.
이오덕 「이원수 창작동화」, 『은행나무』 1997년 10월호.
한겨레 「이원수 창작동화집」, 『출판정보』 281호(1997. 12).
조월례 「「밤안개」—우리 아동문학의 아버지 이원수 동화 읽기」, 『내 아이 책은 내가 고른다—저학년용』, 푸른책들 2002.
조월례 「『숲 속 나라』—자유와 평화를 꿈꾸는 세상 이야기」,『내 아이 책은 내가 고른다—고학년용』, 푸른책들 2003.
조월례 「『5월의 노래』—어린이는 겨레의 주인이다」, 『내 아이 책은 내가 고른다—고학년용』, 푸른책들 2003.
조월례 「『잔디 숲 속의 이쁜이』—자유를 찾는 개미의 여정」, 『내 아이 책은 내가 고른다—고학년용』, 푸른책들 2003.
조월례 「『아동문학 입문』—아동문학 길라잡이」, 『내 아이 책은 내가 고른다—고학년용』, 푸른책들 2003.
김윤덕 「이원수 선생님이 들려주는 을지문덕」, 『조선일보』 2003년 11월 18일자.

5. 산문·에쎄이

이주홍 「먼 길을 떠난 이원수 형」, 『진달래를 주제로 한 명상』, 학문사 1981.
어효선 「이원수 지음 「봄시내」(명작 동요 동시 감상)」, 『동아일보』 1960년 4월 17

일자.
백님파 「겨울 나무와 이원수 할아버지」, 『소년』 1981년 3월호.
박홍근 「고 이원수 선생 추모—희유의 문재」, 『월간문학』 1981년 4월호.
이상현 「「고향의 봄」으로 간 이원수」, 『궁핍한 시대의 꿈을 위하여—저널리스트가 본 오늘의 문학, 문단 그 문제점』, 한국양서 1983.
이오덕 「이원수 선생」, 『거꾸로 사는 재미』, 범우사 1983.
최모운 「문단산책—영원한 동심의 세계 '무호(無芦) 이원수 선생'」, 『예술공보』 1989년 여름호.
나태주·김명수 「이원수」, 『국민학교 시문학 교육』, 대교출판사 1993.
박운미 「'5월의 인물' 어린이의 영혼을 동화로 만든 이원수」, 『지방행정』 1995년 5월호.
하종오 「어린 시절 마음의 고향 『이원수아동문학전집』」, 『열린마당』 창간호(1995. 5).
원종찬 「짚고 넘어갑시다—이원수와 참된 겨레의 노래」, 『동화읽는어른』 1995년 5월호.
손춘익 「풍우에 시달림을 슬퍼할 초목이 있으랴—들꽃처럼 살다간 이원수 선생」, 『한국문학』 1995년 가을호.
김소원 「이원수 전기를 준비하며」, 『동화읽는어른』 1995년 11월호.
성기조 「겨울 물오리와 이원수 선생」, 『문단기행1』, 한국문화사 1996.
손춘익 「이원수—풍우에 시달림을 슬퍼할 초목이 있으랴—들꽃처럼 살다간 만년소년」 『깊은 밤 램프에 불을 켜고』, 책만드는집 1996.
고승하 「함께 만드는 노래—「겨울 물오리」 이원수」, 『작은 것이 아름답다』 1998년도 2월호.
정규웅 「60년대 문단 이야기」, 『글동네에서 생긴 일』, 문학세계사 1999.
박소희 「얘기보따리—평생을 어린이 문학에 몸 바치신 이원수 선생님」, 『인천—평화와 참여로 가는 인천연대』 준비 6호(1999. 2).
김용희 「나의 삶에 영향을 준 동시」, 『너의 가슴에 별 하나 빠뜨렸네—김용희·

박덕규의 동시 여행』, 청동거울 2000.
이기영「이원수 동화에 담긴 사랑」,『동화읽는어른』 2000년 12월호.
이청준「고향의 봄과 이원수 선생」,『야윈 젖가슴』, 마음산책 2001.
이선희「노래로 불리어 더 아름다운 이원수 선생님의 시」,『배워서 남주자』 2001년 4월호.
김종상「현장 조사를 철저히 하고 작품 쓴 이원수 선생」, 한국문인협회『문단유사』, 월간문학 출판부 2002.
이효성「이원수—영원히 빛 날 별 다섯」, 우리문학기림회『내가 뭐 논문감이 되나』, 문학시대사 2002.
원종찬「이원수 친일시를 둘러싼 논쟁」, 동화아카데미(http://www.dongwhaac.org) 동화 칼럼 2002년 12월 9일자;『동화와 어린이』, 창비 2004.
백창우「이원수 시에는 좋은 세상으로 가는 길이 숨어 있습니다」,『노래야, 너도 잠을 깨렴』, 보리 2003.
조월례「우리 아동문학의 산맥 이원수 선생님」,『내 아이 책은 내가 고른다—고학년용』, 푸른책들 2003.
이재철「이원수 선생의 일제 말기 문필 활동—남쪽에서 들려온 소식」,『아동문학평론』 2003년 봄호.
한국서정시연구회「「봄시내」—이원수」,『(별 총총 자고 가는)구름 둥둥 고인 하늘』, 한국서정시연구회 2004.
권오삼「1943년의 이원수와 안태석 청년」,『아동문학평론』 2004년 봄호.
임신행「이원수—눈물 지으며 부르는 그 노래」, 한국문인협회 마산지부 편『마산문학』 29호(2005. 12).
김용택「「찔레꽃」—이원수」,『어린 영혼들은 쉬지 않는다』, 마음산책 2006.
김상욱「시의 얼굴, 시의 이름—이원수「대낮의 소리」」,『빛깔이 있는 현대시 교실』, 창비 2007.
이영호「파벌 대립과 갈등의 긴 여정—한국아동문학가협회의 어제와 오늘」, 한국아동문학가협회 자료집(2008).

장석주 「(현대시 100년 연속 기획) 한국인의 애송 동시(1) 고향의 봄—이원수」, 『조선일보』 2008년 5월 12일자.

여을환 「이원수의 친일 행위가 던진 물음들」, 『동화읽는어른』 2008년 12월호.

이혜옥 『이원수·어린이 문학을 꽃피운 작가』, 월드베스트 2011.

6. 대담·인터뷰

「문화예술상 세 얼굴—문학 이원수, 미술 남관, 음악 정희석」, 『조선일보』 1974년 10월 9일자.

「나의 인생 나의 문학—이원수」, 『월간문학』 1976년 11월호.

이재복 「겨레의 삶 보여주는 '교과서' 역할 이원수 창작동화 16권 새롭게 출간 "선생의 글은 곧 한국아동문학사"」, 『조선일보』 1997년 12월 16일자.

권오삼·원종찬 「이원수 이오덕 권정생이 남긴 숙제」, 『창비어린이』 2008년 가을호.

7. 탐방기·기행

유경환 「작가 탐방—이원수 선생님을 찾아서」, 『아동문예』(1978. 11).

편집실 「내가 찾은 곳—이원수 문학 큰 잔치 네 번째」, 『동화읽는어른』 1995년 7월호.

신민경 「독서 여행—이원수 님의 고향을 찾아서」, 『동화읽는어른』 1995년 2월호.

권갑하 「나의 살던 고향은 꽃 피는 산골—양산의 이원수 「고향의 봄」 노래비」, 『문학공간』 1997년 5월호.

곽경호 「이색 작가 이원수」, 『엘레강스』 1983년 3월호.

김학동 「잔잔한 고향바다 합포만에 어린 향수—이은상, 김용호, 이원수」, 『(문학기행) 시인의 고향』, 새문사 2000.

최진욱 「이원수 문학기행을 다녀와서」, 『동화읽는어른』 2000년 3월호.

신정희 「이원수 문학 기행」, 『해돋이』 15집(2002. 12).

8. 추모글

이주홍 「고향의 봄」, 『아동문학평론』 1981년 봄호.

이영호 「봄 동산에 노니소서」, 『아동문학평론』 1981년 봄호.

이원섭 「영원한 동심」, 『아동문학평론』 1981년 봄호.

신현득 「편히 쉬셔요」, 『아동문학평론』 1981년 봄호.

박홍근 「안녕히 가십시오」, 『아동문학평론』 1981년 봄호.

김종상 「이원수 할아버지」, 『아동문학평론』 1981년 봄호.

이오덕 「참된 영생을」, 『아동문학평론』 1981년 봄호.

9. 기타

해초(海草) 「한우현 동무의 「고향의 봄」은 이원수 씨의 원작」, 『동아일보』 1930년 4월 11일자.

이영호 『현대인물전기—이원수』, 청화 1987.

주미령 「이 달의 좋은 프로그램—마산 MBC 「아동문학의 거목 이원수」」, 『방송과 시청자』 1995년 7월호.

권정생 『내가 살던 고향은』, 웅진주니어 1996.

손춘익 편 『이원수』, 웅진 1996.

이재복 『물오리 이원수 선생님 이야기』, 지식산업사 1996.

윤석준 「시비총조사」, 『나그네』 7호(1984.10).

이창규 「경남아동문학문단—한국문단 거목 이원수에 이어 거작·문제작·다작의 군웅할거」, 『아동문학평론』 1994년 가을호.

「이 달의 문화인물—이원수」, 『시사경북』 1995년 5월호.

「이 달의 문화인물 이원수」, 『영상음반』 1995년 5월호.

「이 달의 문화인물—이원수」, 『자원재생』 1995년 5월호.

「이 달의 문화인물—아동문학가 이원수」, 『카네이션』 321권(1995. 5).

「이 달의 문화인물—아동문학가 이원수」, 『학원교육』 1995년 5월호.

「이 달의 문화인물—이원수」, 『홍주소식(洪州消息)』 1995년 5월호.

「5월의 문화인물—이원수」, 『복지』 1995년 5월호.

김우미 「아동문학의 거목 이원수」, 『마산 MBC저널』 1995년 6월호.

마산문화방송 「아동문학의 거목 이원수」, 『문화방송』 1995년 8월호.

「5월의 문화 인물 고 이원수 선생」, 『양산소식』 3권(1995. 6).

문화체육부 편 「이원수」, 『한국인의 재발견5』, 대한교과서 1996.

「역사 속의 인물 탐구 「고향의 봄」의 작사가 이원수」, 『학원교육』 1997년 2월호.

경남인물지 편찬위원회 『경남인물지』, 전국문화원연합회 경상남도지회 1999.

「양산이 낳은 이원수 시인」, 『은혜심기』 19권(2000. 3).

이영호 『이원수—한국의 문화인물』, 교원 2002.

강승숙 『행복한 교실—강승숙 선생님이 도시 아이들과 살아가는 이야기』, 보리 2003.

우리누리 『이원수』, 한국프뢰벨 2003.

마산문학관 『문향(文香) 마산의 문학인』(2006).

김혜린 『이원수—동심을 노래한 아동문학가』, 한국슈바이처 2007.

경남문인협회 편 「「고향은 천리길」—이원수」, 『손 끝으로 세상을 열다—시각 장애인을 위한 경남 시인들의 사랑 노래』(2008).

마산문인협회 편 「「고향의 봄」—이원수」, 『마산 시인들의 노래—현대시 100주년 마산시의 도시 선포기념 사화집』(2008).

김제곤 「친일아동문학이라는 미답지」, 『어린이와문학』 2008년 8월호.

김영순 「「아동의 '국민' 편입과 식민주의의 내면화」에 대한 토론문」, 『어린이와문학』 2008년 8월호.

친일인명사전편찬위원회 편 『친일인명사전』, 민연 2009.

_ 정리 염희경

필자 소개

이재복(李在馥) 아동문학평론가. 서울교육대학교와 성균관대학교 영어영문학과를 졸업했으며 월간 『어린이와 문학』 운영위원장 역임. 현재 아동문학을 공부하고 토론하는 온라인까페 이야기밥(cafe.daum.net/iyagibob)을 운영하고 있음. 저서 『판타지 동화 세계』 『우리 동요 동시 이야기』 『아이들은 이야기밥을 먹는다』 등을 펴냄.

조은숙(趙銀淑) 아동문학평론가, 춘천교육대학교 국어교육과 교수, 계간 『창비어린이』 편집위원. 고려대학교 국어교육과를 졸업하고 같은 대학에서 박사학위 받음. 주요 논문으로 「한국 아동문학의 형성과정 연구」 「이원수의 동화 『숲 속 나라』 연구」 등이 있으며, 저서 『한국 아동문학의 형성—아동의 발견, 그 이후의 문학』을 펴냄.

원종찬(元鍾讚) 아동문학평론가, 인하대학교 한국어문학과 교수. 인하대학교 국어국문학과를 졸업하고 같은 대학에서 박사학위 받음. (사)어린이도서연구회 자문위원, 겨레아동문학연구회 회원으로 활동하고 있음. 저서 『아동문학과 비평정신』 『동화와 어린이』 『한국 아동문학의 쟁점』 『한국 근대문학의 재조명』 등을 펴냄.

박종순(朴宗順) 아동문학평론가, (사)고향의봄기념사업회 이사. 창원대학교 국어국문학 박사학위 받음. 주요 논문으로 「이원수 문학의 리얼리즘 연구」가 있으며, 현재 창원대학교에서 강의하고 있음.

김제곤(金濟坤) 아동문학평론가, 초등학교 교사, 계간 『창비어린이』 편집위원장. 인천교육대학교를 졸업했으며 인하대학교 국어국문학 박사과정 수료. 겨레아동문학연구회 회원으로 활동하고 있으며, 저서 『아동문학의 현실과 꿈』을 펴냄.

김권호(金權鎬) 아동문학평론가, 서울 우이초등학교 교사. 춘천교육대학원에서 아동문학교육을 공부하며, 한국글쓰기교육연구회, 겨레아동문학연구회 회원으로 활동하고 있음. 2009년 제6회 창비어린이 신인평론상을 받음.

권나무 서울 대방초등학교 교사. 인하대학교 한국학과 대학원 박사과정 수료. 겨레아동문학회 회원으로 활동하고 있음. 동화 「소라고둥」을 발표했으며 주요 평론으로 「청소년소설이 그려낸 당대의 청소년들」이 있음.

강승숙(姜承淑) 인천 만석초등학교 교사. 인천교육대학교를 졸업하고, 한국글쓰기교육연구회, 겨레아동문학연구회 회원으로 활동하고 있음. 저서로 『아이들과 함께하는 갈래별 글쓰기』(공저), 『행복한 교실』 등을 펴냄.

오세란(嗚世蘭) 아동문학평론가, 계간 『창비어린이』 편집위원. 성신여자대학교 심리학과를 졸업하고, 충남대학교 국어국문학과 박사과정 수료. (사)어린이도서연구회, 대전모퉁이어린이도서관에서 활동하고 있음. 주요 논문으로 「『어린이』지 번역동화 연구」가 있으며, 2007년 제4회 창비어린이 신인평론상을 받음.

김지은(金志恩) 아동문학평론가, 동화 작가. 이화여자대학교 심리철학과 어린이 철학교육 전공. 동화 「바람 속 바람」「미나울림」 등을 발표했으며, 주요 평론으로 「소년의 얼굴—어린이문학에 나타난 남성 어린이 자아에 대하여」「디지털 세계와 동화의 주인공」 등이 있음. 한신대학교와 서울시립대학교에서 강의하고 있음.

임지연(林枝蓮) 아동문학평론가. 인하대학교 국어국문학과에서 석사학위 받음. 한일아동문학연구회 회원, 부천문화재단 어린이도서관 아동문학 전임강사로 활동하고 있음. 주요 논문으로 「윤석중의 아동극 활동 고찰」이 있으며, 『올빼미의 눈』『팥죽 할머니』 등을 엮음.

김영순(金永順) 아동문학연구자. 일본 오오사까(大阪) 바이까(梅花)여자대학교 아동문학과에 편입학, 같은 대학에서 박사학위 받음. 주요 논문으로 「植民地時代の日韓児童文学交流史研究ー朝鮮総督府機関紙「毎日申報」子ども欄を中心にー」이 있음. 춘천교육대학교에서 강의하고 있음.

이원수 탄생 백주년 기념논문집 준비위원회

위원장: 이재복

실무위원: 김영순, 김제곤, 염희경, 유영진, 임지연, 조은숙